语言文学

YUYAN WENXUE

Vol.2

内蒙古师范大学文学院
国家语言文字推广基地（内蒙古师范大学）

第二辑

高林广　陆有富／主编

凤凰出版社

图书在版编目（CIP）数据

语言文学．第二辑 / 高林广，陆有富主编．-- 南京：凤凰出版社，2023.12

ISBN 978-7-5506-4173-0

Ⅰ．①语… Ⅱ．①高… ②陆… Ⅲ．①汉语－语言学－文集②中国文学－文学研究－文集 Ⅳ．①H1-53 ② I206-53

中国国家版本馆 CIP 数据核字（2024）第 037757 号

书　　名　语言文学（第二辑）
主　　编　高林广　陆有富
责任编辑　李相东
特约编辑　张淑婧
装帧设计　采薇阁
责任监制　程明娇
出版发行　凤凰出版社（原江苏古籍出版社）
　　　　　发行部电话 025-83223462
出版社地址　江苏省南京市中央路 165 号，邮编：210009
照　　排　成都采薇书院文化艺术有限公司
印　　刷　广东虎彩云印刷有限公司
　　　　　广东省东莞市虎门镇黄村社区厚虎路 20 号，邮编：523922
开　　本　718 毫米 ×1000 毫米　1/16
印　　张　22
字　　数　350 千字
版　　次　2023 年 12 月第 1 版
印　　次　2023 年 12 月第 1 次印刷
标准书号　ISBN 978-7-5506-4173-0
定　　价　98.00 元
（本书凡印装错误可向承印厂调换，电话：0769-85252189）

《语言文学》编委会

顾　问

叶嘉莹　马国凡

编　委（按拼音顺序排列）

曹顺庆　高林广　郭培筠　陆有富　彭修银　孙玉文　万　奇

邢向东　徐朝东　曾晓渝　查洪德　詹福瑞　张福贵　左东岭

主　编

高林广　陆有富

编辑部成员

李瑞春　马奥远　孙雅楠　王　雪

编者的话

《语言文学》第二辑共刊载21篇文章，多为名家名作，共分为“《文心雕龙》研究”“元代文学研究”“文艺前沿”“比较文学与世界文学研究”“国家通用语言文字普及教育研究”“语言文字研究”六个专题。这些文章或对古代经典进行深入考论，或对一代文学的内在成因进行多元揭示，或对当下文艺前沿问题进行探讨争鸣，或对中西文学作品与学术方法进行比较研究，或对国家通用语言文字的普及教育的工作建言献策，或对语言文字的内在学理进行思辨论证，多有引人入胜之言、发人深思之论，体现出实证与思辨兼容、人文与现实结合的笃实学风。

“《文心雕龙》研究”专题精微深邃与宏阔高远兼具。黄维樑教授的文章发覆了《文心雕龙·序志》篇与现代学术论文“绪论”之间的关系；游志诚教授的文章阐释了《文心雕龙》与易学之间的源流关系；朱文民研究员的文章介绍了哲学家刘刚纪教授对刘勰及其《文心雕龙》的研究，缕述刘勰的哲学、美学与佛学思想，指出《文心雕龙》的哲学性质，而刘勰也当之无愧是一位哲学家；高林广教授的文章钩稽《文心雕龙》关涉张华的论述，分诗与文两方面条分缕析、疏释精解，全面阐释了刘勰结合西晋社会与文化背景，对张华进行的客观而恰当的评价。

“元代文学研究”专题呈现出目前元代文学研究多元问题导向的新路径，分别从元代族群融合、制度变革、文士活动、文学地理等视野切入，对元代文学的复杂面貌进行了多维度的阐释。查洪德教授和张晋芳的文章以元代上京文学为剖面，解析了元代族群文化变动与文学演进路径的双向互动关系，揭示了元代文学多元一体的重要特征；杨亮教授的文章对元代翰林国史院的修史职能进行了详尽考辨，并着重从“修三史”这一著名史学问题入手，指出元代官修史的正统论之争的本质在于多元族群政治文化统合问题；邱江宁教授的文章择取金元之际的卫州文人为观察对象，分析了卫州善政所聚集的金源文人与苏门山文人群体对金元文学转型与理学传承的重要贡献，揭示了中华文化离乱之际，斯文不丧的重要特征；范先立的文章探讨了元好问于金亡之后两次返乡所作纪行诗，在文学地理学的视野下对其中蕴含的故国怀思与风雅观照进行了发覆，指出了元好问诗歌在金元易代之际的重要文化内涵。

“文艺前沿”专题呈现出开放、包容的姿态，学术视野不仅仅局限于文学理论，而是包含生态美学、少数民族文学书写、文艺建设、少数民族文学学科建构等多元的格局，展现出对文艺前沿问题思考的深度和广度。张子程教授的文章探讨人类中心主义观念兴起对人类理性精神确立的意义，反思这一观念对全球性生态危机的推动作用，提出人类只有从观念上超越狭隘的人类中心主义，才能恢复自然生态美的状态；邱婧教授和李薇的文章以中华民族共同体为研究视野，探讨新时代少数民族的文学创作在社会历史、乡村振兴、地区生态等题材上的话语转向，彰显了中华民族共同体意识；孙静副教授的文章梳理了抗日战争结束后内蒙古地区的新文艺建设，并就这一运动对“国族建构”话语建构、蒙古族文学现代转型以及文学话语体系的革新展开探讨，阐述了新文艺建设的文学和社会意义；姚新勇教授从现代性的角度出发，审视了少数民族文学及学科的发展历史，对其中复杂的话语博弈开展系统的梳理，展现出少数民族文学学科的现代性反思朝着“中国话语”再建构的角度转向。

“比较文学与世界文学研究”专题除了传统的外国作家作品研究外，亦呈现出中西视野与方法的借鉴与互通。张叉教授的文章通过对英国诗人华兹华斯诗歌的“现实与理想”双重时代意蕴的阐释，认为华兹华斯“快乐的英格兰”的乌托邦式社会理想，体现了他以“回到中世纪”为表征的浪漫主义理念；郭恒副教授的文章立足西方学界对“中国有无创世神话”的争论，揭示了造成西方学者否认中国创世神话这一“偏见”形成的历史背景差异，为中西方神话研究的融通指出了可能路径；李泉副教授的文章在梳理国内外对清末武侠小说《绿牡丹》研究现状的基础上，深入剖析了美国学者玛格丽特对《绿牡丹》的跨体裁、跨文本媒介研究，为国内武侠小说研究提供了重要理论借鉴。

“国家通用语言文字普及教育研究”专题集中对国家通用语言文字的普及推广工作和工具书编纂进行了探讨。张钧、陆有富教授的文章从语言文字运用、语言思维能力、中华文化自信、审美创造四个维度阐释国家通用语言文字的表现水平，指出这四个维度的相互价值，以及对国家通用语言文字普及推广工作的重要意义；麻彩霞教授和牛海龙的文章切实分析了民族地区高校国家通用语言文字培训工作的现状以及不足，并结合内蒙古高校的实际情况，提出有效的工作策略；

任晓彤教授和白雨涵的文章主要对《汉语大字典》（第二版缩印本）虚词训释问题进行了述评，为提升和优化国家通用语言文字工具书的严谨度提供了依据。

“语言文字研究”专题关注语言文字的具体实践和具体语境中的语言文字现象。程荣教授的文章认为，汉语汉字的特点决定了汉语辞书的独特结构，因此把编纂汉语辞书与研究汉语语言文字结合起来至关重要；陈立民编审的文章提出“超常规”概念以重新定义汉语修辞学，指出在具体语境中，常规句子通过“替换”“选择”转换为超常规句子，由此可以解释诸种汉语修辞现象；李丽教授的文章指出，早期汉译化学著作《化学鉴原》沿用、借用、新造汉字以命名化学元素，其以形声为主，而能音义兼备，正符合汉字造字、用字规律。

《语言文学》编辑委员会

2023 年 6 月 16 日

目录

《文心雕龙》研究

元代文学研究

文艺前沿

比较文学与世界文学研究

国家通用语言文字普及教育研究

语言文字研究

《文心》之为德也大矣*

——试论《文心雕龙·序志》篇为当今学位论文“绪论”章的“规矩”

黄维樑**

内容提要 本文的论述重心是《文心雕龙·序志》篇。笔者多年来阅读大量的学位论文，近年在阅读的过程中偶然联想到《序志》篇的章法，发现当今学位论文“绪论”章的写法，竟然好像就以《序志》篇的写法为“规矩”。在璀璨的《文心雕龙》星空中，笔者发现了一颗新星，命名为“序志—绪论星”。本文分析数篇两岸三地博士论文“绪论”章的内容与写作方式，拿它们来跟《序志》篇比较，得到《序志》篇可为“规矩”的结论。至于当今中国学界博论“绪论”章的写法，是否受到西方的影响；《序志》篇的写法，是刘勰效法前人，还是其新创等问题，本文也做了初步的探索。

关键词 《文心雕龙》 《序志》 刘勰 学位论文 绪论

一、发扬《文心雕龙》这中国文论元典

百年来中国“龙学”（《文心雕龙》研究）的成果非常丰硕：各地的大学开设《文心雕龙》课程，学者发表种种相关论著、指导研究生撰写学位论文、举办学术会议，如此等等。清代桐城派论学，有义理、考据、辞章三位一体之说。百年来的龙学者，考证《文心雕龙》的版本、刘勰的生平，解说此书的意义和理论，阐释此书的辞章之美，各种论著早就汗牛充栋，如要一一排列，其长度则简直是见首不见尾的神龙了。专论有几百本，论文有几千篇几万篇，其数字日新又新[1]。就在写作这篇论文之际，“龙友”传来一个消息，一本名为《范文澜〈文心雕龙注〉

---

* 本文原为2021年11月5—7日安徽师范大学《文心雕龙》研讨会而写。因疫情未靖，研讨会推迟举行。

** 黄维樑，香港中文大学中文系教授。

1 根据戚良德《百年“龙学”探究》的统计，龙学“有关著述已超过七百种、文章达到一万篇、总字数约有两亿”（戚良德：《百年“龙学”探究》，上海古籍出版社，2019年，第371页）。

研究》的书出版了，作者正是这次会议（原计划于2021年11月5—7日举办的《文心雕龙》研讨会）的主人李平教授。研究《文心雕龙》的不同版本，论著数量已甚多，现在连研究《文心雕龙》一个注释本的专著也面世了。龙学天地的广阔高深，实在无从精准量度。

作为“龙的传人”，笔者尝试发扬这本书多方面的价值：通过中西比较，指出这部经典有普遍性的文学理论；通过重新组织，为它建立一个宏大的、中西合璧的、“现代化”的理论体系，笔者兼用中文和英文发表这方面的论文；从事中西古今文学作品的实际批评时，应用这部元典的种种观点；曾“发掘”出《文心雕龙》的几个篇章，视之为现代文学批评的一些“雏形”；又和“龙友”合作，用新创的“爱读式”排印《文心雕龙》的重要篇章，以利推广普及。

笔者年轻时受到刘勰雅丽辞章的吸引而喜爱《文心雕龙》，读到此书体大虑周的义理而重视它、研究它。刘勰孩童时做梦攀摘彩云，“齿在逾立”梦见圣人孔子，而有“制作”的宏图，结果是这本旷世的《文心雕龙》。我未曾夜里梦过刘勰其人其书，但其人其书却在日间陪伴了我数十年。笔者在内地出生，在香港成长，接受小、中、大学教育，都在这个中西文化交汇的都市，后又在此地教书二三十年，我习惯了用中西比较的眼光看万事万物。大学时修读《文心雕龙》，边读边联想到西方从亚里士多德到20世纪欧美的文学理论，我发现多有“东海西海心理攸同”（钱锺书语）的文论，发现多有文论的“普世文明”（奈保罗（Naipaul）有书名为*The Writer and the World: Essays*，中译作《我们的普世文明》）。我拿《文心雕龙》的理论和西方的文论做比较。

观察世界文化，百余年来基本上是“西风压倒东风”。中国多的是崇洋的知识分子，文化上有强烈的西化（有些是恶性西化）的现象。与此同时，他们中不少人更看不起中国本身的文化。我和这些同胞不是“同类”。我读我教中国文学包括文学理论，也读也教英美文学包括文学理论，对中国文学包括文学理论深具信心，引以自豪。在中西文论比较之际，我要宣扬《文心雕龙》的巨大价值，认为它的理论具备系统性、恒久性、普世性。杰出的理论，不应该只是玄谈空谈，而应有实用价值。我发扬《文心雕龙》的应用价值，把其理论用于对文学作品的实际批评。

在并观《文心雕龙》和西方的文论方面，1983年夏天，我在台北参加“第四届国际比较文学会议”，发表论文*The Carved Dragon and the Well Wrought Urn: Notes on the Concepts of Structure in Liu Hsieh and the New Critics*，

指出在“结构”这个概念上，《文心雕龙》和20世纪西方“新批评”的说法互相发明。接下来的十多年间，我陆续发表相关论文，指出此书的《变骚》篇、《时序》篇、《论说》篇各有不可磨灭的现代意义：诸篇可以作为今人从事实际批评、撰写文学史、写作学术论文的参考和指导。《文心雕龙》理论的恒久性、普世性，于此也得到阐发。

为了说明它的系统性、它的体大虑周，更为了说明中国的文学理论不再“失语”，说明古代中国文论可以“转换”以为今用，为了再一次说明确有“东海西海心理攸同”这回事，笔者经过长期酝酿构思之后，在2016年撰成题为《“情采通变”：以〈文心雕龙〉为基础建构中西合璧的文学理论体系》的六万字长文，并亲自改写成英文，先后于2016年和2017年发表。[1]为了推广、普及《文心雕龙》，笔者和万奇教授合力编写《爱读式文心雕龙精选读本》，希望高中以上文化程度的读者爱读这本经典伟构。[2]

《文心雕龙》的理论具有当今“实际应用”的价值。1992年我在台北参加大型比较文学研讨会，会上发表《重新发现中国古代文化的作用——用〈文心雕龙〉“六观”法评析白先勇的〈骨灰〉》一文（我至今清楚记得会议上孙康宜教授开玩笑对我说：“怎么了，你讲白先勇的‘骨灰’？”），此文是我“实际应用”研究的郑重开端。此后，余光中的散文《听听那冷雨》，我同样用《文心雕龙》理论作为解剖刀来对待；古代作品如屈原的《离骚》，如范仲淹的《渔家傲》，刘勰同样为我提供评论的切入点；我还用刘勰“剖情析采”的手术（既是“内科手术”也是“外科手术”），对待西方的不同文体，如马丁·路德·金（Martin Luther King）的演讲词《我有一个梦想》，如莎士比亚的戏剧《罗密欧与朱丽叶》；我还有论文题为《从〈文心雕龙〉理论视角析评韩剧〈大长今〉》。

1　这几段说到的文章，以及下面几段提到的拙作，都收于拙著《文心雕龙：体系与应用》（文思出版社，2016年）。英文的两篇，讲结构的发表于台北的*Tamkang Review*, autumn 1983-summer 1984, pp. 555-568；讲“情采通变”体系的发表于*Comparative Literature and World Literature*, Vol. 1, No. 2 (2016)。

2　本书用富有创意的“爱读式”排版，于2017年由北京师范大学出版社推出。顺便指出，本书出版后，甚获好评，近期的推许者包括张然教授，她在《中国古代文论研究的“两创”如何进行？——以〈文心雕龙〉的应用和传播为中心》一文（载于戚良德主编《中国文论》第八辑，2020年11月出版）介绍“爱读式”《文心雕龙》，参见第218—219页。此外，张然这篇论文，以及主编在该辑所写的《编后记》，对笔者的龙学论著详加介绍并予以肯定，可参看。

二、当今学位论文“绪论”章的写作方式

在发掘《文心雕龙》的现代价值方面，前文提到《变骚》篇和《时序》篇。是的，笔者有《文心雕龙》的两个“雏形”说。其一，《变骚》篇是现代“实际批评”的雏形；其二，《时序》篇是文学史修撰的雏形（也可说是“中国最早的文学史”）。在本文中，我要论述另一个“发现”：《序志》篇是当今学位论文首章（“绪论”章）的雏形，也可以说它为当今学位论文首章的写法设立了“规矩”。在文学论述的空间，《文心雕龙》有很多永恒的亮点，就像天宇中繁星点点，谁够有眼力，谁就可为发现的新星命名。这里发现了一颗小小的“《序志》星”，也可称为“绪论星”，或“序志—绪论星”。

这里说的学位论文，指当今大学的学士学位论文、硕士学位论文、博士学位论文，即攻读该学位的学生，为了满足学位要求而撰写，且获评审后通过的论文。本文所举以说明的学位论文，定为博士学位论文，共五本（或称五篇）：内地三本、台湾一本、香港一本，可说是随意抽样而得——论文作者为我所认识因而被“抽样”的。

当今学位论文的首章，通常题为“绪论”，乃概述这本论文所从事的研究为何，其研究缘由为何、其成果为何等。所举五本博论的作者、题目等资料，以及其首章即“绪论”章的分节标题如下：

（1）陈炜舜在香港中文大学完成的博士论文《明代楚辞学研究》，2003年6月通过。其“绪论”章（以下称“绪论1”）分为四节：

一、研究范围

二、研究旨趣

三、相关资料的检讨

四、论文架构与研究方法

（2）郑祯玉在佛光大学完成的博士论文《余光中台湾诗研究》，2012年12月通过。其“绪论”章（以下称“绪论2”）分为五节：

一、研究动机与目的

二、文献探讨

三、研究观点与研究方法

四、研究范围

五、内容概述与章节安排

（3）潘建伟在浙江大学完成的博士论文《对立与互通：新旧诗坛关系之研究（1912—1937）》，2012年通过。其“绪论”章（以下称“绪论3”）分为六节：

一、问题的提出

二、主要研究成果评述

三、论题的创新点及研究脉络

四、资料的使用说明

五、研究架构安排

六、其它问题的说明

（4）吴敬玲在四川大学完成的博士论文《1974—1985年间香港沙田文学群落研究》，2020年6月通过。其“绪论”章（以下称“绪论4”）分为四节：

一、香港沙田文学群落简介

二、研究思路和研究难点

三、国内外研究现状和发展趋势

四、选题的价值意义

（5）张叉在四川大学完成的博士论文《英语世界的托·斯·艾略特研究》，2020年6月通过。其“绪论”章（以下称“绪论5”）分为六节：

一、研究的意义

二、研究的范围

三、研究的内容

四、研究的重点

五、研究的创新

六、研究的术语

这里加上一篇理论上的（或规范性的）“绪论”。张高评教授在《论文写作演绎》一书指出，学位论文的“第一章　绪论”（以下称“绪论6”）应包括以下的分节：

一、问题意识

二、文献述评

三、探讨范围

（一）内篇：论文写作之脉络

（二）外篇：相关学科之借鉴

四、研究方法

五、价值预估[1]

根据以上各个“绪论”的分节标题，以及各个“绪论”内容的陈述，我们可把各个“绪论”的不同分节，整理概括为四个“节”，也可以整理概括为五个“节”乃至八个“节”，甚或更多。四个“节”最为简明，五个“节”和八个“节”比较详明，但论者可能会认为八个“节”有点繁琐了。四个“节”可以这样分：

一、研究缘起（包括释题、研究旨趣、问题意识等）

二、文献述评（或谓“文献探讨”）

三、章节安排（或谓“论文架构”）

四、研究方法

三、《序志》篇作为当今学位论文的“绪论”

现在是本文“主角”的出场。当今学位论文首章有上述介绍的内容及其分节，如此模式，令人感到震惊的是在1500余年前的中国已出现了。刘勰的《文心雕龙》是一本“大”论文，其篇幅虽然只有当今博士论文的四分之一甚至更少，其质量和价值则绝对比得上当今一般博论的四倍或N个四倍。此书的末章《序志》相当于今天单行本专书的序言，相当于今天一般学位论文的“绪论”。当今学位论文的“绪论”分节，上面已举例作了详细的说明。《序志》篇也可和上面那些“绪论”一样分节，例如可以分为四节。现在依照其原来行文次序，引述如下：

（一）研究缘起（包括释题、研究旨趣、问题意识等）

夫“文心”者，言为文之用心也。昔涓子《琴心》，王孙《巧心》，心哉美矣，故用之焉。古来文章，以雕缛成体，岂取驺奭之群言雕龙也。

夫宇宙绵邈，黎献纷杂，拔萃出类，智术而已。岁月飘忽，性灵不居；腾声飞实，制作而已。夫人肖貌天地，禀性五才，拟耳目于日月，方声气乎风雷，其超出万物，亦已灵矣。形同草木之脆，名逾金石之坚；是以君子处世，树德建言。岂好辩哉？不得已也！

予生七龄，乃梦彩云若锦，则攀而采之。齿在逾立，则尝夜梦执丹漆之礼器，

1 引自张高评《〈论文写作演绎〉自序》，刊于《华人文化研究》第九卷第一期（2021年6月出版），第270页。在成于2021年3月的“自序”里，作者称此书将由台湾的五南图书公司于近期出版。

随仲尼而南行；旦而寤，乃怡然而喜。大哉！圣人之难见哉，乃小子之垂梦欤！自生人以来，未有如夫子者也。敷赞圣旨，莫若注经，而马郑诸儒，弘之已精；就有深解，未足立家。唯文章之用，实经典枝条。五礼资之以成，六典因之致用；君臣所以炳焕，军国所以昭明。详其本源，莫非经典。而去圣久远，文体解散；辞人爱奇，言贵浮诡；饰羽尚画，文绣鞶帨；离本弥甚，将遂讹滥。盖《周书》论辞，贵乎体要；尼父陈训，恶乎异端；辞训之异，宜体于要。于是搦笔和墨，乃始论文。

（二）文献述评（或谓“文献探讨”）

详观近代之论文者多矣：至如魏文述《典》，陈思序《书》，应玚《文论》，陆机《文赋》，仲洽《流别》，弘范《翰林》；各照隅隙，鲜观衢路。或臧否当时之才，或铨品前修之文，或泛举雅俗之旨，或撮题篇章之意。魏《典》密而不周，陈《书》辩而无当，应《论》华而疏略，陆《赋》巧而碎乱，《流别》精而少功，《翰林》浅而寡要。又君山、公干之徒，吉甫、士龙之辈，泛议文意，往往间出，并未能振叶以寻根，观澜而索源；不述先哲之诰，无益后生之虑。

（三）章节安排（或谓“论文架构”）

盖《文心》之作也，本乎道，师乎圣，体乎经，酌乎纬，变乎《骚》：文之枢纽，亦云极矣。若乃论文叙笔，则囿别区分；原始以表末，释名以章义，选文以定篇，敷理以举统。上篇以上，纲领明矣。至于剖情析采，笼圈条贯：摛《神》《性》，图《风》《势》，苞《会》《通》，阅《声》《字》；崇替于《时序》，褒贬于《才略》，怊怅于《知音》，耿介于《程器》，长怀《序志》，以驭群篇。下篇以下，毛目显矣。位理定名，彰乎“大衍”之数；其为文用，四十九篇而已。

（四）研究方法

夫铨序一文为易，弥纶群言为难。虽复轻采毛发，深极骨髓，或有曲意密源，似近而远，辞所不载，亦不可胜数矣。及其品列成文，有同乎旧谈者，非雷同也，势自不可异也；有异乎前论者，非苟异也，理自不可同也。同之与异，不屑古今，擘肌分理，唯务折衷。按辔文雅之场，环络藻绘之府，亦几乎备矣。但言不尽意，圣人所难；识在瓶管，何能矩矱？茫茫往代，既沉予闻；眇眇来世，倘尘彼观也。

（附）结语（即“赞曰”）

生也有涯，无涯惟智。逐物实难，凭性良易。

傲岸泉石，咀嚼文义。文果载心，余心有寄。

前文介绍的六个“绪论”，有分为四节的，也有分为五节、六节的；《序志》篇作为“绪论”也可作其他的分节。本文比照六个“绪论”的分节内容，除了上面的四节分法外，也把《序志》篇分为五节和八节。分节时，笔者根据六个“绪论”和《序志》篇本身的内容作适量的解说，以期清楚说明可以作为当今学位论文“绪论”的《序志》篇，其作者是如何考虑周到（“体大虑周”的“虑周”）。这一部分较为技术性，读者可能觉得有些地方比较繁琐，所以笔者把这一部分当作本文的附录。所附“适量的解说”，篇幅不菲，应有一读的价值。

四、《序志》篇的“绪论”式写法是原创，还是有先例可援？

刘勰这样写他的《序志》篇，这样写他的“绪论”，他是“征圣”“宗经”有先例可援呢，还是“参伍因革”（《通变》语）转化而来的，还是“自铸伟辞（篇）”创新来的呢？许多论者认为《文心雕龙》有体系、富于逻辑思维，是受了佛教因明学的影响，那么请问佛经经文也有《序志》一样的章法吗？我对一室的《大藏经》是个门外汉，更不懂梵文，不能回答这些问题。可以推测的是，刘勰著作之有体系性、富逻辑性，有《文心雕龙》五十篇每一篇那样的写法，其所受的影响之中，极可能包括中国的典籍如《吕氏春秋》。这个说来话长，下面点到即止。

落实到《序志》篇的写法，有先例可援吗？这里只看《吕氏春秋》的《序意》篇。《序意》篇的作用有如《吕氏春秋》的“序”，传世的这篇序，论者谓它是残脱的。《吕氏春秋》分为八览、六论、十二纪三部分，《序意》篇曰：“凡十二纪者，所以纪治乱存亡也，所以知寿夭吉凶也。”这是本研究（或谓编撰）主导者吕不韦要达成的旨趣。《序意》篇又说：“上揆之天，下验之地，中审之人，若此……”这是从事本研究（或谓编撰）用的方法。此外，我们没有找到什么“文献探索”“章节安排”之类的说明了。[1]

我们再看司马迁的《太史公自序》，此文谓要“论载”“明主贤君忠臣死义之士”，要“述往事，思来者”，这是《史记》写作的旨趣。它的研究范围呢？篇末这样交代：“卒述陶唐以来，至于麟止，自黄帝始。”《太史公自序》的个人因素浓重，贯串着因“己有所郁结”而“发愤”著书的情怀，我们看不到它有《序志》篇那样的内容、那样的章法。

1 这一段所引《序意》篇文句，见于王范之《吕氏春秋选注》，中华书局，1981年，第85页。

司马迁因为受到宫刑的极端处罚，痛不欲生，向任安吐露心声，抒其悲愤，并透露著述的缘由。司马迁《报任安书》对《史记》的概述，倒是比《自序》来得详尽一些。太史公写道："仆窃不逊，近自托于无能之辞，网罗天下放失旧闻，略考其行事，综其终始，稽其成败兴坏之纪；上计轩辕，下至于兹，为十表，本纪十二，书八章，世家三十，列传七十，凡百三十篇。"这里讲的是其研究范围、研究方法、章节安排。至于接下来的"欲以究天人之际，通古今之变，成一家之言"，则可说是对其书价值的预估。《报任安书》对《史记》的概述，其内容近似《文心雕龙》的《序志》篇；但其所述的详略、其写作的章法，和《序志》篇有很大的距离。

《序志》篇的内容和章法，有没有受到各种典籍（由于时间和精力等因素所限，上面只探索到《序意》篇和司马迁的两篇文章）的影响，以至于直接仿效某篇某文呢，这里不能判断。可能的情形是：刘勰自己想到应该是这样写的，因为这样写才能把和书有关的种种说得明白，说得条理井然，说得完美。刘勰聪颖博学，富创造力，这位文章高手这样写这本书的"绪论"，无形中为"文章学"的论著序言（或首章）写法树立典范，这正是《征圣》篇说的"文成规矩，思合符契"。《总术》篇说"文场笔苑，有术有门"，"规矩"就是"术"，就是门路。《序志》篇文章既成，法规就订立了，这正是章学诚说的"文成法立"。章学诚《文史通义》中这句话有下文，即"文成法立，未尝有定格"，跟着又辩证地说"无定之中有一定焉"。矛盾吗？其实这正是一种自然之道，这样来写"绪论"，是自然不过的道理、自然不过的章法。无论如何，"文有师焉"（《征圣》篇语），刘勰成为导师，可为百世千代之师，指导后世学者怎样写学位论文的"绪论"。

五、中国各地学位论文"绪论"写法受外来影响?

当今学位论文"绪论"章的写法，大同小异，上面已有析论。这些学位论文的作者以及其论文导师，是读了《文心雕龙》，体认到《序志》篇的写法值得借鉴，可奉为"规矩"，于是用了，或是学生（论文作者）在导师指导下用了？这是个可论证的猜测，但笔者目前没有任何证据来否定或肯定它。近代以来，中国文化深受西方影响，包括各种教育的、学术的制度和设施。美国的众多著名大学，在学术制度和设施方面，更是为发展中国家所服膺。在学术论文（包括学位论文）的写作方面，定有种种规范，这些规范常为其他国家的学者所遵循。中国各地的学位论文首章的写法，也受到美国的影响？这问题值得探索。

笔者为此做了个小小的调查统计：找来了美国六所大学分别在1981年至1988年完成的六本（篇）博士论文，都是关于英美文学的。我读了这六本论文的首章，考察其写作方式。六所大学分别是：1. 加州大学爱文校区；2. 密西根大学；3. 韦恩州立大学；4. 莱斯大学；5. 威斯康星大学麦迪逊校区；6. 马里兰大学。不想本文夹杂太多外文，这里说的六本论文比较详细的资料将在附注中呈现。[1]

如果把上文所归纳出来的“绪论”四节式或五节式（五节式见于附录）写法作为一个“标准”，则这里所列的六本博论，其“绪论”（或“导论”即Introduction，指论文的首章）没有一篇达标，有的距离“标准”甚远。

“博论1”（即上面所列大学1的博士论文，下面依此类推）的导论开门见山直接展开对论文主题的论述，根本不分节，和“标准”格式截然不同。这篇“博论1”有“提要”（Abstract），其内容为指出论文主题为何，又撮述每章的大要。

“博论2”首章不称为Introduction，它也是开门见山直奔主题，展开论述。它连“提要”也没有。

“博论3”有六章，六章之前为“前言”（Preface），占全本论文的三页，略述与其研究相关的文献，述此研究在相关研究中四方面的贡献，并介绍这本博论的章节安排。虽然简略，但这本博论是距离我们这里的“标准”比较近的。

“博论4”先有“提要”，其内容为指出此研究的主题为何，并撮述此博论每章的要义。有“导论”（Introduction）章，为首章；“导论”章内容为相关文献的概述。

“博论5”没有“导论”章，也没有“提要”，一开始（即第一章）就奔向主题，

---

1 （1）是University of California at Irvine 1981年的一本博论，研究的是19世纪的四个女诗人。（2）是The University of Michigan 1982年的一本博论，研究的是Malory批评。(3)是Wayne State University 1983年的一本博论，研究的是艾略特(T. S. Eliot)的神秘主义。（4）是Rice University 1985年的一本博论，研究的是乔叟Wife of Bath故事的背景。（5）是University of Wisconsin at Madison 1987年的一本博论，研究的是乔叟的《坎特伯雷故事集》。（6）是Maryland University 1988年的一本博论，研究的是现代文学中的身份挑战。在这里，我要顺便向下列诸位致谢：两岸三地的五位博士，他们让我引用其博论“绪论”章的内容；香港中文大学的陈炜舜副教授和杭州师范大学的潘建伟副研究员，他们两位或其研究助理，为我寻找到美国的“论文写作手册”一类书籍的资料，以及六本美国博论首章内容的资料。

展开论述。

"博论 6"先有"提要"，内容是对若干相关文献的述评，并道出研究的主要论点。论文的正文先来一篇"导论"，跟着是第一章，我们看不到"标准"那种写法的踪影。

美国学术界多年来出版过很多"论文写作指导"之类的工具书，教人如何寻找研究题目、如何寻找资料、如何写作论文（包括如何引用资料、如何写附注、如何列写参考文献），乃至如何向学报或杂志投稿等。1970 年代我在美国读研究生，撰写硕士论文和博士论文时，都参考过这类工具书。为了撰写这次芜湖《文心雕龙》会议的论文，我找来这类工具书阅读，看看它们在指导撰写学位论文方面，有没有特别提出对首章写法的指导性意见。

有一本名为《怎样写一篇学士学位论文》(*How to Write a B.A. Thesis*)[1]的,对"导言"的写法有这样的建议：讲一个有趣的故事，举个具体的事例，道出真实人生的迷惑处，来一个有力的全文概述；解释你所研究的问题，说明你将覆盖的材料，指出你的论点是什么；告诉读者接下来的章节中你的论述为何。另一本是屠瑞辩（Kate L.Turabian）长销数十年的著作《研究论文和各级学位论文写作手册》（*A Manual for Writers of Research Papers, Theses,and Dissertations*）[2]对"导言"的内容则有以下的建议：过去的相关研究如何，做个上下文式交代；强调你的议题前人并不知晓，或者没有完全了解；陈述你的议题的意义；陈述你的论断。此外有同类论文写作手册或指引，对"导言"内容所作的建议，和这里的两个例子差不多。

上面实际考察了六本博论，又介绍了两本"写作手册"所提的建议。"导论"章（或谓"绪论"章，总之就是论文的首章）具备的内容，或应具备的内容，和本文前面所订的"标准"，其详略颇有差别。最明显的差异是："标准"的"绪论"章有分节（分为四节、五节或六节），而美国这些博论没有分节，写作手册也没有清楚建议要分节。上面说过，中国的很多学术建制受到西方的影响。从笔者收集到的资料来看，有分节的"标准"式"绪论"章（上面那六个例子）写法，有没有受到美国影响呢，难以判断，因为看到的资料实在有限。如果没有受影响，则当今学位论文"绪论"章的写法，应是中国人的一种创制。

1　此书作者为 Charles Lipson，由芝加哥大学出版社于 2005 年出版。

2　此书有副标题《学生和研究人员可依循的芝加哥格式》（*Chicago Style for Students and Researchers*）在 2018 年推出第九版，即本文下面所根据的版本。

六、《序志》篇成为“规矩”，刘勰应封“文圣”

“绪论”章（或“导论”章）应有的内容具备了，这最重要，因为这是实质，“绪论”章内容重在有实质，有没有三、四、五、六的分节，属于形式问题。我们都说实质重于形式，但也不能忽视形式的作用。记者写新闻报道，其报道的首段必须包括六项元素，即有名的“六何”：何时、何地、何事、何人、如何、为何。熟练的记者，一挥笔一敲键，六个元素就包含在首段之中。会不会有时有遗漏呢？不怕，“六何”逐一数一数就行了。如果这一章分了节，每节冠以标题，如此“纲领明矣”“毛目显矣”，岂非更好？[1] 该有的内容是否都有了，是否周全了，数一数就知道，这就是“形式主义”的优点。“标准”式的“绪论”章分节，四分、五分、六分，再分下去吧，可以凑够八项，那么“绪论”章不就成了“八股文”吗？八股文有可以批判之处，不过，八股文有八股，律诗有八句，西方的十四行诗有十四行，古今中外的“形式主义”事物数之不尽。形式有“规范”或“提醒”内容的作用。[2]

上面探讨分节的“标准”式学位论文“绪论”究竟起源于何时、何地、何人，因为资料少，没有答案。但可以肯定的是：无论把“标准”式“绪论”章的内容分为四节或五节或八节或多少节，《文心雕龙》的《序志》篇内容，正含有当今学位论文“绪论”章可含或应含的所有内容。我们说这本伟大的文论经典“体大虑周”，含有当今学位论文“绪论”章可含或应含的所有内容，就是一种“虑周”。当然我们还可以说，刘勰有“远见”，他“高瞻远瞩”，为今天的我们定下了“规

1 “纲领明矣”“毛目显矣”引自《序志》篇，乃说明整本《文心雕龙》有章节安排的好处。

2 关于学术论文的写法，顺便说一个真人真事。香港的一位同行黎教授，一向勤奋治学，乐于助人，做研究特别重视最新资讯和论文格式。他经常在港内外筹办学术研讨会，邀请各地文林高手参加。他要求论文提供作者简介、撮要、注释、参考书目，这四项完全合理。他还规定要有英文撮要，文中所有被提到的人须附生卒年份或出生年份，论文要点须列写十条（看官，已有中英文撮要了）。加起来，一共七大项。还有第八项：参考书目内须引用五年内学报相关论文至少五篇（注意，是学报。专著不算，因为专著的出版可能穷年经月，其观点、资讯已不“时新”了）。这位研讨会主持人的“规矩”，颇为震撼了小圈子的香港内外学术界。我戏称他的规定是黎克特制八级地震（Richter magnitude scale），震得文林人仰马翻。后来我想到另一个名字：黎氏现代学术八股文。

矩”。我们还可以说，何止“东海西海心理攸同”，简直是“今人古人心理攸同”；我们还可以说，“至道宗极，理归乎一；妙法真境，本固无二”，“绪论”章应载的“道”（内容）、应合的“法”（规矩），古今中外本来就应该是一致的。

我们称赞《文心雕龙》的伟大，笔者极言其理论的恒久性、普遍性和实用性，过去已有多方面的论证（如文首所引述）。本文对《序志》篇之可作为“绪论”章写法“规矩”的论述，使得《文心雕龙》的意义和价值又一次得到印证。《序志》篇定立“绪论”的“规矩”，《知音》篇的“六观”法，以及前文介绍过的一些“雏形”，宣示了与文学和文学评论有关的种种模式或法式。刘勰这些创制，不禁令人联想到“文圣”周公的制礼作乐。我们可为刘勰加冠，称他为“文圣”。伟大诗人杜甫是“诗圣”，伟大文论家刘勰被封为“文圣”，不亦宜乎？[1]《宗经》篇说：“经也者，恒久之至道，不刊之鸿教也。”《文心雕龙》表述文论的种种“至道”，成为后世不能磨灭的“鸿教”。中国古代有五经，后来增益为十三经，都是儒家经典。以儒家思想为其核心的《文心雕龙》，可有人会考虑为“文圣”的文论元典加冕，尊之为“经”，而成为第六经或第十四经？这些都只是一个“龙的传人”的遐想神思。无论如何，这部文论经典、这部“中国文化的教科书”，其价值、其功用、其贡献，鸿矣至矣。《文心雕龙》之为德也大矣。

附录：对作为“绪论”的《序志》篇的分节解析

整理本文所举例的当今学位论文六个“绪论”，可将其内容概括为四项或五项或多少项。分为四项的，已在本文正文加以说明。以下的“绪论”分为五项，即五节：

（一）研究旨趣（包括缘起、动机、目的、中心思想、问题意识等）

（二）研究范围（即说明研究所涉及的对象和材料）

（三）文献探讨（或谓“文献述评”“对相关研究成果的检讨”）

（四）研究方法（上述“绪论 5”没有这样措辞的一节，笔者相信其“研究的重点”“研究的创新”“研究的术语”三节，内容应涉及“研究方法”）

（五）章节安排（或谓“论文架构”；“绪论 4”和“绪论 5”没有“章节

1 “圣人”的作品，不一定十全十美。对《文心雕龙》的一些说法，我就有过批评。“圣人”的人品也不可能至美至善。不过，关于刘勰也好，杜甫也好，历代的学者并没有找到他们人品方面的重大瑕疵。

安排”或“论文架构”的“节”，但“绪论5”的“研究的内容”有讲述整本论文七个部分的内容安排，如第一个部分是英语世界艾略特的批评史研究，第二个部分是……）

关于“绪论6”的“价值预估”。“绪论1”到“绪论5”都没有这“价值预估”的“节”，虽然如此，我们相信“绪论1”到“绪论5”都有这样的预期。学术研究重在有新发现、提出新观点，也就是有创新。“绪论5”的第五节“研究的创新”，即是预先对其研究价值的肯定，表示论文作者的自信。“价值预估”这个意思，在“绪论1”和“绪论2”的第一节（“研究动机与目的”）中，我们发现都有暗示或者说明。“绪论1”第一节写道：“在本论文中，笔者通过重新整理、评价明人楚辞学资料，希望达到三个目的……”目的达到了，论文的价值就彰显了。这段话，可视为论文作者对其研究价值的预估。“绪论2”第一节说明“研究的目的”有四个，包括发掘“余光中台湾诗中的情思与台湾意涵”，目的达到了，论文的价值就彰显了。这段话，可视为论文作者对其研究价值的预估。

关于“绪论2”的“研究动机”。做什么研究，总是有个原因，有个缘起，有个动机的。在六个“绪论”中，只有“绪论2”的本章纲目中写着“研究动机与目的”，这里有“动机”一词。动机就是启动某种作为的机缘，意思和“缘起”差不多。其他五个绪论没有“动机”或“缘起”之类的“节”，不过，我想在各个绪论的前面部分，作者很可能都会道及其研究的缘由、起因等情事。

关于释题。在“绪论”中说明研究缘起当然有必要，如果论文题目不是一般读者一读就清楚明白的，那就更有解释题目的需要了。《1974—1985年间香港沙田文学群落研究》这题目中，“沙田”可能需要解释，“沙田文学群落”也需要，可能更需要。

“绪论4”的第一节题为《香港沙田文学群落简介》，就是对论文题目的解释，简称之“释题”。

上面我把六个“绪论”共有的“节”，概括为五个，然后根据非共有的“节”的性质，整理出新的三个，合起来共有八个，也就是八节，即（一）释题；（二）研究缘起；（三）研究旨趣；（四）文献述评；（五）研究范围；（六）章节安排；（七）研究方法；（八）研究价值预估。应略加注意的是，八节的次序非一成不变，中间那几节尤其可以前后调动。

以下把《序志》这篇“绪论”分为八节。下面我抄录《序志》篇的全文，把它分为上面整理所得出来的八节，每一节冠以上面所用的八个标题。

（一）释题

夫“文心”者，言为文之用心也。昔涓子《琴心》，王孙《巧心》，心哉美矣，故用之焉。古来文章，以雕缛成体，岂取驺奭之群言雕龙也。

（二）研究缘起

夫宇宙绵邈，黎献纷杂，拔萃出类，智术而已。岁月飘忽，性灵不居；腾声飞实，制作而已。夫人肖貌天地，禀性五才，拟耳目于日月，方声气乎风雷，其超出万物，亦已灵矣。形同草木之脆，名逾金石之坚；是以君子处世，树德建言。岂好辩哉？不得已也！

予生七龄，乃梦彩云若锦，则攀而采之。齿在逾立，则尝夜梦执丹漆之礼器，随仲尼而南行；旦而寤，乃怡然而喜。大哉！圣人之难见哉，乃小子之垂梦欤！自生人以来，未有如夫子者也。敷赞圣旨，莫若注经，而马郑诸儒，弘之已精；就有深解，未足立家。唯文章之用，实经典枝条。五礼资之以成，六典因之致用；君臣所以炳焕，军国所以昭明。详其本源，莫非经典。而去圣久远，文体解散；辞人爱奇，言贵浮诡；饰羽尚画，文绣鞶帨；离本弥甚，将遂讹滥。

【黄维樑按：刘勰这里讲做梦的故事，讲人生观，写出个性，写出感情。一般学位论文的写作态度都是客观理性的、“无我”的、不带感情的。有些学位论文在卷首或卷末有“致谢”页，笔下可带感情，可讲一两个与论文相关的小故事。刘勰论文，重情重采，主张“为情造文”，所以这里是有事有情的叙述。】

（三）研究旨趣

盖《周书》论辞，贵乎体要；尼父陈训，恶乎异端；辞训之异，宜体于要。于是搦笔和墨，乃始论文。

【黄维樑按：刘勰这里指出写作《文心雕龙》乃为了说明“文”的本体是什么，“文”的要义是什么（“贵乎体要”“宜体于要”）；上面“（二）研究缘起”对“离本弥甚”提出批评，乃为了把“文”纳入正道。刘勰和孔子（“尼父”）一样“恶乎异端”。刘勰论文，以“雅丽”为最高标准，雅者正也。】

（四）文献述评

详观近代之论文者多矣：至如魏文述《典》，陈思序《书》，应玚《文论》，陆机《文赋》，仲洽《流别》，弘范《翰林》；各照隅隙，鲜观衢路。或臧否当时之才，或铨品前修之文，或泛举雅俗之旨，或撮题篇章之意。魏《典》密而不周，陈《书》辩而无当，应《论》华而疏略，陆《赋》巧而碎乱，《流别》精而少功，《翰林》浅而寡要。又君山、公干之徒，吉甫、士龙之辈，泛议文意，往往间出，并未能振叶以寻根，观澜而索源；不述先哲之诰，无益后生之虑。

【黄维樑按：刘勰这里对“近代之论文者”有褒有贬，他们最大的问题在于“未能振叶以寻根，观澜而索源”，也就是《文心雕龙》首几篇所说的，他们未能“原道”“征圣”“宗经”。刘勰对“近代之论文者”的评论，很有见地。例如，他认为“陆《赋》巧而碎乱”，这是确评。陆机《文赋》的精见巧思很多，但内容重复拖沓，的确予读者“碎乱”之感。】

（五）研究范围

盖《文心》之作也，本乎道，师乎圣，体乎经，酌乎纬，变乎《骚》：文之枢纽，亦云极矣。若乃论文叙笔，则囿别区分；原始以表末，释名以章义，选文以定篇，敷理以举统。上篇以上，纲领明矣。至于剖情析采，笼圈条贯：摛《神》《性》，图《风》《势》，苞《会》《通》，阅《声》《字》；崇替于《时序》，褒贬于《才略》，怊怅于《知音》，耿介于《程器》，长怀《序志》，以驭群篇。下篇以下，毛目显矣。位理定名，彰乎“大衍”之数；其为文用，四十九篇而已。

【黄维樑按：刘勰没有清楚交代其“研究范围”，不过，从《序志》篇这里所引看来，我们知道刘勰要研究的是“文”的所有重要元素（“宜体于要”），他要寻“文”之根（“振叶以寻根”），要索“文”之源（“观澜而索源”），他要指出“文”之枢纽为何（“文之枢纽”），他要区分并说明“文”的两大类别（“论文叙笔”），他要论述与“文”有关的“情”和“采”（“剖情析采”，“采”指各种修辞技巧），他还有与“文”有关的其他多种论述（包括论“时序”“才略”“知音”“程器”）。他的论说范围极为广阔，所谓“笼圈”是也，因此可说“笼圈”就是他研究的范围。后世高评《文心雕龙》“体大虑周”，正是广阔、周全之意。《文心雕龙》论述范围之广泛，内容之博大，使得周扬称此书是“百科全书式”的，戚良德则认为可把此书称为“中国文化的教科书”。[1] 当今的学位论文，多有“小题大做”的，台湾和香港的这种做法一向比较多。但刘勰是何等博学，他自然可以“大题大做”，只不过行文精炼典雅，所以全书才得那三万七千多言。从另一个角度看其“研究范围”，则所说“上篇”的内容如何如何，“下篇”的内容如何如何，就已清楚说明其论述范围为何、研究范围为何了。】

1 戚良德：《百年“龙学”探究》，上海古籍出版社，2019 年，第 494 页、第 2 页。周扬语转引自戚书。

（六）章节安排

【黄维樑按：上面“（五）研究范围”所引段落，就是此书的“章节安排”。】

（七）研究方法

夫铨序一文为易，弥纶群言为难。虽复轻采毛发，深极骨髓，或有曲意密源，似近而远，辞所不载，亦不可胜数矣。及其品列成文，有同乎旧谈者，非雷同也，势自不可异也；有异乎前论者，非苟异也，理自不可同也。同之与异，不屑古今，擘肌分理，唯务折衷。按辔文雅之场，环络藻绘之府，亦几乎备矣。但言不尽意，圣人所难；识在瓶管，何能矩矱？茫茫往代，既沉予闻；眇眇来世，倘尘彼观也。

【黄维樑按：刘勰做研究，宏观细析兼之，他综合各种资料、言论，加以判断，务求评论中肯公允。《文心雕龙》有《论说》篇，对如何作论，有极佳意见，我曾标举此篇，认为很可为现代学术论文撰写的参考。刘勰自己作论，当然根据其主张。现代的人文学者做研究，讲究方法学，讲究用理论，20世纪以来的心理分析法、神话原型理论、女性主义话语、后殖民主义学说等，大用特用。1500余年前的刘勰，自然不能预知这些理论而用之。不过，刘勰自有其研究的“基本法”，其法至今仍然有大用，主要就是上面说的“同之与异，不屑古今，擘肌分理，唯务折衷”。关于“擘肌分理，唯务折衷”之为刘勰论述的方法学，历来学者多有解说。例如，涂光社认为这两句话概括了刘勰的“艺术辩证法”[1]。此外，刘勰高明的地方，包括知道自己的不够高明：一是知道自己不能逾越“言不尽意”这一语言难关；一是认为自己“识在瓶管”，学问不够广博。说“识在瓶管”是自谦之词，就好像刘勰1500余年后的钱钟书把其博学宏识的著作命名为《管锥编》一样。我有文章《刘勰与钱钟书：文学通论——兼谈钱钟书理论的潜体系》，论的正是古今这两位文学通人，此文为拙著《文心雕龙：体系与应用》中的一章。】

（八）研究价值预估

赞曰：生也有涯，无涯惟智。逐物实难，凭性良易。

傲岸泉石，咀嚼文义。文果载心，余心有寄。

【黄维樑按：刘勰要发扬“文”之义，要“建言”（《序志》篇首段说的“树德建言”），要达成“（三）研究旨趣”所定的目标，达到了，就是这个研究的

1　涂光社主编《文心司南》，江苏人民出版社，2004年，第80页。王万洪对“折衷思维方法论”论之甚为详细，请参看《中外文化与文论》第47辑（2021年5月由四川大学出版社出版）中《〈序志〉篇及〈文心雕龙〉对“文学自觉”的理论自觉》一文，第277—279页。

价值。我认为刘勰有自信，不过这里用假设性语气（“文果载心”的“果”），是其谦逊处。】

如果要删减节数，回到前面的五节，则改为如下编排就是：

（一）研究旨趣（包括缘起、动机、目的、中心思想、问题意识等）

夫“文心”者，言为文之用心也。昔涓子《琴心》，王孙《巧心》，心哉美矣，故用之焉。古来文章，以雕缛成体，岂取驺奭之群言雕龙也。

夫宇宙绵邈，黎献纷杂，拔萃出类，智术而已。岁月飘忽，性灵不居；腾声飞实，制作而已。夫人肖貌天地，禀性五才，拟耳目于日月，方声气乎风雷，其超出万物，亦已灵矣。形同草木之脆，名逾金石之坚；是以君子处世，树德建言。岂好辩哉？不得已也！

予生七龄，乃梦彩云若锦，则攀而采之。齿在逾立，则尝夜梦执丹漆之礼器，随仲尼而南行；旦而寤，乃怡然而喜。大哉！圣人之难见哉，乃小子之垂梦欤！自生人以来，未有如夫子者也。敷赞圣旨，莫若注经，而马郑诸儒，弘之已精；就有深解，未足立家。唯文章之用，实经典枝条。五礼资之以成，六典因之致用；君臣所以炳焕，军国所以昭明。详其本源，莫非经典。而去圣久远，文体解散；辞人爱奇，言贵浮诡；饰羽尚画，文绣鞶帨；离本弥甚，将遂讹滥。盖《周书》论辞，贵乎体要；尼父陈训，恶乎异端；辞训之异，宜体于要。

（二）研究范围（即说明研究所涉及的对象和材料）

于是搦笔和墨，乃始论文。

【黄维樑按：“文”的各个方面，就是刘勰的“研究范围”。他的研究范围极广，正因为如此，后人才一致认为《文心雕龙》“体大虑周”。关于“研究范围”，详见上面“八节”分法所述。】

（三）文献探讨（或谓“文献述评”“对相关研究成果的检讨”）

详观近代之论文者多矣：至如魏文述《典》，陈思序《书》，应玚《文论》，陆机《文赋》，仲洽《流别》，弘范《翰林》；各照隅隙，鲜观衢路。或臧否当时之才，或铨品前修之文，或泛举雅俗之旨，或撮题篇章之意。魏《典》密而不周，陈《书》辩而无当，应《论》华而疏略，陆《赋》巧而碎乱，《流别》精而少功，《翰林》浅而寡要。又君山、公干之徒，吉甫、士龙之辈，泛议文意，往往间出，并未能振叶以寻根，观澜而索源；不述先哲之诰，无益后生之虑。

（四）章节安排（或谓“论文架构”）

盖《文心》之作也，本乎道，师乎圣，体乎经，酌乎纬，变乎《骚》：文之枢纽，亦云极矣。若乃论文叙笔，则囿别区分；原始以表末，释名以章义，选文以定篇，敷理以举统。上篇以上，纲领明矣。至于剖情析采，笼圈条贯：摛《神》《性》，图《风》《势》，苞《会》《通》，阅《声》《字》；崇替于《时序》，褒贬于《才略》，怊怅于《知音》，耿介于《程器》，长怀《序志》，以驭群篇。下篇以下，毛目显矣。位理定名，彰乎“大衍”之数；其为文用，四十九篇而已。

（五）研究方法

夫铨序一文为易，弥纶群言为难。虽复轻采毛发，深极骨髓，或有曲意密源，似近而远，辞所不载，亦不可胜数矣。及其品列成文，有同乎旧谈者，非雷同也，势自不可异也；有异乎前论者，非苟异也，理自不可同也。同之与异，不屑古今，擘肌分理，唯务折衷。按辔文雅之场，环络藻绘之府，亦几乎备矣。但言不尽意，圣人所难；识在瓶管，何能矩矱？茫茫往代，既沉予闻；眇眇来世，倘尘彼观也。

（附）结语（即“赞曰”）

生也有涯，无涯惟智。逐物实难，凭性良易。

傲岸泉石，咀嚼文义。文果载心，余心有寄。

本文正文把《序志》分为四节。四节和五节的不同在于：“四节”式把“五节”式的首二节合成一节，如此而已。

易经是《文心雕龙》作者刘勰思想的本源（上）

游志诚*

内容提要 易为群经之首，百学之源；《文心雕龙》出入经史，涵泳子集，最终被概括为文论经典。本论文振叶寻根，观澜索源，实例论证《文心雕龙》处处本源于易学，举凡化用、明用、暗用之法皆有之。本论文据跨界平行影响之研究一一论证之。

关键词 道德之极 影响论 义理 本体论

孔子、荀子俱言道德，然非今人所言之道德，而是《周易》所述乾道坤德，本之易学乾坤之理。试观《论语·里仁篇》云："士志于道，据于德，依于仁，游于艺。"此道德分言并举，谓道自道，德自德。《荀子·劝学篇》有云："礼者，法之大分，类之纲纪也，故学至乎礼而止矣！夫是之谓道德之极。"此亦道德分言之意。道德二字，盖先秦子家常言必论义理，而其本原思想来自《周易》乾道坤德思想。易为群经之首，百学之源。先秦子家，诵读经书，必精研易理易学。易学中许多主要思想概念已化为君子的普遍知识、行为准则以及价值观念，而有所谓"百姓日用而不知"现象。其中，道德二字皆来自易学乾坤道德本义。

本乎此，孔子谓君子一生学问进程首自通习道德，学问终底圆成亦归本道德，即"志道据德"此句之意。而乾坤二卦为易之门，六十四卦皆自此衍生，错综变化而成，故举乾坤二卦，即包大易天道人事总义，而士人君子莫不修习之，讲究方智圆神兼备成就一生之学。荀子所谓"道德之极"乃参取易学乾坤道德为易之门而有"终极完美"的本义。不惟荀子如此，凡先秦诸子百家之学莫不参引易学易理，作为一家之学的本源，故有"易为群经之首，百学之源"的说法。

刘勰一生之学，也一样承受易学思想影响，从《文心雕龙》与《刘子》二书屡见引述易卦爻辞、转化易理、化用易道之作法，即可明证刘勰一生精于易学，深受易理启发，借以建构刘勰自家思想的本体论、宇宙论、道德论等思想系统，

* 游志诚，台湾彰化师范大学国文系所教授。

刘勰的思想与易学的渊源，可谓至深且密。以下论述由《周易》经传衍生的与刘勰学术有关的子学或文论议题，探讨《周易》思想作为刘勰《文心雕龙》与《刘子》二书的本源证据。

案《周易》一书自卦爻辞而后，包括《周易》此书的来源与性质[1]，解易说易参易者，无时无代不有之，先秦诸子百家学说既然是“枝条五经”则必参易自不待言。所谓仁者见之谓之仁，智者见之谓之智，百家各自取易学一瓢饮，因各自领悟之不同，而衍伸转化内建为自家之学，不可一概而论，此犹如寻常百姓可能一生行事思维自有暗合于易学易理而不自知，故《易系辞》又有“易明天下之道”之语，百家汲取易理，体会易学，见诸学说，载之行事，皆如同百姓日用易理而不自知。因之，凡属卦爻辞以后之解释，可别名之曰“诠释易学”，此派之易学，在春秋时代，即可引孔子代表之儒家与老子代表之道家为显著二例。孔、老二子莫不源出易道，儒家、道家皆传承原始的卦爻辞义理，“十翼”就有这一部分的易传易学。本书对“易传”的考订，特别注重对易传有关天道、性、刚柔、体用、道德等易理重要概念的界定，以及易传与儒家、道家之间的影响承受与异同关系之说，大抵遵从戴琏璋《易传之形成及其思想》一书的考订结果。戴先生考订易传最明显的方法特征，即将易学传统与儒家易学分清楚，然后辩证“易传”的易学，与儒家传世典籍诸如《中庸》《礼记》《荀子》等儒家文献并比互参，认为在“性”与“天道”这两方面的学问，易传与“儒家”息息相关。本乎此，戴先生提出了一个很重要的“易传”学派归属结论，即认为易传即使非孔子手定，然由七十子门徒据孔子之意而删定增补，辅以七十子各自领会而编定之“十翼”，可判定此部分“易传”确属儒家思想门派。[2] 如此一来，学界争论不休的有关刘勰思想究属儒家或道家的讨论，即可根据这个结论进行辩证。

盖刘勰思想若就“易传”的影响而言，《原道》之“道”即可归为儒学之道。然而因为“易传”思想本来极为复杂，易传文献考订各家纷纭，没有定论。对易传作者、易传思想内容、易传学派归属等诸问题之考察，学界至今未有一致看法。除了戴氏有易传儒家派之说外，像陈鼓应一派的道家学者直接判定易传是道家作

1　屈万里：《易卦源于龟卜考》，《书佣论学集》，开明书店，1982 年，第 84 页。

2　参见戴琏璋：《易传之形成及其思想》，文津出版社，1989 年。案：戴先生此书考订易学与儒学之关系，创论不少，特别是第二章第一节论易学传统与第二节论儒家传统，在第 15、22—23、33、36 页以及第 55 页等。又该书第五章结论有云：“在先秦儒家典籍中，能这样体用兼顾而又道器通贯地论述天道的，只有易传。”（第 231 页）此语尤其可参。

品。此与宋儒程大昌揭示的“易老通言”之论，可谓古今呼应。[1] 本乎易传是道家之论的说法而论证刘勰思想之“道”为何道？则答案必然又是道家之道，而非儒家之道。由以上可知，“易传”与“易经”要有经传辩证，易传是道家抑或儒家，皆直接关系刘勰阐述的“道”为何家思想之认定。近代刘勰学术与文学研究构成的“文心学”较不足之处，也即是在这些关键易学问题上，罕有突破性之论述成果。尤其在“易学”对《文心雕龙》与《刘子》的影响，及其具体呈现之研究不够，导致《文心雕龙》与《刘子》二书与“易学”之渊源关系，或不被认同，或虽有研究，却一再误解“卦爻辞经文”与“易传”传统有差别，结果是搞不清楚刘勰思想是道家抑或儒家。其实刘勰一生尊奉至圣孔子，孔子有“赞易”之辞，必为刘勰特别重视。[2] 刘勰一方面直接承受《周易》经文的启示，另一方面则大量参酌“易传”义理，建构自家文道体系。《刘子》一书的《九流章》主张儒道二化，刘勰《文心雕龙》一书的《原道》篇广泛引述《周易》经文与传文，会合统观，援引转化为刘勰自成一家之学，就是明显证据，刘勰用一个“道”字概括之。可惜，文心学界拘泥于儒家之道或道家之道，先入为主地理解，而较难接受从“易道”探本溯源，深入诠释，就难免会有终隔一层之叹。本书论述刘勰思想对于“道”的理解，大抵根据“易道”为主。

再者，须知《周易》卦爻辞本身即一部文学作品，《周易》传文十翼，虽非尽是文学文章，但是这十篇《周易》传文，所阐述的“易理”，则有很多道理与文论相通，甚至可视作古代文论的源头。因此，谈论《周易》文学，也要包含这一类与文论相通的易理。以下即据《周易》十翼传文，勾出重要文句片段，详审其中所述易理，明显与文学理论有相关者，排比而互证之。首先，要注意八卦通

1 参见陈鼓应：《道家易学建构》，台湾“商务印书馆”，2003 年。又陈氏著：《易传与道家思想》，生活·读书·新知三联书店，1996 年。案：陈鼓应一贯主张易传是道家学派，特别是他根据马王堆出土帛书易经的《系辞传》与今本的不同，认同帛书本的道家倾向比今本更为明显。

2 孔子必参易，盖孔子之学首尚“人者，仁也”。此仁前缀见《周易》复卦六二象曰：“休复之吉，以下仁也。”谓坤厚之德有天地必复之理，有爱生之仁，故随而下附之，即“下仁”之意。此象曰首言“仁”，而《周易》全经三百八十四爻唯见此一例言仁字。可证孔子言仁盖本于易，且有“下仁”此句象曰之词以助解。又考复卦初九：“不远复，无只悔，元吉。”此爻辞谓仁人知悔不及过，速反而悟，故终有无悔之吉。此初九爻义之旨，然未有事例以证。及至《系辞传下》始引颜回“不二过”之事辅证知悔易理，又颜回“三月不违仁”亦可比拟复卦“不远”即知悔之复卦易理。《系辞传下》释初九爻义既已知引述颜回好仁之事以证，则《系辞传下》出孔氏之门所作无疑，亦孔子尝参易之明证。

气与文论的气论所指涉的“气”字，这一概念出现在说卦的一段文字中，有“山泽通气”一句，虽然只讲一个气字，但是由此推论，既然八卦中的两卦，即艮山兑泽有卦气相通感应，由二及八，当可推知其余的六卦，也是各个都有互相循环的感应通气。再由此而推想，八卦一气，意指阴阳一气，亦即统摄于太极一气，而归结出无穷变化之卦气耳。这种八卦气化的观念，近似一种本体论、存在论的存在本质，也是一种特殊的《周易》易理，启导此后华夏文化绵延不绝的子学思想体系。而作为古代文论中的“文气”论，就是从此体系衍生跨界到文章理论。试观《文心雕龙》一书的《体性》篇提出的体气，与《养气》篇建构的作家才气习气，细审其立论意涵，亦几乎不能超出与《周易》的气论有关系之范畴。

可惜，文论家畅叙文气论，较少比附《周易》的气论，致使“气”在作家、作品双向交流中的作用，难以明其所以然，不免一失。

关于这点有两种说法，有待辨明。一种即文气的贯通流行，兼涉作家体性与作品风格，非仅止于文体的刚柔之气而已。例如陈良运《周易与中国文学》一书云：

> 刘勰之“数穷八体”，犹《周易》之阴阳二爻演为八卦，八体实为诗文八种美的形态，或八种风格类型，而不是指文体类别，所以又说：“八体虽殊，会通合数，得其环中，则辐辏相成。”刚柔相济，众美相适。[1]

这里的说法，已知八卦通气的气化论是《文心雕龙·体性》篇八体的来源，并且也指明文章气化以刚柔为主，通贯八体。其实，将八体化约成刚柔二气，已误解了八卦通气本来是双向循环的性质，以及卦气原本就是“错综复杂”的气变现象了。因此，《文心雕龙·体性》篇八体的关系，不是化约成一组刚柔的对比，而是互相交融相侵的多元变化，这才是八卦通气的真正意涵。

再一种的气化误解，即将《周易》之气与老子庄子学说的气混在一起，甚至还掺杂佛家的气性之说。关于儒、佛、释、老（庄）的气之辩证，宋儒张载《正蒙》一书说得最透底。张载云：

> 知虚空即气，则有无、隐显、神化、性命通一无二，顾聚散、出入、形不形，能推本所从来，则深于《易》者也。若谓虚能生气，则虚无穷，气有限，体用殊绝，入老氏“有生于无”自然之论，不识所谓有无

1 引自陈良运：《周易与中国文学》，百花州文艺出版社，1999 年，第 250 页。

> 混一之常；若谓万象为太虚中所见之物，则物与虚不相资，形自形，性自性，形性、天人不相待而有，陷于浮屠以山河大地为见病之说。此道不明，正由懵者略知体虚空为性，不知本天道为用，反以人见之小因缘天地。明有不尽，则诬世界乾坤为幻化。幽明不能举其要，遂躐等妄意而然。不悟一阴一阳、范围天地、通乎昼夜，三极大中之矩，遂使儒、佛、老、庄混然一途。语天道性命者，不罔于恍惚梦幻，则定以“有生于无”，为穷高极微之论。入德之途，不知择术而求，多见其蔽于诐而陷于淫矣。[1]

此一段畅论《周易》之气，归本于一阴一阳之理，力辟老子的“无”之说，谓它不是气。因为气虽未成形，非即表示气不存在。又力排佛家的幻化说，因为乾坤本来一气，一阴一阳，尽包宇宙，通乎昼夜，品物流行，今古一贯，气的本质不灭，所以乾坤世界非关幻化。张载这一项“太虚主气”学说，有力地支撑着文章必有气，字里行间必贯串文气的作品存在样态，使得文气论的形上思维有了源头根据，古代文论自古及今到处出现的文气论，以及由“气”引申的一系列相关术语与范畴概念，都有了理论的准据。然而，张载《正蒙》这段话悉自《周易》的八卦通气本义而来。由是可知，《周易》易传的“气化”之易理，是文学理论文气范畴的最早启导。

今若改从《周易》经文追溯与“气”有关的卦爻辞，最直接者，莫过于咸卦之气。虽然咸卦卦爻辞自首至终并无一个“气”字，但是咸字训感，如何感？就在咸卦六爻爻辞中用易之象表现出来。咸卦用身体的感官功能，依次描述其感动与感应的过程及其产生的变化，分别是：咸其拇；咸其腓；咸其股，执其随（即腿）；咸其心[2]；咸其脢；咸其辅颊舌。由此可知咸卦描写的身体意象，部位由下而上，中间经过“心”的憧憧往来，构建一部《周易》全书的感通体系。而贯串通体的感应动力，就是卦内之“气”。咸卦的传文中有很多个“气”字，凡《周易》全

1 引自张载：《正蒙·太和篇》，收入《张载集》，里仁书局，1981年，第7页。

2 咸卦没有咸其心一词，但是据九四“贞吉，悔亡，憧憧往来，朋从尔思”之描述，注易家据“思”字训为心，又据九四处股上脢下，位在心，故九四爻辞虽无咸其心之辞，而实有其意。刘沅曰：“四在股上脢下，心之位也。心之所感不正，则有悔。无所系累，则贞而吉。四阳居阴位，不为中正，未能应以无心虚己感人者也，故有憧憧往来，朋从尔思之象。往来，通上下诸爻言之。咸拇腓股，已往者也。咸脢辅颊舌，来者也。”转引自马振彪遗著，张善文整理：《周易学说》，花城出版社，2002年，第314页。

书有“气”字的共五句，此咸卦即占两句，咸卦彖曰也是首次提出“二气感应以相与”这种刚柔之气的概念。同时，咸卦彖曰也是引用气的感应解释身体的感官相通，引申到万物有互感，天地之间也有感气，一切皆出于气感的相应相通，才会产生无穷的变化之万象。由此可知咸卦所建构的“气感论”，配合说卦的八卦通气论，整部《周易》的“气化”易理系统，遂告确立。

经由以上分析，“气”的概念，早在《周易》一书中即出现。气的演化生成道理，也最先在《周易》的卦爻辞经传文字中概括精义。然则古代文论中的文气论，推本溯源，自当启灵于《周易》一书，《文心雕龙》与《刘子》二书阐述的“气论”当然也都不是例外。

《周易》卦爻辞善用易象、史事，借此象征吉凶，往往有言在此，而意在彼之易理暗示。其中，与《诗经》文体笔法相似者，今人李平心引“谐讔”体说明之。李平心云：

> 我悟到墙有茨之类的兴辞为《诗经》中的谐讔，是受到《周易》研究的启发。我已掌握大量证据，发现《周易》是用谐讔文体和卜筮外形写成的特殊史书。作者撰卦爻辞，显然受到《诗经》兴体的影响。[1]

这段话，指明卦爻辞某些字词，借由古音同音通假之例，可能暗示与战国史事有关的讔语，李平心说这就是卦爻辞的谐讔体。他举剥卦为例，用古音通假，说剥是庖的暗语，庖又为齐国田氏的祖姓，而肤即吕字的谐辞，“剥床以肤”实际是借用谐讔手法暗示齐国田氏取代姜吕的史事。经此一解，《周易》的卦爻辞时代应晚至战国，而且《周易》的兴体写作既然仿自《诗经》，亦必在《诗经》之后，乃晚出之书。李氏又云：

> 《周易》作于战国初期，同孔子根本无关，郭沫若先生已有考证。《论语·述而》所谓“五十以学易，可以无大过矣”。易本作亦。

1　引自李平心：《〈诗经〉“墙有茨”与〈周易〉“剥床”合解》一文，原载《中华文史论丛》第五辑，后收入吴泽主编，袁英光、桂遵义编选《李平心史论集》，人民出版社，1983年，第297页。

我越来越坚信：《周易》晚出，全书是运用谐谑文体暗写史事与时事。[1]

这段话，判定《周易》一书当迟至战国始出，其证据是卦爻辞用谐谑体不得早于《诗经》。姑不论《周易》一书战国始出之说对否，至少，李平心懂得用文学观点解易，从“谐谑”之文学技巧切入，多多少少已能认清卦爻辞的文学语言本质，不致单看《周易》只是卜筮之书而已，《周易》此书的文学性质，《周易》经传作为文论的启导，当前学界已有此论调矣！

再看子学义理既重要又根本的两个术语：道与德，以及由此两字合言“道德”一词，为子家必论之课题。但是道字有多义，有儒者之道、老庄之道，甚至佛家、释家亦言道，道论非一，德论亦然。

若再问此道字、德字出自古籍何书？源自古代何学术？学者则又各有自家言之成理之考定。可惜，这些考定较少溯源自易学、易理与易道。殊不知凡子家所言道、德之精义及道德之作用、道与德互为依存之关系等，凡有关道与德之义理论述，其实皆已悉备于《周易》乾、坤二卦。盖乾、坤二卦首出现道、德二字，道与德二字往往互训而有道德一词之词义。乾道为“资始”，代表天地事物创始之源，坤德“资生”，代表大地生存长养万物之资源，乾道有九德，坤德亦有“地之道”，道现形于德，德内涵道之作用，道中有德，德中有道，犹如天地合言，以尽括自然人事之理，故道德每每合言。道与德，为一切思想之本体论、宇宙之构成、人生存在之总纲，其实已皆备于乾、坤二卦的易理中。民国新儒家如冯友兰、严灵峰、唐君毅三家，以现代学术观点，重新诠释道与德，力图在古人之理解下，以折中汇通新方法，融入新概念，赋予道与德二字新义，表现后出学者新的领悟，与古人旧解有所不同之说。虽然用心良苦，但只要细加审读，即使现代学者有新解道德之义理，但是仍然不出《周易》乾、坤二卦经传已揭示之道德要义。今自韦政通《中国哲学辞典》一书“道与德”条目辑录冯、严、唐此三家之道论如下：

冯友兰《中国哲学史·老子及道家中之老学》：“道为天地万物所以生之总原理，德为一物所以生之原理，即韩非子所谓‘万物各异理’之理也。”严灵峰《老子书中“德”字之系统的研究》：“老子所说的‘道之用’，也就是‘道之

1　引自李平心：《〈诗经〉墙有茨与〈周易〉“剥床”合解》，《李平心史论集》，第298页。案：《周易》一书为战国时子弓所作，此说出自郭沫若《周易之制作时代》一文，其后郭氏又在《儒家八派的批判》一文中进一步阐述。参见郭沫若：《十批判书》，东方出版社，1996年，第152页。

德'。再若依老子的'有之以为利，无之以为用'的说法，那么这个界说可以翻成：'以道为利，以德为用。'这样，'道'便是：有、动、根据、原因和本质；'德'便是：无、静、显现、现象和效用。道是体，德是用，再明白不过了。"唐君毅《中国哲学原论·老子言道之六义贯释上》："自道之别于德上说，即道乃从天地万物之共同之本始或本母上言，即自天地万物之全体之公上言；德乃从道之关联于分别之人物言。人物之德，即从人物之个体之私（私犹自己）之所得上言；道之玄德，则为再就此德之属于道体之自己而言。"[1]

合观以上冯、严、唐三家道德新解，各家在同异之中，却共通一种现象，即将道字与德字，视作思想史之"总纲"位阶，且都有"折中归纳"道德之企图。而就此一企图"思考路向"而论，都不约而同指向"天地大观"这种形上思考，置道与德为思想界"本体论"或"宇宙论"之论述层次。关于这点，先秦两汉子学思想系统中，并无等同西方哲学讲的本体论与宇宙论，可据之以对观先秦子家类似之学说，然而子学集中对"天地"创生、万物化始的论述，在先秦经、子文献中最常见的就是用"道"字与"德"字。若再推考天地化生之概念，先秦两汉子书中出现最多的也还是用道字与德字，而最具备总摄含义，带有类似宇宙本体内涵义理的道、德二字，乃悉备于乾、坤二卦经传。今全录如下：

乾。元亨利贞。	彖曰： 大哉乾元，万物资始，乃统天，云行雨施，品物流形。大明终始，六位时成，时乘六龙以御天，乾道变化，各正性命，保合大和，乃利贞，首出庶物，万国咸宁。	象曰： 天行健，君子以自强不息。
初九，潜龙勿用。	—	象曰： 潜龙勿用，阳在下也。
九二，见龙在田，利见大人。	—	象曰： 见龙在田，德施普也。
九三，君子终日乾乾，夕惕若，厉无咎。	—	象曰： 终日乾乾，反复道也。
九四，或跃在渊，无咎。	—	象曰： 或跃在渊，进无咎也。

1 引自韦政通：《中国哲学辞典》，吉林出版集团有限责任公司，2009 年，第 575 页。

续表

九五，飞龙在天，利见大人。	—	象曰： 飞龙在天，大人造也。
上九，亢龙有悔。	—	象曰： 亢龙有悔，盈不可久也。
用九，见群龙无首吉。	—	象曰： 用九，天德不可为首也。
坤。元亨，利牝马之贞，君子有攸往，先迷后得主，利西南得朋，东北丧朋，安贞吉。	彖曰： 至哉坤元，万物资生，乃顺承天，坤厚载物，德合无疆，含弘光大，品物咸亨，牝马地类，行地无疆，柔顺利贞，君子攸行，无迷失道，后顺得常。西南得朋，乃与类行。东北丧朋，乃终有庆，安贞之吉，应地无疆。	象曰： 地势坤，君子以厚德载物。
初六，履霜坚冰至。	—	象曰： 履霜坚冰，阴始凝也，驯致其道，至坚冰也。
六二，直方大，不习无不利。	—	象曰： 六二之动，直以方，不习无不利，地道光也。
六三，含章，可贞，或从王事，无成有终。	—	象曰： 含章可贞，以时发也，或从王事，知光大也。
六四，括囊，无咎，无誉。	—	象曰： 括囊无咎，慎不害也。
六五，黄裳，元吉。	—	象曰： 黄裳元吉，文在中也。
上六，龙战于野，其血玄黄。	—	象曰： 龙战于野，其道穷也。
用六，利永贞。	—	象曰： 用六永贞，以大终也。

右列乾、坤二卦经传原文，顶格第一列即乾、坤二卦卦爻辞，第二列以下皆传文，即十翼中的彖、大象、小象三者。经传分开而细读之，乃知经文无论乾卦

卦爻辞，或坤卦卦爻辞，并无任何一个道字或德字，然而却深含道与德之“义理”于其中。故而传文分别于乾卦彖曰有“乾道变化”之句，拈出“乾道”一词，又在九二象曰“德施普也”出现德施一词，次于九三象曰“反复道也”出现单言“道”字，于用九象曰又有“天德不可为首”云云，转化“乾道”指天之意，引申出天亦有德之“天德”一词，据此可知乾卦传文中道字凡二见，而德字亦二见。又道德二字互用互训亦一见，即天道天德此句道德二字互易。乃知乾卦一卦之中已尽包道德二义。

仿照以上乾卦归类分析，同样在坤卦卦爻辞中不见任何一个道字或德字，但是道、德二字义理亦同乾卦，悉备其理于坤卦经文中。其尤巧者，乾象主天，而道自天而出，乾卦道字凡二见，坤卦四见，差别在坤象主地，地象德，于是，坤卦传文“德”字与“道”字混言之，道、德二义互训，且二字错综于传文上下句中，并首次呼应天道与天德的统合概念，因此坤卦传文也有坤道、坤德互相贯通之义理，例如“地道”一词，以及“其道穷也”都有“道”，表示坤卦也有“道”。

明乎此，先秦文献道、德二字出现次数最集中，且道、德二字互训或道、德合义，并提升至“思想层次”这种特殊概念者，只有《周易》此书乾、坤二卦有之。乾主天，坤主地，乾坤既为《周易》全书之“门钥”，意谓总摄与开端之始，则天地为一切道之本原，道为总摄天地之本体，言天地，必自乾坤始，说乾坤必溯源自“道”的概念，道出自乾坤天地之理此一说法，当无可再疑。冯、严、唐三家畅论道的起源、性质与作用，知晓道与天地的关系，可谓能得其要领。然而，三家却并未进一层追溯更早的道之起源，其实来自《周易》乾、坤二卦之易理易学，乃不免有见树不见林之失，反观刘勰文论与子论皆推源于《周易》乾坤道德，可谓真能知晓“探本溯源”方法。《文心雕龙》全书首立《原道》篇，全篇自首至尾，莫不引易辞、说易理、述易学，作为文章学术的本体总纲，印证刘勰根据《周易》统观百学的彻底实践。但是，刘勰的易学又如何理解？

今观《原道》篇立为全书首篇，表面看之，似以“道”为主，实则细味全篇主旨并不在推考“道”之本源，反而在推考“心”之为用。《原道》篇在一篇之中，立说“五心”，即天心、地心、人心、文心、道心。《文心雕龙》全书以“心”取名，原道即推原道之“心”。然则《文心雕龙》全书首重“心”，恰恰与《刘子》全书首立《清神章》，而“心神”连言同主“心”之学说类似，此二书同主“心”之证，益信《文心雕龙》与《刘子》二书思想主轴相同，系统一致，二书必同一人之所作无疑。《文心雕龙·原道》篇云：

文之为德也大矣，与天地并生者何哉？夫玄黄色杂，方圆体分，日月叠璧，以垂丽天之象；山川焕绮，以铺理地之形，此盖道之文也。仰观吐曜，俯察含章，高卑定位，故两仪既生矣。惟人参之，性灵所钟，是谓三才。为五行之秀，实天地之心，心生而言立，言立而文明，自然之道也。

首句“文之为德”有“德”字，篇名《原道》篇有“道”字，道德合言，完全出自《周易》，不是《老子》，又此节论人文之元肇自太极，而太极之道，首归三才。三才即天、地、人之才，三才各有心，故曰天地之心，而人心统天地为三才之灵，五行之秀。故此节已立天心、地心、人心三心。据此三心而后有言，言而有文，遂生“文心”。而人文之作，莫不要“原道心以敷章，研神理而设教”作为创作文章纲领，必归“道心”，此道心之道即太极之道，亦即易学易理周遍天下之道。《文心雕龙》全书理论源自易学由此可证，而其取自易学之精华即在易之“心”。由此心而广施普行于天、地、人三才，故曰文心。《文心雕龙》重易学易理之心，与《刘子》首篇《清神章》论形、心、神乃君子立身修养之首要关键，仍然突出人文之“心”与神配合双修之功用。《清神章》云：

形者，生之器也；心者，形之主也；神者，心之宝也。故神静而心和，心和而形全；神躁而心荡，心荡则形伤。将全其形，先在理神。故恬和养神，则自安于内；清虚栖心，则不诱于外。神恬心清，则形无累矣。[1]

此节《刘子》专论君子修心养神全形之功夫论，并非专论文章之作。但是《刘子》仍然主“心”居修养枢纽地位，把“心”与“神”并言，用心神双修作为全形之首务。可证《刘子》的子论已呼应《文心雕龙》此书重视“心”学，差别只在《刘子》此书在“心”之上再加一“神”字概念，构成“神恬心清”的心神双修理论，代表《刘子》作为子家思想系统文论与子论互参的特色，还有以文通子，

1 明代评点《文心雕龙》之曹学佺首先注意到《原道》篇把“心”“神”合言并用，曹氏云：“其原道以心，即运思于神也。沈休文谓其深得文理，大抵理非深入不能跃然。惟彦和义炳而采流，故取重于休文也。”此语不啻又给《刘子·清神章》合“心”“神”而并论的说法作一注解。从而可知刘勰不论在《文心雕龙》抑或《刘子》中都是“心”与“神”并言的。以上曹学佺说法转引自黄霖《文心雕龙汇评》，上海古籍出版社，2005年，第15—16页。

由子证文的“折中”学术方法。

以上自《原道》篇所见之神，其实质本源也是来自《周易》此书，而《周易》谈的神很难看到它有宗教之神的意思，《原道》篇的神当然也不会是宗教神。何谓“宗教神”？定义为何？宗教之神与子家论神有何区别？须知子论侧重在义理层次之神，而宗教则论唯一之神。《刘子》乃子学之作，不可能归属宗教之神。今再观《文心雕龙》其他各篇提及的神，尚有吊神、神志、心神、神道、神龟、神宝、神明等概念，部分亦可能涉及“怪力乱神”的神，带有一些民俗宗教之意涵。例如以下《文心雕龙》各篇之神字：

神之方昏（《养气》）　　神之吊矣（《哀吊》）
神之用也（《养气》）　　神之来格（《祝盟》）
神用象通（《神思》）　　神志外伤（《养气》）
神居胸臆（《神思》）　　神思之谓也（《神思》）
神理之数也（《情采》）　　神理共契（《明诗》）
神理更繁（《正纬》）　　神理为用（《丽辞》）
神理设教（《原道》）　　神教也（《原道》）
神教宜约（《原道》）　　神道难摹（《夸饰》）
神与物游（《神思》）　　神龟见而洪范耀（《正纬》）
神宝藏用（《正纬》）　　祝告于神明者也（《祝盟》）

另外，《文心雕龙》全书七处言神理如下：

1. 若乃河图孕乎八卦，洛书韫乎九畴，玉版金镂之实，丹文绿牒之华，谁其尸之？亦神理而已。（《原道》）

2. 莫不原道心以敷章，研神理而设教，取象乎河洛，问数乎蓍龟。（《原道》）

3. 赞曰：道心惟微，神理设教。光采玄圣，炳耀仁孝。龙图献体，龟书呈貌。天文斯观，民胥以效。（《原道》）

4. 经显，圣训也；纬隐，神教也。圣训宜广，神教宜约；而今纬多于经，神理更繁，其伪二矣。（《正纬》）

5. 赞曰：民生而志，咏歌所含。兴发皇世，风流二南。神理共契，政序相参。英华弥缛，万代永耽。（《明诗》）

6. 五色杂而成黼黻，五音比而成韶夏，五情发而为辞章，神理之数也。（《情采》）

7. 造化赋形，支体必双；神理为用，事不孤立。夫心生文辞，运裁百虑，高下相须，自然成对。（《丽辞》）

由以上所见刘勰思想系统很重要的一个概念就是“神理”。这个神理思想，贯串《文心雕龙》全书，自《原道》篇首揭之，《正纬》篇申论之，再散入到其他各篇或多或少都有引述与旁通发挥神理之言，足以表明刘勰思想系统对神理的重视。

不惟《文心雕龙》此书如此，《刘子》也一样重视神理。自首篇标明《清神章》畅谈神字，论述清神功夫要义，无不根据神理。再到《命相章》《类感章》《祸福章》等各篇也都谈到神理。其余它篇个别文句、片段说理关系神理之概念，同《文心雕龙》一般，随处可见。

《文心雕龙》与《刘子》二书不约而同，一起重视神理，构成两书旁通互参的主要特点之一。因此，理解二书的神理所指为何，间接由此判定刘勰的思想归类到底是儒家、佛家、道家哪一种，遂成为研究刘勰学术的关键课题。可惜，今人解释《文心雕龙》的神理一词，泰半有两种盲点：

其一，谓神理是指佛神之理，据此判定刘勰《文心雕龙》此书用佛教思想。

其二，不知神理出典其实在《周易》，但是《周易》是否是宗教？未引《周易》经传原文参证之，以致误解神理一词的真正涵义。

今若欲疏解以上二疑导致的对“神理”真义的误解，首要之务即在考索《文心雕龙》首篇《原道》篇对神理来源的说法，其原文本义，无不出自《周易》。其中《原道》篇有两段文字已清楚定义神理来自易图与易辞。

第一段是《原道》篇讲“幽赞神明”云：

> 人文之元，肇自太极，幽赞神明，易象惟先。庖牺画其始，仲尼翼其终。而乾坤两位，独制《文言》。言之文也，天地之心哉！若乃河图孕乎八卦，洛书韫乎九畴，玉版金镂之实，丹文绿牒之华，谁其尸之？亦神理而已。

此一节述人文系统的本源，谓来自易的本体太极。自太极而下，有易象，隐藏于六十四卦之卦画，而刘勰主张画卦出自伏牺之手，一切文字与人文之始源均自此出。在卦画之后，始有卦爻辞，刘勰主张周文王所作。易象易辞之后，又有赞易之辞，即今存“十翼”之篇，刘勰明讲是“仲尼翼其终”。经由以上从太极至仲尼一系列的《周易》之学，持与比较汉代古文家所讲易学作者源流等说法，完全一致，刘勰在此表现的易学知识可以辅证刘勰的经学乃古文家，然而此节原文最重要的一句“幽赞神明”的真正义理被忽略了。案此句之神明即谓神理之明，人文既明神理，也借神理而明。这句的神明与神理意思一样，是《原道》篇首次说神理一词，更是刘勰思想系统最直接明白的神理涵义。细索之，它完全出自刘勰本来熟悉的《周易》内涵之神理，无须置疑。再看《原道》篇第二节原文直接用神理一词云：

> 爰自风姓，暨于孔氏，玄圣创典，素王述训，莫不原道心以敷章，研神理而设教，取象乎河洛，问数乎蓍龟，观天文以极变，察人文以成化；然后能经纬区宇，弥纶彝宪，发挥事业，彪炳辞义。

此节首揭“神理”一词，并与“设教”合言，亦即《周易》观卦彖曰“圣人以神道设教而天下服矣”之神道。然则《原道》篇的神理必自《周易》的“神”字涵义探求始克得解，怎么可以撇开《周易》不提，却旁搜穷讨佛教经典的神理，强冠在《原道》篇的神理之上呢？

再说，《原道》篇此节原文的神理背后已明讲《周易》出自“玄圣创典”，玄圣即指伏牺画卦。伏牺以后，文王作卦爻辞，最后再经孔子“素王述训”的系辞传，最终完成今本《周易》经文与传文合编的古经，此素王即指孔子。观此节所述易学传统，与前一节所述的易学源流丝毫无差别，刘勰的古文家易学在此表现前后一致，绝无可疑。可惜历来校注《原道》篇，以及说解神理一词者，大都忽略它的关键地位，没有认真诠释玄圣与素王的义理内涵。

以上二节《原道》篇原文已将刘勰最基本的文章理论用“神理”二字概括之，涉及文、道、心等思想史观念的课题，皆为《文心雕龙》全书文论体系的关键字词。如果硬指它们都是佛教神理，确然有张冠李戴之嫌！盖真正的“神理”本义，其实来自《周易·系辞上》所述的神理，不是佛教神理。但是，易学广大无边，易冒天下之道，其中由易学引申的阴阳五行术数之学尤其庞杂，而刘勰《文心雕龙》与《刘子》二书无不参之。

试看《刘子》一书虽然不设阴阳五行论，但《刘子》一书实有阴阳五行之学，散见于各篇论述。若《履信章》主信之说，盖自五行尚土尚信之论而来，故而《履信章》云："信之为行，其德大矣！"盖以信德为五行之主。信必归土德，可知之矣。又此句句法、句型与《文心雕龙·原道》篇"文之为德也大矣"也酷似。

《防欲章》以水火相克之理，说明情与欲之相煎，也用五行相克之说。再观《思顺章》直谓："五性顺理，以成人行。"可知此篇即用五行相生而顺之理，乃阴阳五行说之应用。《思顺章》又云："五性逆则人行败。"即明言凡五行相克者，事功必败之理。《思顺章》全文反复辩证五行学说，引据史事史例以证验五行逆顺之道，终篇归结于履信思顺必须配合五行，此篇可谓《刘子》阴阳五行学说之专论，《刘子》虽无专篇题目论阴阳五行，但《刘子》全书处处可见阴阳五行之论。这与刘勰《文心雕龙》有《正纬》篇、《书记》篇涉论纬学，旁参术学与阴阳五行思想互为表里。《文心雕龙》与《刘子》二书同样注重术数学，又特别善用阴阳五行学说，表现在文论与子论，有一贯的折中学术方法，堪称刘勰学术的一大特点。

《刘子》其他篇诸如《诫盈章》《爱民章》《贵农章》三篇也都有掺杂阴阳五行理论的辩证，与《思顺章》《防欲章》所述五行之说类似，只有详略多少的差别而已。综合以上各篇的五行理论，置于古代子论史上五行学说的发展而观之，亦可再次看到《刘子》思想继承先秦两汉的五行理论，开展刘子"一家之见"的折中变通方法，而这是刘勰学术的主要方法策略。今试从阴阳五行学说之演变，论《刘子》如何折中前论，开创一家之说的过程。

案"阴阳"一词本各自单言，《周易》中孚九二云："明鹤在阴，其子和之。我有好爵，吾与尔靡之。"此五经言"阴"字之始，而不见阳字。九二象曰："其子和之，中心愿也。"用一"愿"字，意谓心中思慕对象。虽然爻辞无"阳"字，却已暗含"阳"字之意矣！此后《易传·系辞》上下即多处连言阴阳一词，可见阴阳之说，《周易》经传确实已有之。

至于其他先秦文献言阴阳者亦多有。《诗经·大雅·公刘》："相其阴阳，观其流泉。"即用阴阳连言。《国语·周语》述三川地震，用阴阳不调解释其因。《孙子兵法》述用兵之道，亦参刚柔阴阳之论。今见地下出土的考古文献亦有阴阳与符号暗示。[1] 要之，阴阳早已流行于上古之世，并广为各家门派学说应用发挥，已难以确指始自何时，亦无须定指何代。研究关键当在考查阴阳五行之应用，特别是阴阳与五行学说的配合，及其衍生的一套相生相克变化之道的思想史系统，

1 参见顾文炳：《阴阳新论》，辽宁教育出版社，1993年，第2页。

可由此借用来分析阴阳五行理论与《刘子》援用此说的因革损益之理。[1]

兹据《刘子·履信章》知刘子已阐述五行五德有信之德，则此五行为仁、礼、信、义、智之五德。此五德配合五行即：木、火、土、金、水，故曰土配信德。此《刘子》五行配五常之说，盖本自先秦两汉以来五行说之正统。前此已有之五行五德可见于东汉班固《白虎通德论》，后此则又见于隋代萧吉《五行大义》，《刘子》与此二书同主土德尚信之五行五常系统。

但是，五行论另有别的系统，即以土德配“圣”与水德配“信”二说，与《刘子》五行配五德稍异。

案土德配圣，见于晚近出土的马王堆帛书五行篇与郭店楚简之五行，二者同以木、火、土、金、水配仁、礼、圣、义、智。盖同以土德配圣，而有宗仰“圣智”之论。学者乃考定郭店楚简必出于《子思子》孔伋，以圣人之后而有尊祖崇

1　赵瓯北《陔余丛考》尝揭“易不言五行”，此说甚是。诚案：易虽不言五行，却必言阴阳刚柔。《易系辞下》云：“子曰：乾坤其易之门邪。乾阳物也，坤阴物也，阴阳合德，而刚柔有体，以体天地之撰，以通神明之德，其称名也，杂而不越，于稽其类，其衰世之意邪。”此以阴阳释易之乾德，刚柔言易之“体”，乃阴阳刚柔合言之证。四字之中又分体用，刚柔为易体，则推知阴阳为易用，体用即阴阳刚柔之分。易合言阴阳刚柔四字，别体用以释之，体用概念已有。赵瓯北《易不言五行》云：“五行乃天地自然之理，然易卦但取天、地、风、雷、水、火、山、泽，而不及五行。《尚书》舜禹授受，始言水、火、金、木、土，而又列以谷为六府，几疑唐虞以前尚未以五者为定名，所谓太皞、炎帝、少昊、颛顼五德迭王者，皆后人追溯之辞也。然《洪范》鲧堙洪水，汩陈其五行，则又似鲧以前已有此五行名目者，何以易卦初不及之？且泽即水也，坎水、兑泽一物而分配二卦，而金、木之为用于天下者转不及焉，其理殊不可解。后儒据《系辞》天一、地二、天三、地四、天五、地六、天七、地八、天九、地十，指为河图之数，而以《洪范》所谓一曰水者配河图之天一，谓之天一生水，而河图之位一与六居下，故又谓地六成之，以《洪范》所谓二曰火者配河图之地二，谓之地二生火，而河图之位二与七居上，故又谓天七成之（金、木、土皆仿此）。又泥于孔安国易卦本于河图之说，河图既有此五行，是五行之理已寓于《易》之中。郑渔仲《六经奥论》，因谓《月令》之记四时曰木、火、土、金、水者，乃五行相生之数，《虞书》之记六府曰水、火、金、木、土者，乃五行相克之数，惟《易》与《洪范》所言五行则天地生成之数（即所谓天一生水、地六成之云云也），是渔仲亦以为五行在《易》中也。然天一地二云云本说大衍之数，并未言生水生火也。即以《洪范》所谓一水二火配之，适相吻合，然亦系《系辞》推阐河图之数如此，而伏羲画卦则但以天、地、风、雷、水、火、山、泽取象，并未及五行也。窃意伏羲画卦，专推阴阳对待变化之理，言阴阳而五行自在其中，其五行之理则另出于图、书。唐虞以前图、书自图、书，《易》卦自《易》卦，不相混也。后儒以阴阳、五行理本相通，故牵连入于《易》中，而不知《易》初未尝论及此也。观此，则余所谓画卦不本图、书者，益非好为创论矣。”

圣之论，下开孟子的崇仁尚义学说，遂谓此五行说即思孟学派系统。

再看第二派五行说以水德配信，亦异于《刘子》用土德尚信说。此由东汉郑玄注《礼记·中庸》首倡之。郑玄注云："木神则仁，金神则义，火神则礼，水神则信，土神则智。"此即土尚智、水尚信之异说。惟郑玄主此说，幸经隋代萧吉《五行大义》辨之甚详。萧吉《五行大义》专设"论配五常"一节，历叙五行配五德各家说，而定论于土德尚信。[1]

据萧吉辩证，水德非可配信，盖土德仿易传"效法之谓坤"意指坤德崇尚乾道，乾天坤地，天尊地卑，然而四时运行不改其序，大地长养万物之德，亦永远不变其节，故而乾坤天地有"信"之德，当以坤土德尚信为确然不易之论。刘勰一生学术参详易学易理，必有己悟，故不从郑玄大儒之威名，宁信易学乾坤元亨利贞四德之配，而归之尚土宗信说，遂有《履信章》之作也。

复次，古书文献若《论语》已揭"仁者乐山，智者乐水"之论，则水德主智不尚信之说早已发论于此，今《刘子》述先圣之学，立一家子论，当前有所承，后有所继，不至于盲信异端之论以邀俗誉也。土德尚信之说，即《刘子》折中之后谨守前贤精论学说之一例。

然而，《刘子》五行论亦非全无新创，何则？盖五行五常之配，别有"六德"说，即智、仁、圣、义、忠、和六德，首见于《周礼·地官·司徒》。盖谓司徒掌乡教之三事，一曰六德，二曰六行，三曰六艺。六德即智、仁、圣、义、忠、和。六行即孝、友、睦、姻、任、恤。六艺即礼、乐、射、御、书、数六项学习课目。其中六德者，有三德出自五德。故五德与六德之增损，亦五行阴阳学说之转变，二者关系之理至密。

今见《刘子·言苑章》首段亦言六德曰忠孝、信让、仁义，且两两一组合言，似以忠孝为阴阳之互补，信让、仁义等同作如是观。相较于《刘子·履信章》五德五行，《言苑章》多出忠、孝、让三德。就忠德而言，西汉董仲舒已揭五行土德配忠之说，今《刘子》又引入六德，可视作补仲舒之论，折中为五行五德之配合。然则《言苑章》于六德新增之一德当是"让"德。刘子重视让德，一见于此，又见于《明谦章》有专篇立论谦让德行。但是古来五行理论，从未见有配"让"德之说。《刘子》援让归信，信让合言，故有《履信章》与《明谦章》二篇之设。然则《刘子》于五行五德理论有自家之定见，殆即有意对信让之德加以表彰，特别是"让"德之突出，显示刘勰其人品性修养富于古风，心仰泰伯、伯夷有让德

1 参见萧吉：《五行大义》（钱杭点校本），上海古籍出版社，2001 年，第 78 页。

之品以及《春秋》美禅让之深意。从而可知《刘子》之作，或有刘勰寄托遣怀希圣崇贤之用心焉。[1]

然而刘子五行说，犹待再辨者，即刘子一则以仁、礼、信、义、智为五德，此由《履信章》之主信尚土而知之。今自《言苑章》而观，却不用“忠信”二德合言，改用“忠孝”词组相配，虽说此因源于六德之故，必须两两相配，但何以刘子不用忠信、孝让之组成，改用忠孝、信让之相配？盖刘子于五行五德承袭前贤子论本有二说，一作仁、礼、信、义、智，二作仁、礼、信、义、忠，刘子乃兼参此二说而折中之，此亦刘子一贯学术思考方法。遂有《言苑章》忠孝二德，突出“忠”德为六德之首。而《刘子·韬光章》《明谦章》，用意都在“韬迹隐智”，自戒露才显己，以避“龟智见害”之理。据此推知刘子必不尚“智”，而更注重全性澄心修养功夫。又由此推想，刘子五行五德或有意修正“智”德，改以忠信替代之，推知刘子五行五常较近于仁、礼、信、义、忠一系。刘子不崇尚“显智露才”之心术，突出表彰“忠”字，偏向仁、礼、信、义、忠五德系统，表明刘子已继承西汉董仲舒建立的五行阴阳之儒学新义，此新儒学专以“人副天数”为根本，环绕此根本而建构五行相生相克的“天人合一”理论，在此理论中之五行系统，忠字开始提升至更高地位，形成仁、礼、信、义、忠的五行配合，代表尚土思想的兴起，加入五德，《刘子·言苑章》首倡忠孝即根据此一系统的五行论而衍义。

《刘子》的思想系统中常用“五行”与“阴阳”学说，在《刘子》此书的《和性章》与《殊好章》《防欲章》中均可再次见到刘子应用阴阳五行理论之说法。首先在《防欲章》刘子将五行与五官相配，即用目、舌、口、鼻、耳配木、火、土、金、水，分析五官“相生相克”之理。及至《和性章》，刘子又用阴阳刚柔缓急之性，说明凡人本有此性，皆出于自然质性。而刘子讲究此质性要有“调和”之作用，突出质性的“中和”之论。此篇《和性章》没有直说“五行”一词，但有“阴阳调”一句，言阴阳之理，而五行之意已内涵于阴阳之词意中。可见刘子的阴阳与五行之说乃互相参证，并不加以分离而个别独论。此论述法在《殊好章》

1 今见出土之郭店楚简《六德篇》亦言六德云：“何谓六德？圣、智也，仁、义也，忠、信也。圣与智就矣，仁与义就矣，忠与信就矣。作礼乐，制刑法，教此民尔，使之有向也，非圣智者莫之能也。亲父子，和大臣，寝四邻之抵牾，非仁义者莫之能也。聚人民，任土地，足此民尔，生死之用，非忠信者莫之能也。君子不别，如道导人之。”详此六德有“圣智”，而《刘子·言苑章》首标忠孝合德。《六德篇》引自李零：《郭店楚简校读记［增订本］》，中国人民大学出版社，2007 年，第 169 页。

中更明显。此章刘子将五行、五官、五音、五味以及五常之性结合在一起，论述凡人之性，各有所好，形质气性，各有不同之常理，亦皆出自自然天性之本质。合以上三章所述，大抵可知刘子的阴阳五行之说及其应用内容，亦可展现刘子吸取先秦“阴阳家”成分，加以折中化用的理论内涵。[1]

考先秦子家言五官最备者，当始于《荀子·正论篇》辩驳宋钘学派谓“凡人之常情在寡欲”此说之误。《荀子·正论篇》全篇专在驳斥当时一般世俗言论似是而非的错误，其中举宋钘（即子宋子）论人之常情皆欲“寡”，荀子独不以为然，谓常人必有目、口、鼻、耳四官之欲，求之必愈多愈满足，故曰人之欲欲其“多”，反驳宋钘谓“人之欲寡”论调之非。《荀子·正论篇》此段言论云：

> 子宋子曰：“人之情，欲寡，而皆以己之情，为欲多，是过也。”故率其群徒，辨其谈说，明其譬称，将使人知情之欲寡也。应之曰：然则亦以人之情为目不欲綦色，耳不欲綦声，口不欲綦味，鼻不欲綦臭，形不欲綦佚；此五綦者，亦以人之情为不欲乎？曰：若是，则说必不行矣。以人之情为欲，此五綦者而不欲多，譬之，是犹以人之情为欲富贵而不欲货也，好美而恶西施也。[2]

此段荀子列举之五綦，目、口、鼻、耳即属刘子常言之五官，而荀子此段言及“形”之綦，后世罕有划入五官者，然则荀子之四官，大抵皆备于后代之五官矣。

今再观《吕氏春秋·贵生篇》亦言目、口、鼻、耳四官，与荀子之说悉同。唯一差别者，荀子用“綦”字代表五官之欲“尽其乐”，而《贵生篇》已明言“四官”一词。因此，由荀子的“五綦”到吕览的“四官”，代表五行五官学说变化之轨迹。《吕氏春秋·贵生篇》云：

---

1 关于阴阳五行学的说法，梁启超、徐复观、王梦鸥三家均谓始自战国时代之邹衍，可据《汉书·艺文志》著录邹衍《终始五十六篇》一书为证。参见梁启超《阴阳五行说之来历》一文，收入《古史辨》第五册下编，蓝灯文化事业股份有限公司，1933年，第343页；徐复观：《中国思想史论集续编》，时报出版社，1982年，第42页；王梦鸥：《邹衍遗说考》，台湾“商务印书馆”，1966年。另外出土文献与阴阳五行学有关系之论述，有庞朴：《帛书五行篇研究》，齐鲁书社，1988年；纪由：《阴阳初探》，中国华侨出版社，1996年；（日本）吉野裕子（原著），雷群明（中译）：《阴阳五行与日本民俗》，学林出版社，1991年。又关于阴阳五行之应用，可参孙广德：《先秦两汉阴阳五行说的政治思想》，台湾“商务印书馆”，1993年。

2 引自王先谦：《荀子集解》，艺文印书馆，1981年，第231页。

圣人深虑天下，莫贵于生。夫耳目鼻口，生之役也。耳虽欲声，目虽欲色，鼻虽欲芬香，口虽欲滋味，害于生则止。在四官者不欲，利于生者则弗为。由此观之，耳目鼻口，不得擅行，必有所制。譬之若官职，不得擅为，必有所制。此贵生之术也。[1]

此段已言目、口、鼻、耳四官，每一官皆有其“欲”，故又有“四欲”之词。在《贵生篇》末段有一节又云：“所谓全生者，六欲皆得其宜也。所谓亏生者，六欲分得其宜也。”此句之“六欲”，当作四欲，即四官之所欲。据范耕研考证，篆书六、四字形相似易致误，信然。五行说其他应用层面甚广，例如五行、五方、五位有“主南”之说，与刘勰学术颇有关联。

案五行相生相克之理，应用多方，其中有“南方主天下治”一说，首见于《史记·乐书》云：

凡音由于人心，天之与人有以相通，如景之象形，响之应声。故为善者天报之以福，为恶者天与之以殃，其自然者也。

故舜弹五弦之琴，歌《南风》之诗而天下治；纣为朝歌北鄙之音，身死国亡。舜之道何弘也？纣之道何隘也？夫南风之诗者生长之音也，舜乐好之，乐与天地同意，得万国之欢心，故天下治也。夫朝歌者不时也，北者败也，鄙者陋也，纣乐好之，与万国殊心，诸侯不附，百姓不亲，天下畔之，故身死国亡。

此段讲音起于人心，乐有吉凶夭祥感应之理，此天人感应说。然尤怪者，谓舜歌《南风》之诗而天下乃治，何以不曰东风曰西风？至于北鄙之音，此段谓北者败也，用音训得义，又训朝歌为不时之歌，谓不按时令顺时而歌，故不祥之音也，主身死国亡之象。由是可知，此段音乐理论盖与五行学说相配，主南风吉乐，北音凶兆之说。凡乐书所见之“南音”五行理论，盖袭自古代思想观念史之“主南”说。

案此段“《南风》之诗”一词，《南风》诗不见于今本《诗经》，不知何据。王先谦《史记补注》无解，《诗经》旧注三家亦不系注。惟日人泷川亀太郎以为此段文字当后人补，然亦不详何人，亦不明补于何代。然则五音主南而天下治之

1 引自陈奇猷：《吕氏春秋新校释》，上海古籍出版社，2002 年，第 75 页。

说始于何时已不可考矣！

今参考《文心雕龙·序志》篇刘勰自述七岁梦见随仲尼而南行，《刘子·惜时章》述人生短暂，当立德贻爱，成就道业，珍惜时光，引用“南荣之访道，踵研而不休”的事例说明，二者皆有“尚南”之语，用来比喻“教化”之涵义。《文心雕龙·序志》篇云：

> 予生七龄，乃梦彩云若锦，则攀而采之。齿在逾立，则尝夜梦执丹漆之礼器，随仲尼而南行。旦而寤，乃怡然而喜，大哉！圣人之难见哉，乃小子之垂梦欤！自生人以来，未有如夫子者也。敷赞圣旨，莫若注经，而马郑诸儒，弘之已精，就有深解，未足立家。唯文章之用，实经典枝条，五礼资之以成，六典因之致用。

此段话引用孔子南行化道之典故，代表刘勰一生志向，慕先圣之经典，效仲尼之用世。纪昀评点此段云：“全书针对此数语立言。”此语纪氏直谓《文心雕龙》全书宗旨盖在仿圣宗经，其文论皆据此而发，树立“奇正”不偏之“折中”理论。更精确地说，由此段可深刻体会刘勰著作《文心雕龙》的用意，就人而言在希圣希贤，就事而论在“教化南行”。就著书体例而言，在拯救长期以来“浮诡离本”的文体，以及六朝专尚“爱奇”的歪风，企图用“经典”的正道，将奇笔引导至正典之路，使奇正得其折中，此即“南行”教化一词本义所在。而“南行”比喻教化的象征手法，自孔子始，遂为古代文化“圣贤教化”的典故范例。

刘勰早岁既然有对“南行”事例的领悟，中年以后再作《刘子》，发扬初衷本心之志，在《刘子》书中重复举例类似的“南行”典故，引用“南荣访道”之事，比附“南行”一词原有的教化本义，先后互参，颇有引此喻彼之妙。而此二种典故同有“南行”之共通义，亦见证了刘勰一生著作，志在“教化”当世的用心企图，刘勰怀抱“述道言治”之心，撰作《文心雕龙》与《刘子》二书之用心相通，更何况南行一词谓孔子，南荣一词暗喻道家，如此孔老并列，也有《刘子·九流章》结论称“儒道二化”的内涵。可知此二书本为同一人之子论，益信刘勰一生不是只有“文论”而已。《刘子·惜时章》云：

> 昔之君子，欲行仁义于天下，则与时竞驰，不吝盈尺之璧，而珍分寸之阴。故大禹之趋时，冠挂而不顾；南荣之访道，踵趼而不休；

仲尼栖栖，突不暇黔；墨翟遑遑，席不及暖。皆行其德义，拯世救溺，立功垂模，延芳百世。

此段主旨在阐述君子“立功”之途，与《文心雕龙》“立言”乃不同之用心。然而刘勰一生之志乃在“功业成就”，谓立言、立功、立德，三不朽兼之不可偏废，故有《文心雕龙·程器》篇“摛文必在纬军国，负重必在任栋梁”之语，意谓“文武”并治，立功、立言兼修，有君子待时而动之旨。《刘子·惜时章》此段列举四位贤圣之行，皆用“行仁义于天下”解之，说他们怀抱拯救世人之志，有思立功名于百世之心，又与《文心雕龙·序志》篇所言南行教化典故旨趣相合。刘勰在《文心雕龙》与《刘子》二书中先后表达同样的志向怀抱，再次见证刘勰著作《文心雕龙》与《刘子》二书的“子家”特色，同具子论性质。

刘勰《文心雕龙》一书《征圣》篇、《宗经》篇畅述宗经文论，本属经学文学。宗经盖以经书为文章所宗，然而必须先界定经书即为文学，必先论述经书文章风格与文章技巧为何，始足以令经书为千古文章所宗。为此，刘勰已在《宗经》《征圣》二篇中明示经书的文章特点，而其中说及《周易》一书的文学特色，尤其值得讨论。

《征圣》篇说《周易》一书是“四象精义以曲隐”，其特色在“隐义以藏用”，此二句一语括尽《周易》一书的隐奥文字风格。同时，也点明《周易》一书的“功用”，在于发挥文学效用，展现文章隐秀技巧。一方面，描述《周易》文学特色，另一方面强调《周易》文学的“妙用”。这个“用”字，说解《文心雕龙》一书的学者较少注意其重要性。另外，《宗经》篇也说到《周易》是“易惟谈天，入神致用”，此句再次突显这个“用”字，很有深意。吾人可试问，为何谈论《周易》一书的文学价值要特别讲这个“用”呢？又为何可以把《周易》的隐微深奥之旨与“用”联系起来，且说它是“藏用”呢？用如何藏呢？

首先，须先明白刘勰《文心雕龙》全书惯常化用《周易》经文与传文的意思，此处的“用”字，就是援引《周易》全书常言“利”于某、“用”于某的句型。《周易》一书中也屡见“利用”合言之解，例如“利用刑人”（蒙卦初六）、“利用御寇”（蒙卦上九象曰）、“利用宾于王”（观卦六四）、“利用狱”（噬嗑卦辞）等皆是。不过，《周易》的“利用”概念，到了易传的解释，最极致之处即“神用”。“利用”之境界能达至神妙神悟之极，必然非寻常耳目可闻可见，故有《易·系辞》讲一阴一阳之道的变化演生，说它是“显诸仁，藏诸用”，因为可见的只有仁人之行为，仁心之表现，而不可见的却处处必有之潜藏者，即百姓日用而不知的“藏用”。《征圣》篇谓“隐义以藏用”之藏用一词，当即转化自易传。

然则《征圣》篇与《宗经》篇非专言易，乃畅述“文”，遂转化易之藏用于文之藏用。两相对照，易之用曰神用，故而文之用也比附之。刘勰顺此而强调文章的神妙功用，必隐藏于文字义理中，故曰“隐义以藏用”。于是，刘勰讲文之神用，可视作刘勰肯定易经文学的存在，并提升它到达神用之境界。就周易文学效用此一课题而言，刘勰可谓最早注意之者。[1]

《周易》之学，经纬并有，经学之外，又有纬学，而刘勰《文心雕龙·正纬》篇已尽表刘勰谶纬学。其大意如下：

其一，有经必有纬。盖汉世已行纬书，刘勰虽然自己不敢确认纬学为何人所作，但也不得不承认确有纬学。刘勰以织综丝麻为喻，说明经与纬配合之必要，故而刘勰可谓认同纬书存在论者。

其二，纬书虽有，但是绝不能早于经书，故而“纬多于经”乃刘勰所不许。刘勰坚信“纬之成经”，意谓纬必配合经，以经为主，此宗经论之延伸。纬与经之关系，譬之乾与坤之并建。推而广之，圣训与神教并存，一显与一隐交替。

其三，不论经与纬，其宗旨皆在“神理”，神理一词乃刘勰纬学的主要内容。

其四，纬与谶本自各行，刘勰已知分辨。故先言经纬互存关系，次言图箓与谶言，再次又言图谶混入纬书，此即三阶段之谶纬学。刘勰力驳图谶为伪，然而并未明言纬书是伪或真，但明显已将纬书与图谶分出不同。

其五，刘勰主张图谶早于纬书。且图谶非人力可造，乃受自天命。而纬书自有作者，只因未敢确知何人，因此大多假托孔子造，其实未必。刘勰分辨图谶自天命而纬书乃人伪的说法，与一般俗论大多混同纬谶而不明分的论调，识见自有

1　《周易》一书“神用”的概念，首见于《易·系辞上》云：“是兴神物以前民用，圣人以此斋戒，以神明其德夫。是故阖户谓之坤，辟户谓之乾，一阖一辟谓之变，往来不穷谓之通，见乃谓之象，形乃谓之器，制而用之谓之法，利用出入，民咸用之谓之神。”案此段话中的神物与民用合言，即谓人民日常用物之神妙。又利用与神字合言，亦即《宗经》篇的入神致用之意。此段话又有“神明其德”一句，可引申“德用”之概念，对照《原道》篇“文之为德也大矣哉”之德字，此德字即指文章的神明之德，其妙用处，又与天地（即乾坤两卦）之德并合而长生。

高下之别。[1]

其六，图谶之学，事涉诡诞，故多与方技术数家相混杂，畅谈阴阳灾异之说。东汉光武帝即笃信图谶，这种图谶又与“经纬”并存的纬书性质大异。

其七，自纬书与图谶合流之后，八十一篇皆托名孔子，刘勰乃力辩之。刘勰首先不谓八十一篇皆孔子作，全力批判图谶之非，故认同桓谭、尹敏、张衡、荀悦四贤质疑纬书之作，谓率皆有虚伪、浮假、僻谬、诡诞四弊。然而刘勰对于正统纬书则肯定它有“事丰奇伟，辞富膏腴”之优处，表彰纬书“无益经典，而有助文章”的功用，此刘勰折中纬学的又一结论。盖刘勰悉据“圣贤书辞，总称文章”之“文章学”观点，定位纬书价值。纬书虽不敢肯定作者何人，但至少纬书配合经书，犹如丝麻纵横，始能织成布帛一般，经纬互相印证，始能完成“圣训神理”二教并行之总纲，而神理二字特别多地存在于纬书之中。[2]

兹据上列所述七项纬学要义，刘勰一生学术注重“神理”之妙道，实自纬学钻研精通而得悟。不但《文心雕龙·正纬》篇已先言之，及至《刘子·祸福章》《命相章》等又反复阐扬之，《文心雕龙》与《刘子》二书同见刘勰高深精湛的纬学识见。今读《文心雕龙·正纬》篇辨谶纬四伪之证云：

> 但世敻文隐，好生矫诞，真虽存矣，伪亦凭焉。夫六经彪炳，而纬候稠叠；《孝》《论》昭晰，而《钩》《谶》葳蕤。按经验纬，其伪有四：盖纬之成经，其犹织综，丝麻不杂，布帛乃成。今经正纬奇，倍摘千里，其伪一矣。经显，圣训也；纬隐，神教也。圣训宜广，神教宜约，而今纬多于经，神理更繁，其伪二矣。有命自天，乃称符谶，而八十一篇皆托于孔子，则是尧造绿图，昌制丹书，其伪三矣。商周以前，图箓频见，春秋之末，群经方备，先纬后经，体乖织综，

---

1 案汉世经学有今古文之分，今文家多谓六经为孔子作。至于纬书则说者不一。清末名儒今文家康有为力主六经皆孔子作，且亦同谓纬书为孔子作，谶图则刘歆伪造。参见康有为：《新学伪经考》，世界书局，1981 年，第 16 页。

2 神理二字可谓刘勰括举纬学之大义，然而图箓谶言则尽属迷信，乃刘勰力攻者。准此，刘勰既信纬书有神理，是否亦信六经有神理乎？是也。案六经有神理，清中叶湘乡曾国藩已揭出之。曾国藩《经史百家杂钞》序例分古今文章为三门十一类，其第二告语门哀祭类云：“人告于鬼神者，经如《诗》之《黄鸟》《二子乘舟》，《书》之《武成》《金縢》祝辞，《左传》荀偃赵简告辞皆是。”此即六经有鬼神之证，循此以推，其他见例尚夥，不烦旁引。参见曾国藩：《经史百家杂钞》序例，鸣宇出版社，1976 年，第 2 页。

其伪四矣。伪既倍摘，则义异自明，经足训矣，纬何豫焉？

此节所述，先谓纬书中的“神理”可辅助圣训教化，不可一概用“迷信”视之，东汉以后将图箓谶言混入纬书的做法，才是迷信之风。因为真正的纬书之说，有助文章，显隐互参，可助成圣人神道设教之策略，此类纬书价值在“神宝藏用”，其中的妙道暗藏“理隐文贵”价值，大有助于文章之学，端看参读者如何取择罢了。务必要做到“芟夷谲诡”，去除图谶的迷信荒诞，紧守“采其雕蔚”之正宗做法，斯则刘勰纬学真精神。

以上阐明刘勰《文心雕龙·正纬》篇首揭圣训与神理之不同。圣训一词来自刘勰的经学观，神理则属纬学必涉及之课题。

刘勰《文心雕龙》一书自首篇《原道》篇下迄《正纬》篇四篇之作，代表刘勰经学与纬学说法。刘勰是古文经学家，五经以“易”为首，而易多述神理，故《宗经》篇云：“易惟谈天，入神致用。”此谓神自天降，致用以理，神理一词源自易学。今观《周易》经传之文，乃五经之中直接谈神字最多之一经，由刘勰引用来辅助圣训之教化，其实与刘勰深通易经之道有密切关联。

然而，易经神理，与纬书挂钩之后，产生许多像河图洛书一类的神话，遂导致易神遭受了不少曲解，加上纬书文献纷乱，真伪驳杂难辨，任由方士盲目附会，甚至伪造谶言，致使经学之神理说蒙上一股迷信歪风，造成东汉盛行谶纬学之歪风背景。但是刘勰之论述，绝不染上迷信之风，但视“神理”为依经配纬之助，提出圣训与神理对观理论，排除怪力鬼神成分，淡化宗教神祇之理，将纬学导向人文世界。

先就文化文明起源而言，刘勰主张一切文化根源自易，而易之象给予人类模仿制作启示，例如乾坤二卦有文言传，为文章之开始，乾坤象征天地，天地之心即为文章之心。易，既为群经之首，又为百学之源，刘勰引入文章学探讨圣贤文章，认为文章也是从文言之心开始，这是刘勰《周易》文论之一。

再看刘勰的易学观，主张河图洛书即为八卦九畴，而易经与易纬并出，故刘勰承认“玉版金镂”与“丹文绿牒”同时存在，刘勰用“华实”两字描写易纬，刘勰也同样用华实盛赞经书文章，刘勰易学观首先坦言易经与易纬并存之事实。但是刘勰易纬不涉诡诞迷信，因为易纬有“神理”之功用。《文心雕龙·原道》篇一段述易经易纬的文字，最足说明之。《原道》篇云：

人文之元，肇自太极，幽赞神明，易象惟先。庖牺画其始，仲尼翼其终。而乾坤两位，独制《文言》。言之文也，天地之心哉！若乃河图孕乎八卦，洛书韫乎九畴，玉版金镂之实，丹文绿牒之华，谁其尸之？亦神理而已。

此段可谓刘勰易学见解精华所在。其一，谓文心即天地之心，此词源自乾、坤二卦之《文言》，乾坤为易之门，故用“心”比喻之。而《文言》阐述此二卦之要义，谓乾天坤地，故有天地之心。刘勰文心一词拟仿之，视“文心”为文章最精华深奥处[1]，《文心雕龙》仿易所言天地之心，此乃刘勰引用易学互通文学之创论。

其二，此段《原道》篇，刘勰括举河图洛书的内容，用“神理”二字，要言不烦，道尽易纬所以畅行而不废的真正理由，乃因易纬所见神理非人力可伪造，一切文明乃神理造化。此解易纬之神理，恰正符合《正纬》篇说：“故河不出图，夫子有叹。如或可造，无劳喟然。”此句之语意，刘勰明言河图洛书非人力可造作，乃自“昊天休命”而来，其中即有神理之存在。

由以上可知，《原道》篇与《正纬》篇都有刘勰的易纬学观点，“神理”二字就是纬学总纲，属于“人文神理”层次。清楚地阐明纬学以经为依的系统，不是方士图箓符谶这一系的旁支源流。

考纬书以易纬最多，《汉志》虽无易纬分类，但于兵家、术数家著录皆有易纬，例如《汉流星行事占验》《汉日旁气行占验》《钟律灾异》《风后孤虚》《龟书》《蓍书》《禳祀天文》《耿昌月行帛图》等，或言灾异，或述占验，或画图箓，其性质近似《原道》篇谓纬书“玉版金镂”“丹文绿牒”一类之作品，皆属汉世纬学。可知纬书出现甚早，与《文心雕龙·正纬》篇云“商周以前，图箓频见”看法呼应。然而《汉志》尚不及分辨纬书其实有一类是出自商周先哲，再依托孔子所作，此与东汉方士直接伪造的谶纬完全不同。

及至《隋书·经籍志》总辑群经，已明谓“凡六艺经纬六百二十七部”云云，纬书已纳入五经书目之中。其中易纬独出，著录十三部，与《论语》《孝经》《尔雅》字书等三小类并列而为四类，以附于六艺经纬。可见纬学，特别是易纬，继汉世以后，历魏晋南北朝至隋世，已大行其道，流行民间。可惜纬书流传至今，存少而佚多，《隋志》仅得十三部，且此十三部有六部标出“梁”世尚为可见之

1　《文言》为乾坤之专解，以天地之心比喻易心、文心，殆为刘勰易学之创见。可惜清儒纪昀不识此要，批语竟谓：“此解《文言》不免附会。”参见纪昀：《纪晓岚评文心雕龙》，江苏广陵古籍刻印社影印道光十三年刊翰墨园本，1998 年，第 2 页。

书。《隋书·经籍志》云：

> 《河图》二十卷。梁《河图洛书》二十四卷，目录一卷，亡。《河图龙文》一卷。《易纬》八卷。郑玄注。梁有九卷。《尚书纬》三卷。郑玄注。梁六卷。《尚书中候》五卷。郑玄注。梁有八卷，今残缺。《诗纬》十八卷。魏博士宋均注。梁十卷。《礼纬》三卷。郑玄注，亡。《礼记默房》二卷。宋均注。梁有三卷，郑玄注，亡。《乐纬》三卷。宋均注。梁有《乐五鸟图》一卷，亡。《春秋灾异》十五卷。郗萌撰。梁有《春秋纬》三十卷，宋均注；《春秋内事》四卷，《春秋包命》二卷，《春秋秘事》十一卷，《书》《易》《诗》《孝经》《春秋》《河洛纬秘要》一卷，《五帝钩命决图》一卷。亡。《孝经勾命决》六卷。宋均注。《孝经援神契》七卷。宋均注。《孝经内事》一卷。梁有《孝经杂纬》十卷，宋均注；《孝经元命包》一卷，《孝经古秘援神》二卷，《孝经古秘图》一卷，《孝经左右握》二卷，《孝经左右契图》一卷，《孝经雌雄图》三卷，《孝经异本雌雄图》二卷，《孝经分野图》一卷，《孝经内事图》二卷，《孝经内事星宿讲堂七十二弟子图》一卷，又《口授图》一卷；又《论语谶》八卷，宋均注；《孔老谶》十二卷，《老子河洛谶》一卷，《尹公谶》四卷，《刘向谶》一卷，《杂谶书》二十九卷，《尧戒舜禹》一卷，《孔子王明镜》一卷，《郭文金雄记》一卷，《王子年歌》一卷，《嵩高道士歌》一卷。亡。右十三部，合九十二卷。通计亡书，合三十二部，共二百三十二卷。[1]

《隋志》著录如可信，则凡标梁世纬书，刘勰必及见之，以刘勰治经之严，亦必能考订当时纬书之纯驳真伪。故而撰作《文心雕龙·正纬》篇与《刘子·命相章》述纬学名义及其源流，皆能析言详尽，论述有理。今观刘勰纬学许多论点，大多为后世论纬学者承袭参考，例如《隋书·经籍志》纬书小序即多本之刘勰之说。《隋书·经籍志》云：

> 《易》曰："河出图，洛出书。"然则圣人之受命也，……则有天命之应。至龟龙衔负，出于河、洛，以纪易代之征。其理幽昧，究极神道。先王恐其惑人，秘而不传。说者又云，孔子既叙六经，

1 引自魏征等：《隋书》卷三二（百衲本二十四史），台湾"商务印书馆"，1988 年，第 29 页。又案《隋志》见纬书八十一篇与七经纬。

以明天人之道，知后世不能稽同其意，故别立纬及谶，以遗来世。……然其文辞浅俗，颠倒舛谬，不类圣人之旨。相传疑世人造为之后，或者又加点窜，非其实录。[1]

细较此段《隋志》述河图洛书之作，同谓非人力可为，乃受自天命，此说与刘勰《文心雕龙·正纬》篇谓“有命自天，乃称符谶”，又“如或可造，无劳喟然”之说法如出一辙。至于河图洛书乃属“神理”所出之物，极其渺远幽昧，也与《原道》篇述丹文绿牒之作，有谓“谁其尸之，亦神理而已”的神理述作论相符。接着，质疑纬书作者率皆依托孔子，因为其中文辞颠倒舛谬甚多，已不类圣人之语。此见解恰好又是《正纬》篇中四项质疑纬书的理由之一，特别是八十一篇纬书托名孔子之作，乃伪中之尤伪也。

由此可见，《隋志》的纬学定义、纬书辨正，无不符合《正纬》篇为代表的纬书辨正结论。只有一点论及后世纬书贸贸然大兴之因，《隋志》谓“相传疑世人造为之后”云云，此句中的“世人”，《隋志》暗指方士，此则刘勰未明确具体指陈，但是刘勰本来就知道判定光武之世的纬书，无非浮假僻谬之词，已近乎图谶迷信之流，并非真正符合“前代配经”的精论矣。刘勰《文心雕龙·正纬》篇云：

至于光武之世，笃信斯术，风化所靡，学者比肩。沛献集纬以通经，曹褒选谶以定礼，乖道谬典，亦已甚矣。是以桓谭疾其虚伪，尹敏戏其浮假，张衡发其僻谬，荀悦明其诡诞，四贤博练，论之精矣。

刘勰此一段辨正光武之世出现的纬书，已视之为一种“谋术”，根本无助于经典矣！且刘勰已列举前代学者不但不能辨识纬书，甚至附会穿凿神怪之论，引而注六经，凡此类学者，皆属乖道谬典之甚。可见刘勰早已批判光武之世学者引纬注经之谬，可惜刘勰没有明白指出这是方士参与杜撰篡改之史实。

考西汉末哀平之际，方伎术士挟图谶诡道之说，煽惑君主者，层出不穷。而文人学士知之且又能挺身冒死力谏者，桓谭堪称首倡。今见《后汉书》本传载，桓谭陈述方士之害，提出“方士黄白之术”一词，以总括谶书内容，率皆不离乎“符命”性质，以及用占卜预决诸事之功用。为此，本传载录一篇桓谭上奏平帝禁止方士的奏疏，疏云：

1　引自魏征等：《隋书》卷三二，第30页。

凡人情忽于见事而贵于异闻，观先王之所记述，咸以仁义正道为本，非有奇怪虚诞之事。盖天道性命，圣人所难言也。自子贡以下，不得而闻，况后世浅儒，能通之乎！今诸巧慧小才伎数之人，增益图书，矫称谶记，以欺惑贪邪，诖误人主，焉可不抑远之哉！臣谭伏闻陛下穷折方士黄白之术，甚为明矣；而乃欲听纳谶记，又何误也！其事虽有时合，譬犹卜数只偶之类。陛下宜垂明听，发圣意，屏群小之曲说，述《五经》之正义，略雷同之俗语，详通人之雅谋。[1]

桓谭此段疏文先说符命图录乃受自天命，圣人亦不能尽知之。又说巧慧偏才之人，伪造谶言，欺惑人主，其实即方士所为。桓谭能分辨天命纬书与方士纬书之别，比起刘勰《文心雕龙·正纬》篇更有先见之明。而桓谭斩钉截铁直谓光武以后的术士，大造图谶，预言诡道，都是一干方士之流。此点刘勰未曾道及，但刘勰已知力驳其非术，并且认为方士造作纬书，目的在取媚君主，谋取荣华富贵，与真正的纬书“依经配纬”之纬学绝然不同。刘勰所指的正派纬书乃“事丰奇伟，辞富膏腴”之作，在商周时代即已出现，而且是历代宝传。当孔子删诗书之际，只有“序录而已”。此类前代纬书，《文心雕龙·正纬》篇最末结论乃予以肯定嘉美，赞许它有神宝藏用之用途，文辞理隐文贵。《正纬》篇云：

若乃羲农轩皞之源，山渎钟律之要，白鱼赤乌之符，黄金紫玉之瑞，事丰奇伟，辞富膏腴，无益经典而有助文章。是以后来辞人，采摭英华。平子恐其迷学，奏令禁绝；仲豫惜其杂真，未许煨燔。前代配经，故详论焉。

此段总述依经仿圣的前代纬书，具有“助益文章”之功用，而且前代早已配经，学者并参而采用。此刘勰一贯主张“圣贤书辞，总称文章”文学观必致之纬书结论，可谓纲目清爽，析理平正，迥非桓谭只是一味禁止、屏弃曲说之观点可以相比。[2]

---

1 引自王先谦：《后汉书集解》卷二八，艺文印书馆，1987 年，第 352 页。

2 关于桓谭第一次指出方士介入图谶伪造，陈槃《论早期谶纬及其与邹衍书说之关系》一文有详论，可参。此文收入陈槃：《古谶纬研讨及其书录解题》，“国立编译馆”，1991 年，第 112 页。

然而桓谭提醒光武以后方士谶纬之弊及其史实，则亦颇能说明纬学发展的真相。今人钟肇鹏《谶纬论略》一书，畅述谶纬起源与形成，以及谶纬内容之转变，总结前人研究成果，遍引各家说法，条分缕析，其中谈到谶纬由方士带起之风潮，实则取材自桓谭。钟氏云：

> 由于汉武帝以后独尊儒术，《五经》六艺具有崇高的权威性。但是经书毕竟是古代的东西，即使在某些方面具有指导意义，但总难与当时的政治和现实需要紧密结合。秦汉以来出现了一批方士化的儒生，他们把阴阳数术带进了儒学里面。汉代儒学大师董仲舒的思想就是以儒学为中心，杂糅道、法、阴阳家的思想。董仲舒的天人感应的神学目的论就是后来谶纬神学的主导思想。为了使经学与汉代的政治和现实密切结合，方士化的儒生于是神化孔子和经学。把孔子说成是一位能知过去、未来的“神圣”，把六经变成神学经典，于是就产生了“孔子为汉制法”的神学预言。神化孔子及经学，在儒学宗教化的气氛下，方士化的儒生大量地炮制谶纬，于是就产生了谶纬神学。[1]

此段分析谶纬兴起之因，谓取决于汉代方士将谶纬附会儒学的做法，方士为了神圣化孔子之地位，乃造出纬书，把谶纬与方士的关系讲明，极合史实。不过，方士伪造图谶较多，而方士混杂纬书的目的，盖为神化孔子形象，以为方士纬书得以生根并广泛流行的背后理论根据，即《文心雕龙·正纬》篇揭示的“神理”之说，神理的应用乃方士纬论的重要内容。民国以前的前代学者大多措意于此。元人马端临《文献通考·经籍考》引胡寅析论谶纬之书，本质牵涉神圣，而圣人有关神理之言，主要存在于《周易》此经，故而谶纬源出易理。胡寅云：

> 谶书原于易之推往以知来，周家卜世得三十，卜年得八百，此知来之的也。易道既隐，卜筮者溺于考测，必欲奇中，故分派别流，其说浸广。要之，各有以也。易道所明，时有所用，知道者以义处命，理行则行，理止则止，术数之学，盖不取也。光武早岁从师长安，受《尚书》大义，夷考其行事，盖儒流之杰也，何乃蔽于谶文，

1 引自钟肇鹏：《谶纬论略》前言，洪叶文化事业有限公司，1994年，第4页。

牢不可破也。[1]

胡寅此段分析谶纬家热衷于预测未来、占卜吉凶的企图，盖追溯自易经本来即有“君子居则观其象而玩其占”之语，又有“圣人以此洗心，退藏于密。吉凶与民同患，神以知来，知以藏往”之论，皆表示易经之书，本来即有预测神理之密。据此而牵引谶言之作，合理化地解说方士追摹圣人，利用图谶大行其道的做法，不能说没有根据。

但是，胡氏此段话之重点其实在点明易经有知来藏往之功用，易以道为本，以“义”为主，易理推行乃依“理行则行，理止则止”之原理原则，与术数迷诡无关。胡氏清楚地析别易之知来，与术数家之图谶的本质不同，可谓暗合刘勰《文心雕龙·正纬》篇之定论，即谓易经之神理，乃依经配纬的性质，用来与“圣训”相辅相成，并行作用而已。《正纬》篇绝不说圣人能造神理，更反对圣人可主宰瑞应之事。易经之神理，一言以蔽之，亦“昊天休命”罢了。

类如胡寅的谶纬源自易之神理的说法，加以引申而论，则纬书羽翼经书，即仿《正纬》篇依经配纬之意，此种见解，清儒全祖望《原纬》一文，又再次申明之，谓纬书之精者，未尝不有关于经术。[2] 王鸣盛《蛾术编》谓清儒喜自《永乐大典》辑佚纬书，并已抄出多部，王氏结语谓纬书亦有益经注，特引郑玄注经兼采纬书为证。[3] 今据姜忠奎《纬史论略》述纬书各家正反之说后，结语云：

> 纬书所载天文、地象、人心、物之正与变，皆专家至精之学，诚宜与诸经相辅而行。东周以降，官师失职，其术浸疏，至秦汉为术士所假借，矫饰诡诞，精义愈晦矣。[4]

---

1 转引自姜忠奎：《纬史论微》卷一，北京图书馆出版社，1996 年，第 47 页。

2 参见全祖望《原纬》一文，全氏力主纬书除灾祥怪诞之外，其他如律历典礼等遗文，未尝不有关经术。全氏谓纬书有关经术，与《刘子》“依经配纬”意同。全文收入全祖望：《鲒埼亭集》外编卷四八，《四部丛刊》本，台湾“商务印书馆”，1981 年，第 24 页。

3 姜忠奎：《纬史论微》卷一，第 50 页。

4 姜忠奎：《纬史论微》卷一，第 63 页。

上文姜氏“经纬并参”的说法，乃承袭郑玄以纬注经，刘勰《文心雕龙·正纬》篇“依经配纬”的纬学论以及清儒之解而来。然而这一类的纬书“有助经典”之主张，在刘勰《文心雕龙·正纬》篇首倡此论之后，竟然形成纬学史上的正统意见，从而可知刘勰由易学到纬学的论点，长远地影响后世的纬学说法。

再说纬学与数术学有关，在刘勰思想系统“数”与“术”互训，至为明显。以天地而言“数理”，就人事而言“人理”，二者之数理即为文章理论之“术理”。凡通晓天地人之事，必先知“数”，同理而推，欲探究文章之学，亦惟有知晓文章之常体与变化之“术”。此数与术相通互训义例，首在《文心雕龙·通变》篇阐明云：

> 夫设文之体有常，变文之数无方，何以明其然耶？凡诗赋书记，名理相因，此有常之体也；文辞气力，通变则久，此无方之数也。

此节举“诗赋书记”四体为例，前二者代表有韵之“文”，后二者代表无韵之“笔”，凡此四类“文章”皆各自有其文理，刘勰并直接指明所有文章的名理，以及所有文章的“文辞气力”，皆统括于一个“数”字，而“数”字本质乃“无方”，谓没有一定之“理”，当然也就表示没有一定之常“术”。《通变》篇接着阐述此数即此术云：

> 名理有常，体必资于故实；通变无方，数必酌于新声；故能骋无穷之路，饮不竭之源；然绠短者衔渴，足疲者辍途，非文理之数尽，乃通变之术疏耳。故论文之方，譬诸草木，根干丽土而同性，臭味晞阳而异品矣。

此节分析文章名理与辞力之区别，必有“常体”与“变量”之运行，刘勰在“常”与“变”之间，提出一个“术”字为中介，谓知晓文章之常与变之“术”，始可谓“论文”方法，至此明确提出“数即术”的数术合流互训之解。刘勰的数术学（或术数学）应用在此《通变》篇的主要理论，亦可以代表刘勰思想系统中的数术定义，此一定义不仅是《通变》篇文理的主轴，同时也是《文心雕龙》全书可以看到的数术学内涵，更是《刘子》此书互通并参的数术理论。然而因为《刘子》是一部子书性质著作，一旦涉及术数之学，大都偏重鬼神或命相、天命等议题。

哲学家视域下的刘勰及其《文心雕龙》

朱文民*

内容提要 刘纲纪先生的《世界哲学家丛书——刘勰》认为，刘勰不仅是一位文学批评理论家，也是一位哲学家；《文心雕龙》不仅是一部文学理论专著，也是哲学著作。刘勰的哲学思想以“道”“文”“心”“言”为主要内容。刘勰“道”论哲学源于《易传》，以《易传》的自然主义为基础，又吸纳了道家的“自然”观念和王充的“气”论，创立了具有自己特点的“自然道论”哲学体系。刘勰的美学思想通体渗透着自然主义色彩。刘勰把《周易》的“刚健”和“文明以健”思想，纳入了他的美学体系，并把魏晋人物品藻中的“风骨”说吸纳过来，创立了他的美学“风骨论”及一系列美学范畴。刘纲纪先生对刘勰的生平及其家族的研究没有新发明，但刘先生对刘勰及其《文心雕龙》的定位，使得本文作者深感遇到了知音。

关键词 刘勰 《文心雕龙》 哲学 美学 佛学

台湾东大图书公司出版了一套《世界哲学家丛书》，丛书主编把刘勰纳入世界哲学家行列之中，由大陆哲学家刘纲纪先生撰稿。刘纲纪先生的这部大著，部头不大，大 32 开本，共计 213 页，大约 15 万字，为繁体横排简装本。书前是著名的哲学家傅伟勋、韦政通二位先生写的《世界哲学家丛书·总序》，其后是韦政通先生写的代序。

刘纲纪先生说：“《文心雕龙》历来被看作是一部文学理论著作或文章学理论的著作，但他也是一部具有强烈的哲学性质的著作，其中包含着刘勰重要的哲学思想。刘勰不但是一个文学理论家，或文章理论家，而且也是一个哲学家、佛

* 朱文民，山东莒县刘勰文心雕龙研究所研究员。

基金项目：国家社会科学基金重大项目“《文心雕龙》汇释及百年‘龙学’学案”（17ZDA253）成果。

学思想家。”[1]这一定位与“文心学”界的“文学理论家”定位相比较，令人耳目一新。刘纲纪先生认为，“《文心雕龙》之所以可以子书观之，当然不是由于其中有一章《诸子》，而是因为它颇为全面地总结了先秦以来关于文学、文章的理论，并且形成了中国古代文艺理论中差不多是绝无仅有的一个完整严密的理论体系，具有章学诚指出的‘体大而虑周’‘笼罩群言’的特点（《文史通义·诗话》）”。“刘勰把文章中的种种问题都追溯到古代经典，直至《周易》，因此他就把文学问题同中国古代思想文化的发生发展密切联系起来，把文学问题的解决提到了宇宙论、本体论的高度，企图从一个广大的思想视野来给文学的本质以一种寻根究底的理论说明，而不是仅就文学谈文学。这样，刘勰对文学的研究就突破了文学的范围，而同子书探究的更广大的问题联系起来了。这些问题，在中国历来就包含了最高的哲学问题。说《文心雕龙》是‘文评中的子书’，我以为不仅因为它体大虑周，笼罩群言，而且还因为它已进入子书所探究的哲学问题的领域，并以鲜明的哲学思想（最集中地表现在《原道》中）统领贯穿全书。所以，《文心雕龙》不仅是文学理论著作，同时也是哲学著作。如果按西方的看法，把对文艺的哲学探讨、美学也看作是哲学的一个部分，那么《文心雕龙》当然更可以作为哲学著作来看待。”[2]

一、刘勰的哲学思想

那么，刘勰是一位怎样的哲学家呢？刘纲纪先生说：“以‘自然之道’，即认为天地万物（自然界）的生成变化是自然而然的思想来解释自然现象和包括文学在内的文化、社会政治伦理道德现象的发生、形成和变化，是刘勰哲学思想的根本，贯穿在《文心雕龙》全书之中。因此，刘勰的哲学思想，从世界哲学的范围看，是一种属于自然主义（Zaturalism）的哲学。”[3]“刘勰的自然主义哲学是中国古代自然主义哲学发展的一个环节，并且是一个有其自身的独创性的重要环节。”[4]

1 刘纲纪：《世界哲学家丛书——刘勰》，台湾东大图书公司，1989 年，第 8 页。

2 刘纲纪：《世界哲学家丛书——刘勰》，第 9 页。

3 刘纲纪：《世界哲学家丛书——刘勰》，第 13 页。

4 刘纲纪：《世界哲学家丛书——刘勰》，第 14 页

（一）刘勰哲学的思想渊源

对于刘勰自然主义哲学的思想渊源，刘纲纪先生认为，刘勰是在广泛地吸收前人思想的基础上建立起来的。其特点是以《易传》的自然主义为基础，同时又鲜明地吸取了道家“自然”的观念，“构成自己的自然主义哲学，而不是在根本上接受道家思想”[1]。刘勰的哲学体系，“有两个相互联系的基本方面，一个是‘道’，另一个是‘文’。‘道’的方面包含了中国古代哲学所讨论的宇宙论、本体论问题。‘文’的方面，包含了《易传》所讨论的‘天文’‘人文’问题，当然也包含刘勰做了详细论述的文章、文学问题。但在刘勰的思想中，后一方面的问题是从属于前一方面的。因为刘勰是从《易传》所说‘天文’‘人文’问题出发，导引出在文章、文学意义上理解‘文’的。这也是刘勰之所以可以看作是一个哲学家，他对文章、文学的论述之所以具有哲学的高度和深度的重要原因”[2]。“刘勰所讲的‘道’是《易传》所讲的‘道’，但又引入了道家的‘自然’观念以及汉代王充等人所特别重视的‘气’的观念，从而形成了具有刘勰自己的特色的‘道’论。”[3]

刘纲纪先生认为：《易传》讲“道”，但全书无一处使用“自然”概念。而刘勰“不为《易传》所束缚，引入（自然）这一概念来说明‘天文’‘人文’的产生，这就使《易传》的自然主义哲学思想在新的历史条件下，从理论上得到了更鲜明、更深刻的说明和论证。……用‘自然之道’来诠释《易传》的刘勰，一点也没有脱离《易传》那种面向现实社会人生的奋发进取的精神。……刘勰在当时的思想独树一帜，达到了当时所能达到的最高的思想境界”[4]。

关于“文”，刘纲纪先生认为：《易传》的“文”有三重含义：一、“文”是指天地万物存在和变化的种种形态、形象；二、“文”是指依据天地万物存在、变化的种种形象制作出来，用以察知、制定人事吉凶祸福的卦象；三、“文”是指圣人用以阐明卦象的语言文字，也称之为“辞”，这种“辞”就是“人文”。刘勰对于“文”的理解与此同。

（二）刘勰哲学思想的内容

刘勰首先关注的是文化问题，因为他把文学看成是整个中国文化的一部分来

1 刘纲纪：《世界哲学家丛书——刘勰》，第 21 页。

2 刘纲纪：《世界哲学家丛书——刘勰》，第 23—24 页。

3 刘纲纪：《世界哲学家丛书——刘勰》，第 25 页。

4 刘纲纪：《世界哲学家丛书——刘勰》，第 31 页。

加以观察和研究的。他的《原道》篇是讲道，但目的是讲“文”，并且是从“文”的问题开始的。他开篇便讲：“文之为德也，大矣，与天地并生者何哉！”刘纲纪先生说这句话很重要。“开宗明义的第一句话就提出了两个问题，一个是‘文’的功用的问题，另一个是‘文’的产生的问题。……‘文’的产生的问题，刘勰是用‘自然之道’加以说明的。……在‘文’与‘道’的关系问题上，刘勰在描绘天地、日月、山川的‘文’（即“天文”）之后指出：‘此盖道之文也。’在讲到作为文学、文章（即“人文”）时指出‘《易》’曰：‘鼓天下之动者存乎辞。’辞之所以能鼓天下者，乃道之文也。（引文见《原道》）这就是说，不论是‘天文’或‘人文’都是‘道之文’。……刘勰的说法已同对文学的本质、功能的认识直接联系起来了。所以，以‘文’为‘道之文’是刘勰的独创。”[1]关于“天文”是“道之文”，刘勰在《原道》中做了形象、精彩的描述。刘纲纪先生说：“就‘人文’而言，说‘文’是‘道之文’，首先是说‘人文’的创造是根源于自然的，是‘自然之道’的产物；其次是说‘人文’表现了由‘自然之道’产生的天地万物所显示出来的和人事政治相关的重大意义。……更进一步来看，刘勰以‘文’为‘道之文’，包含有以‘道’为本体，文为现象的意味。而‘道’是‘自然之道’与政治伦理之‘道’的统一（前者是基础），亦即自然与人的统一，因此作为现象的‘文’，也就是人与自然的统一的现象形态。由此可以看出，《易传》以及刘勰是以人与自然的统一作为文化的本体的。这是中国古代文化哲学的一个极为重要的根本观点。”[2]这也就是刘勰的“天人合一”思想。

关于“心”的问题，刘纲纪先生说：“在中国哲学史上，‘心’的问题有着很重要的意义。这个问题包含着两个相互联系的方面，一个是‘心’与‘性’‘理’的关系，另一个是‘心’与‘物’的关系问题。围绕着这两个问题，中国哲学提出了一系列相当系统的理论。在刘勰的思想中，‘心’的问题也占有重要地位。仅从他的最重要的著作以《文心雕龙》为名，即可见出他对‘心’的问题的重视。”“刘勰对‘心’的问题的认识和《易传》相关，但看来更重要的是受到荀子影响。刘勰从‘天地之心’‘道心’‘文心’几个方面讨论了‘心’的问题，其中，‘文心’这个概念是由刘勰首先明确提出的，是他的独创，明显丰富了中国哲学对于‘心’的问题的认识。”[3]

---

1 刘纲纪：《世界哲学家丛书——刘勰》，第 43 页。

2 刘纲纪：《世界哲学家丛书——刘勰》，第 44—45 页。

3 刘纲纪：《世界哲学家丛书——刘勰》，第 45—46 页。

关于“言”的问题，刘纲纪先生认为，中国古代也有自己的语言哲学，虽然未有形成系统的理论形态。刘勰提出了“心生而言立，言立而文明”的重要命题，使“言”既与“心”相联，又与“文”相联，进而成为从“心”到“文”的中介。在刘勰的思想中，“言”的问题占有重要地位。刘勰从“精言”、“征实”之言、“夸饰”之言三个方面讲了自己对“言”的看法。由此可见在中国古代思想家，特别是文学理论家中，刘勰是一个难得的，有很强“征实”精神的人。这既同他的自然主义哲学思想，也同他具有相当高的理论思辨能力有关。[1]

刘纲纪先生在分析了刘勰哲学思想在诸多方面的见解之后，总结性地说：“第一，刘勰吸取了道家的‘自然之道’的思想，用它来解释《易传》的哲学，这是刘勰自然主义哲学的主要特征。第二，……从魏晋到齐梁，可以说只有刘勰对《周易》的哲学作出了符合于《周易》基本精神的解释。……在两汉以来对《周易》的研究中，刘勰占有不可忽视的地位。如再从他把《周易》的哲学系统应用于文艺的研究来看，其成就之大，更可以说是前无古人，后无来者。”[2]刘纲纪先生把刘勰的哲学思想的构成用图解的方式表现出来，包含以下几个系统：

（1）道→天文→人文→明道

如果明确标出文章的产生，则可得出如下画法：

（2）道→天文→人（天地之心）→卦象→言辞→文章→明道

在这一系统中，“心”与“言”又各自包含一个从属的系统：

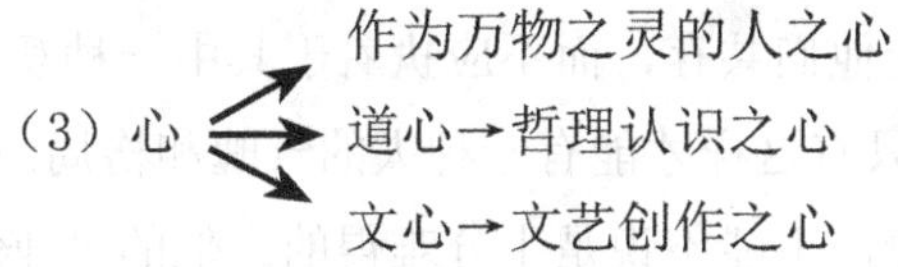

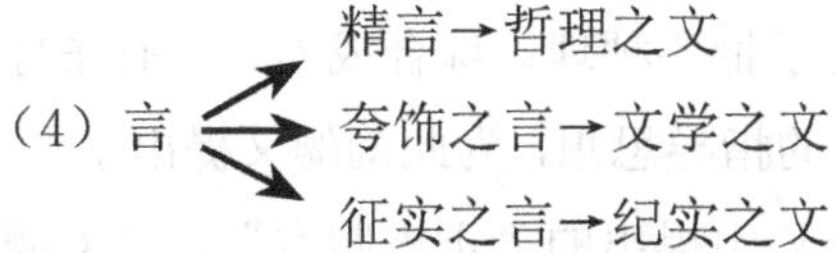

（三）刘勰哲学的方法论

关于方法论问题，刘纲纪先生专列《思维模式》一章，指出刘勰的方法论有三点：一是“折衷”法；二是“正本”法；三是“索源”法。

---

1 刘纲纪：《世界哲学家丛书——刘勰》，第50—54页。

2 刘纲纪：《世界哲学家丛书——刘勰》，第55—56页。

关于“折衷”法，刘纲纪先生说：“‘折衷’是刘勰的第一个思维模式。”刘勰在《序志》篇已经明确指出。刘纲纪先生说：刘勰所讲的“折衷”法，绝非一般所说的“调和折衷”，“实际是要在批判地考察古人今人的种种看法的基础上，求得一种他认为最为全面、合理、公正的看法。刘勰的这种‘折衷’法，其源实出于荀子”。“刘勰的‘折衷’来自荀子的‘解蔽’，但又不只是为了解除各种理论的偏颇，更重要的是为了创造出刘勰自己的理论。”[1]刘先生举例说：刘勰所讲之“道”即是《易传》之“道”，但他又没有停留在《易传》的论述之上，而是从道家、玄学家那里引入了“自然之道”。又如：刘勰的“心生而言立，言立而文明”这一理论的提出，显然与《礼记》的人为天地之心说、《左传》的立言不休说、《乐记》的乐生于人心说、扬雄《法言》的言为心声说、《易传》的系辞以明文（指卦象）说五种理论有关。但是其中任何一种说法，都没有把“心”“言”“文”联系起来而说明他们之间的关系。刘勰在前人的思想基础上作了一个“折衷”，创造出了他自己的理论。“刘勰是善于‘折衷’的能手，也就是既掌握了十分丰富的思想资料，又善于使之融合交会的创造性的思想家。”[2]对于刘勰的“折衷”法的学术渊源，历来认为源于佛家的中道观，我认为，这是“以阶级斗争为纲”主导下的“唯成分论”的产物。我的观点是：刘勰的折衷方法论，来源于《周易》和儒家的《中庸》。

刘纲纪先生说：“刘勰的‘折衷’法，还有一个重要方面，那就是‘兼解以俱通’。……刘勰‘兼解以俱通’的思想的可贵之点就在于它反对思想偏执，主张各种相反的观点各有其价值，应当让他们共存，而不应执着于其中一种观点去反对、否定与之相反的观点。刘勰认为只有这样才能有一种大的气魄和格局。……刘勰在齐梁时代能有这样的见解和胸襟，不能不说是十分难得的。他的‘兼解以俱通’的思想，如用现代语言来表达意思，我想可以称之为‘多元共存论’。”[3]

关于“正本”法，刘纲纪先生说：为了把各种理论综合成为一个有条理的，而不是杂乱无章的体系，需要有一个根本的指导思想，为此刘勰又提出了“正本”法。所谓“正本”法，就是刘勰在《宗经》中提出的“正末归本”。“刘勰所谓‘正本’和对‘本’与‘末’的关系的处理，不仅是一个方法论的问题，而且是

1 刘纲纪：《世界哲学家丛书——刘勰》，第 72 页。

2 刘纲纪：《世界哲学家丛书——刘勰》，第 70—73 页。

3 刘纲纪：《世界哲学家丛书——刘勰》，第 73—75 页。

一个同中国古代哲学本体论直接相关的问题。”[1]

关于“索源”法，刘纲纪先生说：“刘勰所讲的‘正本’是与‘索源’相联的。为了‘正本’，即找到事物的根本，就需要‘索源’。刘勰在《序志》中说：‘振叶以寻根，观澜而索源。’在《知音》中又说：‘沿波讨源，虽幽必显。’《总术》篇也说：‘务先大体，鉴必穷源。’和‘正本’法一样，刘勰的‘索源’法也直接受到王弼的影响。王弼在《老子指略》中说：‘夫欲定物之本者，则虽近而必自远以证其始。夫欲明物之所由者，则虽显，而必自幽以叙其本。’又说：‘察近而不及流统之源者，莫不诞其言以为虚焉。’刘勰的说法和王弼的说法的类似之处是十分明显的。”[2]

刘纲纪先生说：“‘折衷’‘正本’‘索源’，是刘勰思维的三种基本模式，三者又是互相联系着的。”[3]

二、刘勰的美学思想

该书的第四部分是谈刘勰的“美学思想”。在这部分，作者通过十个论题阐述刘勰的美学思想。作者认为：“刘勰的美学是和他的哲学直接联系在一起的。由于刘勰的哲学具有鲜明的自然主义精神，因此他的美学也通体渗透着自然主义。这在中国美学史上可以说绝无仅有，因为我们再也找不到任何一种美学如刘勰的美学这样，处处从自然出发去解决美学的问题。”[4]作者认为：“刘勰《文心雕龙》很少使用‘美’这个词。[5]但刘勰所说的‘文’，在绝大多数情况下也就意味着美，‘文’即是‘美’。”例如在《原道》篇中对天文的描绘，“都有一种非人工所为的美，并且被看作是人工所为的艺术美难于比拟的。在这里，‘文’即是‘美’一目了然”。《情采》篇中“立文之道，其理有三”的“形文”“声文”“情文”，

---

1 刘纲纪：《世界哲学家丛书——刘勰》，第76—78页。

2 刘纲纪：《世界哲学家丛书——刘勰》，第80页。

3 刘纲纪：《世界哲学家丛书——刘勰》，第80页。

4 刘纲纪：《世界哲学家丛书——刘勰》，第85页。

5 实际上刘勰在《文心雕龙》中不是“很少使用‘美’这个词”，而是使用“美”字64次，大都是从“美”的意义上来用的。但是，没有使用“美学”这个词，说明在刘勰那个时代，还没有“美学”这门学问。把对于“美”的追求，建立起一种“学”，是在近代中国受西方影响的产物。

所说的“文”同样也指的是美。并且是指艺术的美。“总之，在刘勰的思想里，‘文’既可用以指自然界的美，也可用以指人所创造的艺术的美。”[1] 刘纲纪先生认为：“在《文心雕龙》里包含着一个很为完整丰富的，自然主义的美的理论。”其要点如下：“第一，自然界的美是自然而然地生成的，非人为的。”“第二，艺术（包括文学，下同）的最初的产生也是从自然而来，是一种自然而然的现象。”“第三，艺术作品的美及其规律是来自自然的。”“第四，一切成功的、美的艺术作品都是合乎自然，体现了自然的美的。”“第五，一切艺术家的创造，既同‘学’有关，但更重要的是‘才’，而‘才’是从自然而来的。”刘纲纪先生认为：“刘勰从自然来讲美与艺术，既和《易传》、道家、玄学的思想相关，也显然受到西晋发展起来的对天地万物的美的赞颂和描绘的影响。……刘勰从自然来看美与艺术，但他的看法与道家、玄学的看法有着不能混同的重要区别。道家推崇自然无为，因此它也推崇一种不假人工雕凿的自然美。但它推崇的这种美，又是以‘素朴’为特色的。刘勰则不同。他一方面主张艺术的美要有‘自然之趣’，‘自然会妙’，并且明确反对‘雕削取巧’，……刘勰所追求的并不是道家的那种‘素朴’之美，而是一种繁富、辉煌、华丽的美。”[2] 只是要求这种美要合乎自然而非刻意雕凿。“刘勰虽然标榜‘宗经’‘征圣’，但他的美学所关注的主要方面并不是儒家的教化，而是美的问题。这是刘勰美学的重要贡献。刘勰从自然来讲美，他的美学是十分彻底的自然主义美学，但刘勰并没有西方古希腊美学那种认为艺术是对自然的‘摹仿’的观念。”[3]

刘纲纪先生认为，刘勰的美学思想，充分地利用了《易传》的美学理论，他的“风骨论”源于《周易》的“刚健”观念。《周易》没有明确地从审美的角度解释“刚健”和“文明以健”，“而刘勰则第一次把它和文学创作联系起来，并且把‘刚健’的观念和魏晋人物品藻中已经使用的‘风骨’的观念结合起来，使《周易》所推崇的‘刚健’这一重要观念在美学上得到了深刻的阐明，体现为‘风骨’这个在中国美学史上产生了重要影响的美学范畴。这是刘勰在美学上的一个重大贡献”[4]。

刘纲纪先生认为：“自先秦到齐梁，在一切明确尊儒的，以儒家思想来论文

1 刘纲纪：《世界哲学家丛书——刘勰》，第 85—86 页。

2 刘纲纪：《世界哲学家丛书——刘勰》，第 86—89 页。

3 刘纲纪：《世界哲学家丛书——刘勰》，第 90 页。

4 刘纲纪：《世界哲学家丛书——刘勰》，第 105 页。

艺的著作中，可以说只有《文心雕龙》绝大部分是美学，小部分是伦理学。而其他的著作，则大半是伦理学，小半是美学。”[1]当然，我们今天对《文心雕龙》价值的理解与刘勰自己的理解肯定存在一定的差距，刘勰认为“知音”难寻的问题也许就在这里。

刘纲纪先生大著的第四章是《美学思想》，这一章的第十节是《刘勰美学的内在矛盾》。刘先生认为“刘勰的美学存在着明显的巨大的矛盾。一方面他高度重视文章美，……另一方面，刘勰又倡导‘征圣’‘宗经’，认为文章的写作必须以儒家经典为宗，美不能违背儒家正道”[2]。我认为，刘先生说的这个矛盾是误读导致的错觉。其实，刘勰并没有陷入这个矛盾。因为刘勰虽然主张“自然”，但是，他又认为“夸饰恒存”，问题是夸饰要有一个“度”，“使夸而有节，饰而不诬，亦可谓之懿也”[3]。刘勰的“自然”与道家的“素朴”不同，他不是照相式的，而是认为不违背自然的夸饰，遵循自然规律的雕饰，也是自然。他反对的是“言峻则嵩高极天，论狭则河不容舠；说多则‘子孙千亿’，称少则‘民靡孑遗’”[4]这种违背事实的夸饰。刘勰主张的美是以“真实”为前提，反对的是“荒诞”而违背自然的雕饰。儒家的美，就是以“真”“善”为前提的，美在真实。儒家反感《离骚》，就在于《离骚》渗入了浪漫主义的情采，经刘勰辨析，找到了四同四异。最后，刘勰提出的“宗经”与“夸饰”的统一标准是“酌奇而不失其真，玩华而不坠其实”，这里是以“真实”为前提的。所以我说，刘先生说的这个矛盾，在刘勰那里是不存在的。

三、刘勰的佛学思想

刘纲纪先生认为，能够体现刘勰佛学思想的资料很少，只有《灭惑论》一篇，其次是《建安王造石像碑铭》，其他就是《出三藏记集》了，这部书可能杂以刘勰手笔。我们着重考察的是刘勰在论述佛教与儒家、道家、道教思想的异同时所表现出来的佛学、哲学思想。在佛教与道教问题上，刘勰认为，“佛法炼神，道教练形”。这体现了刘勰对于佛学的一个根本性的重要看法，它直接牵涉宗教、

1 刘纲纪：《世界哲学家丛书——刘勰》，第139页。

2 刘纲纪：《世界哲学家丛书——刘勰》，第134—135页。

3 陆侃如、牟世金：《文心雕龙译注》，齐鲁书社，1995年，第457页。

4 陆侃如、牟世金：《文心雕龙译注》，第452页。

哲学上所讨论的生死解脱这个重大问题，也涉及对佛学的评价问题。

刘勰认为佛学与儒学在根本上是一致的，“孔、释教殊而道契”，不同的是所感“精”和“粗”的差别，所以分为道、俗。佛学为“精”，而儒学为“粗”。刘勰对于佛教和道教做了明确的划分。“佛法练神，道教练形”。刘勰这种精粗和形神之划分是有道理的，符合实际的。从《灭惑论》来看，刘勰对佛学并没有什么独创性的看法，但是他提出的“至道宗极，理归乎一”，却是在中国思想史上带有终结性的一种看法。

刘纲纪先生认为：“佛学对刘勰有重要影响，但这种影响不是直接的、表面的，更不是以佛学的观点去取代刘勰尊崇的儒学观点。这是一种内在的、精神实质上的影响。从这个方面看，刘勰所说‘六度振其苦业’的‘六度’中‘精进’思想，也完全可能影响到我们已经论述过的，刘勰那种刚健进取、不畏强暴的人格精神。”[1]

四、关于刘勰的家世和生平

关于刘勰的家族士庶问题，刘纲纪先生同意王元化的庶族说，但是他又不同意以“贫”“富”为标准的士庶之划分，并举出《宋书·王微传》中的资料为证，认为王微出身于东晋显赫的琅邪王氏家族，但是却“家本贫馁，至于恶衣蔬食，设使盗跖居此，亦不能两展其足，妄意珍藏也”。刘纲纪先生认为：“可见贫贱与否还不是士庶之分的根本标志，重要的是考察其世系和思想特征。”[2]为什么同意王元化的庶族说呢？刘纲纪先生说：“王元化指出《文心雕龙》一书鲜明地表现出庶族寒士的思想感情，我以为也是正确的。如果再把刘勰的生平思想和《文心雕龙》和刘勰同时代、出身士族的钟嵘的生平思想及钟嵘所著《诗品》做一比较，刘勰之属于庶族更为明显可见。”[3]刘纲纪先生在本书《绪论》里说：“在南朝，社会上很重世族与素族之分。从种种迹象看，刘家大约属于素族。”刘纲纪先生认为判定士庶不能以贫富为标准是正确的认识，但是他认为“王元化指出《文心雕龙》一书鲜明地表现出庶族寒士的思想感情，我以为也是正确的”，这就不对了。因为刘纲纪先生把“庶族寒士”合用，反映了刘纲纪先生与王元化一样对“庶

1　刘纲纪：《世界哲学家丛书——刘勰》，第151页。

2　刘纲纪：《世界哲学家丛书——刘勰》，第155—156页。

3　刘纲纪：《世界哲学家丛书——刘勰》，第151页。

族寒士”是分不清的。在中国的古代，“庶族寒士”是两个有着天壤之别的社会阶层，“庶族”是指有房屋，有土地，甚至也有人做过一些低级官员的家族。而寒族是指败落了的贵族（即士族），贵族是指家族至少连续三代为官四品以上，且有相当文化品位的家族。这个败落了的贵族（士族）成员自己谦称，或者被他人蔑称“寒士”。素族、甲族、世族，是指同一个社会阶层，即贵族。琅邪王氏就自称本是“素族”。学术界有不少人分不清，有时混用，尤其在唐代以后，更为混乱，甚至有些字典、辞书也解释错了。关于“庶族”“士族”“寒士”“寒儒”“素族”“甲族”“世族”“寒门”的问题，笔者曾经撰《刘勰家族门第考论》一文做了辩驳，认为刘勰家族是士族。这个问题在史学界没有争论，而其他学科的学者往往弄不清楚。

刘纲纪先生虽然不承认刘勰家族为士族，但是却承认刘勰与刘穆之为同一家族。“考史传对刘氏一门人物的记载，显然可见一个特点，那就是刚强”[1]。并认为考察刘勰家族，对刘勰及其思想的形成至关重要，“不了解刘勰的家世，很难真正了解刘勰”[2]。

对于刘勰的生平信仰，刘纲纪先生认为，刘勰自幼就有很强烈的儒家思想，这从“随仲尼而南行”并盛赞仲尼之伟大可知。至于不婚娶一事，往昔学者有两种观点，一是家贫，一是信佛。其实这两种观点都是不成立的。“家贫”说，是因为中华书局本《梁书·刘勰传》的标点问题导致的误解。中华书局本没有把刘勰“家贫不婚娶”断开，“家贫不婚娶”中间不断开，“家贫”就成了“不婚娶”的原因，二者成了因果关系。如果中间断开，成为“家贫，不婚娶”，二者就成了平行关系，就可理解为刘勰家境贫寒，也未婚娶。至于“信佛”问题，刘纲纪先生认为“古代士大夫不婚娶有着种种原因，并非都由于信佛信道，不可一概而论”，并举出《梁书·何典传》中的何典和刘宋时期的宗炳为例。何典不是因为信佛而拒绝娶妻，而宗炳信佛至笃，却娶妻生子，也未出家。刘纲纪先生对于刘勰不婚娶原因之辨析是有力度的，值得肯定。

刘纲纪先生认为，《梁书·刘勰传》非常肯定地指出，定林寺经藏是刘勰“区别部类，录而序之”。这说明刘勰为佛教典籍的整理工作作出了巨大的贡献，说明刘勰还是一位文献学家。

对于刘勰的生年，刘纲纪先生认为在刘宋泰始三年（467）为宜。其卒年，

---

1 刘纲纪：《世界哲学家丛书——刘勰》，第160页。

2 刘纲纪：《世界哲学家丛书——刘勰》，第162页。

刘纲纪先生说梁“中大通三年四月昭明死后，梁武帝敕刘勰往定林寺撰经。次年撰经毕，刘勰启求出家，出家后不到一年即死去。享年六十五岁”。

刘纲纪先生在该书中，为刘勰做了一个《年表》，从年表看，《灭惑论》写于南齐末年。《文心雕龙》开题于南齐永元元年（499），成书于南齐中兴二年壬午（502）四月前。天监二、三年间，奉朝会召请。天监三年四月出任临川王萧宏记室。天监八年四月迁车骑仓曹参军。又出为太末令。天监十一年出任南康王记室并兼任通事舍人。梁天监十七年迁步兵校尉，梁中大通四年（532）卒。《年表》未记录刘勰奉敕入寺校经时间。

应该指出的是，刘纲纪先生为刘勰家族画列的世系表，作者声明，取自杨明照先生的《梁书·刘勰传笺注》。其实，杨先生画列的这个世系表是有错误的，错在把刘抚画成了刘仲道的祖父，其实根据史料，刘抚也是刘穆之的祖父，刘爽与刘穆之的父亲是亲兄弟关系。杨先生的画法把刘穆之一支与刘仲道一支画成了无比遥远的族系。刘纲纪先生对于刘勰生平和家族的研究，没有什么新发现，甚至对他人的错误成果也未辨析。

五、余论

刘纲纪先生是一位哲学家、美学家，在他视域下的刘勰是一位齐梁时期少有的哲学家，其《文心雕龙》不仅是文论的要籍，也是一部哲学著作。这个定位使得“龙学”界耳目一新。刘先生说刘勰是一位哲学家，是看到了刘勰对中国哲学的贡献，尤其是看到刘勰把《易传》的自然主义思想和道家的自然观念纳入了他的哲学体系；说刘勰是一位美学家，也是看到了刘勰对中国美学的贡献，尤其是把《周易》的“刚健”思想与魏晋人物品藻的“风骨”说相结合，创立了美学史上的“风骨论”，进而指出《文心雕龙》“绝大部分是美学，小部分是伦理学”，并指出刘勰创立了一系列美学范畴。刘纲纪先生指出：“撇开刘勰在佛学方面的思想不谈，齐梁时期在佛学范围之外所表现出来的哲学思想，当首推《文心雕龙》一书。但现有的中国哲学史著作，似不见有把刘勰作为哲学家来加以考察的。这不能说不是一个缺憾。”[1]这个感叹和定位，在“龙学”史上是绝无仅有的，值得“龙学”专家深刻地反思，尤其是那些只知“文刘”而不知“哲刘”的学者，更应该好好反思。

1　刘纲纪：《世界哲学家丛书——刘勰》，第11页。

《文心雕龙》的结构和篇序，是效仿《周易》“二二相耦”“非覆即变”的顺序排列，并取大衍之数五十以定篇。刘勰认为“《诸子》者，入道见志之书”，而《文心雕龙》以《原道》开篇，以《序志》收笔，不知是巧合，还是有意安排，我们也只能按照自己的理解去品味了。“龙学”界也有学者认为《文心雕龙》是一部子书，刘勰处处以子家自居。这种理解，在我看来，并非标新立异，而是证据确凿。但是现在的“龙学”队伍，大都是把《文心雕龙》当成文学理论专著去研究，从总体上去把握《文心雕龙》性质的人很少。

拙著《刘勰传》的最后一节是《该怎样为刘勰定位》，我在其中说：“我总觉着《文心雕龙》与马克思的《资本论》有异曲同工之妙。《资本论》之所以超越了古典经济学而成为空前绝后之作，就在于马克思站在哲人的高度，用辩证唯物主义的方法去透视资本运行的现象，揭示了剩余价值的奥秘。《文心雕龙》之所以独步古今，就在于刘勰站在了哲人的高度，用《易经》的思辨方法，去透视以往文学或文章学演变的现象，揭示了文道自然。刘勰开篇就是《原道》，开言便是：‘文之为德也，大矣；与天地并生者，何哉？’这哪里是普通文论家所能提出和回答的问题。他是‘本乎道，师乎圣……’论文的，显然是把‘文’提到‘道’的高度来认识的。因而，要说《资本论》是经济哲学的话，《文心雕龙》就是关于文学或文章学的哲学，写出这部哲学要籍的作者当然就是哲学家了。”[1]在我的这个结论提出之前，有学者公开说“刘勰不是哲学家”[2]。作为一位名不见经传的小人物，与魏晋南北朝学术研究的巨擘公开唱反调，说没有压力，那是骗人的。

拙著出版发行之后，一些资深学者评论拙著是“首部全方位展示刘勰思想的力作”[3]，是“一部形象生动、忠于史实和精于考辨的刘勰传记”[4]。历史文学作家唐正立先生在《古籍新书报》撰文，认为拙著是“真正‘包举一生而为之传’的一部力作”[5]。

---

1 朱文民：《刘勰传》，三秦出版社，2006年，第275页。

2 罗宗强：《魏晋南北朝文学思想史》，中华书局，1996年，第247页。

3 贾锦福：《首部全方位展示刘勰思想的力作——读朱文民〈刘勰传〉》，《临沂师范学院学报》2007年第5期。

4 韩湖初：《一部形象生动、忠于史实和精于考辨的刘勰传记——评〈刘勰传〉》，《语文学刊》2008年第5期。

5 唐正立：《真正“包举一生而为之传”的一部力作——读朱文民先生新著〈刘勰传〉》，《古籍新书报》，《中华古籍网》2007年1月24日转载。

尽管拙著受到了有识者的好评，但是反对的声音还是有的。虽然没有公开撰文反对，文友们还是传过话来，说某某人认为你的《刘勰传》很糟糕。我泰然处之。认为："凡攻我之失者，皆我师也！"是"失"与否，一切都交给读者了。肯定与否定，好评与差评总是学术评论界的正常氛围。由于这位说"糟糕"的人，没有说"糟糕"在哪里，我想，所谓"糟糕"，无非是我对刘勰定位与他的老师唱反调；再是我纳《刘子》入《刘勰传》，与他的引路人观点不一致；还有一个我不便于说破的"胸怀"问题。这些我早已有思想准备，也与刘纲纪先生一样，准备直面嘲讽和冷遇。我追求的是历史真相，至于是否达到目的，那是我的水平问题，虽不能及，但心向往之。至于《刘子》的作者是否为刘勰，就目前来说，无论是文献资料，还是考古资料，都是凿凿有据地证明《刘子》为刘勰作品。有人不承认，已经不是资料问题，而是思想问题了。现在的好处是，我自从读了刘纲纪先生的这部大著之后，惊喜地发现原来还有一位哲学大家与我同调，原先存在于心中的"惴惴"之感陡然消失了。

2003年夏季，在刘勰故里举行由我主编并撰稿的《山东省志·诸子名家志》系列丛书之一的《刘勰志》专家评审会议，会上关于对刘勰的定位问题发生了争议。我的定位是："刘勰是一位杰出的思想家和伟大的文学批评理论家。"有学者不同意给刘勰以"思想家"的定位。其中，山东省史志办公室的领导和责任编辑要求我按照《辞海》的定位，即刘勰是"文学理论批评家"。上海社科院的林其锬教授支持我的观点，并举出上海著名学者胡道静先生1986年给他的信为证，说胡道静先生也主张刘勰不仅是一位文学批评理论家，也是一位哲学家。胡道静先生在信中说："人知'文刘'而不知'哲刘'久矣，虽有辩者，用力不足，难排众口。""我以小人腹度君子心，认为有些同志大约存在这么一种思想：好端端的一位文学理论大家，忽然又戴上一顶哲学家桂冠，心里就十分不自在。实际上文学家兼哲学家（或史学家甚至科学家）有何不可？文学而升华为理论，尤其是进入了哲学领域。人们的头脑多框框，看问题就容易僵化。"[1]

但是，《刘勰志》是一部省志，是官书，并非我个人专著，必须服从官方的意见，我只得按照《辞海》的定位著述，心里颇感憋屈，就加了一个脚注，说明这个定位是按照省史志办公室的意见，采用了《辞海》的观点而非编著者个人的主张。很可惜，在出版的时候，被省史志办公室给删去了。为了说明我的观点，后来我

1 林其锬：《刘子集校合编》，华东师范大学出版社，2012年，第1314、1315页。

又发表了《关于刘勰定位问题的思考》一文[1]，以申明我对刘勰及其《文心雕龙》性质的研究结论。2012年，我买了刘纲纪先生这部大著，拜读之后，深感遇到了知音，无比痛快，昔日受的憋屈，似乎已经消除。

刘纲纪先生以哲学家的视域，去考察刘勰及其《文心雕龙》，把刘勰定位为“在我国齐梁时期，不但是一位文学理论家，同时也是当时为数极少、不可多得的一位很有思维的深度和广度的哲学家。他在中国哲学史上的地位是应予以充分肯定的”[2]，把《文心雕龙》定位为不仅是文论的经典，也是一部齐梁仅有的哲学著作。他这样定位，是冒着风险的，因为从来没有人这样定位过，肯定有人“十分不自在”。但是他也做好了此书被“冷遇”、被“嘲笑”甚至被批判的思想准备[3]。现在看来，批判的文章我虽没有看到，但是公元两千年之后，海峡两岸出版的几部《文心雕龙研究史》均不曾提及刘纲纪先生的这部大著，有关刘勰及其《文心雕龙》研究的文献目录书，也没有将其录入，看来确是遭到“冷遇”了。即使今日，仍然不为时流所称，是刘勰的不幸，还是现代“龙学”的悲哀？

---

1 拙文发表在《语文学刊》2018年第4期。

2 刘纲纪：《世界哲学家丛书——刘勰》，第205—206页。

3 刘纲纪：《世界哲学家丛书——刘勰》，第206页。

《文心雕龙》张华批评疏证

高林广*

内容提要 在西晋文人中，张华是刘勰最为推重的作家。《文心雕龙》以“摇笔而散珠”概括张华诗文的总体特点，充分肯定了张华的文学造诣和文学地位。在《明诗》《乐府》《史传》《诏策》《章表》《定势》《声律》《丽辞》《才略》等篇中，刘勰对张华诗文的情感风调、声律运用、语辞特征等均有品评；在“选文以定篇”时，又标举张华五言诗为清省一格的典范，《鹪鹩赋》为“奕奕清畅”、托旨深遥之作。

关键词 《文心雕龙》 张华 批评

“文体讹滥”是刘勰对六朝文学的基本判断，但对于西晋文学，刘勰不仅不以“讹滥”评之，而且还给予了较高评价，甚至认为是足可以比肩曹魏文坛，即所谓“晋世文苑，足俪邺都”[1]。《时序》讲：“然晋虽不文，人才实盛……并结藻清英，流韵绮靡。”虽然西晋帝王不重视文学，但晋初文坛依然人才济济、文采粲然，这是刘勰对西晋文学的总体认识。而堪称当世之杰者，自然非文坛领袖张华莫属。在《明诗》《乐府》《史传》《诏策》《章表》《定势》《声律》《丽辞》《才略》等篇中，刘勰对张华诗文的特点进行了具体总结，对张华的文学成就予以充分肯定。

---

* 高林广，内蒙古师范大学文学院教授。

1 （南朝梁）刘勰著，（清）黄叔琳注，李详补注，杨明照校注拾遗：《增订文心雕龙校注》卷十《才略第四十七》，中华书局，2012 年，第 573 页。下引《文心雕龙》原文均据该本，仅随文标注篇名。

一、清省雅正，依咏弦节：论张华诗

《晋书》评张华曰：“学业优博，辞藻温丽，朗赡多通，图纬方伎之书莫不详览。”[1]但钟嵘《诗品》仅列之于中品，评为：“其体华艳，兴托不奇，巧用文字，务为妍冶。虽名高曩代，而疏亮之士，犹恨其儿女情多，风云气少。”[2]钟嵘又引谢灵运“虽复千篇，犹一体耳”（同上）之论，以为张华诗多拟古之作，往往规步前贤，有千篇一律之嫌。《诗品序》于太康文人列三张、二陆、两潘、一左，但张华却不在此列。总体上看，钟嵘对张华的评价并不高，这与张华作为文坛领袖的地位不相称。

刘勰的认识与钟嵘、谢灵运有所不同。《才略》举西晋作家14人，张华居其首，《时序》举17人，张华同样排在第一。由此可见，西晋文人中，刘勰最为推重的作家是张华。《时序》对张华的总体评价是“茂先摇笔而散珠”，言其文采耸秀，落笔有珠玉。这里所讲的“摇笔而散珠”，不仅仅是对张华诗文辞藻、韵律等方面的概括，而是对其学识积淀、文学才华、创作风调的总体评判。《时序》中，刘勰言晋初文人“运涉季世，人未尽才”，张华自然也在其中。张华身处衰世而能积极倡导文学，又多方奖掖后进，加之胸怀锦绣、才高词赡，因此刘勰给予其较高的评价，充分肯定了他的文学成就和文学地位。

事实上，钟嵘“儿女情多，风云气少”之论并不完全符合张华的创作实际。张华诗如《情诗》五首、《感婚诗》、《杂诗》三首等，多叙写男女之情，婉转缱绻，情意绵长，言其“儿女情多”是符合实际的。但如《轻薄篇》之讽刺末世轻薄、骄代浮华，《博陵王宫侠曲》之颂美雄儿意气、侠客情怀等，俊爽超迈，英气勃发，并不乏“风云之气”。后人对此也多有辨析，如元好问《论诗三十首》其三就不赞成此说：“邺下风流在晋多，壮怀犹见缺壶歌。风云若恨张华少，温李新声奈尔何。”[3]较之于钟嵘、谢灵运，刘勰对张华的评价显然更为全面，也更加客观。

在对张华的诗文创作进行总结和评述时，刘勰能够结合张华的文学活动，在具体的文学史和批评史背景下论其得失，这在对张华诗的评析中表现得尤为突出。

1 （唐）房玄龄等撰：《晋书》卷三十六《张华传》，中华书局，1974年，第1068页。

2 （南朝梁）钟嵘：《诗品》卷中，见何文焕《历代诗话》，中华书局，2004年，第11页。

3 （金）元好问著，狄宝心校注：《元好问诗编年校注》卷一，中华书局，2011年，第47页。

先看《明诗》中的一段论述：

> 若夫四言正体，则雅润为本；五言流调，则清丽居宗；华实异用，唯才所安。故平子得其雅，叔夜含其润，茂先凝其清，景阳振其丽；兼善则子建仲宣，偏美则太冲公干。

张华传世五言诗作有二十余篇，比较著名的如《情诗》五首、《上巳篇》三首、《答何劭诗》三首，以及《轻薄篇》《游侠篇》《游猎篇》《壮士篇》等。张华的五言诗用典贴切，辞采华茂，且多拟古之作，如《杂诗》学阮籍《咏怀》，《情诗》学《古诗十九首》等。明许学夷《诗源辩体》评曰："张茂先五言，得风人之致，题曰《杂诗》《情诗》，体固应尔。或疑其调弱，非也。"[1]"得风人之致"，正肯定了张华五言诗对风雅精神的继承。

刘勰主张四言为正，需得其"雅润"，而五言诗乃"流调"，以"清丽"为宗。以"正体"和"流调"来区别四言与五言诗，正反映了刘勰"宗经"的诗学观念。在"选文定篇"时，张华被举以为五言诗中"凝其清"的代表作家。与张衡、嵇康、张协等人相比，张华五言诗于雅、润、清、丽四者之中确乎更接近"清"，因此刘勰所论不差。以张华现存五言诗来考察，虽间有流靡、秾丽的时代之风，但总体上看来，情感真挚、婉润清雅、省净俊爽，具有较高的艺术价值。

事实上，尚"清"是张华诗文创作的自觉追求，也是其有别于"太康诗风"的最重要的标志。历代评论者多注意到了这一点，如陆云《与兄平原书》其十九评张华《女史》"清约"[2]，上引许学夷《诗源辩体》卷五言"茂先情丽，正叔语工。茂先如'朱火清无光，兰膏坐自凝''佳人处遐远，兰室无容光''巢居知风寒，穴处识阴雨。不曾远别离，安知慕俦侣'等句，其情甚丽"，等等。《文心雕龙》以"凝其清"评张华诗，正点出了其与当世繁缛之风的不同，准确地概括出了张华诗的突出特点和最主要的艺术建树。

张华谙熟音律，他在任太子少傅、中书监等职时，多参与宫廷乐舞歌辞的制作。其乐府诗成就相对较高。《乐府诗集》载张华乐府诗共12题30首，占张华诗歌数量的半数以上。对于张华的乐府诗，《文心雕龙·乐府》论析道：

---

1 （明）许学夷：《诗源辩体》卷五，人民文学出版社，1998年，第93页。

2 （晋）陆云著，刘运好校注整理：《陆士龙文集校注》卷八，凤凰出版社，2010年，第1095页。下引陆云文均据该本，仅随文标注篇名。

逮于晋世，则傅玄晓音，创定雅歌，以咏祖宗；张华新篇，亦充庭万。

“万”即“万舞”，是用于宫廷的一种舞曲。《诗·邶风·简兮》：“简兮简兮，方将万舞。”《毛传》：“以干羽为万舞，用之宗庙山川。”[1]万舞先是武舞，舞者手拿兵器；后为文舞，舞者手拿鸟羽和乐器。《乐府诗集》傅玄“晋四厢乐歌”题解：“《晋书·乐志》曰：‘晋初，食举亦用《鹿鸣》。至武帝泰始五年，使傅玄、荀勖、张华各造正旦行礼及王公上寿酒、食举乐歌诗，后又诏成公绥亦作焉。’”[2]据此，张华曾作《四厢乐歌》十六首，《晋凯歌》二首，这些均用于宫廷舞曲，故刘勰言“张华新篇，亦充庭万”。刘勰论乐尊崇“雅声”，强调辞、乐均要体现“中和之响”。依文意，张华所作的“新篇”符合刘勰的审美标准，故为刘勰所称引。

在《声律》篇中，刘勰谈及张华对诗律的认识：

又诗人综韵，率多清切；楚辞辞楚，故讹韵实繁。及张华论韵，谓士衡多楚，文赋亦称知楚不易，可谓衔灵均之声余，失黄钟之正响也。

现传张华论文文献不多，其中，保存在陆云《与兄平原书》中的零星记载，多涉及张华对陆机兄弟诗文的评赏。本则中，张华论“士衡多楚”事，陆云《与兄平原书》其十二有载：“张公语云云：兄文故自楚，须作文为思昔所识文。乃视兄作诔，又令结使说音耳。”陆机兄弟由吴入晋，受到了张华的奖掖和赏识；二人对张华亦尊敬有加，事之如师。《晋书·张华传》载：“初，陆机兄弟志气高爽，自以吴之名家，初入洛，不推中国人士，见华一面如旧，钦华德范，如师资之礼焉。华诛后，作诔，又为《咏德赋》以悼之。”由此看来，张华对陆氏兄弟的诗文创作多予评述和指导，其评陆机诗韵一事是客观存在的。刘勰引张华之言，意在说明陆机的作品中多楚音的情况。陆机本吴郡人，宦游入洛，其诗作自然会夹杂有楚地方言。刘勰认为，“楚辞辞楚，故讹韵实繁”，《楚辞》中夹杂有楚地方言，其用韵多有不够清楚、明确之处。依照刘勰的声律标准，陆机之作

1 （清）阮元校刻：《十三经注疏·毛诗正义》卷二，中华书局，2009年，第649页。

2 （宋）郭茂倩编：《乐府诗集》卷十三，中华书局，1979年，第182—183页。

多用楚音，乃“衔灵均之声余”，因此也失去了《诗经》之“黄钟正响”。张华对陆机诗韵的品评，《与兄平原书》中还有类似的记载：如第十六云“兄诗赋自与绝域，不当稍与比校。张公昔亦云：兄新声多之不同也，典当，故为未及”。此外，保留在《晋书·乐志上》中的一段有关张华论乐的记载，也约略可见张华对诗律问题的认识：

> 张华以为：“魏上寿、食举诗及汉氏所施用，其文句长短不齐，未皆合古。盖以依咏弦节，本有因循，而识乐知音，足以制声度曲，法用率非凡近之所能改。二代三京，袭而不变，虽诗章辞异，兴废随时，至其韵逗留曲折，皆系于旧，有由然也。是以一皆因就，不敢有所改易。”[1]

晋武帝太始五年（269），张华等奉命为正旦所举行的为皇帝上寿酒食仪式配做歌词，这也就是《乐府》所言之“张华新篇，亦充庭万”的情形。张华上表称，此类歌诗的句数、字数、节奏、韵律等，均需依照乐曲的需要而定，即所谓“依咏弦节”。从这则材料中可以看出，张华非常重视诗律，并且对诗乐配合的原则和方法有自己的看法和认识。这些认识和论述，是魏晋声律理论的重要组成部分，也是研究诗歌诗律、音韵、制声度曲及发展演变的重要史料。

对于张华诗歌的不足，刘勰仅举出了其偶对不精的问题。《丽辞》云：

> 张华诗称游雁比翼翔，归鸿知接翮；刘琨诗言宣尼悲获麟，西狩泣孔丘：若斯重出，即对句之骈枝也。是以言对为美，贵在精巧；事对所先，务在允当。

“游雁比翼翔，归鸿知接翮”两句，出自张华《杂诗》其三。这两句虽为对句，但前后辞意重复，既不“精巧”，也谈不上“允当”，刘勰目之为“对句之骈枝也”。刘勰崇尚“理圆事密，联璧其章，迭用奇偶，节以杂佩”（《丽辞》）的偶对原则，张华《杂诗》中的这两句显然不符合刘勰的审美标准。考张华诗作，确乎存在偶对不精的问题，对此后人亦有所指陈，如范晞文《对床夜语》卷一：“张茂先：‘穆如洒清风，涣若春华敷。’又：‘属耳听莺鸣，流目玩儵鱼。’以对言之，

1 （唐）房玄龄等：《晋书》卷二十二《祠庙飨神歌二篇》，中华书局，1974年，第685页。

则当曰‘清风洒’‘听鸣莺’也。”[1]许学夷《诗源辩体》卷五也曾有过举列：“茂先五言，似对非对，中亦渐入俳偶。至如‘居欢惜夜促，在戚怨宵长’‘道长苦智短，责重困才轻’则伤于拙矣。”不过，“伤于拙”并非张华诗的通病，其务为绮丽、精巧允当者亦不在少数，如《上巳篇》之“密云荫朝日，零雨洒微尘”，《杂诗》三首其二之“白蘋齐素叶，朱草茂丹华”，《情诗》五首其五之“兰蕙缘清渠，繁华荫绿渚”等，口吻调利、顿挫朗练，均堪称佳构。

二、短章清畅，意在辞前：论张华文

张溥在《汉魏六朝百三家集题辞》中讲：“壮武（惠帝时，张华进封壮武郡公）文章，赋最苍凉，文次之，诗又次之。大抵去汉不远，犹存张、蔡之遗。”[2]认为张华赋、文的成就要高于其诗。传世张华文不多，严可均《全晋文》卷五十八收其赋、表、议、书、箴等共三十篇。《文心雕龙》对张华《鹪鹩赋》以及其章表、诏策文的创作情况也做了一定的评判和辨析。《才略》云：

> 张华短章，奕奕清畅，其鹪鹩寓意，即韩非之说难也。

从篇制上看，张华现存赋、文大多短小精炼，不喜做长篇大论。以赋而论，《永怀赋》《归田赋》及为刘勰所称引的《鹪鹩赋》等，篇幅都很精炼，《永怀赋》全文仅150余字，《归田赋》稍长，也仅200余字，《鹪鹩赋》最长，其赋文也仅有400余字。因此，刘勰以“短章”称之。但“短章”并不意味着浅显，在有限的篇幅内准确申叙事明原委、恰当传达心绪志意，同样需要有广博的学识、深厚的文学积淀和娴熟的语言技巧，正如刘勰《神思》所言“人之禀才，迟速异分，文之制体，大小殊功。……机敏故造次而成功，虑疑故愈久而致绩。难易虽殊，并资博练”。张华文体制虽小，但发意深邃、清新流畅，短韵亦称佳构。

刘勰以“奕奕清畅”评张华“短章”，突出了其文神采秀彻、清悠通达的特点。短章、清畅是张华文的基本特点，与太康文风之繁缛、冗屑正形成了鲜明的对照。对于繁缛，《文心雕龙·体性》虽列为“八体”之一，并讲“繁缛者，博

1 丁福保：《历代诗话续编》，中华书局，1983年，第409页。

2 （明）张溥著，殷孟伦注：《汉魏六朝百三家集题辞注》，人民文学出版社，1981年，第109页。

喻酿采，炜烨枝派者也”，但总的看来，刘勰是要求约束和节制此体的。《哀吊》批评陆机的《吊魏武帝文》“序巧而文繁”，《才略》又讲“陆机才欲窥深，辞务索广，故思能入巧而不制繁”，《议对》则更明言“文以辨洁为能，不以繁缛为巧；事以明核为美，不以深隐为奇”，这都是明证。比较而言，清省明核更契合他的审美理想。

清省而不繁芜，也是张华一贯的文学主张。陆云《与兄平原书》其十八中讲：“张公文无他异，正自情省无烦长，作文正尔，自复佳。”“情省”，《西晋文纪》卷十七、《汉魏六朝百三家集》本、文渊阁《四库全书》本、《四部备要》本等作“清省”，依文意及陆机的审美趣尚，“清省”当更接近原意。清省、无烦长，正恰当地概括了张华文文字省净、篇制精粹、不事雕琢的特点。《世说新语·文学第四》刘孝标注引《文章传》：“机善属文，司空张华见其文章，篇篇称善，犹讥其作文大治。谓曰：‘人之作文，患于不才；至子为文，乃患太多也。’”[1]张华曾批评陆机为文繁缛，不够简练，这也正从一个侧面体现了张华崇尚省净、凝练的创作思想。

《鷦鷯赋》虽为短章，但隽逸深秀，韵合情高，刘勰以为有所“寓意”。对于《鷦鷯赋》的具体创作时间，两部《晋书》的说法稍有出入。臧荣绪《晋书》曰：“（张华）为太常博士，转兼中书郎。虽栖处云阁，慨然有感，作《鷦鷯赋》。”[2]唐房玄龄等撰《晋书》称：“（华）初未知名，著《鷦鷯赋》以自寄。……陈留阮籍见之，叹曰：‘王佐之才也！’由是声名始著。郡守鲜于嗣荐华为太常博士。”臧荣绪《晋书》以为是在作太常博士后，而房玄龄等人所撰《晋书》则认为是在作太常博士前。大体上看来，此赋作于魏末。此篇不独流畅清新，且寓意深刻，别有寄托。鷦鷯是一种“色浅体陋，不为人用，形微处卑，物莫之害”[3]的小鸟，在张华笔下，鷦鷯“其居易容，其求易给。巢林不过一枝，每食不过数粒。栖无所滞，游无所盘。匪陋荆棘，匪荣茝兰。动翼而逸，投足而安。委命顺理，与物无患”。文章取义于庄周“鷦鷯巢林，不过一枝”的论点，旨在阐释“位尊而险，无用安处”的道理。结合当时的文化背景来看，《鷦鷯赋》显然受到了玄学处世

1　（南朝宋）刘义庆著，（南朝梁）刘孝标注，余嘉锡笺疏，周祖谟、余淑宜、周士琦整理：《世说新语笺疏》卷上，中华书局，2007年，第309页。下引《世说新语》均据该本，仅随文标注卷数。

2　（南朝梁）萧统，（唐）李善注：《文选》卷十三注引，岳麓书社，2002年，第432页。

3　严可均编：《全上古三代秦汉三国六朝文·全晋文》卷五十八，中华书局，1958年，第1790页。

哲学的深刻影响，从中我们也可以窥测到张华早期的思想特点。文中赞赏“静守约而不矜，动因循以简易”“任自然以为资”的行为范式，崇尚“委命顺理，与物无患”“将以上方不足，而下比有余”的处世哲学，并对“怀宝以贾害”“饰表以招累”“诱慕于世伪”的社会风尚予以了抨击和批判。文章选择“鹪鹩”意象以寄托自己的思想，其立意及结构方法均表现出了轻灵俊脱的特点。在题材及手法运用上，该篇虽有类于贾谊的《鹏鸟赋》、赵壹的《穷鸟赋》、祢衡的《鹦鹉赋》等，但能自出机杼，不为蹈袭。文章又大量运用反衬手法，以雕鹖、鹄鹭、鹍鸡之“咸美羽而丰肌，故无罪而皆毙”，“苍鹰鸷而受绁，鹦鹉惠而入笼”，“鹫鹗鹍鸿，孔雀翡翠，……然皆负矰婴缴，羽毛入贡”等以比衬鹪鹩之“不怀宝以贾害，不饰表以招累”，风清骨峻，语言精粹。刘勰认为，此篇有韩非《说难》之风调。韩非《说难》论说人君的谏说之难，“故谏说之士不可不察爱憎之主而后说之矣”，“人主亦有逆鳞，说之者能无婴人主之逆鳞，则几矣”[1]，具有强烈的愤激情绪，体现了韩非愤世嫉俗的思想。刘勰以《鹪鹩》比《说难》，是说《鹪鹩赋》同样具有讽斥时弊、发抒感愤情绪的意义。联系《鹪鹩赋》的文本实际来看，刘勰的评述是精辟的。张溥《汉魏六朝百三家集题辞》评曰：“壮武初未知名，作《鹪鹩赋》以寄意，感其不才善全，有庄周木雁之思。”此说与刘勰之论指向接近、异曲同工。

《鹪鹩赋》之外，刘勰还论及张华的章表和诏策文。《章表》讲：

> 逮晋初笔札，则张华为俊。其三让公封，理周辞要，引义比事，必得其偶，世珍鹪鹩，莫顾章表。

据《晋书》本传，晋惠帝时“贾谧与后共谋，以华庶族，儒雅有筹略，进无逼上之嫌，退为众望所依，欲倚以朝纲，访以政事。……华遂尽忠匡辅，弥缝补阙，虽当暗主虐后之朝，而海内晏然，华之功也”。之后，进封张华为壮武郡公，“华十余让，中诏敦譬，乃受。数年，代下邳王晃为司空，领著作”。由此看来，张华确多次上《让公封表》一类的表文，惜其文多佚，难以确考。依刘勰所议，张华章表文的突出特点在“理周辞要”和“引义比事，必得其偶”两个方面。“理周辞要”是刘勰对文章创作的基本要求，《文心雕龙》多有论及，如，《宗经》评《尚书》为“览文如诡，而寻理即畅”，《哀吊》评贾谊《吊屈原文》“体同

1 （汉）司马迁：《史记》卷六十三《老子韩非列传》，中华书局，1982 年，第 2154—2155 页。

而事核”，《诔碑》评蔡邕碑文“其叙事也该而要，其缀采也雅也泽”，等等。至如引事证义之恰切得当，《文心雕龙》多有论及，更有《事类》一文作专门论述。刘勰认为，张华的章表一类文章成就突出，同样为世之俊者，只是人们因喜欢其《鹪鹩赋》而往往对这类文章未予足够的重视。

《文心雕龙·诏策》还谈到了张华诏策文的创作情况：

> 自魏晋诰策，职在中书，刘放张华，互管斯任，施命发号，洋洋盈耳。

刘勰言，魏国的刘放和西晋的张华，都曾担任过中书监的职务，其传闻于世的诏策有很多，乃至于“洋洋盈耳”。据《晋书》本传，张华在魏为中书郎，“朝议表奏，多见施用，遂即真”；晋武帝时为度支尚书，“华名重一世，众所推服，晋史及仪礼宪章并属于华，多所损益，当时诏诰皆所草定，声誉益盛，有台辅之望焉”；惠帝时为中书监，位至宰相，“任天下事”。因此，张华多参与诏策的草定应在情理之中，可惜此类文章流传下来的并不多。

《定势》篇部分谈到了张华对文章情辞问题的见解：

> 又陆云自称：往日论文，先辞而后情，尚势而不取悦泽，及张公论文，则欲宗其言。夫情固先辞，势实须泽，可谓先迷后能从善矣。

陆云《与兄平原书》其八：“往日论文，先辞而后情，尚絜而不取悦泽。尝忆兄道张公文父子论文，实自欲得。今日便欲宗其言。”“尚絜”应为“尚势”，黄侃先生《文心雕龙札记》曰：“今本《陆士龙集》作尚潔，盖草书势絜形近，初讹为絜，又讹为潔也。”[1]张华论文之语，今不传。依陆云及刘勰的相关言论，张华是主张为情造文、先情后辞、势辞并重的，这与刘勰的论文主张是一致的。刘勰认为，文章创作应当“情固先辞”，即首先应考虑思想情感的表达，然后再斟酌文辞的合理使用和修饰。《定势》开篇所言之“因情立体”，也正传达了同样的思想。另外，文章应当“尚势”，而在强调“即体成势”“乘利而为制”的同时，也需要作适当的润饰。陆云先期论文“先辞而后情，尚势而不取悦泽”，这当然不符合创作规范，但他能够及时吸纳张华的意见而“宗其言”，因此刘勰

1 黄侃：《文心雕龙札记·定势第三十》，中华书局，2006年，第135页。

评价他是“先迷后能从善”。陆机《文赋》标举“诗缘情而绮靡”的论诗主张，强调先情后辞，辞以情发，与张华及刘勰的观点是一致的。同时，陆机也强调了文辞“绮靡”的重要性，主张文采华美，这与刘勰“势实须泽”的认识也是基本一致的。从《文心雕龙》“宗其言”的表述来推断，陆机论文显然受到了张华的深刻影响。

在西晋文坛上，张华不仅博学多闻，“名高曩代”，而且喜奖掖、提携后进，其所赏识和延誉的著名文士就有陆机兄弟、左思、成公绥、褚陶、陈寿、束皙、挚虞等，对陆机、陆云兄弟尤为器重。《世说新语》卷上《言语》刘孝标注引孙盛《晋阳秋》称，张华曾有“平吴之利，在获二俊”之感慨。上述《声律》《定势》诸篇中，刘勰对张华与二陆的交接有所涉及，《史传》篇又提及张华对陈寿的奖掖：

> 唯陈寿三志，文质辨洽，荀张比之于迁固，非妄誉也。

张华乃饱学之士，博洽多才，对《史记》《汉书》等史籍非常熟悉。据《世说新语》卷上《言语》：“诸名士共至洛水戏。还，乐令问王夷甫曰：‘今日戏乐乎？’王曰：‘裴仆射善谈名理，混混有雅致；张茂先论《史》《汉》，靡靡可听。’”可知，张华曾与魏晋名士共同讨论《史》《汉》，其论得到了名士们的赞赏。刘勰所谓“荀张比之于迁固”事，见于《华阳国志陈寿传》：“吴平后，寿乃鸠合三国史，著魏、吴、蜀三书六十五篇，号《三国志》，又著《古国志》五十篇，品藻典雅，中书监荀勖、令张华深爱之，以班固、史迁不足方也。”[1]可知张华确曾将陈寿比之于司马迁、班固，对陈寿的史才十分赏识。又据《晋书·陈寿传》：“（陈寿）撰魏蜀吴《三国志》，凡六十五篇。时人称其善叙事，有良史之才。……张华深善之，谓寿曰：‘当以《晋书》相付耳。’其为时所重如此。……张华将举寿为中书郎，荀勖忌华而疾寿，遂讽吏部迁寿为长广太守。辞母老不就。”[2]张华时任中书令，又是文坛巨匠，能得到他的称赏和举荐，这就足以证明《三国志》及陈寿的成就与影响。有关三国历史的纪传著述，刘勰说“阳秋魏略之属，江表吴录之类，或激抗难征，或疏阔寡要”，评价都不高，只有《三国志》，刘勰最为推重，评之曰“文质辨洽”。张华的有关言论，成为刘勰评价《三国志》

1 （晋）陈寿撰，（宋）裴松之注：《三国志》卷六十五《华阳国志陈寿传》，中华书局，1982年，第1475页。

2 （唐）房玄龄等撰：《晋书》卷八十二《陈寿传》，中华书局，1974年，第2137—2138页。

的重要依据，这也部分地证明了刘勰对张华之论的重视和认可。另外，对文学之士的褒奖和提携，在一定程度上反映了对文学地位和价值的充分重视，是魏晋“文学自觉”的直观反映。从一定意义上讲，这种“自觉”行为是张华成为文坛领袖的一个重要原因。

综上所述，《文心雕龙》对张华的诗歌特点、辞赋和散文成就，以及张华的文论思想等都有所记叙和论析。受钟嵘《诗品》的影响，在很长一段时间内人们对张华评价不高，直到今天，一些论著仍沿袭“儿女情多，风云气少”之说评判张华。《文心雕龙》将张华诗文置于魏晋社会、文化的双重背景下，并联系其仕宦经历、创作思想和文学交游予以推考言说，进而对张华的文学成就和文学地位做出了客观、恰当的评价。张华《鷦鷯赋》因刘勰“奕奕清畅”“即韩非之说难也”之评而扬名后世，为人所熟知。更为可贵的是，《文心雕龙》还保存了张华论文的若干资料，这对后人研究魏晋文学思想具有重要的参考价值。

元代民族融合与文学的双向互动

查洪德　张晋芳*

内容提要　元代民族融合与文学之间存在双向互动的关系。上京文学作为元代文学的缩影，融汇了草原、中原、江南等诸多文化因素，体现了民族文化融合背景下元代文学的丰富面貌，反映了文学在多民族文化交融过程中发挥的重要作用。要深度揭示元代民族融合与文学的双向互动，需要我们发掘文学在其中发挥的重要作用，了解元代文人的政权认同与文化认同，多关注少数民族作家，客观把握多族士人体现的文化色彩，综合考察其家族文化承传与所居之地的地域文化浸染。

关键词　元代　民族融合　文学　双向互动

民族融合与文学之间的关系是个重要话题。从民族交融对文学的影响方面来说，中国文学的面貌，正是在民族融合中形成的；从文学对民族融合的作用方面来看，文学的交流对民族融合发挥着重要的推动作用。所以说，文学关系与民族融合，两者是双向互动的。元代是我国历史上多民族文化融合的重要阶段，也是中华民族共同体意识形成的重要时期。从具体的例证出发，揭示元代文学与民族融合之间的关系，有助于深化我们对元代文学多元性和一体性的理解，正确把握元代文学的多元一体特征。

---

* 查洪德，南开大学文学院教授，国家重大人才工程项目人；张晋芳，内蒙古大学在读博士研究生。

基金项目：国家社会科学基金重大项目“辽金元笔记文献汇编及研究”（21&ZD271）、国家社会科学基金重点项目“元代笔记文献资料类编与多民族文学一体性研究”（20AZD124）成果。

一

元代的上京文学是认识文化交融与文学的一个标本。在远离中原的草原地区，形成了一个以中原文化为底色，体现着多种文化因素的文学中心。它的出现，不仅丰富了中国文学的面貌，且更进一步推动了文风的发展变化。深入研究这些作品，可以发掘很多元代民族融合与文学双向互动的例证。

元初浙江临海人陈孚，曾以布衣上《大一统赋》，署上蔡书院山长。考满，谒选京师，一路北上一路写诗。到达上都，写了五言古诗《金莲川金章宗与李妃避暑于此，有泰和宫，今废。》，诗云：

> 茫茫金莲川，日映山色赭。天如碧油幢，万里罩平野。野中何所有，深草卧羊马。昔人建离宫，今存但古瓦。秋风吹白波，犹似哀泪洒。村女采金莲，芳香红满把。岂知步莲人，艳骨掩泉下。人生如蜉蝣，百年无坚者。安得万斛酒，浩歌对花泻。[1]

这是一个南方文人来到草原上写的诗。景色是广远苍茫的草原，触动的是一个细腻的南方人的心，发出的是具有深沉历史感和富有诗情的感慨。最后，面对无际空间，感受悠远历史，发为“安得万斛酒，浩歌对花泻”的浩叹。一位南方文人在蒙古草原上，生发出了人之渺小与生命短暂的强烈感受，因为找不到合适的语言表达而发为浩叹。再看陈孚写于草原的《明安驿道中》四首，第二首说：“貂鼠红袍金盘陀，仰天一箭双天鹅。雕弓放下笑归去，急鼓数声鸣骆驼。”[2]这是对草原上生活景象的叙述。写的是一个身穿貂鼠红袍的人，所乘马匹配有黄金马鞍，张弓搭箭仰天而射，喜猎天鹅两只，而后收弓骑马归家，伴随着射手的笑声渐远，诗人看向远方，远处正有一队骆驼走过。这与江南景色大不相同，貂鼠红袍金马鞍在草原上并不是罕见装束，雕弓骆驼射天鹅也是草原生活的普遍活动、常见景象，对于生活在草原上的人，这是习以为常的，往往不会成为其作品表现的主题。陈孚作为南方文人，当他面对这样与过去生活迥异的场景，自然会受到视觉和认知的冲击，被这样的画面所吸引，因此这些场景走入了他的文学表

1 （元）陈孚：《陈刚中诗集》卷三，影印文渊阁《四库全书》本。

2 （元）陈孚：《陈刚中诗集》卷三，影印文渊阁《四库全书》本。

达。《明安驿道中》第三首是："黄沙浩浩万云飞，云际草深黄鼠肥。貂帽老翁骑铁马，胸前抱得黄羊归。"[1]没有《金莲川》浓烈的情感，似乎纯是客观描写，但这是一个南方诗人来到草原才会写的，对于生活在草原上的人，这一切都是司空见惯的，看了也不会有特别的感觉，当然也不会去写它。换一个角度说，如果是南北宋的诗人，他们来到草原，看到这些东西，则不会觉得这样的亲切可爱。

与陈孚上京之作相类似的例子，我们还可以举很多。元中期浙江兰溪人柳贯(1270—1342)，扈从上都时所作《滦水秋风词》（其四）云："西风初吹白海水，落日正见黑山云。旃庐小泊成部署，沙马野驼连数群。"[2]柳贯作为南方文人，来到草原上见到这样一幅落日景色，必然感受深刻。如果我们去过草原，一定会对诗中描写的画面产生强烈感受：金色日落下的蒙古包团团聚列，带着凉意的晚风轻抚而来，远处的马队，成群的骆驼悠然前行，草原的那种旷远广大就在瞬间击中人心，令人沉醉其中。柳贯在《后滦水秋风词》其三、其四中还描写了两处不同于中原、江南的生活场景。其三云："旋卷木皮斟醴酪，半笼羔帽敌风砂。丈夫涉猎妇当御，水草肥甘行处家。"[3]诗中描写的是草原牧民逐水草而居的生活方式，在行途中他们随时都可以制作用树皮卷成的容器，用来斟饮，这是草原人民生活的智慧。他们头戴羔皮帽以御风沙，往往夫妻之间各有分工，男人负责涉猎以获取生活物资，女人负责赶车，所驾之车就是他们移动的家。作为南方文人，这是柳贯从未体验过的生活方式，也是未曾见过的生活图景。其四云："山邮纳客供次舍，土房迎寒催墐藏。砂头蘑菇一寸厚，雨过牛童提满筐。"[4]蒙古草原夏季凉爽，但秋冬时节异常寒冷。草原上的百姓要在酷寒来临之前做好御寒工作，他们用泥涂塞窗户，提高土房的保暖性能。雨后蘑菇疯长，对于冬季物资匮乏的草原百姓来说，是上天赐予的礼物。《后滦水秋风词》中的这两处描写是很典型的草原风俗图景，与南方文人的生活环境截然不同，反映的是江南文人看待草原生活、异域文化的视角和感受，体现的是大一统时代文人的开阔胸襟和包容气度。

与之相比，在使辽、使金的两宋诗人笔下，这些异域异物被渲染得荒蛮、腥臊、粗野。宋孝宗乾道六年，吴县（今江苏苏州）范成大使金，作使金诗《真定舞》云：

1 （元）陈孚：《陈刚中诗集》卷三，影印文渊阁《四库全书》本。

2 （元）柳贯著，柳遵杰点校：《柳贯诗文集》，浙江古籍出版社，2004年，第131页。

3 （元）柳贯著，柳遵杰点校：《柳贯诗文集》，第131页。

4 （元）柳贯著，柳遵杰点校：《柳贯诗文集》，第131页。

“紫袖当棚雪鬓凋，曾随《广乐》奏《云韶》。老来未忍耆婆舞，犹倚黄钟衮《六么》。”[1]这首诗是范成大观看金人乐舞后的感受。他在诗中表达的并不是欣赏之情，言辞间流露出的是鄙夷、排斥，认为金人之乐来自中原乐曲，而金人的舞者都是一些鬓发斑白的老妇人，令人不忍观之。若只是因为政治立场，范成大在诗中选择褒宋而贬金，尚可理解。但是，从更多作品来看，文化观念的不同也是非常重要的一个原因。范氏《呼沱河》云：“闻道河神解造冰，曾扶阳九见中兴。如今烂被胡膻涴，不似沧浪可濯缨。”[2]呼沱又作滹沱，与之相关有个典故，即“汉渡留冰”。据《后汉书·光武帝纪第一上》载：“二年正月，光武以王郎新盛，乃北徇蓟。王郎移檄购光武十万户，而故广阳王子刘接起兵蓟中以应郎，城内扰乱，转相惊恐，言邯郸使者方到，二千石以下皆出迎。于是光武趣驾南辕，晨夜不敢入城邑，舍食道傍。……晨夜兼行，蒙犯霜雪，天时寒，面皆破裂。至呼沱河，无船，适遇冰合，得过，未毕数车而陷。”[3]因此，后人常将滹沱河誉为神水，并反复吟咏。唐人胡曾云：“光武经营业未兴，王郎兵革正凭陵。须知后汉功臣力，不及滹沱一片冰。”[4]元人叶懋《滹沱河吟》云：“滹沱河，水扬波，汉军欲渡将如何。王郎兵急河水阔，河水流澌冰未结。阳侯一叱层冰起，将军飞渡滹沱水。河伯效灵人效节，将军渡河兴帝业。君不见昭陵石马嘶青冥，八公草木皆神兵。王泽厚，天心灵，天意自欲扶中兴。云台阁上丹青手，请君为写滹沱冰。”[5]就是这样一条享有美誉的河，在范成大笔下成了一条“污浊”之河。之所以不似沧浪之水那样清澈，主要是因为沾染了“胡膻”。说到底，河还是那条河，只是人不一样了，人的眼光和心胸不一样了。元末危素说：“当封疆阻越，非将与使弗至其地，至亦不暇求其物产而玩之矣。我国家受命自天，乃即龙冈之阳、滦水之澨以建都邑，且将百年。车驾岁一巡幸，于是四方万国，罔不奔走听命，虽曲艺之长，亦求自见于世，而咸集辇下……顾幸生于混一之时，而获见走飞草木之异品，遂写而传之。”[6]元代江南文人远赴上都，与宋人所见略同，但所感所思不同。中国北方的草原风物，只有到了元人笔下，才得以展现其美好。只有元代文人，才对这里有观察玩赏的心态和细致入微的描写。

1　（宋）范成大撰：《范石湖集》，上海古籍出版社，1981年，第154页。

2　（宋）范成大撰：《范石湖集》，第154页。

3　（南朝宋）范晔撰：《后汉书》卷一上，中华书局，1965年，第12页。

4　（清）彭定求等：《全唐诗》卷六百四十七，中华书局，1960年，第7425页。

5　（清）史简：《鄱阳五家集》卷十一，影印文渊阁《四库全书》本。

6　（明）危素：《说学斋稿》卷三，影印文渊阁《四库全书》本。

二

在元代上京诗中，景是美好的，物是美好的，人是美好的，心情也是美好的。这是大一统时代民族文化深度交融的结果，是中国文学史上独特的好诗，也是我国历史上民族文化交融的标本。可以说，各族文化不断融入整体的中华文化，形成并推动着文风的发展变化，使中国文学在不同时期、不同地域、不同背景下展示着不同风貌。没有民族文化的融合，就没有今天我们看到的中国文学的面貌。

元上都文学中心的形成，是中国文学史上独特的现象。这在此前的中国历史上是从未有过的，是中国文学中心的北移，是文学疆域的极大拓展。上京文学的独特性及其重要价值，正在于它是多种文化的融合。就地域与环境说，它是草原的，草原气魄、草原风物、草原情怀，既影响上京文学的面貌，也融入上京文学的精神；就其使用的语言与体现的主体观念说，它是中原的，上京文学是中原文化血脉的延续，是融入了草原精神的中原文化。还有大量来自江南的文人在这里创作，他们以江南人的细腻与敏感，感受草原，表现草原。概括说，上京文学融汇了草原因素、中原因素、江南因素。比如徽州人唐元写于上京的《拂郎国献天马》二首，其一云：

> 西戎献马大明宫，九尺头昂立朔风。身绕黑云蹄践雪，眼明紫电骨如龙。圉人饫豆须三品，明月当卢映两鬃。雉贡越裳周道盛，欢歌重见入居庸。[1]

首句“西戎献马大明宫”是用唐代典。《唐书》载：贞观中，回纥骨利干遣使献良马十匹，太宗号为“十骥”[2]。天宝中，大宛进汗血马六匹[3]。尾联“雉贡越裳周道盛”用周公时越裳进白雉典。中间四句写马，“天马”就有天的神奇，天的风神，所以它如云、如电、如雪、如龙。“三品”见其高贵，“明月”映其神采。写马写得极度张扬，神情外射。与唐代周存《西戎献马》诗对比来读，就

1 （元）唐元：《筠轩集》卷七，影印文渊阁《四库全书》本。

2 （后晋）刘昫等：《旧唐书》卷一百九十九下，中华书局，1975年，第5349页。

3 （宋）李石：《续博物志》卷四，影印文渊阁《四库全书》本。

更能体会这首诗外放的精神。周存诗是："天马从东道，皇威被远戎。来参八骏列，不假贰师功。影别流沙路，嘶流上苑风。望云时蹀足，向月每争雄。禀异才难状，标奇志岂同。驱驰如见许，千里一朝通。"[1]尽管是写天马，还是守持着雅正与敦厚，平和与收敛，绝没有唐元诗天风海涛式的汹涌。还有更能引人感慨的作品，如浙江义乌人王祎的《白翎雀图》云：

> 白翎雀，雪作翎，群呼旅食啁哳鸣。何人翻作弦上声，传与江南士女听。南人听声未识形，画师更与图丹青。图丹青，一何似，知尔之生何处是。秋高口子草如云，风劲脑儿沙似水。[2]

多元文化如此神妙融合，让人拍案叫绝。诗题是"图"，但诗人意不在"图"，"图"与"声"是两条无形而神妙的线，将漠北与江南，草原与水乡巧妙连接，融而为一，妙笔生神。应该说，这就是元诗独特的魅力。

上京所反映出的文化风貌，展现出的文学魅力远不止这些。我们在阅读元人所作的上京纪行诗时，会因13至14世纪的上京文化是何其开放包容而大为震撼。这样的例子我们可以来看江西吉水人杨允孚作于上都的《滦京杂咏》："嘉鱼贡自黑龙江，西域蒲萄酒更良。南土至奇夸凤髓，北锤异品是黄羊。"[3]这是描写上京宴会的饮食，一几贡桌汇聚东南西北的珍品，汇聚的也是四方文化。饮食文化之外，杨允孚还描写了上京隆重盛大的游皇城节："百戏游城又及时，西方佛子阅宏规。彩云隐隐旌旗过，翠阁深深玉笛吹。"[4]这是每年六月上京会举行盛大的游皇城活动："帝师以百戏入内，从西华门入，然后登城设宴，谓之游皇城是也。"[5]元代文人对这一活动多有描写，极言其盛：

> 华缨孔帽诸番队，前导伶官戏竹高。白伞威猕避驼道，帝师辇下进葡萄。

1 （清）彭定求等：《全唐诗》卷二百八十八，第3289页。

2 （明）王祎：《王忠文公文集》卷三，《北京图书馆古籍珍本丛刊》，影印明嘉靖元年张齐刻本。

3 （元）杨允孚：《滦京杂咏》，影印文渊阁《四库全书》本。

4 （元）杨允孚：《滦京杂咏》，影印文渊阁《四库全书》本。

5 （元）杨允孚：《滦京杂咏》，影印文渊阁《四库全书》本。

炉香夹道涌祥风，梵辇游城女乐从。望拜彩楼呼万岁，柘黄袍在半天中。[1]

服饰、技艺、饮食等多民族的文化在这一节日活动中交织交融，热闹非凡。即使是节日之外，上京的街市也融汇百景，令人惊奇："怪得家僮笑语回，门前惊见事奇哉。老翁携鼠街头卖，碧眼黄髯骑象来。"[2]

多种文化的融合丰富了元代文人的创作武库，尤其是对于南方文人而言，他们所见应接不暇，所思如泉涌，下笔如有神，热情的歌咏，忠实的记录。简而言之，这些诗作以中原文化基调，反映草原生活与草原风物，又融汇了西域文化、安南文化、海洋文化，造就了上京文学（其实也是元代文学）的多样化整体风貌。这类例子，举不胜举，不再胪列。

三

元代民族融合与文学之间的关系是个复杂的问题，绝非三言两语可以说清说尽。概而言之，有以下四方面值得深入思考。

其一，元代是中华精神共同体形成时期，而文学在其中发挥了重要作用。元代文坛由多族文人组成："元名臣文士，如移剌楚才（即耶律楚材），东丹王突欲孙也；廉希宪、贯云石，畏吾人也；赵世延、马祖常，雍古部人也；孛术鲁翀，女直人也；迺贤，葛逻禄人也；萨都剌，色目人也；郝天挺，朵鲁别族也；余阙，唐兀氏也；颜宗道（即伯颜宗道），哈剌鲁氏也；瞻思，大食国人也；辛文房，西域人也。事功、节义、文章，彬彬极盛，虽齐、鲁、吴、越衣冠士胄，何以过之？"[3]这些多族士人的创作融入了元代文学的整体，其诗文创作在中国文学史上独具特色。但我们也须明白，其文学风格仍是中国文学固有风格。所以从历史客观来说，元代多民族及其文化发展的方向是多源汇流，无论是南北还是华夷都融入了中国元代文学这一个整体，成为元代文坛、元代文风的组成部分。我们在研究中应该始终牢记这一基本方向，要正确客观地去认识与表述，并用具体的文学研究加以揭示与展示。

1 （元）张昱，《张光弼诗集》卷三，《四部丛刊续编》本。

2 （元）杨允孚：《滦京杂咏》，影印文渊阁《四库全书》本。

3 （清）王士禛撰，靳斯仁点校：《池北偶谈》卷七，中华书局，1982年，第165页。

其二，政权认同与文化认同是元代多元文化交融的基础。从整体上看，元代多族士人是认同并拥护元政权的，元代多族士人也是认同并向往中原文化的。在元代，主动事华学而变旧俗的例子有很多，例如许有壬在《西域使者哈只哈心碑》中记载其言：

> 予非敢变予俗而取摈于同类也，其戾于道者变焉。居是土也，服食是土也，是土之人与居也，予非乐于异吾俗而求合于是也，居是而有见也，亦惟择其是者而从焉。自吾祖为使而入中国，委骨于是，若诗书礼乐，吾其可不从乎？俗之不同，理之顿异，吾其可从乎？[1]

居中土，服食中土，从其俗是自然而然的事。这样主动变旧俗融入汉人的色目家族在元代有不少，马祖常的家族、高昌廉氏家族、高昌偰氏家族都是其中的典型。政权认同，使大元朝成为稳固的政治共同体；文化认同，形成了大元王朝治下的精神共同体。如此才有整个天下的一体性。

其三，多族文人交流与文化交融，要多关注少数民族作家。就元代的情况说，要关注民族作家的成长，特别关注师承、姻亲关系对民族作家成长的影响。蒙古、色目人进入中原，至第三代就出现了一流作家，一流诗人，这似乎太过神速。但如果关注了姻亲关系，会感觉这很正常。不少蒙古、色目人来到中原，与中原名儒之家结亲，他们的后代生活在中原文化世家。这些诗人、作家的母亲，是名家闺媛、名人之后，具有很高的文化修养。这些民族诗人、作家，在外祖母家居住，从小所受的教育与成长的环境，与中原或江南文人没有大的不同。他们涵养于中原文化之中，接受了良好的教育，也在很大程度上接受了中原文化观念。比如著名诗人萨都剌，他有一首《溪行中秋玩月》诗，诗前有序，其中说：

> 后至元三年八月望，舟泊延平津。是夕，星河灿然，天无翳云，月如白日。溪声潺湲若奏乐，四山环抱，如拱如立，如侍左右奔走执事者。萨氏子奉母坐船上，与其妇具酒肴盘馔，奉觞上寿。继而若妹、若婿，若婢、若仆，以次而进。和而不亵，谨而怡怡。月色荡酒而溪韵杂笑谈。母欢甚至。舟人醉饮，亦相与鼓枻作南歌而乐。今夕何夕，不知奉亲之在异乡也。嗟夫！昔人所谓宦游之乐不如奉亲之乐，实天乐也。[2]

1 （元）许有壬：《至正集》卷五十三，《北京图书馆古籍珍本丛刊》，影印清抄本。

2 （元）萨都剌：《雁门集》卷一，影印文渊阁《四库全书》本。

考察民族作家如何在师缘、亲缘、朋友情缘中，成为著名诗人作家，并且在多族士人的交往中，实现了多族士人之间心灵的深度契合，如此才能在深层次上把握民族交融对作家创作的影响。

其四，客观把握多族士人体现的文化色彩，综合考察其家族文化承传与所居之地的地域文化浸染。色目士人，其原本的民族与家族文化特点与发展程度不同，接受中原文化的基础不同，进入汉地后，所居之地不同，所受地域文化的影响不同。此外还有时代的影响，生活于元中期与元末乱世当然不同，人生际遇不同，心态也就不同。这多方面的影响，造就了他们各自独特的风格，使他们成为独特的“这一个”。每一位民族作家，其价值就在于不同于他人的“这一个”，即其为人与为文风格的独特性。每一位独特的“这一个”，都是多族文化交流融合、家族文化承传、地域文化浸染的样本。

比如迺贤与萨都剌不同，作为色目作家典型代表，他二人常常被并举。虽然他二人作诗都追求“清和”之风，但各有特色。迺贤家族入汉地时居住在南阳，后移居到浙江四明，可以说，四明是迺贤的家乡，四明的山水哺育了他。受地域文化的滋养，迺贤诗多为水乡情调，具有东南灵秀之气。因此清人金侃撰跋评价其曰:“易之为葛逻禄人，其国去中华数千万里，西夷之最远者。而其诗工丽秀逸，极得唐人之风致，而又确然自成其为元人，亦豪杰之士也。”[1]指出其诗风特点。萨都剌游历四方，仕宦南北，晚年致仕，居于杭州，后避战乱辗转他地不知所终。萨都剌诗风被评为“流丽清婉”，但受时代变化影响，萨都剌诗风在元代中后期出现了转变。清人顾嗣立说：“要而论之，有元之兴，西北子弟，尽为横经。涵养既深，异才并出。云石海涯、马伯庸以绮丽清新之派振起于前，而天锡继之，清而不佻，丽而不缛，真能于袁、赵、虞、杨之外，别开生面者也。”[2]“别开生面”就是萨都剌诗风转变之处，与中期的雍容、蕴藉、儒雅不同，萨都剌后期诗作动感、直白，这些特点构筑起了其创作的鲜明个性，率真自然却又寄寓深刻，充满了放荡不羁的反叛色彩。

又如马祖常与丁鹤年不同。马祖常（1279—1338）生活于元中期，其家族深受汉地文化影响，他本人也涵养于中原学术，文学观念与中原文士无异。《元史·马祖常传》载：“祖常工于文章，宏赡而精核，务去陈言，专以先秦两汉为法，而自成一家之言。尤致力于诗，圆密清丽，大篇短章无不可传者。有文集行于世。

1　（元）迺贤：《金台集》卷末，康熙二十四年抄本。

2　（清）顾嗣立编：《元诗选·初集》，中华书局，1987 年，第 1185—1186 页。

尝预修《英宗实录》，又译润《皇图大训》《承华事略》，又编集《列后金鉴》《千秋记略》以进，受赐优渥。文宗尝驻跸龙虎台，祖常应制赋诗，尤被叹赏，谓中原硕儒唯祖常云。”[1] 虽然马祖常是色目人，但却被元成宗称赞为“中原硕儒”，可见其受汉文化浸染之深。受时地影响，其诗文风格展现出与时代相一致的“至清至和”的承平治世之音。丁鹤年（1335—1424）生活于元末明初。与中期的承平之治不同，元末动乱，社会失序。在遍地虎狼的世道中，丁鹤年流离失所，备尝人生心酸。受此时代与遭际的影响，他的诗中多忧国爱君，厌乱思治之情。其挚友戴良在《鹤年吟稿序》中说：“凡幽忧愤闷、悲哀愉悦之情，一于诗焉发之。观其古体歌行诸作，要皆雄浑清丽可喜，而注意之深，用工之苦，尤在于七言律。但一篇之作，一语之出，皆所以寓夫忧国爱君之心，悯乱思治之意，读之使人感愤激烈，不知涕泗之横流也。”[2] 这是对丁鹤年诗歌风格的中肯评价。无论是迺贤与萨都剌还是马祖常与丁鹤年，他们各自特色的形成，都是这多种因素影响的结果。

总之，元代民族融合与文学之间的关系是一个有待深入研究的大课题。无论是多民族文化融合对文学的影响，还是文学在多民族文化融合过程中发挥的作用，都值得我们投入精力深入讨论。相关研究必将深化我们对元代文学多元性与一体性的把握，丰富我们对元代文学的理解，有助于我们全面、深刻地评判元代文学的价值和贡献。

1　（明）宋濂等撰：《元史》卷一百四十三，中华书局，1976 年，第 3413 页。

2　丁生俊编注：《丁鹤年诗辑注》，天津古籍出版社，1987 年，第 332 页。

元代翰林国史院编修史书职能考

杨 亮*

内容提要 元代翰林国史院自成立之初，修史即为其主要职责之一。修史内容包括两部分，即本朝实录与前朝史书。本朝实录的编撰为后人编修和研究元代史提供了最直接和可信度较高的史料，而前朝史书的纂修则主要指元朝政府对宋、辽、金三朝历史的官方总结。深入考察元代翰林国史院编修史书之职责，对于厘清元代空间统合与族群互动的时代风貌，观察元代知识精英跨地域、跨群际互动的新历史格局有重要意义。

关键词 元代翰林 国史院 修史职责 多族群特征

元代翰林国史院的设立，与元代早期的政治和文化制度之间有着深刻的渊源关系，承袭了辽、金两代翰林院与国史院的特点，并翰林院与国史院为一个机构。最初经由汉族文士王鹗等金源文人推动，引导忽必烈“行中国之法”而倡议设置这一机构，后经精密细化，职能不断得到完善，并长期存在于国家的制度之中，无论在政治生态中，还是在文化交流圈中都发挥着至关重要的作用。与前朝翰林院相比，有继承亦有变更，纂修史书是元代翰林国史院最重要的工作之一。翰林国史院修史主要承担两大任务：一是本朝实录的撰修。元代实录的修纂主要由汉族文士完成，但其主导者往往为蒙古人，又因实录是汉语书写，是以在修纂完毕后译为蒙古语进呈奏读。整体而言，元代编修实录的制度是极为严格的。二是前朝史书的编撰，即辽、金、宋三史的修纂。修三史之议提出极早，但由于参与修史的学者对于三朝正统地位及修史体例争论不休，因此在元顺帝至正三年（1343）才开始正式修纂。在编纂三史时，元廷动用了各族饱学宿儒，反映出元代统治者对于文化的包容心态。而在史书的撰写态度上，辽、金、宋三史的修撰也较为客

* 杨亮，河南大学文学院教授。

基金项目：国家社会科学基金一般项目“元代文士活动编年史”（19BZW082）成果。

观。三史的最终形成，是各族文士共同努力的结果。元代翰林国史院各族文士在修史过程中的相互学习与影响，也见证了南北方文士文学观念和实践的逐步合流。

一、本朝实录的纂修及其史料价值

元代从太祖（铁木真）、拖雷（监国）、太宗（窝阔台）、乃马真后（称制）、定宗（贵由）、海迷失后（称制）一直到宪宗（蒙哥）的蒙古，尚带有部落政权的性质，因此宪宗之前并无固定的实录编撰制度。史书编修工作随着元世祖皇位的确立而逐渐得到重视，这其中王鹗起到了关键性作用。王鹗，字百一，曹州东明人，金哀宗正大元年(1224)状元，授翰林应奉，元世祖中统元年(1260)任翰林学士承旨。王鹗学养深厚，同时又有在金朝翰林院任职的经历，所以他对修史一事极为重视，屡屡向元世祖建言。然《元史》有关王鹗修史的记载却失之太简，但苏天爵的《元朝名臣事略》卷一二《内翰王文康公》中的一些记述，可以凸显出其在元代史书修撰工作中的奠基性地位：

> “自古帝王得失兴废，班班可考者，以有史在。我国家以威武定四方，天戈所临，罔不臣属，皆太祖庙谟雄断所致，若不乘时纪录，窃恐岁久渐至遗忘。金《实录》尚存，善政颇多；辽史散逸，尤为未备。宁可亡人之国，不可亡人之史。若史馆不立，后世亦不知有今日。”上甚重其言，命修国史，附修辽、金二史。[1]

由此可见，王鹗具有强烈的史家责任感。在王鹗的积极倡导下，元廷遂于中统二年七月初设翰林兼国史院，开始着手修史之事，编修实录之事亦于此时开始。正是自元世祖时起，编修实录逐渐规范完善，元代后世皇帝大多也遵循这一标准执行。

元世祖死后，成宗即位，即命翰林国史院史臣修《世祖实录》：“甲辰，诏翰林国史院修《世祖实录》，以完泽监修国史。”[2] 元继承宋、辽、金旧制设立监修国史一职。如王鹗曾奏请以右丞相史天泽监修国史，后为世祖采纳，至元

1　(元)苏天爵著，姚景安点校：《元朝名臣事略》卷一二《内翰王文康公》，中华书局，1996年，第239页。

2　(明)宋濂等：《元史》卷一八《成宗一》，中华书局，1976年，第385页。

十三年（1276）诏耶律铸以平章军国重事的身份监修国史。但以宰相监修国史则出现于成宗时："其后，恒以上相专综监之务，或并命次相，则曰同监修。"[1]其后纂修实录者也多以宰执担任。

通常朝廷会在翰林国史院中选拔文才优异者担任纂修实录的工作，参与实录纂修的职官则主要有翰林学士、翰林学士承旨、翰林侍讲学士、翰林侍读学士、翰林国史院编修官等。如姚燧于元贞元年（1295）以翰林学士召修《世祖实录》；曹元用官拜中奉大夫、翰林侍讲学士，兼任经筵官，修仁宗、英宗两朝实录。再如程钜夫，虽为南人却很受尊崇，屡屡参加皇帝实录的纂修工作。此外，翰林国史院还会征集各地名儒参与修史。李之绍曾于至元三十一年（1294）被征入翰林国史院，并由此走入仕途："李之绍，字伯宗，东平平阴人。……至元三十一年，纂修《世祖实录》，征名儒充史职，以马绍、李谦荐，授将仕佐郎、翰林国史院编修官。"[2]综上观之，元代在纂修实录一事上无论是制度还是人员配备都是相当完善的。据学者王慎荣《对〈元史〉本纪史源之探讨》一文统计，元代翰林国史院文士参与纂修累朝实录的有王盘、阎复、色埒默、乌鲁克台、王构、姚燧、赵孟頫、高道凝、张升、李之绍、申屠致远、张九思、李谦、元明善、程钜夫、邓文原、苏天爵、廉惠山海牙、曹元用、马祖常、谢端、吴澄、成遵、王结、张起岩、欧阳玄等。从中可见参与编修实录者以汉人、南人居多，蒙古、色目人较少，但领导修纂实录工作的则多是蒙古人。

实录因是用汉语书写，故纂修完成之后，还要经过翻译方能向皇帝进呈、奏读。世祖至元二十三年(1286)，时任翰林承旨的撒里蛮上奏提议，将国史院奉命修撰的《太祖实录》翻译成畏吾字，待奏读之后再行纂定[3]。进呈奏读实录，实际上是让皇帝对所修实录提出意见，尽管已修订之实录不可能再更改，但皇帝的意见却要在后来的实录纂修中得到贯彻。但有时监修大臣也会发表观点，如至治三年（1323）拜住就曾对国史院进呈的仁宗实录提出意见：

1　（元）黄溍：《监修国史题名记》，载李修生主编《全元文》第29册，凤凰出版社，2004年，第297页。

2　（明）宋濂等：《元史》卷一六四《李之绍传》，中华书局，1976年，第3862页。

3　（明）宋濂等：《元史》卷一四《世祖十一》："戊午，翰林承旨撒里蛮言：'国史院纂修太祖累朝实录，请以畏吾字翻译，俟奏读然后纂定。'从之。"中华书局，1976年，第294页。

> 诣翰林国史院听读。首卷书大德十一年事，不书左丞相哈剌哈孙定策功，惟书越王秃剌勇决从容。谓史官曰："无左丞相，虽百越王何益？录鹰犬之劳，而略发踪指示之人，可乎？"立命书之。其他笔削未尽善者，一一正之，人皆服其识见。[1]

另外，实录的进呈和奏读大都由蒙古翰林院的院长即翰林学士承旨担任，如"大司徒撒里蛮、翰林学士承旨兀鲁带进《定宗实录》"[2]；"翰林学士承旨玉连赤不花等进《顺宗》《成宗》《武宗实录》"[3]。当然也有例外，如汉人翰林承旨董文用等曾进《世祖实录》。进呈实录的文书多由翰林院中的汉族文士捉刀，如袁桷便曾代撰有《进五朝实录表》：

> 皇祖有训，聿成四系之书；大历无疆，允缵五朝之治。夙陈载笔，上彻凝旒。钦以邦启治平，运符熙洽。礼乐刑政教化之具，炳若丹青；典谟训诰誓命之文，昭如日月。维累圣继承之述作，实皇家混一之谋猷。宜谨具寮，书严信史。虽编摩之匪一，幸闻见之悉同。钦惟陛下，祇奉鸿图，光膺龙御。惟天佑于一德，咸曰汤孙；受命丕若历年，悉循尧道。仁宣孝治，学广文明。臣某等职忝汗青，官惭尸素。帝王之制可举，今已稡于巨编；诗书所称何加，愿有光于亿载。[4]

有元一代，除元顺帝亡国未有实录之外，其他帝王统治时期皆有对前朝皇帝实录的编纂，且逐渐成为一项制度性措施：

> （至大元年三月）己卯，命翰林国史院纂修《顺宗》《成宗实录》。[5]
>
> （延祐七年十一月）甲申，敕翰林国史院纂修《仁宗实录》。[6]
>
> （至治三年春正月）授前枢密院副使吴元珪、王约集贤大学士，

1 （明）宋濂等：《元史》卷一三六《拜住传》，中华书局，1976年，第3305页。

2 （明）宋濂等：《元史》卷一六《世祖十三》，中华书局，1976年，第338页。

3 （明）宋濂等：《元史》卷二四《仁宗一》，中华书局，1976年，第554页。

4 （元）袁桷著，杨亮校注：《袁桷集校注》卷三八《进五朝实录表》，中华书局，2012年，第1691页。

5 （明）宋濂等：《元史》卷二二《武宗一》，中华书局，1976年，第497页。

6 （明）宋濂等：《元史》卷二七《英宗一》，中华书局，1976年，第627页。

翰林侍讲学士韩从益昭文馆大学士，并商议中书省事。拜住言："前集贤侍讲学士赵居信、直学士吴澄，皆有德老儒，请征用之。"帝喜曰："卿言适副朕心，更当搜访山林隐逸之士。"遂以居信为翰林学士承旨，澄为学士。……（二月）丙寅，翰林国史院进《仁宗实录》。[1]

（泰定元年十二月）丙寅，命翰林国史院修纂《英宗》《显宗实录》。[2]

（至顺元年二月）戊申，命中书省及翰林国史院官祭太祖、太宗、睿宗三朝御容。……丁卯，翰林国史院修《英宗实录》成。……（秋七月）丁巳，命中书省、翰林国史院官祀太祖、太宗、睿宗御容于大普庆寺。[3]

（天历二年二月）丙申，命中书省、翰林国史院官祀太祖、太宗、睿宗御容于普庆寺。……（九月）戊辰，敕翰林国史院官同奎章阁学士采辑本朝典故，准《唐》《宋会要》，著为《经世大典》。……（十一月）己卯，翰林国史院臣言："纂修《英宗实录》，请具倒剌沙款伏付史馆。"从之。[4]

即使是汉化程度不深的泰定帝也能遵照前朝制度来修实录，可见这一制度的执行情况之严格。整个元代实际上共撰成十七部实录，但由于睿宗拖雷、裕宗真金、顺宗答剌麻八剌、显宗甘麻剌四人的帝号为死后追认，故学者论及元代实录多称其为十三部，即《明会要》所言："得十三朝实录，惟元统以后之事未备。乃命儒士欧阳佑等往北平、山东采遗事。至是还朝，重开史局。七月丁亥，书成，凡二百十二卷。"[5]

实录的纂修有严格的保密措施，外人严禁观看，实录的纂修者有保证实录内容不外泄的任务，《元史》中就载有翰林国史院官员反对皇帝阅览当朝实录之例：

吕思诚字仲实，平定州人。……擢翰林国史院检阅官，俄升编修。文宗在奎章阁，有旨取国史阅之，左右舁匮以往，院长贰无敢言。

1 （明）宋濂等：《元史》卷二八《英宗二》，中华书局，1976年，第627—628页。
2 （明）宋濂等：《元史》卷二九《泰定帝一》，中华书局，1976年，第652页。
3 （明）宋濂等：《元史》卷三四《文宗三》，中华书局，1976年，第753—760页。
4 （明）宋濂等：《元史》卷三三《文宗二》，中华书局，1976年，第730—745页。
5 （清）龙文彬：《明会要》卷三六《职官八·修前代史》，中华书局，1956年，第631页。

> 思诚在末僚，独跪阁下争曰："国史纪当代人君善恶，自古天子无观阅之者。"事遂寝。[1]

中国历代王朝都十分重视史书的编纂，但所修史书往往涉及当朝人物的是非功过，因而欲保持中立立场的史官往往会受到来自各种权力层面的影响，甚而有实录内容被窜改之事发生。而元代的蒙古上层官员因为不尽通晓汉语，所以他们对翰林国史院文士的活动及其记录较少注意，对实录的纂修也很少干涉。但是也有例外，如上文提及的元文宗，他十分熟悉汉文经典，故而会有取阅国史之事，若非吕思诚谏止，恐怕文宗也能读到实录对自己的记载。仁宗时，丞相铁木迭尔为权相，骄横非常，马祖常知其曾盗观国史，"率同列劾奏其十罪，仁宗震怒黜罢之"[2]。当然在铁木迭尔被废罪名中，盗观国史仅为其中之一，但据此亦足以说明元代十分重视实录的保密性。尽管如此，《明史》纂修者指出元代实录仍存在着不够客观的问题："元之旧史，往往详于记善，略于惩恶，是盖当时史臣有所忌讳，而不敢直书之尔。"[3]结合铁木迭尔盗观国史一事来看，元代翰林院在编纂实录时，确实有忌讳权臣而不直书其恶者，这就导致元代实录存在一定程度的失实。

总的来说，元代累朝实录的纂修还是很有成效的，如《元史》的本纪部分对自元世祖时期以后元代各朝皇帝的记录非常详尽，而记前朝则非常简略，便是由于本纪部分主要依据实录来撰写。如果没有实录，如实纂修是不可能的。

二、正统之争与辽、金、宋三史的成书过程

翰林国史院编有《辽史》《金史》《宋史》。这三部书的编纂历经艰辛，从元世祖中统二年（1261）即有动议：

> （中统二年七月）癸亥，初立翰林国史院。王鹗请修辽、金二史，又言："唐太宗置弘文馆，宋太宗设内外学士院。今宜除拜学士院官，作养人才。乞以右丞相史天泽监修国史，左丞相耶律铸、平章政事

1　（明）宋濂等：《元史》卷一八五《吕思诚传》，中华书局，1976年，第4247—4248页。

2　（明）宋濂等：《元史》卷一四三《马祖常传》，中华书局，1976年，第3412页。

3　（明）宋濂等：《元史》卷二〇五《奸臣传》，中华书局，1976年，第4557页。

王文统监修《辽》《金史》，仍采访遗事。”并从之。[1]

王鹗作为亡金的学者，要为故国保存历史，故而上书元世祖请修实录及辽、金二史，元世祖也确实允其请，下诏立翰林国史院。翰林国史院成立后，积极进行修史工作：中统三年（1262）八月，“敕王鹗集廷臣商榷史事，鹗等乞以先朝事迹录付史馆”[2]；至元元年（1264）二月，“敕选儒士编修国史，译写经书，起馆舍，给俸以赡之”[3]。王鹗还积极为修史寻访人才，他在为元好问所撰《遗山先生文集后引》中写道：“国朝将新一代实录，附辽、金二史，而吾子荣膺是选。无何，恩命未下，哀讣遽闻，使雄文巨笔，不得驰骋于数十百年之间。吁，可悲夫！”[4]可见修史之事准备得很早，甚至人选都已选定。脱脱所撰《进辽史表》云：“我世祖皇帝一视同仁，深加愍恻，尝敕词臣撰次三史，首及于辽。”[5]《宋史》的纂修也早为汉族士大夫所重视。蒙元灭南宋占领临安时，翰林学士李盘奉诏招宋士至临安，董文炳对李盘言道：“‘国可灭，史不可没。宋十六主，有天下三百余年，其太史所记具在史馆，宜悉收以备典礼。’乃得宋史及诸注记五千余册，归之国史院。”[6]可以说中国古代传统士大夫对于保存故国文献，促使历史传承渊源有自，始终有一种深切的责任感，“国可灭，史不可没”的意识深入人心。后来阿鲁图在《进金史表》中也引用了这句话以阐明纂修前代之史的重要性：“盖历数归真主之朝，而简编载前代之事，国可灭史不可灭，善吾师恶亦吾师。”[7]而在《进宋史表》中，他又提到：

> 钦惟世祖圣德神功文武皇帝，初由宗邸亲总大军，龙旂出指于离方，羽葆归登于乾御。……及夫收图书于胜国，辑黼哻于神京，拔宋臣而列政涂，载宋史而归秘府。然后告成郊庙，锡庆臣民，推大赉以惟均，示一统之无外。枢庭偃武，既编戡定之勋；翰苑摛文，

1 （明）宋濂等：《元史》卷四《世祖一》，中华书局，1976年，第71—72页。

2 （明）宋濂等：《元史》卷五《世祖二》，中华书局，1976年，第86页。

3 （明）宋濂等：《元史》卷五《世祖二》，中华书局，1976年，第96页。

4 （元）王鹗：《遗山先生文集后引》，见金元好问《元遗山文集校补》卷末，巴蜀书社，2013年，第1384页。

5 （元）脱脱等：《辽史》附录《进辽史表》，中华书局，1975年，第1555页。

6 （明）宋濂等：《元史》卷一五六《董文炳传》，中华书局，1976年，第3672页。

7 （元）脱脱等：《金史》附录《进金史表》，中华书局，1975年，第2899页。

寻奉纂修之旨。事机有待，岁月易迁，累朝每切于继承，多务未遑于制作。[1]

此处阿鲁图所言即为上文所述董文炳告李盘之事。“翰苑摛文，寻奉纂修之旨”说明收宋史书图籍入翰林国史院后，朝廷曾下诏翰林国史院据以编修宋史，然而“累朝每切于继承，多务未遑于制作”，说明修三史事不止在世祖时有过准备，在之后的仁宗延祐年间及文宗天历年间等文治极盛时也曾动议，但始终未能成功，正如阿鲁图在《进金史表》中所述：“是以纂修之命，见诸敷遗之谋，延祐申举而未遑，天历推行而弗竟。”[2]可见尽管修史之事动议虽早，但一直因循推迟，直到元顺帝至正三年（1343）才正式开始。这其中最主要的原因是参与修史的翰林国史院学者对于辽、金、宋正统地位，以及修史体例问题争论不休，未能达成统一意见。虞集在《送墨庄刘叔熙远游序》中说：

上甚善之，命史官修辽、宋、金史，时未遑也。至仁宗时，屡尝以为言。是时，予方在奉常，尝因会议廷中而言：诸朝曰三史文书阙略，辽金为甚，故老且尽，后之贤者见闻亦且不及，不于今时为之，恐无以称上意。典领大官是其言，而亦有所未建也。天历至顺之间，屡诏史馆趣为之。而予别领书局未奏，故未及承命，间与同列议三史之不得成，盖互以分合论正统莫克有定。[3]

元代修三史前关于正统的论争，主要分为两派：一派以金为正统，一派以宋为正统。“主宋者曰宋正统也，主金者曰金正统也”；元初时起争论者有卢挚、徐世隆、王约、张起岩、张枢等。围绕这些论议，出现了许多文章，如杨奂的《正统八例总序》、姚燧的《国统离合表序》、修端的《三史正统论》等。关于正统的争议在三史编撰工作开始后，仍存在于纂修官之间。至元末，三史修成，正统之争辩犹未停息。两派之中赞成金的正统地位者，多为元初的金朝遗民文士及蒙古、色目通儒学者，如卢挚、徐世隆、张起岩等；以宋为正统者，多是南方文士，王祎、杨维桢是其代表，他们以欧阳修的正统论及朱熹《通鉴纲目》所确定的正统观为依据，力争宋为正统。如揭傒斯便在《通鉴纲目书法序》一文中说：

1　（元）脱脱等：《宋史》附录《进宋史表》，中华书局，1985 年，第 14253 页。

2　（元）脱脱等：《金史》附录《进金史表》，中华书局，1975 年，第 2900 页。

3　（元）虞集：《道园学古录》卷三二《送墨庄刘叔熙远游序》，四部丛刊本。

古之有天下者莫若舜、禹、汤、武，然汤有惭德，武未尽善。舜、禹之后得天下者莫如汉，曹氏亲受汉禅，威加中国，卒不能夺诸葛孔明汉贼之分。元魏据有中国，行政施化，卒不能绝区区江左之晋而继之。此万世之至公而不可易焉者，而犹或易之，此《纲目》不得不继《春秋》而作，此《书法》不得不为《纲目》而发也。此朱子之志也。[1]

但在当时南北对立纷争之际，也有一些学士提出了调和意见。修端是其代表，修端的《三史正统论》一文保存在王恽的《玉堂嘉话》中，他批评将金朝附于宋史后为载纪的观点，主张从历史事实出发去看待辽、金、宋的正统地位，提出以辽、金、宋各为正统的说法：

以五代之君，通作《南史》，内朱梁名分犹恐未应。辽自唐末保有北方，又非篡夺，复承晋统，加之世数名位远兼五季，与前宋相次而终，言《北史》。宋太祖受周禅，平江南，收西川，白沟迤南悉臣大宋，传至靖康，当为《宋史》。金太祖破辽克宋，帝有中原百有余年，当为《北史》。自建炎之后，中国非宋所有，宜为《南宋史》。[2]

除修端外，虞集也赞成搁置争议，以三家各为史书，从而尽快完成修史之事，他指出："今当三家各为书，各尽其言，而核实之，使其事不废可也。乃若议论，则以俟来者。"[3]

直到元顺帝时期，丞相脱脱提出了"三国各与正统，各系其年号"[4]的观点，三史正统之争方才渐趋平息，此说实是源于修端及虞集等人。其后，顺帝下修三史诏曰："这三国为圣朝所取制度、典章、治乱、兴亡之由，恐因岁久散失，合

1 （元）揭傒斯：《揭傒斯全集》文集卷三《通鉴纲目书法序》，上海古籍出版社，2012 年，第 311 页。

2 见《王恽全集汇校》卷一百《玉堂嘉话》卷八，杨亮、钟彦飞点校，中华书局，2013 年，第 3956—3957 页。后来的危素写有《上贺相公论史书》，其中对各以辽、金、宋为正统的观点进行批判，认为"凡此四者皆非有远见高识，乌足以论天下事哉！"这种观点对后来的修史有重要影响，因为后来危素在修史中起了重要作用。见《危太朴文集》卷六《上贺相公论史书》，嘉业堂丛书本。

3 （元）虞集：《道园学古录》卷三二《送墨庄刘叔熙远游序》，四部丛刊本。

4 （明）权衡：《庚申外史》，清雍正六年鱼元传抄本。

遴选文臣，分史置局，纂修成书，以见祖宗盛德得天下辽、金、宋三国之由，垂鉴后世，做一代盛典。交翰林国史院分局纂修，职专其事。”[1]三史修撰工作遂正式开始。自至正三年三月顺帝下诏修三史，到至正四年（1344）三月，《辽史》完成；至正四年十一月，《金史》上奏；至正五年（1345）十月，《宋史》也上表朝廷。仅两年时间三史全部修完，其效率令人惊讶，这其中《宋史》卷帙宏大，达 496 卷，近五百万字，其修撰速度实在可观。

三史之所以能够顺利修成，也与之前做了充分的材料搜辑准备工作有关。以《宋史》为例，蒙元灭宋时，特意收宋代图籍史书归翰林院，这便是《宋史》纂修的主要材料依据。除此之外，翰林国史院文士中具有史学修养者如王鹗、袁桷等，也十分重视保存史料。王鹗十分重视修辽、金二史，积极搜辑材料，定其编撰体例，在翰林国史院成立不久时，《金史》的独立体例已经成型，王恽在其文集中亦有详细记载：

> 《金史》，王文康公定夺。此王状元先生时为承旨学士。
>
> 帝纪九
>
> 太祖　　太宗
>
> 熙宗　　海陵庶人
>
> 世宗　　章宗
>
> 卫绍王实录阙。　　宣宗
>
> 哀宗实录阙。
>
> 志书七
>
> 天文五行附。　　地里边境附。
>
> 礼乐郊祀附。　　刑法
>
> 食货交钞附。　　百官选举附。
>
> 兵卫世袭附。
>
> 列传旧实录三品已上入传，今拟人物英伟、勋业可称，不限品从。
>
> 忠义　　隐逸高士附。
>
> 儒行　　文艺
>
> 列女　　方技
>
> 逆臣忽沙虎。　　诸王后妃开国功臣在先[2]

1　（元）脱脱等：《辽史》《附录·修三史诏》，中华书局，1974 年，第 1554 页。

2　（元）王恽著，杨亮、钟彦飞点校：《王恽全集汇校》卷一百《玉堂嘉话》卷八，中华书局，2013 年，第 3975 页。

王恽记载了王鹗在翰林国史院成立之初为修《金史》所作体例上的规划。王鹗对金朝的文献渊源、典章制度颇为熟悉，后来所修《金史》体例也确实按照王鹗设定的体例进行，如果当时即确定三史体例的话，三史于元初修成的可能性还是非常大的。

翰林国史院成立后，辽、金、宋三史的修撰工作始终在不间断地进行着，但似乎收效甚微，王恽遂以监察御史身份上书朝廷，希望能广开言路，搜访佚逸，以防遗老渐逝，无从访求：

> 切惟古者修史，虽野史传闻，不以人废。伏见国家自中统二年立国史院，令学士安藏收访其事，数年已来，所得无几。盖上自成吉思皇帝，迄于先帝，以神武削平万国，中间事功不可殚纪。近又闻国史院于亡金《实录》内采择肇造事迹，岂非虑有遗忘欤？然当间从征诸人所在尚有，旁求备访，所获必富。不然，此辈且老，将何所闻？合无榜示中外，不以诸色等人，有曾扈从征进，凡有记忆事实，许所在条件，或口为陈说，及转相传闻，事无巨细，可以投献者，官给赏有差。如此庶望人效众美，国就成书，使鸿休盛烈晦而复明，备见一代之史，顾不盛欤！[1]

从这段文字中可以看出王恽在当时虽已不再担任翰林国史院官职，但对修史之事却念念不忘，仍然为朝廷积极献策，唯恐迟误了修史之事。这一方面说明了修史之事在当时影响广泛，另一方面则说明了修史工作进展得并不顺利，所收成效很小。

《宋史》的编修工作在元初就不断进行着，在元英宗（1303—1323）时期就已全面展开。期间袁桷撰写了《修辽金宋史搜访遗书条列事状》：

> 猥以非才，备员史馆，几二十年。近复进直翰林，仍兼史职，苟度岁月，实为罔功。伏睹先朝圣训，屡命史臣纂修辽、金、宋史，因循未就。推原前代亡国之史，皆系一统之后史官所成。……卑职生长南方，辽、金旧事，鲜所知闻。中原诸老，家有其书。必能搜罗会稡，以成信史。

1　(元)王恽著，杨亮、钟彦飞点校：《王恽全集汇校》卷八四《乌台笔补·论收访野史事状》，中华书局，2013 年，第 3477 页。

窃伏自念：先高叔祖少傅正献公燮，当嘉定间，以礼部侍郎、秘书监专修宋史，具有成书。曾祖太师枢密越公韶，为秘书著作郎，迁秘书丞，同预史事。曾叔祖少傅正肃公甫，吏部尚书商，俱以尚书修撰实录。谫薄弱息，获际圣朝，以继先躅。宋世九朝，虽有正史，一时避忌。今已易代，所宜改正。[1]

袁桷在此《事状》之后列出大量书目，涉及《宋史》的各个方面，能看出他对修史做了大量的准备工作，亦能看出他修史的迫切心情。此时南宋故家尚在，典籍犹存，而其对祖先曾经参与过宋代的史书和实录的纂修既感到荣耀，又感到无奈。家族的文化传承，使袁桷对修史有一种历史责任感，他迫切希望看到前朝史书能在他的手中完成，因而对《宋史》的纂修所费心力最多。同时由此文亦可见元朝修史进展之缓慢，以及翰林国史院官员对此之重视。

而历史的机缘往往在此，袁桷就在此时得到了朝廷重臣拜住的支持。拜住对他非常器重，使他萌生了修史的希望，然而他所进行的工作并没有得以完成，苏天爵记此事最为详明：

至治中，郓王柏柱独秉国钧，作新宪度，号令宣布，公有力焉。诏绘王像，命公作赞赐之。公述君臣交修之义以励王。王尤重公学识，锐欲撰述辽、宋、金史，责成于公。公亦奋然自任，条具凡例及所当用典册陈之，是皆本诸故家之所闻见，习于师友之所讨论，非牵合剽袭漫焉以趋时好而已。未几，国有大故，事不果行。[2]

此处的“国有大故”，指元英宗至治三年（1323）的南坡之变，英宗、拜住被害，这使修史一事彻底中断，而袁桷也从此心灰意冷。新即位的泰定帝来自漠北，对汉文化更加陌生，根本认识不到修史的重要价值，且泰定帝与政变的参与者有着密切关系，于是袁桷于泰定元年（1324）告老还乡，不再言修史之事。虽然其后曾被命修史，但都无果而终。到了袁桷去世二十多年后的至正三年（1343），史官方依照他所制定的《史例》修成《宋史》。袁桷之家族为东南藏书大家，其藏

1 （元）袁桷著，杨亮校注：《袁桷集校注》卷四一《修辽金宋史搜访遗书条列事状》，中华书局，2012 年，第 1844—1845 页。

2 （元）苏天爵著，陈高华、孟繁清点校：《滋溪文稿》卷九《袁文清公墓志铭》，中华书局，1997 年，第 135—136 页。

书对《宋史》之修成助益尤多。正是因为在修三史之前已经充分搜辑了所需要的数据，故其编撰迅速。清人赵翼在《廿二史札记》中对元修三史之速作了一个说明：

元顺帝时，命脱脱等修《辽》《宋》《金》三史，自至正三年三月开局，至正五年十月告成。以如许卷帙，成之不及三年，其时日较明初修《元史》更为迫促。然三史实皆有旧本，非至脱脱等始修也。各朝本有各朝旧史，元世祖时又已编纂成书，至脱脱等已属第二三次修辑，故易于告成耳。……可见元世祖时，三史俱已修订。……至顺帝时，诏《宋》《辽》《金》各为一史，于是据以编排，而纪、传、表、志本已完备，故不三年遂竣事。人但知至正中修三史，而不知至正以前已早有成绪也。[1]

据赵翼之说，三史实都有旧本在，既然确定三史各与正统，分别成史，那么就无须重新编排，只要在所存旧史的基础上加以增辑整理就可以了。但赵翼的三史“早有成绪”仅是一家之言。在元人虞集、杨维桢、袁桷等人的记载中，都明确说明元廷虽有修史的准备，但都迁延未成。而三史之所以能够迅速完成，最大的可能应是之前准备工作充分，材料充实。

搜集材料是修史的基础，此外朝廷之重视也是史书修撰工作进展神速的重要原因之一。除了翰林国史院文士之外，朝廷还召集大量其他文馆人员参与其事，如在《修三史诏》中便提及需在集贤、秘书、崇文以及其他诸多衙门中多发现文学博雅、德才兼备之士，并令其充任修撰工作。另外朝廷还征召各地儒士参与修史工作，危素曾在《送彭公权序》中言及此事：

皇帝即位十有一年，诏修辽、金、宋史，……中书平章政事康里公、今御史大夫秦中贺公、翰林学士承旨沛南张公、庐陵欧阳公、故侍讲学士豫章揭公、今陕西行台侍御史大名李公、翰林侍讲学士长沙杨公、故礼部尚书襄阴王公为总裁官，各辟布衣士为校勘。[2]

可见当时元廷给予了大量人力、物力支持，最终得以迅速修成三史。

1 （清）赵翼著，王树民校证：《廿二史札记校证》卷二三“宋辽金三史”条，中华书局，1984 年，第 494—495 页。

2 （元）危素：《危太朴文集》卷七《送彭公权序》，嘉业堂丛书本。

三、修史人员的多族群特征

元廷对修史一事较为重视，因而在翰林国史院修史之士皆为一时之俊彦。对修宋、辽、金三史的要求更高，因成于众手，不仅要标准一致，而且还要文风统一，最主要的是史官必须保持中立、公正无私的立场。因此朝廷在选择修史人员时极为慎重，所选多为公认人品醇正、文风不浮的文士，如欧阳玄、张起岩、吕思诚等。欧阳玄是元代后期大都文坛的领军人物，于天历年间曾参与修纂《经世大典》，积累了丰富的经验。张起岩为人耿介刚直，曾大胆反对文宗观览《实录》，其“论事剀直，无所顾忌，与上官多不合”[1]。这在很大程度上保证了修史不受外界的干扰。而关于吕思诚，《元史》本传记载其为“御史台奏为治书侍御史，总裁辽、金、宋三史，升侍御史，枢密院奏为副使，御史台留为侍御史”[2]，估计是考虑其有实际工作经验，能协调各方。此外其他主要修史人员亦皆为一时翰苑名臣：

> 汪泽民字叔志，……至正三年，朝廷修《辽》《金》《宋史》，召泽民赴阙，除国子司业，与修史。书成，迁集贤直学士，阶大中大夫。……遂以嘉议大夫、礼部尚书致仕。[3]（《汪泽民传》）
>
> 干文传字寿道，平江人。……至正三年，召赴阙，承诏预修《宋史》，书成，赏赉优渥，仍有旨四品以下各进一官。[4]（《干文传传》）
>
> 张翥字仲举，晋宁人。……至正初，召为国子助教，分教上都生。寻退居淮东。会朝廷修辽、金、宋三史，起为翰林国史院编修官。史成，历应奉、修撰，迁太常博士，升礼仪院判官，又迁翰林，历直学士、侍讲学士，乃以侍读兼祭酒。[5]（《张翥传》）
>
> 吴当字伯尚，澄之孙也。……会诏修辽、金、宋三史，当预编纂。书成，除翰林修撰。[6]（《吴当传》）

1 （明）宋濂等：《元史》卷一八二《张起岩传》，中华书局，1976 年，第 4195 页。

2 （明）宋濂等：《元史》卷一八五《吕思诚传》，中华书局，1976 年，第 4249 页。

3 （明）宋濂等：《元史》卷一八五《汪泽民传》，中华书局，1976 年，第 4253 页。

4 （明）宋濂等：《元史》卷一八五《干文传传》，中华书局，1976 年，第 4255 页。

5 （明）宋濂等：《元史》卷一八六《张翥传》，中华书局，1976 年，第 4284 页。

6 （明）宋濂等：《元史》卷一八七《吴当传》，中华书局，1976 年，第 4298 页。

伯颜一名师圣，字宗道，哈剌鲁氏，隶军籍蒙古万户府，世居开州濮阳县。……至正四年，以隐士征至京师，授翰林待制，预修《金史》。既毕，辞归。[1]（《伯颜传》）

巎巎字子山，康里氏。父不忽木自有传。……寻拜翰林学士承旨、知制诰兼修国史、知经筵事，提调宣文阁崇文监。……一日进读司马光《资治通鉴》，因言国家当及斯时修辽、金、宋三史，岁久恐致阙逸。后置纂修，实由巎巎发其端。[2]（《巎巎传》）

余阙字廷心，一字天心，唐兀氏，世家河西武威。……寻以修辽、金、宋三史召，复入翰林，为修撰。[3]（《余阙传》）

廉惠山海牙字公亮，布鲁海牙之孙，希宪之从子也。……至正三年初，行郊礼，召拜侍仪使。明年，预修辽、金、宋三史，迁崇文太监。[4]（《廉惠山海牙传》）

王思诚字致道，兖州嵫阳人。……召修辽、金、宋三史，调秘书监丞。[5]（《王思诚传》）

李好文字惟中，大名之东明人。……（至正）四年，除江南行台治书侍御史，未行，改礼部尚书，与修《辽》《金》《宋史》，除治书侍御史，仍与史事，俄除参议中书省事，视事十日，以史故，仍为治书。[6]（《李好文传》）

揭傒斯字曼硕，龙兴富州人。……诏修辽、金、宋三史，傒斯与为总裁官，丞相问："修史以何为本？"曰："用人为本，有学问文章而不知史事者，不可与；有学问文章知史事而心术不正者，不可与。用人之道，又当以心术为本也。"且与僚属言："欲求作史之法，须求作史之意。古人作史，虽小善必录，小恶必记。不然，何以示惩劝！"由是毅然以笔削自任，凡政事得失，人材贤否，一律以是非之公。至于物论之不齐，必反覆辨论，以求归于至当而后

1 （明）宋濂等：《元史》卷一九〇《伯颜传》，中华书局，1976 年，第 4349—4350 页。

2 （明）宋濂等：《元史》卷一四三《巎巎传》，中华书局，1976 年，第 3413—3415 页。

3 （明）宋濂等：《元史》卷一四三《余阙传》，中华书局，1976 年，第 3426 页。

4 （明）宋濂等：《元史》卷一四五《廉惠山海牙传》，中华书局，1976 年，第 3447—3448 页。

5 （明）宋濂等：《元史》卷一八三《王思诚传》，中华书局，1976 年，第 4210—4213 页。

6 （明）宋濂等：《元史》卷一八三《李好文传》，中华书局，1976 年，第 4216—4217 页。

止。……时方有使者至自上京，锡宴史局，以傒斯故，改宴日，使者以闻，帝为嗟悼，赐楮币万缗，仍给驿舟，护送其丧归江南。[1]（《揭傒斯传》）

泰不华字兼善，伯牙吾台氏。……年十七，江浙乡试第一。明年，对策大廷，赐进士及第，授集贤修撰，转秘书监著作郎，拜江南行台监察御史。……召入史馆，与修辽、宋、金三史，书成，授秘书卿。[2]（《泰不华传》）

危素，字太朴，金溪人，唐抚州刺史全讽之后。少通《五经》，游吴澄、范梈门。至正元年用大臣荐授经筵检讨。修宋、辽、金三史及注《尔雅》成，赐金及宫人，不受。由国子助教迁翰林编修。纂后妃等传，事逸无据，素买饧饼馈宦寺，叩之得实，乃笔诸书，卒为全史。[3]（《危素传》）

余贞，字复卿，宁州人。……至元间，以翰林修撰召修宋、辽、金三史。史成，乞归养。[4]（《余贞传》）

阿鲁图，博尔术四世孙。父木剌忽。阿鲁图由经正监袭职为怯薛官，掌环卫，遂拜翰林学士承旨，迁知枢密院事。……（至正四年）五月，诏拜中书右丞相、监修国史……时诏修辽、金、宋三史，阿鲁图为总裁。五年，三史成。[5]（《阿鲁图传》）

太平字允中，初姓贺氏，名惟一，后赐姓蒙古氏，名太平，仁杰之孙，胜之子也。……尝受业于赵孟頫，又师事云中吕弼。……辽、金、宋三史久未克修，至是太平力赞其事，为总裁官，修成之。[6]（《太平传》）

三史分局修纂，脱脱为都总裁，裁决三史之事，其下又分设三史总裁官。总裁《辽史》的官员有6位：铁睦尔达世、张起岩、吕思诚、贺惟一（即太平）、揭傒斯、欧阳玄；负责纂修的官员有4人：廉惠山海牙、徐昺、王沂、陈绎曾。

1　（明）宋濂等：《元史》卷一八一《揭傒斯传》，中华书局，1976年，第4184—4186页。

2　（明）宋濂等：《元史》卷一四三《泰不华传》，中华书局，1976年，第3423—3424页。

3　（清）张廷玉等：《明史》卷二八五《危素传》，中华书局，1974年，第7314页。

4　《（乾隆）江西通志》卷六七《余贞传》，影印文渊阁《四库全书》本。

5　（明）宋濂等：《元史》卷一三九《阿鲁图传》，中华书局，1976年，第3361页。

6　（明）宋濂等：《元史》卷一四〇《太平传》，中华书局，1976年，第3367—3368页。

另外由于三朝实录、野史、传记、碑文等文献资料并没有集中于一处，而是散落各地，故当时政府专门令行省和各处正官提调。《辽史》附录中的《修史官员》中记载的提调官员由中书省、礼部及工部的官员构成，共计14位。[1]负责修《金史》的总裁官共8人：帖睦尔达世、张起岩、杨宗瑞、贺惟一、揭傒斯、欧阳玄、王沂、李好文；纂修官有6位：沙剌班、王理、伯颜、费著、赵时敏、商企翁。[2]其提调官由中书省、六部及太常礼仪院、翰林国史院的官员构成，共计20位。负责《宋史》的总裁官有7位：帖睦尔达世、贺惟一、张起岩、欧阳玄、李好文、王沂、杨宗瑞；纂修官有23位：斡玉伦徒、泰不华、杜秉彝、宋褧、王思诚、汪泽民、干文传、张瑾、贡师道、麦文贵、余阙、李齐、刘闻、贾鲁、冯福可、陈祖仁、赵中、王仪、余贞、谭慥、张翥、吴当、危素。修《宋史》的提调官共计23位。[3]

从族群构成来看，修史人员中有很多色目人、蒙古人，而他们亦为饱学醇儒之士。譬如伯颜，虽为蒙古人，但远近受学千余人，儒学修养颇为深厚。这些人都是元代所谓“好根脚”之人，多有祖上福荫，但他们同时倾心汉文化，是元代少数族群汉化的最成熟阶段代表，儒学修养深厚，在艺术与文学修养上均为元朝翘楚，如余阙是元代著名诗人，巎巎为著名书法家。这实际上体现了胜国心态下元朝统治者对文化采取一种相容和广泛吸收的态度，对于所谓的民族属性不甚在意，因而宋、辽、金三史的纂修人员各种民族属性均有。此外，从人才的任用标准来看，元代统治者仍严格按照儒家的伦理规范进行选拔，甚至更为保守。由此可以看出元代修史相对来说是比较客观的，并且较少受外界干扰，即以修史人员来讲，能抛开族群偏见，大体能做到以德行和才藻作为选拔纂修人员的标准，这点着实难得。

1 据《辽史》附录《进辽史表》及《修史官员》两文统计。

2 据《金史》附录《进金史表》及《修史官员》两文统计。

3 据《宋史》附录《进宋史表》及《修史官员》两文统计。

结 语

翰林国史院作为元代知名文士的集聚之所，可谓是元代最为重要的文化机构。在此供职的元代文士，均为来自不同地域、不同族群的文士精英，由此而形成了元代的核心文士群体。元代翰林国史院的修史职责既包括对前朝史书的编写，也包括对本朝实录的撰修，这些都为保证中国史学传统的延续性和完整性做出了不可磨灭的贡献。元代翰林国史院的修史过程并非一帆风顺，为了修纂三史，元廷进行了长久的准备工作，搜罗了大量有关三史的资料，而在开始编纂三史时，元廷动用了各族群的有学之士，同时也为正统问题展开长期的争论。结合元代修三史的波折，三史的最终修成，是各族文士共同努力的结果。翰林国史院任职的各族文士面临着各种困难和挑战，他们相互磨砺，历经波折，各尽所能，保证了修史工作的最终完成。从这一角度来讲，元代翰林国史院在修史方面取得的成就更显得难能可贵，各族文士在修史过程中的相互学习和影响，也见证了南、北方文士文学观念和实践的逐步合流，这对研究元代文学史和族群关系史都具有重要意义。另外特别值得注意的是任职翰林国史院的多民族群体，这一特征为元代所独有，极大促进了以汉族文化为主的多元文化交融。元廷在修史过程中的开放心态和包容态度，对日后的中国文化走向影响深远。

金元之际卫州文人的活动及影响

邱江宁*

内容提要 卫州在金元之际的世侯时期，曾因为管理者王昌龄的良法善政而成为金源文人乐奔的礼乐之邦，类如徒单公履、曹居一等优秀金源文人幡然来归。在这些优秀金源文人的教育与培养之下，以王恽为代表，王博文、雷膺、王复、傅爽、王持胜、周贞、李仪、周锴、季武、陶师渊、程文远等才俊涌现，声望赫著，令郓学一时兴起。更值得注意的是，由于姚枢隐居卫州的苏门山，吸引了许衡、窦默等人追随，竟使苏门山成为金元之际程朱理学探研中心，“元大苏门”一说不胫而走。可以说金元之际的卫州因为与那个时代“斯文不丧，衣冠是赖”的中华文化发展构建起密切的关联，从而具有了不容忽焉的文化地理地位。

关键词 卫州 王昌龄 王恽 姚枢 苏门山

卫州在今豫北境内，主要包括今河南新乡、鹤壁等地，因地处春秋古卫国地，故名卫州。王恽作为“生于斯，长于斯，宦学于斯，聚族属于斯”的卫州本地人，曾描述卫州的地理形势道：“卫得天中桑土之野，北通燕赵，南走京洛，太行峙其西，大河经其南，河山之间盘盘焉一都会也。”[1] 卫州地属中原，由北与燕赵故地河北相通，向南与洛阳相连，黄河由其南而过，在春秋时期，卫、郑之间隔黄河相望，而太行山位处卫州西边，故而卫州处于太行、黄河之间，盘折曲绕，自古文明昌盛，《诗经》中所谓郑、卫桑间之地，确实不愧为一大都会。

在世侯时代，卫州属于史天泽的辖境，据《元史》载：“己丑（1229），太宗即位，议立三万户，分统汉兵。天泽适入觐，命为真定、河间、大名、东平、济南五路万户。庚寅（1230）冬，武仙复屯兵于卫，天泽合诸军围之。金将完颜

* 邱江宁，浙江师范大学人文学院教授。

1 （元）王恽：《汲郡图志引》，杨亮、钟彦飞点校《王恽全集汇校》卷四一，中华书局，2013年，第5册，第1967页。

合达以众十万来援，战不利，诸将皆北，天泽独以千人绕出其后，败一都尉军，与大军合攻之，仙逸去，遂复卫州。”[1]1251年，蒙哥即位，重新划地封赏，以史天泽功绩甚著，将汲县、胙城，获嘉、共城、新中、山阳六县划为史天泽的封邑，又将汴、洛、荆、徐等地都划归史天泽经略，而史天泽以卫州无人管理，遂命沧州人王昌龄作为执事。对于卫州来说，这也意味着，史天泽建设真定的那套模式将被复制到卫州来，从而令卫州迎来其文化中心地位的复兴。

一、王昌龄与卫州文化中心的形成

王昌龄字显之，河北沧州人，“少，颖悟不凡，业儒学，崭然见头角”。王昌龄家本“世雄于财”，但贞祐初，沧州、景州被蒙古人攻破，王昌龄以孤童子，间行归汴。正大末，史天泽抚镇河朔，开幕府，举良能，而王昌龄被荐举为史天泽幕府参议。作为幕府参议，王昌龄“悉心毕力，知无不为”，故而与史天泽的关系“感同风云，合若符契”[2]，以此，王昌龄在执行史天泽的管理理论与措施上亦极为得力。史天泽在经营真定府时，宅心仁厚，关心民生，非常注意休养生息，虽“付以全赵四十余城”，却“俾抚而宁之”[3]，以此真定在史天泽的管理下，民富兵强，远胜他郡，而这其中也包含着王昌龄的贡献。由王恽《行状》记载知道，王昌龄处事“每以生民休戚、军国利病为己任，而风雪沍寒、往返之劳略不之恤也”，而史天泽也以王昌龄“伐谋制胜之略”，往往在出征之际“留公居守”，而王昌龄也能做到“抚新附，安反侧，市肆不易，按堵如故”，且能提出许多“良法善政”。基此种种，史天泽将自己封邑的管理托付给王昌龄。而事实上卫州“当四达之冲”，在蒙金战争的摧残下，疮痍积弊，百废待兴，也确实需要王昌龄这样既忠诚又能干的副手：“辛亥（1251）秋七月，先皇帝即位正封，邑锡勋旧，复以汲、胙、共、获、新中、山阳六县之地封户书大丞相，若古采地然，昭其功也。时朝廷以汴、洛、荆、徐畀丞相经略之，以卫乏人为忧，且曰：‘卫当四达之冲，民疲事剧，非得二千石之良者，无以铲夷积弊，涵养疮痏也。既难其人，

1　（明）宋濂等：《元史》卷一五五《史天泽传》，中华书局，1976年，第12册，第3658页。

2　（元）王恽：《故真定五路万户府参议兼领卫州事王公行状》，《王恽全集汇校》卷四七，第6册，第2226页。

3　（元）王恽：《大元国赵州创建故开府仪同三司中书右丞相赠太尉忠武史公祠堂碑铭并序》，《王恽全集汇校》卷五五，第6册，第2488页。

特命公领其事。'" 而王昌龄果真按照他在真定惯行的那套治理与管理模式来铲夷积弊，涵养疮痍：

> 哀民之困于茧丝也，均徭平赋以畜其力；痛政之极于污染也，治官汰吏以清其源。并容细民，不扰市肆；懋迁有无，以通舟车。楗堤防以捍水灾，课农桑以抑游手；尊王人则修饰馆舍，免病涉则平治桥梁。励薄俗，扶善良，礼贤俊，赡贫乏，衍郛郭，广居廛，通商惠工，兴滞补弊。民不见吏，而无吠警之虞；士格所耻，咸有闻知之惧。[1]

作为卫州本地人、又兼为王昌龄门客的王恽对王昌龄在卫州的治绩熟悉且有切身体会。他指出王昌龄通过治理赋税、整顿吏治、规范市场、兴修水利、劝农课桑、修饬馆驿学舍、修路搭桥等方式兴滞补弊，且"恭以执事，巨细不遗""谨身帅先，居以廉平"，最终，王昌龄仅以八年时间，即使饱受战乱、凋敝不堪的卫州"熙然而春，郁乎其文，乐国多士之风还旧观矣"[2]，恢复成为一个礼贤乐士、文人乐奔的礼乐之邦。

卫州成为礼乐之乡，固然得益于王昌龄的悉心治理，但更得益于金源文士们在寓居期间，努力振兴文业的行动。由王恽的《故真定五路万户府参议兼领卫州事王公行状》可以知道，对卫州文化贡献最多的金源文士是徒单公履，字云甫，号颙轩。有关徒单公履的身世，所存文献载记并不详细。不过徒单氏乃金源贵族，金朝皇室即有六位徒单氏皇后，徒单公履乃金末经义进士，在元朝成为著名馆阁文人。由于王昌龄领卫州事，本来"肥遁邻邑"的徒单公履在壬子（1252）秋[3]，"幡然来归"。而王昌龄"为治堂黉，极宾礼"，且"选子弟之开敏者从而师之"，卫州也在徒单公履的教导训诲之下，"文风尤为熠兴"。再有曹居一，字通甫，北燕人，能诗文，善谈谐。曹居一曾与杨弘道、王磐、姚枢、徒单公履、高鸣、张豸、赵复、杨云鹏、阚举、刘百熙、平玄、郭可畀、杨果、薛玄、杜仁杰、赵

1 （元）王恽：《故真定五路万户府参议兼领卫州事王公行状》，《王恽全集汇校》卷四七，第6册，第2227页。

2 （元）王恽：《故真定五路万户府参议兼领卫州事王公行状》，《王恽全集汇校》卷四七，第6册，第2227页。

3 按：王恽《哀友生季子辞并序》云"壬子秋，颙轩徒单公自宁来居"，《王恽全集汇校》卷六五，第6册，第2770页。

著、张朴、田文鼎（田师孟父亲）、史噩等被田师孟辑入《先友翰墨录》，乃金末北方著名文人。曹居一由赵地前来依附王昌龄，至卫州后，“疽发背，自病至终，公医拯殡送，曲尽友义”。而王昌龄本为儒生，好学善诗，“余暇则阅书史，接文士，晚年尤喜作诗，歌咏风流，不知老之将至，至雄章杰句间见层出。兼善尺牍行书”，以此，其时与王昌龄往来相交者，著名如：中山杨西庵、卢龙卢叔贤、河南郑子周、阳夏董端卿等，皆一时材大夫。王昌龄去世，送丧者余万人，而其时贵官名士如阔阔、姚枢、张德辉等皆来吊唁，亦可概见王昌龄之于卫州，之于其时社会、文化的影响力。王恽在为王昌龄所作《行状》中，特意借元好问的慨叹来评价卫州在王昌龄治理之下俨然金源文人归老之乡：“北渡后，元遗山号称一代士林之宗，爱慕高义，乃有‘今而后，寒士知所归’之叹。”[1]可谓盛赞！

二、卫州对于王恽的教育背景、交游圈及其创作取向形成的深远影响

作为卫州人，同时也作为王昌龄门客的王恽，其青年时期的教育成长以及交游唱和情形非常典型且集中地折射出卫州作为文化中心的繁荣景象。王恽（1227—1304），字仲谋，别号秋涧，河南卫州汲县人。王恽对于元代文坛的影响力在王昌龄卒后若干年，借助元代馆阁的影响而大现光彩。不过，青年时代的王恽以卫州为中心，转益多师，广交金源遗老时贤，他的交游圈以及以卫州为中心而形成的学问理路和创作取向，深受金源学问及创作风格的影响，金源遗风借由王恽本人及其创作而被带入元代，并对元初文坛产生深远影响。

由王恽的教育背景可以看出卫州作为文化中心对于聚合金源文人的影响力[2]。1234年，金亡之际，王恽随父亲王天铎回到卫州。王天铎（1202—1257），字振之，金正大初以律学中首选，仕至户部主事。金亡后，曾在耶律买奴幕下署行台执事，1236年回到卫州以经史自娱，曾集历代《易》说为《王氏纂玄》。王恽自幼好学善问，即得自王天铎的培养与鼓励。1241年，王恽受学于金源词赋进士赵鹏。鹏字搏霄，蒲之河东人，幼习举业，弱冠有声场屋间，擢贞祐三年

1　（元）王恽：《故真定五路万户府参议兼领卫州事王公行状》，《王恽全集汇校》卷四七，第6册，第2228页。

2　按：有关王恽生平出处多参考宋福利、杨亮《王恽年谱》，《王恽全集汇校》附录，第9册，第3979—4430页。

（1215）词赋进士第。1243年前后，王恽开始在卫州共城求学，得到了元好问、杨奂、王磐、刘祁等人的亲自指授和奖掖，王恽有诗自证“十九学苏门，遂亲经史筵。潜窥义理窟，弄笔势翩翩。遗山紫阳翁，鹿庵暨神川。四老铸颜手，诲我扣两端。腾口为奖藉，孺子有足观”[1]。据王恽交代云“国朝甲辰（1244）、乙巳（1245）间，鹿庵先生教授共城，不肖亦忝侍几杖”[2]，鹿庵先生即王磐。而王恽《追挽归潜刘先生》又云：“我自髫髦屡拜公，执经亲为发颛蒙。道从伊洛传心学，文擅韩欧振古风。四海南山青未了，一丘洹水恨无穷。泫然不为山阳笛，老屋吟看落月空。”[3]表明他与刘祁的师生情谊之深以及刘祁对他的影响。王恽长子王长孺亦云，壬子（1252）岁，王磐、徒单公履相继教授于卫辉路庙学，而王恽即为其中“魁杰者”[4]。此外，还有杨奂、杨果、曹居一、高鸣等对王恽亦“爱其材器，折行辈与交，极口为延誉”[5]。杨奂（1186—1255），字焕然，陕西奉天人。学者称紫阳先生。杨奂“博览强记，作文务去陈言，以蹈袭古人为耻。朝廷诸老，皆折行辈与之交。关中虽号多士，名未有出奂右者”[6]。元太宗十年（1238），参与戊戌选试，赋论第一，由耶律楚材荐，为河南路征收课税所长官兼廉访使，故而生长卫州的王恽有幸得其指授。此外，诸如杨果“为文无所不能，尤长于乐府”，以曾任“河南课税及经略司幕官”[7]，王恽有以接触，并得指授。

毋庸置疑，王恽的交游也体现出卫州及其周边人们在金源文人的指授下形成颇具活力的文人群的情形。据王恽《碑阴先友记》载，当日王恽在卫州的读书岁月里，围绕在他身边的金源前贤及卫州士绅有：曹居一（北燕人）、刘祁（浑源人）、牛天祥（上党人）、孟道（琅琊人）、赵澄（共城人）、司之才（淇门

1 （元）王恽：《元日示孙阿犍六十韵》，《王恽全集汇校》卷三，第1册，第89页。

2 （元）王恽：《提点彰德路道教事寂然子霍君道行碣铭并序》，《王恽全集汇校》卷六一，第6册，第2667页。

3 （元）王恽：《追挽归潜刘先生》，《王恽全集汇校》卷一六，第2册，第734页，其中“恨无”二字据《全元诗》补出，杨镰主编《全元诗》第5册，中华书局，2013年，第253页。

4 （元）王公孺：《卫辉路庙学兴建记（大德十一年六月）》，李修生主编《全元文》卷四五八，凤凰出版社，2005年，第13册，第253页。

5 王秉彝：《大元故翰林学士中奉大夫知制诰同修国史赠学士承旨资善大夫追封太原郡公谥文定王公神道碑铭》，《王恽全集汇校》附录“生平传记资料之属”，第10册，第4442页。

6 《元史》卷一五三《杨奂传》，第12册，第3622页。

7 （元）苏天爵：《参政杨文献公》，姚景安点校《元朝名臣事略》卷一〇，中华书局，1996年，第203页。

人）、卢武贤（燕人）、王之纲（汤阴人）、邢敏（秦人）、李祯（黎阳人）、释朗秀（廪延人）、杨果（蒲阴人）、董瀛（廉台人）、董民誉（阳夏人）、刘方（陵川人）、宰沂（洛阳人）、张豸（相人）、赵鹏（蒲阴人）、石盏德玉（盖州人）、勾龙瀛（河南人）、乌古仑贞（辽东人）、周惠（隰州人）、王昌龄（沧州人）、李瑞（汲人）、王赞（登封人）、刘冲（太原人）、马寅（许州人）、丁居实（锦州人）、马佐（沧州人）、完颜孟阳（辽东人）、沈侃（魏人）、张善渊（谯人）[1]。因为有这些金源文人以及卫州士绅的教诲，卫州“文风大兴，人才辈出”，有王博文、雷膺、王复、傅爽、王持胜、周贞、李仪、周锴、季武、陶师渊、程文远等才俊涌现，声望赫著，令郓学一时兴起，而人们也因此更相信“鲁多儒而卫多君子”[2]。而且卫州地处四达之冲的优势位置，使得卫州学子有机会得到往来其间的名人指授，如王恽一直不能忘怀、其实并没有在卫州寓居的恩师元好问。1254年，元好问与张德辉由汴京北归，途经卫州，暂歇于当地旅馆，而王恽与雷膺即于此时获得元好问的悉心点拨和鼓励：

> 遗山先生向与颐斋张公讳德辉，字耀卿，终河东宣抚使。自汴北归，时史相请为昔吉秃满作碑。过卫。先君命录近作一卷三十余首为贽，拜二公于宾馆，同志雷膺在焉。先生略叩所学，喜见颜间，酒数行，令张灯西夹曰：“吾有以示之。”先生凭几东向坐，予二人前侍，披所献狂斐，且读且窜。即其后，笔以数语攦其非是，且见循诱善意，而于体要工拙、音韵乖叶尤切致恳。每篇终，不肖跽授教，再拜起立。夜向深，先生虽被酒，神益爽，气益温，言益厉。觉泉蒙茅塞洒洒然顿释，如醉者之于醒，萎者之于起也。说既竟，先生复昌言曰：“千金之贵，莫逾于卿相，卿相者，一时之权。文章，千古事业，如日星昭回，经纬天度，不可少易。顾此握管铦锋虽微，其重也，可使纤埃化而为泰山，其轻也，可使泰山散而为微尘，其柄用有如此者。况老成渐远，斯文将在，后来女等，其勖哉毋替。”坐客四悚，有惘然自失，不觉叹而发愧者。[3]

---

1 （元）王恽：《碑阴先友记》，《王恽全集汇校》卷五九，第6册，第2603—2606页。

2 （元）王公孺：《卫辉路庙学兴建记（大德十一年六月）》，《全元文》卷四五八，第13册，第253页。

3 （元）王恽：《遗山先生口诲》，《王恽全集汇校》卷四五，第6册，第2166页。

这篇《遗山先生口诲》写在事情发生三十五年之后。在这篇文字之前，中统五年（1264），王恽在梦中回味了元好问1254年那晚指授他作文的细节，作诗追述道："分明昨夜梦遗山，指授文衡履絇间。道必细论能出理，文徒相剽亦何颜。江流不废惊千古，雾管时窥得一班。落月满梁清境觉，紫桐花露湿吟冠。"[1]对照诗与文，可以想见年轻的王恽对于能得一代宗师亲炙的感激与震撼程度。当然王恽对于师长的教诲，总是感恩铭记。如对自己作文的启蒙师长赵鹏，王恽将自己能成为著名阁臣归功于赵鹏的有力指教："某年方志学，受业门下。今老矣，凡两入翰林，三贰宪府，粗有所闻于时，先生之教有力焉。"[2]但元好问之于王恽的影响不一样。这也就意味着元好问感于金亡而发愤著述，力使一代文献不至于湮没无存的理念深刻地感染和影响到年轻的王恽辈，王恽在回忆中接着写道：

> 既而鼓动客去，先生覆衾卧，予二人亦垂头倚壁熟睡。及觉，日上，先生与客已觞咏久矣。于是胠箧取一编书，皆金石杂著，授予曰："可疾读，吾听。"惬其音节句读不忒，顾先君指而谓之曰："孺子诚可教矣。老夫平昔问学颇得一二，岁累月积，针线稍多，但见其可者，欲付之耳。可令吾侄从予偕往，将一一示而畀之，庶文献之传，罔陨越于下。"先君起，拜谢不敏曰："先生惠顾若耳，何幸之如！王氏且有人矣，敢不唯命？"期以明年春，当见先生于西山，时岁甲寅春二月也。后三十五年戊子冬十二月腊节前三日，小子再拜追述。[3]

抛开这段文字中的那些颇带感情的描述，其最值得寻味的地方在于，当元好问特意用一篇金石杂著来考试王恽之后，发现孺子乃可造之才，即期望能将其带回真定，将自己一生文章事业全部传授于他，而之所以要这样做的目的即在于"庶文献之传，罔陨越于下"。所以，尽管王恽曾经受教于王磐、杨奂，也曾得到赵鹏、徒单公履等人的指授，也尽管元好问、王恽最终没能做成长久的师生，但王恽对于元好问著述理念的继承却恍如嫡传正脉。诚如四库馆臣所评："恽文章源

1 （元）王恽：《五年六月初八日夜梦遗山先生指授文格觉而赋之以纪其异》，《全元诗》第5册，第222页。

2 （元）王恽：《金故朝请大夫泌阳县令赵公神道碑铭并序》，《王恽全集汇校》卷五二，第6册，第2406页。

3 （元）王恽：《遗山先生口诲》，《王恽全集汇校》卷四五，第6册，第2166—2167页。

出元好问，故其波澜意度，皆不失前人矩矱。诗篇笔力坚浑，亦能嗣响其师。论事诸作，有关时政者尤为疏畅详明，了如指掌。”[1]就根本而言，王恽最得元好问嫡传的地方在于他对于中原文献之传承使命的坚守。他深承元好问文献传述之遗意，在元朝刚成立国史院，意图修史之际，即要求朝廷不拘形式、不拘人员氏族、事无巨细、旁求备访，进而“备见一代之史”：

> 然当间从征诸人所在尚有，旁求备访，所获必富。不然，此辈且老，将何所闻？合无榜示中外，不以诸色等人，有曾扈从征进，凡有记忆事实，许所在条件，或口为陈说，及转相传闻，事无巨细，可以投献者，官给赏有差。如此庶望人效众美，国就成书，使鸿休盛烈晦而复明，备见一代之史，顾不盛欤！[2]

在“备见一代之史”观念的支撑下，王恽一生“遇事论列，随时记载，未尝一日停笔”[3]，其一生所著有《相鉴》50卷、《汲郡志》15卷、《承华事略》2卷、《中堂事纪》3卷、《守成事鉴》15篇、《乌台笔补》10卷、《书画目录》1卷、《玉堂嘉话》8卷以及《博古要览》，并杂著诗文合为《秋涧先生大全集》100卷。王恽曾云“北渡后，斯文命脉主盟而不绝者，赖遗老数公而已”[4]，那么他秉持“备见一代之史”的写作理念，努力著述的态度，又可谓真正嗣响遗山。

三、卫州苏门山文人群与程朱理学的探研

苏门山在河南卫辉之北，亦称百门山，以山水明秀而成中州之江南，王恽在《总尹汤侯月台图诗序》中盛赞此地风光云：“苏门山水明秀，为天下甲，盖有东南佳丽潇洒之胜，而无卑湿蒸炎之苦，诚中州之江南也。”[5]韩准《苏门山》诗亦云：

---

1 （清）永瑢等：《四库全书总目》卷一六六“《秋涧集》一百卷”条，中华书局，1965年，下册，第1433页。

2 （元）王恽：《论收访野史事状》，《王恽全集汇校》卷八四，第8册，第3477页。

3 （元）王公孺：《秋涧先生大全文集后序（延祐七年正月）》，《全元文》卷四五八，第13册，第252页。

4 （元）王恽：《兑斋曹先生文集序》，《王恽全集汇校》卷四二，第5册，第2027页。

5 （元）王恽：《总尹汤侯月台图诗序》，《王恽全集汇校》卷四一，第5册，第1975页。

“谁谓江南好，苏门第一流。泉声竹林夜，山色稻花秋。扪石看题咏，临池忆钓游。何时卜归隐，明月载孤舟。”[1]苏门山因为风景秀丽，位置优越，早在晋代，孙登即在苏门席地讲学，从而吸引阮籍、嵇康辈问道山中，苏门山也由此成为读书讲学的圣地。北宋之际，邵雍讲学苏门山，并邀约同时期诸如周敦颐、程颢、程颐等著名理学家讲学，苏门山缘此成为北宋理学渊薮。所谓“始于晋，大于宋，而盛于元”[2]，即缘于此。而清人孙奇逢更认为“宋兴伊、洛，元大苏门”[3]，宋代经学肇兴于伊洛，由伊洛二程（程颢、程颐）而奠定宋代理学基础，得朱熹而发展形成宋代程朱理学，又经元代苏门山文人群体而光大天下[4]，元代苏门山文人群体对程朱理学的推广以及元代经学体系建构的意义非凡[5]。

苏门山文人群就其人群及地理渊源而言，是以许衡为精神领袖，起初以河南卫辉苏门山为中心，主要对赵复所传程朱理学进行讲授和研读的群体。之后，随着许衡讲授区域的扩大，苏门山文人群的意义有些泛化，京兆、大都国子学以及一些努力遵从许衡思想和教学理念的北方仕宦、弟子、学生，诸如《宋元学案》《宋元学案补遗》中“鲁斋学案”中所录列的人员以及在《元史》列传中提及的一些许衡弟子，都可谓苏门山文人群人员。

但在卫州时代，苏门山文人群得以形成，主要是因为隐居卫辉的姚枢的影响。姚枢字公茂，号敬斋，又号雪斋，原籍营州柳城（今辽宁朝阳），后迁洛阳。赠谥荣禄大夫少师文献公。对于程朱理学，姚枢“倡鸣斯道，使今天下乡校蒙童之师，犹知以《小学》《四书》为先，虽戴惠文身，为刀笔筐箧之行，与非华人，亦手披口诵是书，求厕士列者，往往多然”，“中土士夫，不知为庙。作主奉以天祀，自公始，辉人多化之，而祖考妥灵有所”。[6]需要指出的是，姚枢能产生

1　韩准：《苏门山》，《全元诗》第 41 册，第 223 页。

2　（清）孙奇逢：《夏峰先生集》卷九《元儒赵江汉太极书院考》，中华书局，2004 年，第 352 页。

3　（清）孙奇逢：《夏峰先生集》卷四《洛学编序》，第 147 页。

4　（清）孙奇逢：《夏峰先生集》卷九《元儒赵江汉太极书院考》，第 352—353 页。

5　按：相关论文有魏崇武的《封龙、苏门二山学者与蒙元初期的学术和政治》（《中国典籍与文化》2004 年第 2 期），孙建平的《赵复和太极书院对元代理学发展的促进》（《湖南大学学报（社会科学版）》2005 年第 3 期），梁建功的《元初北方理学传布——以元代苏门山的文化地理为中心》（《河南科技学院学报》2016 年第 5 期），等等。

6　（元）姚燧：《中书左丞姚文献公神道碑》，查洪德编校《姚燧集·牧庵集》卷一五，人民文学出版社，2011 年，第 224 页。

作用和影响离不开杨惟中的支持与提携。杨惟中（1205—1259），字彦诚，河北西宁路弘州（今张家口阳原）人。苏天爵认为杨惟中对于其时北方“天下复见中国之治”关系甚大：“用公为相，与天下休息。公乃恢张规模，维系纲纪，诛锄凶渠，爱养黎献，整顿衣冠，收藏典籍，斯民得以延续遗命，吾道赖以不亡，天下复见中国之治，繄公力焉。”[1]可以看到，蒙金战争中，杨惟中父母罹难，而杨惟中却被窝阔台收为养子。借由大汗养子的身份，更兼本人读书而富胆略识见的气质，杨惟中既勇且仁，在辅助和影响蒙古人征略中原的进程中，“相三君，历事四朝，出入柄用者三十年”，发挥了不可替代的作用，促使蒙古人“始用汉人”，而“斯民有望”[2]。金壬辰年（1232），蒙古军攻破金朝的许州城，逃难中的姚枢，“闻太宗诏学士十八人，即长春宫教之，俾杨中书惟中监督，则往依焉”，杨惟中较姚枢小两岁，即兄事之，并“与偕北觐”[3]。金乙未年（1235），阔出受命南征，杨惟中受任随军行中书省事，征略过程中，杨惟中协同姚枢一方面尽力搜罗被征略之地的儒、道、释、医、卜、酒工、乐人，另一方面，极力寻访各种典籍著作尤其是伊洛理学经书，得名儒数十人，并搜集伊洛诸书8000余卷。如果苏门山文人群的形成过程中，杨惟中的意义在于发现了姚枢，那么姚枢的意义在于力救赵复于德安。乙未年（1235），蒙古大军继拔德安。按照蒙古军法，“凡城邑以兵得者，悉阬之”，德安由蒙古军激战而得，城中军民因此“斩刈首馘，动以十亿计”，值此千劫万祸之际，姚枢竟然获得江汉先生赵复。赵复（约1215—1306），字仁甫，宋荆湖北路德安府人，南宋乡贡进士。关于姚枢救赵复的场景，姚燧写道：

> 公戎服而髯，不以华人士子遇之。至帐中，见陈琴书，愕然曰：“回纥亦知事此耶？”公为之一莞。与之言，信奇士。即出所为文若干篇。以九族殚残，不欲北，因与公诀，蕲死。公止共宿，实羁戒之。既觉，月色烂然，惟寝衣留故所。公遽鞍马周号于积尸间，无有也。行及水裔，见已被发脱履，仰天而祝。盖少须臾蹈水，未入也。公曰：“果天不生君，与众已同祸。爰其全之，则上承千百年之统，而下

1　（元）苏天爵：《中书杨忠肃公》，《元朝名臣事略》卷五，第86页。

2　（元）郝经：《故中书令江淮京湖南北等路宣抚大使杨公神道碑铭》，田同旭校注《郝经集校勘笺注》卷三五，三晋出版社，2018年，第2930页。

3　（元）姚燧：《中书左丞姚文献公神道碑》，《姚燧集·牧庵集》卷一五，第215页。

垂千百世之绪者，将不在是身耶？徒死无义。可保君而北，无他也。”[1]

由于姚枢的感化规劝，赵复尽出程、朱性理之书交付姚枢，并跟随姚枢等人到达北方，之后“学徒从者百人，北方经学自兹始”[2]。在杨惟中等人到达北方后，杨惟中认为：“传继道学之绪，必求人而为之师，聚书以求其学，如岳麓、白鹿，建为书院，以为天下标准，使学者归往，相与讲明，庶乎其可。”元太宗八年(1236)，在金朝灭亡，“淮、汉、巴、蜀相继破没”之际，杨惟中与姚枢谋建太极书院于燕京，“于燕都筑院，贮江、淮书，立周子祠，刻《太极图》及《通书》《西铭》等于壁，请云梦赵复为师儒，右北平王粹佐之，选俊秀之有识度者为道学生。推本谨始，以“太极”为名，于是伊洛之学遍天下矣”[3]。王粹，字子正，右北平人，太极书院乃元代第一座书院，它的成立“使不传之绪，不独续于江、淮，又续于河朔者”，河朔之地始知道学，很显然，这其中杨惟中功不可没。

姚枢与苏门山发生直接关联的时间节点在13世纪40年代。1241年，窝阔台久病而逝，乃马真皇后当政，政局混乱，于是姚枢“遂携家来辉，垦荒云门”[4]，苏天爵记载姚枢在卫辉的行迹云：

> 粪田数百亩，修二水轮，诛茅为堂，城中置私庙，奉祠四世。中堂龛鲁司寇容，傍垂周、两程、张、邵、司马六君子像，读书其间。衣冠庄肃，以道学自鸣。佳时则鸣琴百泉之上，遁世而乐天，若将终身。[5]

对于姚枢来说，选择隐居卫州，或许是他政治人生挫败的重要体现，但对于卫辉学子来说，姚枢的到来可谓金元时期卫辉文化高光时代的到来。苏天爵又写道：

> 后生薄夫或造庭除，出语人曰：“几褫吾魄。”又汲汲以化民成俗为心，自板小学书、《语》、《孟》。或问家礼，俾杨中书板

1 （元）姚燧：《序江汉先生事实》，《姚燧集·牧庵集》卷四，第63页。

2 （元）姚燧：《中书左丞姚文献公神道碑》，《姚燧集·牧庵集》卷一五，第216页。

3 （元）郝经：《太极书院记》，《全元文》卷一三〇，第4册，第339、340页。

4 （元）苏天爵：《左丞姚文献公》，《元朝名臣事略》卷八，第156页。

5 （元）苏天爵：《左丞姚文献公》，《元朝名臣事略》卷八，第156—157页。

> 《四书》、田尚书板《诗》，折衷《易》程传、《书》蔡传、《春秋》胡传。又以小学书流布未广，教弟子杨古为沈氏活板，与《近思录》《东莱经史论说》诸书，散之四方。[1]

因为与卫辉年轻学子的交流互动，在令学子们深受启获的同时，姚枢的人生亦如死灰复燃，由起初隐居遁世的态度转而汲汲以化民成俗为务。在卫辉期间，姚枢除自行刊版《小学书》《语孟或问》《家礼》等经学著作外，又因为学子们有问及朱熹的《家礼》，遂将杨惟中家印版《四书》、田和卿版《诗经》《诗折衷》《易程传》《书蔡传》《春秋胡传》等已在燕地传布的经著传布卫州。姚枢还担忧朱熹所编《小学》流布未广，再令弟子杨古等运用沈括所载活字印刷术，连与朱熹《近思录》、吕祖谦《东莱经史说》等著作一同刊刻，并将其散布四方。

姚枢读书传经、讲求性理的言行引起了其时正在魏地授学的许衡的注意。许衡造访苏门，尽录苏门所刊布数书回到魏地之后，对其生徒云："曩所授受皆非，今始闻进学之序。若必欲相从，当尽弃前习，以从事于《小学》《四书》为进德基。不然，当求他师。"[2]可以说，姚枢的努力以及影响，使卫州苏门山逐渐成为以程朱理学为核心的经学探研基地，而许衡的加入，才使得苏门山文人群蔚然而成气候。许衡（1209—1281），字仲平，号鲁斋，河南怀州河内（今河南焦作、济源所辖地域）人，学者称鲁斋先生。忽必烈即位后，为集贤大学士兼国子祭酒，累拜中书左丞，封魏国公。卒追谥文正，乃元代唯一从祀孔庙者。著有《大学鲁斋直解》1卷、《鲁斋许先生直说大学要略》1卷、《小学大义》、《读易私言》、《孝经直说》1卷、《孟子标题》、《四箴说》、《中庸说》、《语录》、《鲁斋心法》、《揲蓍说》1卷、《阴阳消长论》、《鲁斋词》1卷等。应该说，致使"元大苏门"得以真正实现的灵魂人物是许衡。毫无疑问，杨惟中、姚枢二人作为其时权力者而护持南方程朱理学有效北传，意义重大，但如何消化南方经学精神主旨，并将其内化为北方学者的学习依归，没有许衡的谆谆教导以及经义推阐，则苏门山文人群既无以张大其本，也终将难以为继。耶律有尚《考岁略》详载许衡对程朱理学的默契与膺服：

> 壬寅，雪斋（姚枢）隐苏门，传伊洛之学于南士赵仁甫，先生即诣苏门访求之，得伊川《易传》，晦庵《论孟集注》《中庸大学章句》

1　（元）苏天爵：《左丞姚文献公》，《元朝名臣事略》卷八，第157页。

2　（元）姚燧：《中书左丞姚文献公神道碑》，《姚燧集·牧庵集》卷一五，第216页。

《或问》《小学》等书，读之深有默契于中，遂一一手写以还。聚学者谓之曰："昔者授受，殊孟浪也，今始闻进学之序。若必欲相从，当悉弃前日所学章句之习，从事于《小学》洒扫应对，以为进德之基。不然，当求他师。"众皆曰："唯。"遂悉取向来简帙焚之，使无大小皆自《小学》入。先生亦旦夕讲诵不辍，笃志力行，以身先之，虽隆冬盛暑不废也。诸生出入，惴栗惟谨，客至则欢然延接，使之恻然动念，渐濡善意而后出。己酉，先生年四十一。自得伊洛之学，冰释理顺，美如刍豢。尝谓："终夜以思，不知手之舞之，足之蹈之。"是岁，有《读易私言》。先生于《书》于《易》，尤多致力，然每学者请问，则必从事于《小学》，卒未尝以此语也。庚戌春，先生力疾还乡里。过卫，闻怀之政犹苛虐，遂止苏门，与雪斋相比，以便讲习，且为还乡之渐。辛亥，雪斋赴征，先生独处苏门，便有任道之意。[1]

由所引内容知道，姚枢壬寅年（1242）隐居苏门山传播程朱理学，许衡尽弃之前所学授的章句之学，开始研读程朱理学，己酉年（1249），许衡完全成为程朱理学的忠实弟子，并在这年写成《读易私言》。庚戌年（1250），感于家乡政事苛虐，许衡举家迁入苏门山与姚枢并居论道，辛亥年（1251），姚枢被征离开苏门山，而许衡继续留驻苏门山讲道授经。与姚枢传刻经书的事务性行为相比，许衡慨然以道为己任，认为"纲常不可一日而亡于天下，苟在上者无以任之，则在下之任也"，在离乱危世之间，亹亹穆穆，读书不已，诲人不倦，"凡经传、子史、礼乐、名物、星历、兵刑、食货、水利之类，无所不讲"[2]。许衡认为"圣人教人，只是两字，从'学而时习'为始，便只是说'知'与'行'两字"，"凡为学之道，必须一言一句，自求己事。如六经、《语》、《孟》中，我所未能，当勉而行之；或我所行，不合于六经、《语》、《孟》中，便须改之。先务躬行，非止诵书作文而已"[3]，主张学者要"先务躬行"，而他本人也致力于"真知力行，

1 （元）耶律有尚：《考岁略》，《鲁斋遗书》卷十三，毛瑞方、谢辉、周少川校点：《许衡集》，吉林文史出版社，2010 年，第 201—202 页。

2 《元史》卷一五八《许衡传》，第 12 册，第 3717 页。

3 《鲁斋遗书》卷一，《许衡集》，第 3—4 页。

实见允蹈”[1]。以此，藏身地方之际，许衡“凡丧祭娶嫁，必征于礼，以倡其乡人”，于是“学者浸盛”[2]。对于学者，许衡“察其诚至，始留馆下。既留，诱掖忘倦，身教属属，言教循循。于是师道日立”[3]。元宪宗四年（1254），忽必烈经营秦中之际，任许衡为京兆提学，彼时“秦人新脱于兵，欲学无师，闻衡来，人人莫不喜幸来学”，于是“郡县皆建学，民大化之”[4]。此外还有窦默，他对于苏门山文人群在朝中影响力的扩大也功不可没。窦默（1196—1280），字子声，初名杰，字汉卿，河北广平肥乡人。早在杨惟中奉旨招集儒、道、释之士之际，窦默即隐居大名，与姚枢相识。在许衡移居苏门山后，曾有一段与姚枢、许衡在苏门山朝暮讲习的岁月。窦默后位为翰林侍讲，晚年加至昭文馆大学士，累赐太师，谥文正。之外窦默又从名医李浩学铜人针法。著有《疮疡经验全书》12 卷、《标幽赋》、《流注指要赋》、《针经指南》、《六十六穴流注秘决》等。相较姚枢、许衡等纯儒，窦默擅针灸的特长使其更易接近蒙古统治者，忽必烈曾对侍臣曰：“朕访求贤士几三十年，惟得李状元、窦汉卿二人”，又云“如窦汉卿之心，姚公茂之才，合而为一，始成完人矣”[5]，足见忽必烈对窦默之信任，而窦默也借此助力姚枢、许衡等人的汉法措施及程朱理学在蒙古朝廷的影响。

另外，非常值得一提的是，由至元八年（1271）许衡任国子学祭酒之际，奏请门生十二人为伴读，可知王梓、刘季伟、韩思永、耶律有尚、吕端善、姚燧、高凝、白栋、苏郁、姚炖、孙安、刘安中皆为许衡的优秀弟子。而据姚燧记载，“王梓自汴，韩思永、苏郁自大名，耶律有尚自东平，孙安与凝（高凝）、燧（姚燧）、燉（燧弟姚燉）自河内，刘季伟、吕端善、刘安中自秦，独公（白栋）自太原”[6]，弟子们不仅限于苏门山，涉及河南、河北、山东、陕西、山西诸省。这些弟子不仅壮大着苏门山文人群，还使其由极具地方色彩的文人群，上升为以许衡为代表包括苏门山及其四方弟子在内的，探研与推阐程朱理学的北方精英文人群的象征，而且帮助许衡，推动着元代程朱理学的官学化进程。

元人认为许衡“自关、洛大儒倡绝学于数千载之后，门人诵传之，未能遍江

---

1 （元）欧阳玄：《许先生神道碑》，汤锐点校：《欧阳玄全集·圭斋文集》卷九，四川大学出版社，2010 年，第 179 页。

2 《元史》卷一五八《许衡传》，第 12 册，第 3717 页。

3 （元）欧阳玄：《许先生神道碑》，《欧阳玄全集·圭斋文集》卷九，第 182 页。

4 《元史》卷一五八《许衡传》，第 12 册，第 3717 页。

5 （元）苏天爵：《内翰窦文正公》，《元朝名臣事略》卷八，第 154 页。

6 （元）姚燧：《河南道劝农副使白公墓碣》，《姚燧集·牧庵集》卷二六，第 406 页。

左也。伊川殁二十余年而文公生焉，继程氏之学，集厥大成，未能遍中州也。文公殁十年而鲁斋先生生焉，圣朝道学一脉，乃自先生发之。至今学术正，人心一，不为邪论曲学所胜，先生力也。所以继往圣开来学，功不在文公下”[1]，此话也可用来概括许衡及其所引领的苏门山文人群的意义。就地理视角而言，卫州的意义并不特出，但在金元之际，由于战乱，由于优秀如姚枢、许衡、窦默等人的移居卫州，身处苏门，竟使得“元大苏门”一说不胫而走，这其中所包含的意义不仅在于苏门山文人群曾经竭力推阐程朱理学于天下，更使得卫州因为与那个时代“斯文不丧，衣冠是赖”[2]的中华文化发展构建起密切的关联，而具有不容忽焉的文化地理地位。

1 （元）苏天爵：《左丞许文正公》，《元朝名臣事略》卷八，第179页。

2 （元）郝经：《故中书令江淮京湖南北等路宣抚大使杨公神道碑铭》，田同旭《郝经集校勘笺注》卷三五，第2930页。

地理空间与诗学空间的同构：元好问纪行诗论

范先立*

内容提要 作为地理空间的北方曾承载了元好问的情感寄托、文化怀想与政治志业，拓展了元好问诗学空间的表现方式。但随着金元易代的巨大政治文化变革，故国极目所见皆为凋敝与破败，在纪行诗的写作中，元好问不断深化对自身的文学形象的塑造，细化其诗歌叙述的情感笔触，对故国地理空间展开诗学的想象。元好问通过诗歌吟咏，将附有故国记忆的地理空间转换为不同于外在的政治现实却又具有强烈文化寄托与现实意味的诗学空间，展现了“以诗为学”的元好问对诗歌吟咏性情、风雅兴寄等重要文化价值的体认。

关键词 地理空间 诗学空间 元好问 纪行诗

元好问是金末风雅诗学复兴潮流的重要代表人物，也是金元诗学转型中的关键人物，开启了有元一代的诗学风气，被尊称为“北方文雄”“一代文宗”。经历由金入元的沧桑巨变，元好问立足风雅诗学精神，著为一代之声，故而其诗屹立于金元两代文坛。在易代之际的士人群体中，元好问以其文章的经纬法度、审美观照与史学底蕴，成为金元及其以后的中国文学史上独树一帜的存在。本文通过剖析元好问在金亡前隐居嵩山的诗歌创作，以及金亡之后两次回乡途中的诗歌作品，展现元好问对于时局艰危的关切、历经亡国的感慨。元好问通过纪行诗，展现了对时代变局的记录与反思，通过诗歌将自己遭际的乱离悲怆情怀与历史的评判相融合，构成元好问诗歌创作的重要内涵。

一、“归”：作为诗学想象的家园与山林

嵩山时期是元好问诗歌创作的第一个爆发期，嵩山的灵秀风物、历史遗迹滋

* 范先立，河南省社会科学院文学所助理研究员。

养了元好问的诗歌创作。嵩山的地理空间阻隔了外部世界的浮华生活与政治危机，但并不能阻隔元好问的文化认同和家国忧虑。嵩山内的“物态闲暇”与嵩山外的“华屋逐利”，诗歌内的“雅道复陈”与诗歌外的“大雅不作”，同时牵动着诗人的心怀。元好问的诗歌展现了地理空间与诗学空间的同构关系，“地理—诗歌”空间呼应着诗学的建构，地理风物出现在诗歌叙述之中，带有强烈的隐喻色彩，展现了诗人对南渡之后时局急转直下的担心与忧虑，通过弥散在诗歌、绘画中的“家山”意象，从而建立起异质时空中的心绪勾连。

“归”字频繁出现在这一时期的诗作中，从中可以看出元好问的心态转换，总结起来大概可分为两层含义：一为归隐山林之思，一为北归家园之念。前者表达了对残破时局的无可奈何，后者流露出欲收拾山河而不得的家国悲情。如归隐类例：

僵卧嵩丘七见春，商余归计一厘新。悠悠华屋高资意，兀兀田夫野老身。动色云山如有喜，忘机鸥鸟亦相亲。粗疏潦倒今如此，楼上元龙莫笑人。（《寄希颜二首（其一）》）[1]

虚庭霜夜寒，落叶风自扫。恍如南窗月，坐失西山道。长安佳丽地，游子自枯槁。人生家居乐，学稼苦不早。衡门眼中见，归意满秋草。夜长梦已尽，愁绝令人老。（《梦归》）[2]

寒波澹澹起，白鸟悠悠下。怀归人自急，物态本闲暇。壶觞负吟啸，尘土足悲咤。回首亭中人，平林淡如画。（《颍亭留别》）[3]

客从嵩少来，贻我招隐诗。为言学仙好，人间竟何为。一笑顾客言，神仙非所期。山中如有酒，吾与尔同归。（《后饮酒五首·其三》）[4]

1 （金）元好问著，狄宝心校注：《元好问诗编年校注》卷二《寄希颜二首（其一）》，中华书局，2011 年，第 247 页。

2 （金）元好问著，狄宝心校注：《元好问诗编年校注》卷二《梦归》，中华书局，2011 年，第 258 页。

3 （金）元好问著，狄宝心校注：《元好问诗编年校注》卷二《颍亭留别》，中华书局，2011 年，第 340 页。

4 （金）元好问著，狄宝心校注：《元好问诗编年校注》卷二《后饮酒五首·其三》，中华书局，2011 年，第 309 页。

嵩丘动归兴，突兀青在眼。何时卧云身，团茅遂疏懒。（《题张左丞家范宽秋山横幅》）[1]

憔悴京华苜蓿盘，南山归兴夜漫漫。长门有赋人谁买，坐塌无毡客亦寒。虫臂偶然烦造物，獐头何者亦求官。故人东望应相笑，世路羊肠乃尔难。（《寄钦用》）[2]

居于嵩山时期，元好问反复在诗中呈现自己的心志，追和陶诗，先后作《饮酒五首》《后饮酒五首》《杂著五首》等，表达了自己欲效法陶渊明，忘怀世事，与酒同归。在《示崔雷诗社诸人》诗中感叹："一寸名场心已灰，十年长路梦初回。江山似许供诗笔，糜粥犹能到酒杯。卖剑买牛真得计，腰金骑鹤恐非才。游从肯结鸡豚社，便约岁时相往来。"[3]元好问反思自己的场屋失利，心灰意冷，十年梦回，欲"卖剑买牛"，与乡人从游，与"岁时相往来"，躬耕自食。另一首《雪后招邻舍王赞子襄饮》，更是将自己的山林之思表露清晰，与《箕山》《元鲁县琴台》诗的心志大为不同："遗山山人伎俩拙，食贫口众留他乡。五车载书不堪煮，两都觅官自取忙。无端学术与时背，如瞽失相徒伥伥。"[4]称自己为"觅官"而劳形，金末以律赋取士的学术显然与时局相违背，但是自己所学并非科举所需，只能徒增惆怅。在诗歌的情感上暗合陶渊明《归去来兮辞》"既自以心为形役，奚惆怅而独悲……寓形宇内复几时，曷不委心任去留"[5]。但却又有不同之处，如果细读元好问的诗作，则会发现归隐之心并非其主动的选择，而是一种无可奈何的被动之举。如"人生家居乐，学稼苦不早""怀归人自急，物态本闲暇""嵩丘动归兴""南山归兴夜漫漫"等，其中"苦""急""本""动归兴""夜漫漫"等词语的运用，可知其归隐是一种外在时局的催动，正如《箕山》诗中感叹

1 （金）元好问著，狄宝心校注：《元好问诗编年校注》卷二《题张左丞家范宽秋山横幅》，中华书局，2011年，第262页。

2 （金）元好问著，狄宝心校注：《元好问诗编年校注》卷二《寄钦用》，中华书局，2011年，第292—293页。

3 （金）元好问著，狄宝心校注：《元好问诗编年校注》卷二《示崔雷诗社诸人》，中华书局，2011年，第119页。

4 （金）元好问著，狄宝心校注：《元好问诗编年校注》卷二《雪后招邻舍王赞子襄饮》，中华书局，2011年，第127页。

5 （晋）陶渊明著，逯钦立校注：《陶渊明集》卷五《归去来兮辞》，中华书局，1979年，第160—161页。

“古人不可作”一样，归隐亦不可作。此处与陶渊明最大的不同在于，陶渊明因“心”不与时合而主动归隐，而元好问“卖剑买牛”并非其本意，深知虽不合时，但仍欲有为，处在归与不归之间的矛盾状态。从元好问先后三次归隐嵩山的经历，亦可看出这种情感纠葛。嵩山时期的元好问一方面欲做“田夫野老”，与岁时相往来，另一方面又以“书生”自遣，这种矛盾在诗中常常出现：“书生千古一虀肠，盖世功名不自偿。更笑登封武明府，两盂白粥半生忙。”[1]“世俗但知从仕乐，书生只合在家贫。悠悠未了三千牍，碌碌翻随十九人。”[2]“书生本自无燕颔，造物何尝戏鼠肝。”[3]“寝皮食肉男儿事，未分书生袖手闲。”[4]“道路衣从典，风尘剑已鸣。山西多侠客，莫说是书生。”[5]书生虽相穷命薄，而不怨天尤人，其志在于藏剑于箧，以待时用，身隐而心未闲，仍然时时关注着时局和士风的变化。这需要同时结合北归家园的一类诗作来看：

二年老眼暗兵尘，今日逢君喜事新。结伴还乡有成约，不应先作北归人。（《和德新丈》）[6]

别却并州已六年，眼中归路直于弦。春晴门巷桑榆绿，犹记骑驴掠社钱。（《家山归梦图三首·其一》）[7]

游骑北来尘满城，月明空照汉家营。卷中正有家山在，一片伤

1 （金）元好问著，狄宝心校注：《元好问诗编年校注》卷二《书生》，中华书局，2011 年，第 393 页。

2 （金）元好问著，狄宝心校注：《元好问诗编年校注》卷二《帝城二首·其一》，中华书局，2011 年，第 253 页。

3 （金）元好问著，狄宝心校注：《元好问诗编年校注》卷二《即事》，中华书局，2011 年，第 331 页。

4 （金）元好问著，狄宝心校注：《元好问诗编年校注》卷二《射虎》，中华书局，2011 年，第 245 页。

5 （金）元好问著，狄宝心校注：《元好问诗编年校注》卷二《送登封张令西上》，中华书局，2011 年，第 117 页。

6 （金）元好问著，狄宝心校注：《元好问诗编年校注》卷二《和德新丈》，中华书局，2011 年，第 123 页。

7 （金）元好问著，狄宝心校注：《元好问诗编年校注》卷二《家山归梦图三首·其一》，中华书局，2011 年，第 175 页。

心画不成。（《家山归梦图三首·其三》）[1]

清明寒食连三月，颍水嵩山又一年。乐事渐随花共减，归心长与雁相先。平生最有登临兴，百感中来只慨然。（《山中寒食》）[2]

长路伶俜里，羁怀苍莽中。千山分晚照，万籁入秋风。频见参旗缩，虚传朔幕空。故园归未得，细问北来鸿。（《阳翟道中》）[3]

倦客不知归路远，孤城唯觉暮山攒。（《自菊潭丹水还寄嵩前故人》）[4]

从这些诗作中可以看出，元好问虽身处嵩山，但始终未对此地达成一种“家”的认同感，故而有诗言“食贫口众留他乡（《雪后招邻舍王赞子襄饮》）”。嵩山是遭遇“兵尘”之后的家，从南渡之后的金朝来看，家已然是残破不堪。兴定五年（1221）三月，元好问再次奔赴科场，终得及第，却因受谤言，愤而不就选，并在自己的《写真自赞》中表明心志：“若夫立心于毁誉失真之后而无所恤，横身于利害相磨之场而莫之避，以此而拟诸君，亦庶几有措足之地。”[5]依靠科举走上仕途，重振雅道，一直是元好问早年的理想，但却不为时局所容。

《家山归梦图》及众名公的题咏，借由对元好问故乡读书山的摹写，融入了对其家学传统与文脉复振的期望。在汴京科举不就选之后，元好问邀请好友李治之父李平甫画《系舟山图》，赵秉文、杨云翼、刘昂霄、赵元等师友为此图题诗，元好问也题诗《家山归梦图三首》，虽然家乡名系舟山，但不称原画之名，而言“家山归梦”，可以看出元好问所寄寓的深意。元好问在诗画唱酬中追忆并州的生活氛围，在图画之中，归家之路近在咫尺，“直于弦”，画中“春晴门巷桑榆

1 （金）元好问著，狄宝心校注：《元好问诗编年校注》卷二《家山归梦图三首·其三》，中华书局，2011 年，第 177 页。

2 （金）元好问著，狄宝心校注：《元好问诗编年校注》卷二《山中寒食》，中华书局，2011 年，第 382 页。

3 （金）元好问著，狄宝心校注：《元好问诗编年校注》卷二《阳翟道中》，中华书局，2011 年，第 405 页。

4 （金）元好问著，狄宝心校注：《元好问诗编年校注》卷三《自菊潭丹水还寄嵩前故人》，中华书局，2011 年，第 469 页。

5 （金）元好问著，狄宝心校注：《元好问文编年校注》卷一《写真自赞》，中华书局，2011 年，第 119—120 页。

绿”的盛景让其回想起曾经“骑驴掠社钱”的生活经历，而今并州已是蒙古“游骑北来尘满城”，自己只能将这种哀思寄托在一幅《家山归梦图》之中。图画被赋予了承载家国之思的空间意义，“卷中家山”可以一挥淡墨成之，却无法还原现实中的残山剩水，更不能成为心灵栖息之所，“一片伤心画不成”，其中的晦暗心境和怅然之情已远非诗和画所能表达。此句出自唐高蟾《金陵晚眺》：“世间无限丹青手，一片伤心画不成。”[1]元好问偏爱此句，在自己的诗歌中数次引用，均有不同的情感含义，此处指随着时间的推移，故家之归终成一个可望而不可即的梦想。这种“慨然”与“羁怀”的心绪，只能寄予雁与鸿，而身为倦客，已不知归路。同样为归，是归向山林，还是归向沧海横流之中，其实元好问通过自己的诗歌与《写真自赞》，已经作出了解答。不久元好问离开汴京，与友人告别，并作《继愚轩和党承旨雪诗四首》：

其 二

今古几诗人，扰扰剧毛粟。吾爱陶与韦，泠然扣冰玉。大雅久不作，
闻韶信忘肉。求音扣寂寞，一叹动邻屋。水风清鹤梦，月露洗蝉腹。
白头两遗编，吟唱心自足。谁为起九原，寒泉荐芳菊。

其 四

愚轩具诗眼，论文贵天然。颇怪今时人，雕镌穷岁年。君看陶集中，
饮酒与归田。此翁岂作诗，直写胸中天。天然对雕饰，真赝殊相悬。
乃知时世妆，粉绿徒争怜。枯淡足自乐，勿为虚名牵。[2]

愚轩为赵元号。赵元与元好问为挚友，南渡后亦居嵩山，与元好问多有诗文唱和，诗名为赵秉文、李纯甫等人称赏。元好问在这组诗中感叹雅道湮沉不存，时人以“雕镌”诗风争艳，置“天然”于不顾，表明自己不与流俗为伍，以“枯淡”为乐，不为“虚名”所牵。家山秀美不再，遭到来自蒙古“游骑”的外力摧残，但是具有士人担当精神的元好问更愿意从自身和士林风气中找寻原因。落第之后的元好问认识到文坛之败坏，与友人杨奂赠诗中道出：“诗亡又已久，雅道不复陈。

1 （唐）韦庄编，傅璇琮等编：《又玄集》卷下《高蟾·金陵晚眺》，中华书局，2014 年，第 858 页。

2 （金）元好问著，狄宝心校注：《元好问诗编年校注》卷二《继愚轩和党承旨雪诗四首》，中华书局，2011 年，第 186、189 页。

人人握和璧，燕石谁当分。”[1]燕石，《后汉书·应劭传》曰：“宋愚夫亦宝燕石。”注：“宋之愚人得燕石梧台之东，归而藏之，以为大宝。”[2]在元好问看来，金朝诗学的发展，延及今日，诗已亡久矣，而诗歌所承载的“雅道”更是不复听闻，文坛上人人皆以为自己“手握和璧”，逞才以自强，岂不知都是些最为常见的“燕石”而已。

南渡后的金朝文坛，虽有赵秉文、党怀英、杨云翼等人提振士人风气，但终究难敌蒙古铁骑，更难敌国家内部的结构性崩坏。刘祁言：“南渡后，赵、杨诸公为有司，方于策论中取人，故士风稍变，颇加意策论。又于诗赋中亦辨别读书人才，以是文风稍振。然亦谤议纷纭。然每贡举，非数公为有司，则又如旧矣。”[3]士人对于国家以策论、诗赋选才的制度给予了激烈的批评，金末的文坛，已经容不下有学之士，若非赵、杨等饱学之有司主持局面，则又如旧“谤议纷纭”。《诗经》中这样解释风雅：“是以一国之事系一人之本谓之风，言天下之事形四方之风谓之雅。”孔颖达疏云：“一人者，作诗之人，其作诗者，道己一人之心耳，要所言一人心，乃是一国之心，诗人览一国之意以为己心，故一国之事，系此一人，使言之也。”[4]如果说，刘祁是从国家选人制度上作出思考，那么元好问则深入到制度的文化内里找寻根源，不管是那些归隐、归思之作，还是后来县令任上的《岐阳三首》《宛丘叹》等诗作，都是秉承风雅之旨的诗歌创作实践，以一人之心系一国之事，行士人救时之力。

二、“感”：黍离之悲与回乡纪行

在纪行诗中融入身世反思、时代感慨与风雅兴寄的传统可以追溯到杜甫，乾元二年，杜甫离开秦州赴同谷县，短暂停留后又赴蜀中，两次纪行诗作分别以《发秦州》《发同谷县》为首，通览二十四首杜诗，如“大哉乾坤内，吾道长悠悠”

1 （金）元好问著，狄宝心校注：《元好问诗编年校注》卷二《赠答杨焕然》，中华书局，2011 年，第 181 页。

2 （南朝宋）范晔撰，（唐）李贤等注：《后汉书》卷四八《应劭传》，中华书局，1965 年，第 1613—1614 页。

3 （金）刘祁撰，崔文印点校：《归潜志》卷八，中华书局，1983 年，第 80 页。

4 （清）阮元校刻：《十三经注疏·毛诗正义》卷一《国风》，中华书局影清嘉庆刊本，2009 年，第 568 页。

（《发秦州》）、“此生免荷殳，未敢辞路难”（《寒峡》）、“再光中兴业，一洗苍生忧”（《凤凰台》）、“去住与愿违，仰惭林间翮”（《发同谷县》）、“自古有羁旅，我何苦哀伤”（《成都府》）等句，杜诗于颠沛流离中不失雅正本色于此可见一斑。元好问金亡之初的两次归乡纪行诗作，与杜甫这两组纪行诗实有异代相感之妙。

如果说嵩山时期元好问在诗歌中展现的是“一片伤心画不成”的故园难归的委折心曲，那么及至金朝灭亡，这种心曲则由斯文不振的忧虑转向斯文自振的文化自觉。元好问正大八年（1231）离开南阳县令，进入汴京，随后蒙古挥师南下，进攻汴京，至天兴二年（1233）被羁管于山东聊城，直至蒙古太宗七年（1235）才得以脱身。五年多的时间里，元好问经历了围城中亲眷故旧的生离死别，经历了国破家亡的至暗人生，自己也多次面临生死抉择，最终幸免于难，死里逃生。[1]自聊城之后，元好问开始了自己的归家行旅生涯，在回家的过程中，写作了大量的纪行诗，奠定了其“一代宗工”的文坛地位。

元好问的纪行，始于冠氏（山东冠县），从其诗歌内容来看，先后经历过内黄、朝歌、卫州、苏门、涿鹿、怀州、济源、太原，最后到达忻州老家。此后又回到冠氏，带着家人开始了第二次回乡之旅，两次所走的路线是一样的。第一次回家时金朝灭亡不久，元好问被长期羁管，并不知道回家路途之中的状况，所以第一次回乡是独自一人，具有探路性质。第一次回家之后并未久留，很快就返回冠氏，带领家眷，开始了第二次回家之程。元好问所经之处皆有诗篇，记录每一地区的风物见闻、气候变化、人文景观等。羁聊城之后，元好问得以重获自由身，在回乡行程中，将自己数千里的路途中的所思、所想与心怀呈现在纪行诗之中。诗歌中的地理空间广度以及所涉及景观的意象密度，在其之前的诗中是少见的。如写泰山“厥初造化手，办此何雄哉。天门一何高，天险若可阶。积苏与累块，分明见九垓”（《游泰山》），写龙泉寺泉“河边羖羅尚能飞，无角无麟自一齐。甲子纷纷更儿戏，壁间休笑阜昌题”（《龙泉寺四首·其三》），经过楚王庙怀古“一怒屠城一说留，书生刚为范增羞。军中老子关何事，付与儿曹调沐猴”（《内黄道中楚王庙》），写苏门“出岫暮云归有处，投林孤鹤杳难攀。涌金亭上秋如画，兴在青林杳霭间”（《望苏门》），途经太行山，写天井关“石磴盘盘积如

1　关于元好问这段人生经历的详细历史叙述，可参看胡传志先生《元好问的至暗时刻》《元好问的聊城新变》两文，分别发表于《名作欣赏》2020 年第 4 期和第 6 期，后收录于《元好问传论》（中华书局 2021 年版）一书之中。

铁，牛领成创马蹄穴。老天与世不相关，玄圣栖栖此回辙”（《天井关》）。[1]两次回乡途中，写下了大量的诗篇，记录了亡国之后社会遭受的毁灭性打击，元好问构建了一个移动的诗学空间，既悲叹国之不国，亦悲叹个人志业无成和生活多艰。如《卫州感事二首》云：

其一

神龙失水困蜉蝣，一舸仓皇入宋州。紫气已沉牛斗夜，白云空望帝乡秋。劫前宝地三千界，梦里琼枝十二楼。欲就长河问遗事，悠悠东注不还流。

其二

白塔亭亭古佛祠，往年曾此走京师。不知江令还家日，何似湘累去国时。离合兴亡遽如此，栖迟零落竟安之。太行千里青如染，落日栏干有所思。落日，一作独凭。[2]

诗中“神龙”句指天兴二年（1233），金哀宗出汴，北渡黄河攻打卫州，未及渡河遭受蒙古军突袭，夜弃六军南逃归德，哀宗决策失误，又听信佞臣谗言，致使诸军溃散。此次兵败，导致金军主力被消耗殆尽，而汴京守将崔立闻讯，以城叛降蒙古，加速了金朝的败亡。宋州，唐宋时之名，金置归德府，即哀宗奔逃之地。诗中“紫气已沉”指故国已亡，其感伤乱离之情沉痛而难以凭寄，自己此时已是破国亡邑之人，想到遭此劫难之前的国家盛时况景，已成“梦里琼枝十二楼”。想起贞祐二年，经卫州往汴京赴试，并留诗《梁园春》，彼时的忧虑终成此时的亲身之感，进而想到南朝诗人江总（曾为陈朝尚书令，世称江令）遭侯景之乱，又以屈原离国的黍离之悲自比，历史之轮回，千百年来的“离合兴亡”遽是如此，寄寓了对长时段历史的哀思与悲情，流露出一种漫长的时间感和辽阔的空间感相交融的时空意识。诗歌以落日下的太行山收尾，言尽而意无穷。有所思者，并不仅仅是苍凉幽咽的故国之思，更有为去者凭吊，为生者前路治生的担忧。清人沈德潜以诗论元好问云：“遗山仕值哀宗日，诗带苍凉幽咽声。云外回瞻故宫

1 （金）元好问著，狄宝心校注：《元好问诗编年校注》卷四，中华书局，2011年，第768、773、791、799、816页。

2 （金）元好问著，狄宝心校注：《元好问诗编年校注》卷四《卫州感事二首》，中华书局，2011年，第796—798页。

阙，行踪仿佛庾兰成。”[1]沈诗的“云外回瞻故宫阙”句，应该指的是《卫州感事》诗中的“白云空望帝乡秋”句，并以庾信（小字兰成）比之于元好问，皆为破国亡邑之人，行涉于乱山丛水之间，其晦暗之心将栖何处。庾信《哀江南赋》言：“信年始二毛，即逢丧乱，藐是流离，至于暮齿。《燕歌》远别，悲不自胜；楚老相逢，泣将何及！”[2]其去国怀乡之情，可谓字字血泪，因此杜甫言：“庾信生平最萧瑟，暮年诗赋动江关。”[3]庾信、杜甫、元好问，此三人之诗，皆是零落孤臣的心史自传，亦是天荒地塌的时代悲歌。元好问在第一次经过卫州所作《卫州感事二首》主要写诗人自己的心怀，而第二次经过之时，作《再到新卫》，看到的却是国家崩解之后山河残破至极的一片景象：

> 蝗旱相仍岁已荒，伶俜十口值还乡。空令姓字喧时辈，不救饥寒趋路傍。行帐马嘶尘澒洞，空村人去雨淋浪。河平千里筋骸尽，更欲驱车上太行。[4]

元好问第一次是独自一人回乡，兼有探路之意，而第二次回乡，则是与家人偕行，故诗中言“伶俜十口值还乡”。经历过战争践踏蹂躏的山河，到处皆是“蝗旱相仍”的惨状。“空令”两句分别化用杜诗“虚名但蒙寒暄问，泛爱不救沟壑辱”与“往时文采动人主，此日饥寒趋路旁”[5]，与杜诗所传达的意思相类似，不言忧国忧民，只言愁饥愁寒。对于此时的元好问而言，其诗名早已成为文坛一家，诸辈诗人之中唯遗山之名最为人知，徐世隆言：“窃尝评金百年以来，得文派之正而主盟一时者，大定、明昌，则承旨党公；贞祐、正大，则礼部赵公；北

1 （清）沈德潜：《归愚诗钞余集》卷一〇《书元遗山诗后》，清乾隆刻本。

2 （北周）庾信撰，（清）倪璠注，许逸民校点：《庾子山集注》卷二《哀江南赋》，中华书局，1980 年，第 94 页。

3 （唐）杜甫著，（清）仇兆鳌注：《杜诗详注》卷一七《咏怀古迹五首》，中华书局，1979 年，第 1499 页。

4 （金）元好问著，狄宝心校注：《元好问诗编年校注》卷四《再到新卫》，中华书局，2011 年，第 857 页。

5 （唐）杜甫著，（清）仇兆鳌注：《杜诗详注》卷二三《暮秋枉裴道州手札率尔遣兴寄递呈苏涣侍御》，卷一四《莫相疑行》，中华书局，1979 年，第 2016、1213—1214 页。

渡，则遗山先生一人而已。”[1] 但是诗名何用，行帐征民导致空村无数，自己连家人尚难顾全，更救不了路旁饥寒。

三、“望”：地理空间的情感内化

元好问的回乡纪行诗多以“望”作为观察视角，“望”是一种空间的距离感，亦是心理上对故国与故人的追思怀念，以纾解心中的亡国隐痛。少室山是嵩山的西峰，奇峰异观、深山古寺比比皆是，元好问自金兴定二年隐居嵩山至正大四年归内乡，在嵩山生活了十年之久，这是他诗歌创作勃发的十年。隐居嵩山期间，元好问常与师友游山观景，往来唱和，并留下诸多诗篇，如《少室南原》云：“地僻人烟断，山深鸟语哗。清溪鸣石齿，暖日长藤芽。绿映高低树，红迷远近花。林间见鸡犬，直疑是仙家。”[2] 但此时路过与嵩山隔黄河相望的怀州（今河南沁阳），元好问在《怀州子城晚望少室》中却只能以“孤客”身份自陈痛慨：

> 河外青山展卧屏，并州孤客倚高城。十年旧隐抛何处，一片伤心画不成。谷口暮云知郑重，林梢残照故分明。洛阳见说兵犹满，半夜悲歌意未平。[3]

此时心境完全不同于早年，“并州孤客”实是破国亡邑之人，诗人并未抵达少室，只能登高远望少室的淡山远影，“十年旧隐”涌上心头，怀旧吟故，此时再次用高蟾的诗句“一片伤心画不成”表达难以言表的隐痛。“谷口暮云”与“林梢残照”皆是远望视角，山河在眼前，却有一种遥远的距离感，地理空间的距离产生了对生命价值和意义的思考。诗人曾在少室山经营自己的诗学空间，一个自我的“桃花源”，而此刻遥望浮云与落日，自己终究是一个过客掠影。但端平入洛后，蒙宋间再启战端，故国虽已消亡，故国之人却仍受战争之苦，杜甫尚可期

1 姚奠中主编，李正民增订：《元好问全集》卷五三《附录一·徐世隆序》，三晋出版社，2015 年，第 1054 页。

2 （金）元好问著，狄宝心校注：《元好问诗编年校注》卷二《少室南原》，中华书局，2011 年，第 365 页。

3 （金）元好问著，狄宝心校注：《元好问诗编年校注》卷四《怀州子城晚望少室》，中华书局，2011 年，第 805 页。

盼“再光中兴业，一洗苍生忧”（《凤凰台》），元好问则只剩下“一洗苍生忧”的感慨。元好问摹写国家灭亡的历史场景，并非诉诸画家的全景式的空间构图，而是选取一个地点，对宏阔历史场景作切割和剪裁，并以自己的视觉记忆构建诗歌的结构，因此所产生的言外之旨远比画家的画笔要更为遥远和超越边际。回乡之路艰难而多变，诗人的视域和身体处于不断的位移状态，一山一水一树一人，皆能触动其诗思，面对这样的乱世局面，还有什么能比回家更令人盼望的呢？嵩山少室山是元好问诗学成长的地方，途经此地不免感慨系之，有诗不止一篇，另有《望嵩少二首》：

其　一

嵩少飞来昆阆山，山家茅屋翠微间。鸡豚乡社相劳苦，花木禅房时往还。结习尚余三宿恋，残年多负半生闲。长河一苇人千里，望断西城碧玉环。

其　二

饮鹤池边万木稠，养龙崖上五峰秋。藤垂绝壁云添润，涧落哀湍雪共流。田父占年惊玉旆，诗仙留迹叹昆丘。西风落日山阳道，空对红尘忆旧游。饮鹤池在缑山。养龙崖在五乳峰下。[1]

诗人将往日居于嵩山少室山的不同生活场景嵌于流动变换的诗歌格律之中，“山家茅屋”点缀隐隐翠微，“鸡豚乡社”充满生活气息，加之“花木禅房”的悠远意境，似乎有孟浩然“探讨意未穷，回艇夕阳晚”[2]的山水田园诗的思致郁密之感，但是元好问在山水中寄寓的情感与孟浩然的怀古之思有所不同，嵩山少室山的山家、乡社、禅房是寓意化或隐喻化的场景，昔日生活记忆对比今日回乡的失落颓丧构成强烈的张力，从侧面展现了乱局之中，这种闲雅的生活只能以想象存在于诗歌之中。早年元好问隐居嵩山，其实并非其本意，总是处于出与处的矛盾之中，而今一切烟消云散，不禁感叹“残年多负半生闲”。“结习”与“三宿恋”皆是佛教语，《维摩经·观众生品》曰：“结习未尽，华著身耳；结习尽者，

1　（金）元好问著，狄宝心校注：《元好问诗编年校注》卷四《望嵩少二首·其一》，中华书局，2011 年，第 809—810 页。

2　（唐）孟浩然著，佟培基笺注：《孟浩然诗集笺注》卷上《题鹿门山》，上海古籍出版社，2019 年，第 75 页。

华不著也。”[1]《后汉书·襄楷传》：“浮屠不三宿桑下，不欲久生恩爱，精之至也。”李贤注：“言浮屠之人寄桑下者，不经三宿便即移去，示无爱恋之心也。”[2]元好问用此二语，意思是悔恨自己早年心恋世俗，并不能做一个坚定的隐者，半生漂泊一无所成。诗歌的最后一句“长河一苇人千里，望断西城碧玉环”，西城位于怀州，可以让人想见舟船飘荡于烟水之中，除了望眼欲穿的去国之悲，何处才是安身之所。第二首诗的情感与第一首前后相承，末句“西风落日山阳道”，一句之中非常密集地陈列出三个意象，落日下的山阳小道，连接着孤客与回家的路，“西风”是诗人此刻触觉或听觉的，“落日”是视觉上的，夜晚即将来临，万物将归于空暝，而诗人由遥望回家之路而转向内心，“空对红尘忆旧游”，一种自外而内聚拢的愁思弥漫在黄昏时分的微光之中，“红尘旧游”通过回忆连接遥远的地理空间，从而创造出一个内外有别的诗学空间。

元好问两次回乡所作的纪行诗，摹写沿路见闻和记录乱离之悲，通过带有历史、文学故实的地理意象，反思时代之兴亡，与杜甫的两组纪行诗可谓前后相承。杜甫的纪行诗可分为两组，第一组是《发秦州》《赤谷》至《泥功山》《凤凰台》，共计十二首，第二组是《发同谷县》《木皮岭》至《鹿头山》《成都府》，共计十二首，并在诗中首叙启行之大意：“我衰更懒拙，生事不自谋。无食问乐土，无衣思南州。”[3]实际上，杜甫所言“生事不自谋”自是实情，据《旧唐书》载：“时关畿乱离，谷食踊贵，甫寓居成州同谷县，自负薪采梠，儿女饿殍者数人。”[4]现实生活所迫，不得不转而游食他处。但是，这与时局之间也有着深刻的关联，杜甫自言：“唐尧真自圣，野老复何知。”[5]其中包含着对政治的牢骚和不满，从而选择离开政治漩涡。从秦州到成都，每首诗皆以地名为诗题，井然有序，历历可考。宋人刘克庄言：“唐人游边之作数十篇，中间有三数篇，一篇中间有一二联可采。若此二十篇，山川城郭之异，土地风气所宜，开卷一览尽在

---

1 赖永海主编：《佛教十三经·维摩诘经》，中华书局，2010 年，第 116 页。

2 （南朝宋）范晔撰，（唐）李贤等注：《后汉书》卷三〇《襄楷传》，中华书局，1965 年，第 1082—1083 页。

3 （唐）杜甫著，（清）仇兆鳌注：《杜诗详注》卷八《发秦州》，中华书局，1979 年，第 672 页。

4 （后晋）刘昫等撰：《旧唐书》卷一九〇下《杜甫传》，中华书局，1975 年，第 5054 页。

5 （唐）杜甫著，（清）仇兆鳌注：《杜诗详注》卷七《秦州杂诗二十首·二十》，中华书局，1979 年，第 588 页。

是矣。网山《送蕲师》云：‘杜陵诗卷是图经。’”[1] 杜甫纪行诗言世变之未平，游乃暂寻安身之所，以游观世乱之状，将其拳拳之心寓于诗歌之中，以行走见证和记录了历史。李因笃（字子德）言：“万里之行役，山川之夷险，岁月之暄凉，交游之违合，靡不曲尽，真诗史也。”[2] 杜甫如此，元好问亦如此。杜甫推动了纪行诗类型的经典化，奠定了诗歌的纪行传统。杜甫纪行之时，国家犹存，但是在元好问的诗中，国家已经不复存在，自己回乡才获得自由身，在此之前被羁管聊城时归心似箭，亦曾作《梦归》诗一首，诗中所展现的心境比《家山归梦图三首》要更加沉痛：“憔悴南冠一楚囚，归心江汉日东流。青山历历乡国梦，黄叶萧萧风雨秋。贫里有诗工作祟，乱来无泪可供愁。残年兄弟相逢在，随分虀盐万事休。”[3] 在聊城自己是南冠囚徒，因而国破家亡之感更加切骨，这与两次回乡的望归心境一脉相承。“青山历历乡国梦，黄叶萧萧风雨秋”，回乡途中所见的景象可以为聊城的这两句诗作注脚。

除此之外，“望”的诗学形象和身影，反复出现在回乡纪行诗中，如《望苏门》：“诸父当年此往还，客衣尘土泪斑斑。太行秀发眉宇见，老阮亡来尊俎闲。出岫暮云归有处，投林孤鹤杳难攀。涌金亭上秋如画，兴在青林杳霭间。”[4]《高平道中望陵川二首》：“一片青山几今昔，百年华屋记生存。（其一）”“棠棣有花移旧巧，樱桃和露犇繁枝。书郎零落头今白，肠断荷衣出拜时。（其二）”[5]《雨夜》：“梦里孤蓬雨打秋，茅斋元更小于舟。无钱正坐诗作祟，识字重为时所仇。千里谩思黄鹄举，六年真作贾胡留。并州北望山无数，一夜砧声人白头。”[6]《续小娘歌十首》：“青山高处望南州，漫漫江水绕城流。愿得一身随水去，直

---

1 （宋）刘克庄著，辛更儒笺校：《刘克庄集笺校》卷一八二《诗话·六》，中华书局，2011年，第6997页。

2 （唐）杜甫著，（清）杨伦笺注：《杜诗镜铨》卷七引，上海古籍出版社，2019年，第311页。

3 （金）元好问著，狄宝心校注：《元好问诗编年校注》卷四《梦归》，中华书局，2011年，第698页。

4 （金）元好问著，狄宝心校注：《元好问诗编年校注》卷四《望苏门》，中华书局，2011年，第799页。

5 （金）元好问著，狄宝心校注：《元好问诗编年校注》卷四《高平道中望陵川二首》，中华书局，2011年，第817—819页。

6 （金）元好问著，狄宝心校注：《元好问诗编年校注》卷四《雨夜》，中华书局，2011年，第856页。

到海底不回头。（其四）”[1] 回乡途中的昔日生活记忆与今日破碎的山河相互交织出现在元好问所创造的诗学空间之中，自然景观不断地强化情感的传达，“青山”“棠棣”“樱桃”“南州”等，这些场景的今昔之别，使诗人进入一个虚与实并置的空间，反复咏叹。回乡所见的自然景观被诗人赋予自我情感形象，其孤绝情怀得到尽情的释放。翁方纲讨论元好问的这些诗歌，认为“其郁勃之气，终不可掩，所以急发不及入细，仍是平放处多耳。”[2] 可谓准确道出了元诗的抒情特征。元好问并非发国亡绝望以死之叹，而是对浩劫动荡之余的理性反思，通过诗歌的艺术形式得到强化，加深了诗歌所蕴含的情感力量。

结 语

元好问的一生可以说“造次必于是，颠沛必于是”，其足迹北抵开平，南到南阳，西至龙城，东及于海，踏遍了淮水以北的大片土地，所至之处必有诗。无论是处于战乱中的金源故地，还是南渡后的暂安之所，以及金亡之后整个长江以北的茫茫焦土，元好问行走在破碎的山河之中，念及故老皆尽，自己只能“穷途无用说悲辛”；行走在历史残卷之中，用诗笔怀古而伤今，将地理空间与诗学空间建立一种同构关系，以诗歌定义自我，也定义地理空间，或者说，自我与空间互为定义。方东美言：“中国人之空间，意绪之化境也，心情之灵府也，如空中音、相中色、水中月、镜中相，形有尽而意无穷，故论中国人之空间，须于诗意词心中求之，始极其妙。”[3] 如果说，金亡之前元好问以“一片伤心画不成”书写北归之梦，欲以诗歌重振时代之元气，唤起士人救时之行，尚有为“一国”之心的忧虑，那么王朝覆灭之后，元好问则主动从政治之中抽离，更加坚定地以重振斯文自任，以承风雅精神为业，续文化之命脉，其诗歌已然突破一家一姓之兴亡，而是以更为宏阔的视野去重新审视文化之根，审视作为士人精神的风雅正脉的存续。郝经为元好问作墓志铭云：“国史兴丧是吾职，义烈不负董狐笔。”[4] 元好问的纪行诗，记录了一个时代的消逝，是王朝鼎革的历史缩影，也是诗人的

1 （金）元好问著，狄宝心校注：《元好问诗编年校注》卷四《续小娘歌十首·其四》，中华书局，2011 年，第 861 页。

2 （清）翁方纲著，陈迩东校点：《石洲诗话》卷五，人民文学出版社，2019 年，第 204 页。

3 方东美著，黄克剑、钟小霖编：《方东美集》，群言出版社，1993 年，第 370 页。

4 （元）郝经：《陵川文集》卷三五《遗山先生墓铭》，明正德本。

生命价值和自我形象，其诗叙写的不再是一种封闭的、内在的情意，而是有责任感的、外放的承载风雅精神的文士担当，遗山心事即是金源史事。元好问将自己对时局的幽思，转化为诗歌的时代之声，将士人的风雅精神，内蕴为诗歌的元气，从而成就其金元诗学宗匠的地位。

论人类中心主义的消解与自然生态美的呈现

张子程*

内容提要 尽管人类中心主义不是导致自然生态危机的直接原因，但观念影响人的行为，自然生态的持续恶化，无疑与人类中心主义观念有着千丝万缕的关系。人类中心主义伴随资本主义社会的产生而发展，在人类观念意识领域中逐渐占据主导地位，并成为自然生态危机爆发和蔓延的重要因素。因此，对人类中心主义观念进行反思与批判，可以从观念上探寻人类如何踏入生态危机泥沼，为解决生态危机找到科学的方法。人类只有超越狭隘的人类中心主义观念，才能使自然呈现出美的生态，最终让人类过上幸福美好的生活。

关键词 人类中心主义 消解 自然生态美

人类中心主义观念的发展及在人类观念中占据主导地位，是伴随资本主义社会制度的产生发展，并在全球逐渐占据主导地位的情形下形成的。人类中心主义观念的实质就是处处“以人为中心”，尤其将人类的利益标定为衡量一切的标准与尺度，如此则导致人类罔顾其他生命生存权利，在地球自然生态系统内恣意妄为，造成地球自然生态的大面积破坏，进而使人类生存处于危情险境之中。如何从理论上厘清人类中心主义观念的危害，为进一步消除其不利影响，从而在观念意识领域唤醒人的生态意识，使自然生态恢复本有的状态，让人类持续繁衍，在和谐美丽的自然生态环境中稳定生存，这是本文探讨的重点问题。

一、人类中心主义观念的发展

人类发展到近代，因资本主义社会利用大机器进行规模化生产，使社会生产

---

* 张子程，内蒙古师范大学文学院教授。

基金项目：国家社会科学基金一般项目“基于诠释理论下的马克思主义生态美学研究”（16BKS025）成果。

力成倍提高。对大自然的改造，无论在规模上还是在深度上均已达到了前所未有的水平；与此同时，对大自然的破坏加重了，这就导致人与自然之间矛盾的加深，而以往素朴的“人类中心主义”观念得到了空前的强化。这样，随着工业革命进步与人类理性精神的迅速发展，就使人类的主体意识和独立性得到了全面的发展与解放，“西方近代工业革命以来，随着科学技术的空前发展，人类改造自然的能力迅速增强，人的自主意识和独立性得到充分解放。哲学的认识论转向使认知主体哲学成为人生的形而上学，它强调人对世界的能动关系，确立了人的中心地位，同时也使人与世界对立起来”[1]。在“人类中心主义”被确立为人类的重要观念后，资产阶级就利用其强大的经济基础，将自身的“利益”提高到了前所未有的高度，从而成为超越其他一切利益的最大化价值。等资本主义社会发展到垄断阶段，资产阶级更是将他们的“私利”看成是最典型的、凌驾全体人类利益之上的、超越一切的利益。在这一问题上，资本主义政治家、思想家深知其中的奥妙。于是，他们在“人类中心主义”观念的基础上，不断强化个人“私利”的正当性与合法性。同时，他们也将人类中心主义观念提升为社会的核心价值理念，并在此基础上，构建资本主义社会文化价值框架，在道德上抢占制高点，进而为资本主义社会发展提供道德基石，借此维护资本家的经济利益。

近代人类中心主义的出台，无疑是在人类征服自然的社会大背景下，逐渐走向世界舞台的一个过程和必然结果。由此看来，人类中心主义由其最初的、代表全人类利益的合法性和正当性观念，逐渐演变、发展成为只代表少数人利益，也即资产阶级利益的重要观念。这也反映了资本家以私利逐步“架空”全体人民利益的严峻现实。它说明，近代以来人类中心主义观念的发展，其实隐含着资产阶级的利益诉求和价值标准。进一步讲，资产阶级凭借其强大的资本力量，将他们的阶级私利通过巧妙转化，逐步伪装成了全体人类的利益。如此，在其观念行为中，就将那些与他们利益无直接关联的事物排除在他们的利益系统之外，且将它们作为无用之物，进行无情的毁损与破坏，这样必然导致以资本家集团为代表的人类与自然的严重对立。在这种狭隘的人类中心主义主导下，造成自然生态大面积破坏也就成为必然趋势。“所谓人类中心主义的问题从根本上说不过是人类生存困境问题，因而是否能够走出人类中心主义困境，实际上取决于是否能够走出人类生存困境；而要走出人类生存困境，又直接取决于人类是否能够形成明确的

1　唐本钰：《价值生成论与道德教育》，中国海洋大学出版社，2014年，第60页。

类意识。”[1]随着资本主义发展，人类中心主义反自然的倾向也会愈演愈烈。人类能否走出自然生态困境，也即人类生存困境，就要看人类能否最终、彻底地推翻资本主义制度了。

二、资本主义理性精神的确立

随着资本主义社会生产关系在全球的稳步确立，以西方为主导的人类理性精神肆意扩张，同时，人类的自主意识也在增强。对西方来说，上帝退位后留下的位置早已被人取代，而人类的理性精神，一跃上升为自然的立法者与世界的主宰者。相反，自然仅剩的一抹神性光芒也随之消失，留下的只是一堆冰冷的、无任何生机活力的实在，自然就此彻底沉沦，“人性的发现与自然的沉沦成为近代以来人与自然关系演变的新趋向，即人与自然逐渐疏离。当人在世俗生活中逐渐占据主宰地位以后，人开始竭力将自己提升到上帝的位置，而最能够显现出人的伟力和造化的就是人对自然的征服”[2]。人性的发现与张扬，使人类中心主义及至当代已发展到了极度膨胀的阶段，相应地，人与自然之间的巨大疏离也成必然；而当自然被彻底征服并走向边缘，人类占据世界中心位置时就使“没有一个人愿意回到森林里去钻木取火，重新初始人生了；甚至也没有人记得要为自然的沉沦唱一支挽歌，因为我们是如此坚定地站在人的立场上”[3]。当然，这个所谓的“人”其实并非指全人类，而是指资本主义社会中那些掌握话语权，并拥有实际权力的人——资产阶级，其他只是“沉默的大多数”。因为在资本主义社会中，资产阶级占据主导地位。他们往往以本阶级的“利益”构建自己的社会体系，并以所谓“人”的价值来标定一切事物的价值。如此，则使人对自然的认知走向更加偏狭的境地，这在客观程度上加剧了生态危机在全球的发生与蔓延，“人类的危机在本质上来源于人们对世界认识的局限性，以及人性的贪欲。几千年来，人类一直把自己身外的一切都当作环境，这本身就反映了一种片面的观念。人类从来都将自己看作是宇宙的中心”[4]。这种看法虽偏颇，但人类自身的生存危机，确与其

1　邹诗鹏：《实践—生存论》，广西人民出版社，2002 年，第 176 页。

2　熊清华、程厚思等：《走向绿色的发展：云南“绿色经济强省”建设理论探索》第一卷，云南人民出版社，2002 年，第 59 页。

3　孔见：《卑微者的生存智慧》，南海出版公司，1995 年，第 76 页。

4　晏路明编著：《人类发展与生存环境》，中国环境科学出版社，2001 年，第 27 页。

对自然的错误认知有某种必然联系，“在本体论意义上，人类中心主义认为人处于宇宙的中心，宇宙的万事万物都围绕这个中心而展开，人类与万事万物之间是中心与从属、主宰与被主宰的关系”[1]。人类以自我为中心，并深信自己无所不能。这种极端偏颇的观念，使得人类的欲望极度膨胀，最终导致人与自然的严重对立。

另一个显而易见的原因是，人类的行为活动带有强烈的主观能动特征，扩张能力异常强大。尤其在进入工业社会后，先进生产工具的大量使用，更是增强了人类改造自然的力度与强度，使地球原有形态处处打上了人类意志的痕迹。上天揽月，下海捉鳖，已不再是诗人的想象。人类社会的快速发展，使地球生物的灭绝速度成倍增加。根据科学家的研究可知，现今地球上物种灭绝的速度是过去的1000多倍，已由原来一天灭绝一个物种，发展到了一个小时灭绝一个物种的速度。我们知道，地球上的动植物是人类赖以生存和发展的基础。人类如果缺失了其他生命的支撑，就无法在地球上生存。面对这样的现实，人类又该如何解决？这的确是考验人类生存智慧的大问题。而更加令人担忧的是，人类活动对地球的影响已成加快之势，并已严重影响到地球生命系统的进化过程，“人类出现以后，人类的活动影响生物的进化，这个事实愈来愈显著了。例如，破坏森林，就引起有关生态系的变化，引起一些物种的绝灭。最近几十年来的环境污染对生态系的影响也很大”[2]。“今天，使人着迷的是机械性的东西、巨大的机器、无生命的东西，人甚至越来越迷恋毁灭力。”[3] 人类迷恋机械力量，对自然生态进行毁灭性的改造，进而使地球的生态演进秩序因受人类干扰而被迫改变。

三、资本主义生产与消费模式的扩张

自然生态危机又因何蔓延成全球性的生态危机？确切地讲，这与西方资本主义主导下的生产方式与消费模式有着密切的关系。因为，自近代以来，资本主义的生产方式和消费模式，在世界范围内取得了绝对性的地位，并且，它以极快的速度在世界其他地区传播与扩散开来。其实，它的传播与扩散，开始是以资本主

1 王伟凯主编：《构建和谐社会的若干哲学问题研究》，天津社会科学院出版社，2008年，第139页。

2 方宗熙：《生命的进化》，山东科学技术出版社，1982年，第209—210页。

3 ［美］埃里希·弗洛姆：《占有还是生存：一个新社会的精神基础》，关山译，生活·读书·新知三联书店，1988年，第10页。

义国家占有殖民地的方式推进，即资本主义国家通过对殖民地的占有，大量无偿地掠夺殖民地的自然资源；同时，为倾销其过剩产品，他们又在殖民地大肆推销他们的生产方式和消费模式。在这样的过程中，对殖民地自然生态环境的破坏极为严重，而且是灾难性的，如在旧中国，“帝国主义为了达到倾销其过剩产品、掠夺廉价原材料的目的，必然勾结中国封建势力和商业买办，垄断中国商品市场并支配中国农村的商品生产，造成对中国城乡集贸市场的严重冲击和破坏”[1]。再如，20世纪初，日本帝国主义为了掠夺山西大同煤矿，在大同地区进行大面积煤炭开采，导致当地水土流失、地表塌陷、土壤沙化、空气污染和土地盐碱化等，使当地的自然生态系统遭到了极为严重的破坏。就当时整个中国社会的情况看，许多资本主义国家，为掠夺中国的原材料，对中国自然生态环境的破坏非常普遍，中国为此付出了极为沉重的生态代价。在消费领域，资本主义国家大大小小的商品，充斥于从城市到乡村各地的市场，并逐渐形成了类似于资本主义社会的生产方式和消费模式。

从世界范围看，二战后，虽然许多国家取得了民族独立，但资本主义的这种生产方式和消费模式却在这些国家落地生根，而发达国家的资本家为了扩大再生产，就不断刺激当地人的消费需求。这样，以消费为主导的生产方式，就在世界范围内逐渐占据了主导地位，这为后来局部生态危机演变为世界性的生态灾难提供了客观条件。资本主义的生产方式和消费模式，也相应地衍生出了许多其他问题，如给人类的消费文化、审美文化、生活理念等粘带上了太过浓郁的奢靡之风，并将最大程度占有物质财富，当成了人类追求的生存目标和终极价值，“占有取向是西方工业社会的人的特征。在这个社会里，生活的中心就是对金钱、荣誉和权力的追求”[2]。这种情况的出现，完全是由资本主义社会制度和文化的本质导致。可以说，资本主义社会的这种消费文化，直接造成近代以来人类社会人文精神的衰落。而这种以“占有”为目的，以“利益”追求为人生最大化生存目标的观念，使得人类进一步“异化”为以“占有”为最终目的的“物”，而造成这种结果的主要原因，就内含“人类中心主义”因素。

总之，要祛除或解构资本主义社会“人类中心主义”的思想或观念，只能在持续批判中进行渐进式消除。即便资本主义制度在地球上被彻底地消灭，但因资

1　张福祥、段进朋等主编：《中国集贸市场》，陕西科学技术出版社，1992年，第43页。

2　［美］埃里希·弗洛姆：《占有还是生存：一个新社会的精神基础》，关山译，生活·读书·新知三联书店，1988年，第24页。

本主义社会在世界上已有很长的发展历史，而伴随其经济制度生成的各种文化理念、消费观念、生活态度及审美方式等，仍然渗透着浓重的“人类中心主义”观念，并且难以一时消除，这就需要在观念意识形态领域中，对它不断解构，才能最终地消除它。对中国而言，虽然没有经历过完整的资本主义制度，但资本主义社会的观念意识形态，当然包括审美意识形态，会通过各种途径及载体进入中国，从而形成对中国社会方方面面的冲击与影响。当然，我们不能因噎废食，甚至闭关锁国。为了发展经济，吸纳世界其他国家与民族的先进文化，开放将是中国的长期国策。既如此，我们就更不能掉以轻心，甚至放松抵制资本主义文化对中国的长期渗透与侵蚀。我们在提高防范意识的同时，应对以“人类中心主义”为核心的资本主义文化观念，进行持续的批判与解构。

四、自然美的衰落与生态美的呈现

自然作为所有生命存在的基础和前提，人类如果为了自身的发展而破坏它，说明人类自身出现了问题。因为人类社会发展初期并非如此，只是发展到了一定阶段后才出现了这样的情况。若追本溯源，反观人类曾走过的历史就会发现，只是发展到了资本主义社会这个阶段，大面积的生态危机才在全球出现。它说明了生态危机是资本主义特有的一种社会制度产物。原因在于，它是资本主义生产资料私有制与生产社会化矛盾在自然领域的体现：“尽管如此，今天我们必须反对制度造成的自然污染，如同我们反对精神贫困化一样。”[1]因此，在探究马克思主义生态美学时就要明白这样一个事实：资本主义制度所导致的生态危机与自然生态美之间必然存在一定的因果逻辑关系。换句话说，自然生态美的恶化，我们可以把它看成是资本主义社会制度走向衰败的一种感性表现。

假如回顾一下资本主义社会发展史，我们一定能认识到，资本主义社会从其建立之日起，就带有了明显的反自然性。对此，可做如下分析：

资本主义社会制度的兴起，伴随文化上的复兴。这种文化复兴，肇始于欧洲的文艺复兴运动。这场运动，虽然打着复兴古希腊罗马文化的旗号，但其实质是资产阶级发起的一场反封建文化运动。它的目的在于解放思想，用资产阶级思想取代封建神学，将文艺创作和哲学思考，由关注上帝引向对现实人生世界的重视，

1 ［美］赫伯特·马尔库塞等：《工业社会和新左派》，任立编译，商务印书馆，1982年，第129页。

用世俗的人的生活取代虚幻不实的天堂生活。这场运动的主旨在于强调个人主义，试图将人的思想从封建神学的桎梏下解放出来。因此，一大批文学艺术家在客观现实生活基础上创造出大量的文艺作品；科学家则通过对客观世界的悉心观察研究，发现了许多重大的科学问题。如波兰天文学家哥白尼提出了“日心说”，还有开普勒、伽利略等对天体的观察与发现，这些均有力地推翻了上帝的创世说。在精神思想领域，人文主义思潮应时而生，这种以人为中心的思想，反对以神权为中心的基督教世界观，极力倡导现世生活中人的幸福的同时，突出强调人的主体地位，并对人的价值和尊严予以肯定；而此时的美学，也转向了现实生活本身，并将重点转向了有关人的艺术领域，如在绘画中，画家们开始大胆刻画和赞颂人的美。尽管在内容中绘有大量的圣经故事，但在表现手法上却与中世纪呆板冷漠的画风有了较大区别，原因在于，绘画中渗透着强烈的人文主义色彩。所以，此一时期的艺术，无论是表现现实主义的艺术手法，还是对思想内容的完美体现，除了艺术本身获得巨大成就外，人文主义思想获得了极大弘扬。文艺复兴时期兴起的这种人文主义美学思潮，针对的对象主要是宗教神学美学。虽如此，这种以人为中心的美学主张，仍然带有明显的从神学转向人学的过渡性特征。及至20世纪初，新发展起来的人文主义美学，才具有了较为纯正的“以人为本”主张。尽管人文主义在不同历史时期，其称谓有所变化，但作为一股思想潮流，它所反映的仍然是人类发展史上最基本的思想原则。那么，等发展到了新人文主义时期，即人本主义阶段时，人文主义思想上就逐渐发展成为以“人的法则”取代“物的法则”阶段。也就在此一时期，在美学领域，美学家们开始极力反对过度放纵与赞美人的情欲，或无原则地展示人的恶与原罪，更是强烈反对对社会黑暗面的过度反映和对功利主义的热烈追求。因此，此一时期的美学家们，普遍一致地反对放弃如优美、高尚与卓越等一般美学原则。

从严格的意义上讲，人本主义美学与人文主义美学有很大的相似性，但又不尽相同。但无论是人文主义美学还是人本主义美学，其实质都是以“人为中心”的美学，是“人类中心主义”在美学领域内不同程度的表现，因为它们衡量美的尺度均以人的价值为标准。而这种以人为中心的美学会随时代的发展而发展，并且越往后，其反自然的特征就愈加明显。尤其到了资本主义社会发展后期，因社会的持续发展，再加科技理性的强大推动，其反自然的特点就更加突出。只不过，其在美学中的具体表现，有一个渐变的过程。

在美学领域，随着艺术美学的起落变化，自然美学思想反倒在美学史上逐渐沉寂下来，这实际上也反映了人类的无奈。原因在于，现实中的自然美，在一些美学家看来，并不受人类主观意志的随意驱使与控制，它的存在更不能彰显人类的创造智慧与才能。因此，自然美遭受冷落、排斥与贬低也就成了必然。正因如此，反自然的美学观点，自近代以来，作为传统美学中的一股暗流，就得到了某些文艺家与美学家的认可与支持。如19世纪唯美主义作家奥斯卡·王尔德（Oscar Wilde）就曾坚定地认为，“一切坏的艺术的根源，都在于要回到生活和自然，并提高它们成为理想。……外部的自然也摹仿艺术”[1]。几乎相同的说法是，“外在的自然也在摹仿艺术。她能向我们展示的唯一印象就是那些我们已从诗歌或绘画中得到的印象。这是自然的魅力之谜，也解释了自然的弱点”[2]。德国古典美学大家黑格尔，更是从其客观唯心主义立场出发，直言不讳地否定自然美的价值，他认为，“就自然美来说，概念既不确定，又没有什么标准，因此，这种比较研究就不会有什么意思”[3]。他自信地认为，艺术美要高于自然美，主因在于，“自然美只是为其他对象而美，这就是说，为我们，为审美的意识而美”[4]。除上述艺术家、哲学家外，还有其他许多文艺家、美学家也持有大致相同的主张或看法。甚至在当代中国，如美学家李泽厚，对自然美也有类似的看法，“自然本身并不是美，美的自然是社会化的结果，也就是人的本质对象化的结果。自然的社会性是自然美的根源”[5]。当然，李泽厚的观点要比100多年前的王尔德、黑格尔等人的观点进步得多，但骨子里对自然美的轻视似乎是不言而喻的。20世纪德国美学家西奥多·阿多诺（Theodor Wiesengrund Adorno）就曾针对此类美学观点进行过严厉的批评，他说，“美学为了压制自然美主题而不得不付出的代价，也就是19世纪向意识形态的‘艺术宗教’（religion of art——黑格尔的专门用语）的转变，借此表明在艺术作品中已经获得由象征性和谐一致所带来的满足。自然美之所以从美学中消失，是由于人类自由与尊严观念至上的不断扩展所致”[6]。“人类自由与尊严观念至上”的扩张与极速膨胀，正是“人类中心主义”以“人”为中心思想在意识领域里的不断渗透导致。而所谓的“人类中心主义”，其实质

1 伍蠡甫等主编：《西方文论选》下卷，上海译文出版社，1979年，第116—117页。

2 ［英］奥斯卡·王尔德：《谎言的衰落——王尔德艺术批评文选》，萧易译，江苏教育出版社，2004年，第52页。

3 ［德］黑格尔：《美学》第一卷，朱光潜译，商务印书馆，1996年，第5页。

4 ［德］黑格尔：《美学》第一卷，朱光潜译，商务印书馆，1996年，第160页。

5 李泽厚：《美学论集》，上海文艺出版社，1980年，第25页。

6 ［德］阿多诺：《美学理论》，王柯平译，四川人民出版社，1998年，第110页。

就是建立在资本主义私有制经济基础之上的上层建筑在观念领域里的集中反映。换句话说，“人类中心主义”的实质，其实是资本主义社会一切以资本家个人利益为中心的间接反映，可以说，它是资本家个人利益至上的一种社会意识形态表达。因为当把“人”看成是世界的中心与主宰后，人的“利益”自然就成了衡量一切事物的标准与尺度了，而反“自然美”的观点也正是在此基础上形成的。对资本家来说，能为他们带来“利润”“利益”的东西，在他们看来才是美的，否则就是丑的。莎士比亚（William Shakespeare）曾在《雅典的泰门》（*Timon of Athens*）中，有一段十分精彩和形象的话，他说，金子可以把老的变成少的，丑的变成美的。因为在以金钱为中心的社会里，一切以金钱为中心，金钱就是衡量美丑的唯一标准；它完全可以颠倒黑白，指鹿为马。因此可以说：反自然美的主张，其实反映了资产阶级以个人利益为中心的人类的傲慢。这种极端的观点，经长年渗透，已弥漫于资本主义社会生活的各个层面，包括物质生活层面和观念意识领域，最终便形成了对自然美的极度轻视和反自然的哲学观念。

进入21世纪后，人类迎来新的发展机遇。生态危机促使人类惊醒，而资本主义社会问题不断，进入暗淡的发展阶段。世界新生的力量正在崛起。在挑战与机遇并存的时代，生态文明的曙光已初照大地。科技发展，促使绿色能源成为人类发展的不二选择，这为自然生态的逐步恢复提供了新的道路。而自然生态的向好发展，必然使自然生态美重现生机。作为自然生态健康良好的标志，自然生态美可以说是工业文明走向生态文明的一个极其重要的美学范畴。那么，当新的生态文明到来之时，人类也必将超越工业文明的种种谬误与偏见，逐渐达成与自然的和解，而那些反自然美的观点将被一一抛弃；而在此时，人类也必将进入自由全面发展的美的生存境域。然而，要实现这一宏大的人类目标，在审美领域，需要有马克思主义生态美学的智慧引领，正如王向峰先生所指出的那样，“这里的中心思想就是人怎样自由自觉地对待自然。既能自由自觉地对待人自身，也能自由自觉地对待人的外部生存环境。这其实就是美的追求，是在广泛的意义上，最广阔的领域里，实现人的本质力量的对象化，也就达到了主体和对象的美的创造。它虽然不是一个具体的、个别的美的对象的创造，但其间包含着各个方面的美的创造”[1]。按照马克思主义生态美学尊重自然规律、珍视自然生态美的观点原则，人类将最终走向美好的前途，否则，会葬送人类的未来。“是生存还是死亡。现

1　王向峰：《论马克思“自然人化”论中的生态美学思想》，《社会科学辑刊》2001年第5期。

在，人类在地球上的生存有了危险。这是‘反自然’的文化带来的后果。事态发展表明人类面临生存危机，生存危机不能不加以解决，否则灾难太深重。他不能拖延解决，否则代价太大，到头来可供选择的余地愈来愈小。生存危机要求一场新的根本性的变革，因而我们要勇敢地决断，迅速地采取行动，进行一场新的文化革命。生态文化是人类需要果断采取的新的文化选择。”[1]马克思主义生态美学其实就是一种新的文化选择，它坚定地主张并强调自然生态美的价值与意义，努力改变传统审美文化中那些并不友好对待自然的审美态度。因为，无论是西方美学史中那些将自然视为艺术美的根源、参照物还是心灵美的映射，还是中国美学史中，将自然美视为修身养性的心灵圣地，抑或寄情托物言志的载体，这些观点都将自然本身独有的审美价值给遮蔽了。

自然是美丽的也是完整的。人类在善待自然的同时，也应将自然视为一个有机的、活的生命整体。因此，人们在极力保护自然生态完整性的同时，也应保护和珍惜它的美丽，不能让其支离破碎。正如美国大地伦理学家阿尔多·李奥帕德(Aldo Leopold)所言，“当一件事情倾向于保存生物群落的完整、稳定和美感时，这便是一件适当的事情，反之则是不适当的”[2]。当美的自然逐渐减少，甚至不复存在，人类丰富的精神内涵必然会因此而委顿；人类的创造精神，会因自然美的丧失而逐渐失去活力。这样，将会极大地限制人类自身的创造才能，人类的发展将难有进步。自然生态美作为标志生态文明时代、人与自然平等相处、和谐自洽的社会审美理想范畴，应当遵从“与所有生物共处一体，有这种整体感，因此，不应去征服、奴役、剥削、强迫和毁坏自然界，而应去理解它和与它合作”。[3]当然，我们应从马克思主义生态美学的立场观点出发来尊重自然，这就是，当人类确立自然生态美的价值，极力保护自然美的独立自存性时，自然才会闪烁它本有的美的光辉，而生存于其中的生命，才会以美的方式自由地存在。

---

1 尹贵斌：《反思与选择：环境保护视角文化问题》，黑龙江人民出版社，2008年，第66页。

2 [美]阿尔多·李奥帕德：《沙郡年记：李奥帕德的自然沉思》，吴美真译，生活·读书·新知三联书店，1999年，第285页。

3 [美]埃里希·弗洛姆：《占有还是生存：一个新社会的精神基础》，关山译，生活·读书·新知三联书店，1988年，第180页。

中华民族共同体视野下的新时代少数民族文学创作话语转向

邱　婧　李　薇*

内容提要　新时代以来，在少数民族文学数量、质量均有大幅提升的背景下，其文学创作话语也产生了较为显著的转向，主要体现在以下方面：彰显中华民族共同体意识的书写逐年增加，社会历史题材作品书写中关于各民族交往交融的元素增加，对少数民族乡村振兴等题材的关注度增加，对全球化时代民族地区自然生态环境保护的关注。本文从新时代少数民族文学创作中梳理、提炼其话语转向的主要内容，并结合中华民族共同体的视野展开研究，从而为当下的少数民族文学研究提供新的思路。

关键词　中华民族共同体　新时代　少数民族文学　话语转向

作为一个统一的多民族国家，中国文学也极富多样性。自中华人民共和国成立之初，国家就大力扶持少数民族文学的发展。1949 年 9 月，茅盾在《人民文学》的《发刊词》中提出了中国“少数民族文学”的概念，[1] 自此，“少数民族文学”作为一个概念贯穿于新中国文学发展的历史脉络之中。在中华人民共和国成立后的“十七年文学”时期，少数民族文学创作话语主要体现在少数民族风情与社会主义新文学的结合；20 世纪 80 年代至 21 世纪初，少数民族文学步入多元化书写的迅速发展繁荣时期，创作话语也倾向于返回本民族历史文

*　邱婧，广东技术师范大学文学与传媒学院教授；李薇，广东技术师范大学文学与传媒学院研究生。

基金项目：广东省重点建设学科科研能力提升项目“铸牢中华民族共同体意识背景下的中国当代多民族文学发展机制研究”（2021ZDJS024）成果。

1　李琴：《中国“少数民族文学”概念溯源》，《民族文学研究》2022 年第 3 期，第 24—34 页。

化传统的叙事与抒情。

新时代以来，随着国家对少数民族作家文学发展的持续大力扶持和推进，少数民族文学创作十分繁荣，《民族文学》杂志、国家级和地方性文学期刊均重视刊发少数民族作家作品，另外，少数民族文学作品出版数量逐年增多，仅作家出版社 2012 年至 2018 年就出版了约 450 种少数民族文学作品。在铸牢中华民族共同体意识的背景下，新时代中国少数民族文学创作也发生了重大的话语转向。然而，国内外学界目前对新时代少数民族文学话语转向的全面、整体性研究还不多。

在国内学界，相关研究成果集中在宏观上针对少数民族作家文学创作现状、学术史的考察，以及针对较有代表性的少数民族作家和族别文学的考察。比如 1995 年关纪新、朝戈金合著出版的《多重选择的世界——当代少数民族作家文学的理论描述》一书，率先从理论层面提出中国少数民族文学的多重书写特征，对于新时代少数民族文学研究可谓起到了奠基性的作用，尤其强调当代民族文艺创作是极富价值的民族文化创造；姚新勇曾对中国社会转型期少数民族文学话语展开研究[1]；刘大先曾针对新时代的多民族文学，选取了涉及少数民族文学在制度设计、学术范式、方法与理论上最具有学科晚近特点的 18 个关键词[2]，并在系列论文里观察了新时期、新世纪、新时代的少数民族小说书写的整体特性。在国外学界，与少数民族文学相关的研究成果尤其侧重于文学的生产性考察，然而部分研究具有意识形态方面的偏见[3]。

本文将新时代少数民族文学创作的多元性、现代性与中国性、世界性置于中华民族共同体视野下进行重新观察，根据研究脉络，将新时代少数民族文学话语转向分为彰显中华民族共同体意识的书写、社会历史题材作品的书写、少数民族乡村振兴等题材的书写，全球化时代民族地区生态书写等部分分别展开论述，以期彰显中国多民族文学共同繁荣发展的成就，并为中国文学多元一体发展提供参考。

1　姚新勇：《寻找：共同的宿命与碰撞——“转型期中国文学与边缘区域及少数民族文化关系研究”导论》，《南方文坛》2010 年第 3 期，第 61—65 页。

2　刘大先：《改革开放以来少数民族文学关键词概述》，《扬州大学学报（人文社会科学版）》2021 年第 2 期，第 29—42 页。

3　邱婧：《海外中国少数民族文学研究的现状及问题》，《湖北民族大学学报（哲学社会科学版）》2021 年第 3 期，第 160—168 页。

一、中华民族共同体意识与社会历史题材的并行

近年来，在铸牢中华民族共同体意识的背景下，学术界关于20世纪初期中国“中华民族”观念的研究成果十分丰硕。其中黄兴涛对中国“中华民族”观念进行了考究，尤其是借鉴概念史的进路，中华民族的概念在中西思想遇合和近代国人民族的自觉中不断得到传播和认同，特别是“九一八”之后，“中华民族”概念成为一种主导型、符号化的概念[1]。石硕在梳理了梁启超、顾颉刚、费孝通对“中华民族”概念的阐释之后，认为几位学者的观点可达成两个重要共识，有助于理解中华民族的内涵和特点：“尽管‘中华民族’概念是20世纪初产生的，但中华民族作为实体却并非是近代出现的，而是自古以来就存在。”“中华民族具有混合、交融的特性。”[2]

自20世纪以来，中华民族共同体意识就已经出现在文学书写中，尤其是抗战时期的文学创作。尤其是在新时代，中华民族共同体意识在少数民族作家笔下的呈现愈加突出，作家们将其融入小说、诗歌、散文等作品的创作过程中。比如，赵晏彪（满族）的中篇小说集《北京往事》[3]具有强烈的民族特色，作者将目光投至现时代中的不同地域的不同民族文化，其中刻画了黎族、哈尼族、仡佬族、水族、朝鲜族以及满族等多个少数民族的人物命运和民俗风情，展示了不同民族的精神追求和深厚的文化底蕴以及在不断变化的时代潮流中中华民族的凝聚和家园意识。

现代中国波澜壮阔的历史为中华民族共同体意识提供了相当程度的证据，比如在回族作家冶生福的抗日题材小说《白马东去》[4]中，作者着意设置了一个回族青年的参军经历，从而牵出对抗日多民族军队往事的叙述。抗日民族统一战线形成后，1937年8月，国民政府命令青海省主席、八十二军军长马步芳派兵参

1　黄兴涛：《重塑中华：近代中国中华民族观念研究》，北京师范大学出版社，2017年，第1页。

2　石硕：《从中国历史脉络认识“中华民族”概念——“中华民族”概念百年发展史的启示》，《清华大学学报（哲学社会科学版）》2021年第3期，第12页。

3　赵晏彪：《北京往事》（小说集），中译出版社，2016年。

4　冶生福：《白马东去》，《民族文学》汉文版2020年第9期。

加抗战。马步芳调配人马组成抗日骑兵师[1]，骑兵师由回、东乡、撒拉、保安、藏、汉等民族组成，共8000多人，这支多民族的地方军队，不仅彰显了中华民族共同体意识，更是在抗战中留下了浓墨重彩的一笔。小说以骑兵师在河南淮阳一带英勇作战的历史事件为蓝本，讲述了勇猛的青海骑兵抗击日本侵略者的感人经历。

彝族作家罗家柱作为常年扎根基层的乡土文学创作者，执着于滇池岸边的文学书写。其中篇小说《阿妹马帮》讲述了20世纪30年代出生于滇南大山的彝族女孩施增美从一个贫苦农民的女儿成长为一个骑兵队长的故事，作者立足于滇南马帮的变迁，刻画了彝族儿女的英雄群像，除了彝族姑娘施增美之外，同时刻画了不同情境和不同时期分别加入共产党队伍的父亲、三哥、四哥，对他们寻求光明、寻求民族解放而不惜流血牺牲予以高度礼赞。通过这些作品不难看出，新时代少数民族文学创作者十分注重以中华民族共同体意识为底色的创作模式。

在当代社会背景的表达下，彝族作家依乌在散文集《啊啵》中以其独特的幽默叙事模式革新了当代彝族文学创作的一般特征，他用回忆录的方式抒写了关于母校西南民族大学的民族高等教育的往事，尤其是对不同民族的青年学生之间的交往的白描，十分引人入胜，在描写四川凉山地区彝汉交往的日常生活方面，也有较为新颖的表述方式。

可以说，自国家大力培养少数民族作家伊始，作家们就开始围绕本民族社会历史、中华民族共同体历史题材进行创作。那么，在新时代文学中，历史题材书写也是重要主题之一。值得关注的是，自1980年代以来，少数民族文学越来越注重“重返历史”的过程，因此，族群文化、象征物、民族历史抒情十分常见。这也显现出少数民族文学被打造为不断流动、有弹性、有张力的话语空间。在这个有弹性和不断自我更新的文学场域中，诗人、作家、学者以主体的自我发声进行文学的重构与想象。

有些诗人从全球化语境出发，对于学科建构、发展脉络以及研究范式积极探索，而有些诗人从文学相关联的历史细节入手，将文学置身于具体的历史节点之中，还有一些新近开始写作的青年诗人以民族文化氛围为考察背景，运用跨学科视角进行书写。这其中以彝族和藏族诗人群为主要代表。比如彝族诗人吉狄马加的《纯粹·火焰上的辩词：吉狄马加诗文集》重新审视和思考自己民族的文化命运，并展现了开阔的世界视野和人类情怀；藏族诗人刚杰·索木东的《堡子》《紫

1 李资源：《壮丽华章：中国共产党与少数民族抗日斗争研究》，广西人民出版社，2015年，第101页。

铜马勺》以场景回顾的方式寻找过去的民俗记忆，又同时用开放式的书写观照当下；彝族诗人阿赫长江（彝族）的《燎原》和阿卓务林（彝族）的《指路经》均强调和凸显了与大小凉山密切相关的文化意象与符号象征。

那么，反观新时代的少数民族小说创作，正如早年阿来的《尘埃落定》围绕藏族土司家庭的变迁进行书写一样，新时代文学中关于民族地区社会历史书写的新作大量涌现。彝族作家俄狄小丰的《山风不朽》选择了凉山民主改革进程中基层乡村与宏大社会变迁之间个体所经历的阵痛、迷茫与新生。在凉山彝族地区民主改革前的半个世纪，一个被掳掠到彝区贩卖的汉族小孩，机缘巧合摆脱了奴隶身份，并被收为养子，成为"汉根彝人"，与彝人兄弟们一起成长，经历了当地社会的变化；同样是革命历史题材，瑶族作家陈茂智聚焦民国初年到大革命时期，叙述湘南地区一群瑶族青年奋不顾身走上投身革命、救国救命道路的故事，创作了长篇小说《白帆船》。

苗族诗人第代着冬在《门神》中以陌生化的视角侧面描述了红军经过西南地区少数民族乡村时的场景。土家族作家温新阶在《最后的抉择》中，讲述了一个湖北地主家庭中走向"革命"的儿子及其原生家庭的纠葛。白族作家景戈石的《长管手枪》从一个孩子的视角展开叙事，描写了1936年红军经过一座白族村寨的故事。他和青梅竹马的邻居女孩一起读书、狩猎，后来在父亲和祖母的鼓励下，他们决定去参加红军，并将红旗插到了区公所的楼顶上。小说中多次出现围绕着寨子门前古枫木树的叙事，具有十足的象征意味。小说中还穿插了许多与自然相关的场景，比如雪花、古枫木树、围猎等，将边地生活的书写和历史事件结合得恰到好处。壮族作家陶丽群在《七月之光》中将现代中国的乡土叙事推向新的天地，尤其在改革开放以来中国的乡土文学在现实巨变中愈来愈重视情感的重建与历史的还原。在《七月之光》中，单身越战老兵老建从战场归来，在大山和乡土之中得到治愈和滋养，老建收留了一个孤儿，他们在彼此情感的包裹和润泽中建构精神和真正的自我。

因此，无论是诗歌、小说，还是报告文学，无不显示出部分新时代少数民族文学创作者们是结合了铸牢中华民族共同体意识的时代背景且延续了数十年来社会历史书写的基本特征进行创作的。

二、少数民族乡村振兴与文学叙事

2017 年，党的十九大提出了“乡村振兴”的发展战略，2020 年又进一步阐明打赢脱贫攻坚战，全面建成小康社会。在全面推进乡村振兴以及铸牢中华民族共同体的时代背景下，少数民族地区文化的传承与传播、融入与发展也迎来了新的机遇。在新时代少数民族文学中，与民族地区乡村振兴相关的题材逐渐增多。

土家族作家李传锋的《白虎寨》将文学场域转到乡村建设之中，书中描绘了地处鄂西武陵山区的土家族村寨白虎寨实现新农村建设的故事，并且不同代际之间为最终脱贫奋力拼搏，对多元化的乡村图景寄予美好理想和无限希望；瑶族作家陈雪梅的《到山上去》归入脱贫攻坚主题，讲述了瑶族姑娘兰朵从城市回来想要归入山上的故事，在兰朵的设想中，在纯美的深山瑶寨香塘山打造一片民宿，悉数亮起的暖黄灯光照亮整片寂静的山林，在山上与远方的朋友畅谈闲聊，小梅和兰朵的重逢与闲谈更是凸显了偏远瑶寨的人间温情。小说围绕着兰朵的美好自述展开，叙述了祖辈们守望的大山赠予的清和和温润。

苗族作家向本贵在长篇小说《两河口》中，以现实主义的笔触书写现代化进程中乡村的变革以及少数民族村寨在巨大变革中向现代文明迈进的艰难和决心。两河口村从全县最美示范村到开辟西南五省周边地区最大的商贸物流中心，作家立足于农村变迁在时代发展大背景下的现实问题，叙述农民在文化心理以及思想观念上的转变以及农村在现代化推动下的华丽转身。小说同时涉及对于民俗元素的书写，从而增添了整部小说的广度和深度。

乡村振兴题材的非虚构文学创作还有《悬崖村》，这是一部彝族作家阿克鸠射写就的报告文学，讲述了一度成为新闻热点的四川大凉山昭觉县阿土勒尔村在近年来所经历的社会变迁。作家多年来持续跟踪调查，获得了第一手材料，展示一个坐落于古老而神秘的凉山地区的乡村，而“悬崖村”的图片报道也活跃在新闻媒体上。阿克鸠射以主位视角进行田野调查并展开思考，报告文学共分为上篇、中篇、下篇三个部分，分别名为“藤梯之路”“钢梯之变”和“天梯之上”，陈述了凉山居住环境的新变化与乡村振兴的实践路径。

新时代的少数民族作家尤其重视对于新型乡村风貌、农民形象、农业模式的塑造，与此同时，由于不同民族、地域之间的交往与互动频繁，中华民族共同体意识依然在乡村振兴题材的文学中有所体现，集中表现在对于日常生活和普通人的书写叙事中。毛南族作家谭志斌在其新作《荒园逸事》中，并没有沿用传统的外来帮扶视角，而是侧重讲述贫困户自身的奋斗。当然，这也与帮扶干部有密切的关系。在小说故事的开端，男主人公大树的困难和抑郁的心理便展现在读者面前：他家里有生病的父亲，他心爱的人却无可奈何被迫选择了婚姻，他本人在不停地抗拒帮扶干部为他申请的“贫困户”标签。后来，他去了矿山打工，又回来试图承包果园和养殖场，正当他面临着资金等困难的时候，县扶贫办的姑娘雨薇伸出援手，为贫困户创业申请了较多的便利措施，大树也开始了自力更生的新生活。

除了知识分子视角的在地性观察，还有与少数民族青年大学生相关的题材。比如侗族作家石庆慧设置了一个大学生返乡建设的题材，在其《等待山花烂漫》中，讲述了一对从侗族乡村走出来的在读大学生对于乡村未来的期待，他们之间不仅有爱情，更是被充满憧憬的共同的想法和目标所打动，制定了返乡建设乡村的计划。青年一代不仅对民俗传统的消逝发出感伤和忧虑，还对乡村建设有着更加丰富和多元化的设想。

蒙古族作家海勒根那的《请喝一碗哈图布其的酒》中以一个神秘的远方朋友感受脱贫攻坚巨变的异乡人视角，将蒙古族村庄在精准脱贫后牧民的生产生活的转变展现了出来，同时夹杂了蒙古牧民饮酒、赛马、射箭的民俗，对于蒙古民族生活习俗和性格特征进行了细致刻画，小说的结尾更是将新时代内蒙古草原的巨变与蒙古族人民的幸福生活一点点展示了出来：“彼时高个子已经走远，他转过身向乡亲们挥手致意。他趟着一眼望不到边际的没膝深的锦鸡儿，这是牧民们人工播种的，过去这里曾经是寸草不生的流动沙丘，如今变成了万亩枝繁叶茂的饲草地。此时头顶之上，数不清的云雀和百灵鸟赛着歌喉，此起彼伏，仿佛一场以天为幕的盛大合唱；近处，清澈的乌力吉木仁河如同一条银带缓缓伸展，飘动；远处，群山如黛，白云像昂扬的雪峰一样高耸，又似一群天马奔腾踢踏。高个子就向着奔马似的云山走去了，一会儿间消失在大野深处。”[1]

三、全球化时代民族地区的生态书写

在中国多民族丰富悠久的文学传统中，生态始终是文学创作的重要面向之一。在少数民族史诗、歌谣、口传文学中，对于人与自然和谐共生的生态主义观念，

1 海勒根那：《请喝一碗哈图布其的酒》，《民族文学》2020 年第 11 期。

表达得十分明显。在当下，全球化时代的创作中，作家们依然保持了这样的自然观念，并付诸话语实践。在建设生态文明、“美丽中国”的话语背景下，新时代少数民族文学创作则更突出了其生态文学书写的面向，尤其是自古以来多民族文学与史诗中蕴含的自然观与生命观，在当代创作中彰显出新的活力。

藏族作家阿来在《三只虫草》[1]中，讲述了一家普通的藏民及他们所在的村庄，在特定季节上山辛苦挖虫草的故事。小说共分为两条线索展开，一是藏族男孩桑吉的成长视角，桑吉需要一定的经济来源，所以帮家里挖虫草，是单纯质朴的形象；另外一重线索是虫草的视角，虫草从生长到被挖掘、收购、赠予、收藏，见证了社会百态。生态问题是中国现代化进程中面临的挑战之一，阿来的书写出人意料地从植物的生长出发，儿童的成长视角也是对世俗社会现实问题的映射与暗喻。虫草作为人们具有藏地想象的高原物产，更是能够反思现代社会的诸多问题。

白族作家何永飞的诗作一直都充满生态主义的意识。在诗集《神性滇西》中，他将其故乡滇西的河流与高山视为多民族共生的地理场域。[2]在诗歌中，将滇西作为一个生态主义的地理景观载体，围绕滇西的书写始终在进行，“幸好，我还有滇西，作为灵魂的道场／那里有高过世俗的神山，有清澈的圣湖／有长过岁月的河流，有菩萨一样慈祥的草木”[3]，尤其值得提出的是，何永飞是强调了云南地方社会历史的多民族经验的，在书写各民族生活和精神世界的时候，实际上是突破了单一民族经验传统的框架。

在长篇历史叙事中，也不乏对于生态的思考。比如哈萨克族叶尔克西·胡尔曼别克先后出版的两部长篇小说《歇马台》与《白水台》，很多评论者认为其社会历史叙事是一大主线。但事实上作家同样看重与生态相关的叙事。作家以哈萨克族为主线，讲述了其日常生活与历史记忆，并且呈现了人类命运共同体的特征。小说《歇马台》体现了新疆的多元文化和歇马台这一地理空间不同时期的多元文化风貌，在生态书写的向度，描绘出数十年来新疆各民族牧民波澜起伏、充满温暖的日常生活；小说《白水台》则以一个名为尤莱·叶森的哈萨克家的生活史为线索，呈现了哈萨克族人民传统的游牧生活、守护边疆及爱国的情感，以及新时代牧区发展的成就。

在报告文学《跳跃的河山》中，布朗族作家李俊玲以文学民族志的视角出发，

---

1 阿来：《三只虫草》，人民文学出版社，2016 年。

2 何永飞：《神性滇西》诗集，云南人民出版社，2020 年。

3 何永飞：《滇西，灵魂的道场》，《民族文学》2018 年第 7 期。

展示了布朗族的历史和神话传说；裕固族作家铁穆尔在《父亲送我雪豹皮》中叙说了由一张被赠予的雪豹皮而联想到的事情，如牧场、动物、生态、文明，而其中也穿插了有关民俗传统、节庆等方面的地方性知识；藏族诗人嘎代才让的诗歌《因此，爱你》表面上是诗人与儿童的对话，实际上抒写了对生态自然观念的思索；普米族诗人鲁若迪基的《车过二郎山隧道》从风景出发，展示了诗人对人类及世界的思索与观察；满族诗人巴音博罗的组诗《晨光中升起的炼钢厂》则是聚焦了更为晚近的工业社会的历史经验。

藏族作家秋加才仁的《遗失的故乡》延续了当代藏族文学中的“行走”主题，以主人公周游草原为主线切入对于世界、生态、人类文明的思考，“那个下午太阳温暖地照耀在草原，我朝着远方开始自己的征途，对于游牧人行走荒野般的草原是天生的特长，面对茫茫草原从来没有觉得恐惧和劳累”[1]。藏族作家对草原的天然热爱跃然纸上，尤其是藏族作家对史诗和经文有着非常深厚的情感，在作家看来，“格萨尔王的经历让我感觉到世界很精彩，外面的世界更精彩，这是由住在天上的神灵，天空的年神，地上的山神，赞族，水里的龙族和人类共同构成了这个复杂美丽的世界”[2]。作品中无不透露出藏族民众的自然观和世界观，而恰恰与生态书写的范式密切相关。

当少数民族创作者将目光投向更加写实的民族地区的日常生活时，也通常会将生命与自然相联结，因此在观照传统民俗和现代性之间的关系时，通常会有两种不同的视角：场域的转换和时间的流转。在藏族作家洼西的《太吉梅朵》里，作家以一个藏族儿童的视角叙述藏族乡村女教师太吉梅朵的半生与出走，小说直面现实的个体困境，有大量的风物和心理描写，以此消解了作为常见的乡村教师题材小说的叙事风格，而塑造了一个更立体的人物形象，梅朵并不是一个完美无私的形象，而是有着自己的欲望与无奈，她曾试图改变自己的身份，但最终还是服从于命运的安排，在远方度过暮年。

藏族作家何延华在《拉姆措和拴牢》中细腻地刻画了极具韧性的女性拉姆措，拉姆措在嫁给自己的丈夫后，丈夫外出打工，拉姆措不仅要照管家庭，还要照顾丈夫的姐姐拴牢，而她并不知道自己的大姑姐精神有问题，面对生活的艰难和内心的孤独，拉姆措唯有和拴牢彼此守护和互相拯救，并且依靠彼此的维系完成救赎。拉姆措秉持着义无反顾照顾拴牢，直至生命终结的信念，而在一次意外事故

1　秋加才仁（藏族）：《遗失的故乡》，《民族文学》2020年第11期。

2　何延华（藏族）：《拉姆措和拴牢》，《民族文学》2020年第12期。

中，拴牢也用生命救了她。拉姆措作为一个朴实的藏族妇女，凭借着性格的坚韧和意志的不屈实现对于自我和他人的拯救与解脱。正如作家描写的那样："沿着黄金草原往里走，巍巍雷帝雪山耸入云端，起伏的余脉一直绵延到甘青交界的黄河边。雷帝雪山庄严肃穆，半山腰以上一片雪白，脚下是五月新鲜的黄金草原。一条源自雪山深处的小河，唱着初夏赞美诗，一路闪烁地流下来，把雪山和草原分成了两个世界……牛羊马骡已被牧人放到草原上吃草。它们埋头前进，所过之处，草尖和花朵不见了踪影。草丛以及泥土深处，无数虫豸左奔右突，为了生活和性命拼尽全力。"这段描写将人类置于整个世界与景观之中，不仅体现了藏族民众对于生命轮回的认知，还体现出其自然观念，即对生态环境的保护意识。

仅仅就生态主义书写而言，就可以窥视出中国少数民族文学创作的多重面向，基于特定的生态环境，转向不同少数民族文化生成、传承和弘扬的地理空间，同时书写人与自然错综复杂的关系，这种生态主义的书写不仅仅是地域性的，而且具有世界性的意义。当然，在新时代少数民族文学研究的背景和写作谱系中，仍要关注新的议题，例如，新时期少数民族小说题材的多样性与多元化代际之间的关联，越来越多的青年创作者开拓出新的题材领域，不可忽视的是，他们在题材的选择过程中既有宏大叙事的面向，也有私人化经验的可能，并且在进一步的文化省思过程中面对多重文化场域其作家身份、族群文化自觉的转化。另外需要关注的是在全球化和现实性的巨大洪流中，"流动"作为一个特质始终为新世纪少数民族文学的创作提供新的命题。

在铸牢中华民族共同体的社会背景下，全面系统地梳理新时代中国少数民族文学创作话语重要转向，并进行系统、深入的话语谱系性考察，是有助于探寻新时代中国语境下多民族文学的有机和谐发展路径的，也为中国少数民族文学研究及中国文学研究提供了更为多样而系统的研究资源。

内蒙古新文艺的创建及其再思考

孙 静*

内容提要 抗日战争结束后，伴随着内蒙古自治解放运动的开展，内蒙古新文艺的建设也拉开序幕，在延安文艺干部的帮助下，经过思想启蒙、队伍建设、典型作品树立等方式，建立起以马克思主义、毛泽东思想为内核的内蒙古新文艺。同时，内蒙古新文艺通过“翻译”、模仿延安文学话语，开始了现代性建构，并以一个边疆多民族聚居区的姿态参与到20世纪以来的“国族建构”话语之中。

关键词 内蒙古新文艺 国族建构 “二流子”改造 中国文学的现代性建构

一、内蒙古新文艺的创建

蒙古族文学自古有其独特而悠久的历史，形成了丰厚的诗歌传统，诞生了《蒙古秘史》《一层楼》等珍贵的文学经典。1945年，以乌兰夫为代表的中国共产党员领导并发起了内蒙古自治解放运动，内蒙古革命史并入中国新民主主义革命的历史轨道中来。中国共产党一向重视文艺对革命的宣传作用，如何在这片政治斗争复杂而又充满少数民族特色的地域上传播马克思主义、毛泽东思想，开拓革命工作，成为内蒙古自治解放运动的重要问题。在这种背景下，以马克思主义、毛泽东思想为内核的内蒙古新文艺亟待建立。在乌兰夫的支持和邀请下，一批延安文艺干部陆续来到内蒙古，内蒙古军政学院、内蒙古文工团、内蒙古自治学院、鲁艺学院、冀察热辽联合大学相继成立，培养了一批又一批蒙、汉、回、达斡尔等各族革命干部。在他们的共同努力下，内蒙古新文艺逐步建立起来。那么，在

* 孙静，内蒙古师范大学文学院副教授。

基金项目：国家社会科学基金青年项目“中国现代转型视域下的当代蒙古族作家生成研究（1949—1966）”（19CZW058）成果。

1945年，被派往内蒙古的延安文艺干部都有哪些人？他们本身有怎样的知识背景？他们是如何在内蒙古这片土地上开拓工作的？内蒙古的文艺队伍是如何建立起来的呢？延安文艺作品如何被宣传、被接受？又有哪些内蒙古新文艺典型作品诞生和传播？本节将围绕以上内容，对1945年前后，内蒙古新文艺的创建历程进行简单回顾。

1944年抗战形势转变以来，陆陆续续有大批来自延安的革命干部来到张家口、冀察热辽地区。有的是受组织派遣而来，如奎璧、齐永存、陈炳宇、梁红等；有的是随延安鲁艺学院赴东北途中停止北上，留在承德开辟工作的，如安波、许直、海默等；还有的是因乌兰夫的诚挚邀请而来，如周戈、吴晓邦。他们的工作集中从三个方面展开。

一是，创办内蒙古军政学院、内蒙古自治学院，宣传马克思主义、毛泽东思想，把共产党的革命思想、民族政策带到内蒙古群众中去。

1945年12月18日，在张家口成立了内蒙古军政学院，这是共产党在内蒙古地区创办的第一所革命学校。学院下设军事部、行政部、中学部三个分部，乌兰夫兼任院长。学院主要课程有：新民主主义论、内蒙古革命运动史、国际政治常识、国内政治常识、蒙文、音乐等。教师大都是来自延安的革命干部，有奎璧、齐永存、周戈、安波、海默等，也有一部分蒙古族教师。[1]从课程内容和教师队伍的配置上来说，内蒙古军政学院非常注重学员的政治及文化思想教育，不仅开设相关课程，而且教师的身份也非常纯粹。奎璧、齐永存都是资历深厚的无产阶级革命者，都经历了延安整风的思想教育和洗礼，在军政学院办学期间，他们一面承担领导职务，一面抽空亲自为学生讲授中国共产党在内蒙古地区的革命历史。[2]在重视思想教育的同时，军政学院还有意识地吸收了很多来自延安的文艺干部，如来自延安鲁艺的文艺干部安波、海默、许直，他们来到内蒙古后，加入了热河军区胜利剧社，通过改组胜利剧社、建立鲁艺学院，培养了大批内蒙古各族文艺工作者，同时还是东蒙民歌采集活动的发起者和主要采集者。在这些文艺干部中，周戈是最重要的一位，可以说他是内蒙古新文艺的奠基人。

周戈（1914—2000），出生在湖北汉口一个贫农家庭。童年时代曾在战乱中

1 曹永年主编，于永分册主编，舒励、张建军、唐彩霞著：《内蒙古通史第4卷》，内蒙古大学出版社，2007年，第502页；中国人民政治协商会议张家口市委员会文史资料委员会编：《张家口文史资料》第15辑（纪念张家口解放四十周年续集），1989年，第54—57页。

2 王波、李迎选编：《晋绥风云人物党政人物卷》，中央文献出版社，2007年，第160—161页。

读书，后因家贫辍学，又曾学了一段时间的京剧。1937 年抗战爆发后，奔赴山西，进入山西民族革命大学，后又奔赴延安，进入陕北公学，并参加了陕北公学文艺队（1941 年改为西北文艺工作团），从此走上了革命文艺的道路。1942、1943 年，周戈在延安聆听了《在延安文艺座谈会上的讲话》并投入到秧歌剧运动之中，他先后创作了《一朵红花》《红鞋女妖精》《刘红英》等一系列作品，成为当时颇有影响力的剧目，特别是《一朵红花》，该剧由西北文工团在延安首演，后曾多次在延安和各地大型宴会上演出。周戈也因此剧颇具盛名。抗战胜利后，周戈在熟人的引荐、乌兰夫的真诚邀请下，来到内蒙古军政学院任教并负责组建内蒙古文工团。[1] 在军政学院工作期间，周戈根据国民党军队围剿枪杀厚和豪特蒙古军官学院学生的事件创作了歌剧《血案》，该剧成为内蒙古新文艺的经典剧目。此后，周戈还创作了大量的歌词，还有戏剧《白花蛇》《黄花鹿》等。

应该说，1945 年前后，内蒙古军政学院、内蒙古自治学院的成立，使一批有一定文化基础的内蒙古青年迅速集结到中国共产党领导的内蒙古自治解放运动中来，宣传了党的政策和思想，为内蒙古自治解放运动的开展奠定了良好的人才基础。同时，延安革命干部的到来，一方面带来了优秀的延安文艺作品，另一方面，也为内蒙古新文艺队伍的建立、新文艺作品的诞生做好了准备。

二是，通过改组旧文艺工作队、创办内蒙古文工团，组建内蒙古新文艺队伍。两个典型的例子是胜利剧社的改组和内蒙古文工团的创办。

抗日战争及解放战争初期，在各地八路军队伍里，在晋察冀、热辽、内蒙古西部等地区有很多部队宣传队或旧式民间文艺社团，胜利剧社就是其中的一个。胜利剧社成立于 1944 年 8 月，最初其成员主要由冀热辽军区十四军分区宣传队员组成，1945 年 10 月，原计划赴东北办学的延安鲁艺学院、青艺等单位的文艺干部因路途受阻而滞留承德，其中一部分文艺干部被陆陆续续分配到胜利剧社，有：骆文、安波、程云、莎莱、木可夫（柯夫）、吕西凡、海默等 20 多人。大批延安干部调入后，胜利剧社进行了改组。首先，完善了剧团建制，下设戏剧部、音乐部、演出部、创作部、行政科。任命社长安波，副社长骆文、李劫夫，协理员柯夫。戏剧部：主任郭介人，副主任杜印；音乐部：主任莎莱，副主任达尼；演出部：主任程云，副主任严正；创作部：主任骆文；行政科：科长郭福臣。全社 60 多人，原社长、副社长全部退居社员位置，新的胜利剧社成了一支完全由

1 关于周戈的介绍参考：《追忆我的父亲周戈——内蒙古新文化事业奠基人》作者：草原读书会，公众号：nmgcydsh，http://www.cclycs.com/z19991.html。

延安鲁艺学院文艺干部领导的全新的文艺团体。其次，排演延安文艺代表作，如秧歌剧《兄妹开荒》（莎莱、严正主演）、《白毛女》、《大家喜欢》（吕西凡主演）、《牛永贵挂彩》、《如此中央军》等。此外，还自编自导了大型歌剧《兵》，话剧《马司令》等新作品，个别作品上演后极大地鼓舞了战士们的革命士气。[1]再次，改造后的胜利剧社，“成为冀热辽地区文艺素质较高的军队文艺团体”[2]，同时，它也开始对内蒙古其他旧文艺团体进行改造，比如将本社干将派往不同的文艺团体担任领导，或指导其他剧社和文艺团体排演延安著名文艺作品。1947 年 5 月，解放军攻入赤峰后，社员汪洗曾去庆丰戏园帮助艺人排演京剧《逼上梁山》《三打祝家庄》《新陆文龙》等新戏。

综上所述，1945—1947 年间，胜利剧社接受了来自延安鲁艺文艺队伍和思想的指导，从一个地方部队文艺宣传队，成长为一个正规的部队文工团。1945 年底改造后的胜利剧社，超越了与其类似的其他地方文艺团体——尖兵剧社、前进剧社等，成为冀热辽地区一支素质较高的军队文艺团体，已经逐渐承担了改造旧文艺团体、拓展延安鲁艺文艺创作和人才培养模式、培养革命文艺新人的重要任务，并取得了一定的成就。

除了改造旧文艺团体外，内蒙古军政学院领导和文艺干部还组建了内蒙古文工团。该团最早于 1946 年 4 月 1 日成立于张家口，团长周戈，团员中的大部分人是军政学院学员。当时，在赤峰地区还有一个内蒙古自治学院业余剧团，布赫带队，成员包括该院学生汪焰、包德力、于洁、玛拉沁夫、安柯钦夫、娜仁高娃、珠岚其其格、乌尼等人。1946 年 12 月，这两支队伍相继到达了林东，合并为“内蒙古文工团”。团长周戈，副团长布赫，书记兼副团长张凡夫，团部成员有：戏剧指导陈清璋、音乐指导沙青、舞蹈指导吴晓邦、美术指导尹瘦石。下设戏剧队（含舞台部门）、乐队、舞蹈组、美术组。合并后的内蒙古文工团建制完整，人才济济，1947 年，内蒙古文工团在林东春节晚会上演出了歌曲《青年进行曲》、《蒙古需要平等自由》、《文工团之歌》、《春节小唱》（陈清璋词，沙青曲），歌剧《血案》（周戈），快板剧《认识了八路军》，老解放区的秧歌剧《夫妻识

1　据社员汪洗回忆，歌剧《兵》在当时演出后颇具影响力，“蒋军云南部队九十三军某部的起义和他们在解放战争中的勇敢表现，都和这个戏有关”。汪洗：《文艺生活六十年》，载《长春文史资料》编辑部：《长春文史资料 1994 年第 1 辑总第 45 辑艰辛的历程：伪满军官学校的学生们》，第 348 页。

2　李德深：《在解放战争时期德冀察热辽最高艺术学府》，辽宁省文化厅《文化志》编辑部主编：《辽宁省文化志资料汇编》第 3 辑，1988 年，第 26 页。

字》，舞蹈《蒙古舞》、《蒙古之路》（又名《三部曲》）、《农作舞》等，与当地军民度过了一个难忘的春节。

从内蒙古新文艺队伍的建设上来看，中国共产党非常重视内蒙古文艺人才的培养，内蒙古军政学院、自治学院成立之初就肩负着文艺人才培养的任务，而内蒙古文工团更是成为中国当代内蒙古文艺人才成长的摇篮，文工团中，既有周戈、吴晓邦、陈清璋、尹瘦石等来自解放区的、专业过硬的老艺术工作者，他们带来了延安文艺的思想理念、创作方法、著名作品，对内蒙古歌剧、舞蹈等艺术的开创具有奠基性的重要意义；同时，文工团还培养了孟和博彦、玛拉沁夫、安柯钦夫、包德力等热爱文艺、学习文艺创作的青年，他们后来几乎都成长为中国当代第一批蒙古族作家和文艺评论家，在中国当代文学史上开创出一片独具蒙古族风情的文学花园。

三是，树立内蒙古新文艺作品典型，对延安文艺作品进行本土化改编。

延安文艺干部来到内蒙古后，组织排演了几部解放区著名剧目，如《白毛女》《兄妹开荒》《夫妻识字》《一朵红花》等，以期帮助宣传延安革命思想和文艺思想。但首演效果并不好，牧民们看完《白毛女》《血泪仇》哈哈大笑，原因是戏剧中的故事和人物与草原生活过于隔膜，观众纷纷表示“草原上哪有这样的事”。后来，为了更好地在牧区推广革命文艺，演员们对作品进行了改编，比如：把《大家喜欢》改编为《二流子桑布》，把《兄妹开荒》改为《兄妹打草》。内容情节和人物关系都不变，只是把汉族名字改成了蒙古名字，把农业区的“开荒”情节换成了牧区人民所熟悉的“打草”，把“雄鸡雄鸡高呀高声叫”改成“牛呀羊呀高声叫”，把“还在热炕头上睡大觉”改成“还在蒙古包里睡大觉”。尽管这样的改编颇为粗糙，但在当时却收到了良好的效果，得到了牧区人民的广泛欢迎。[1]尽管延安文艺作品已经对当时的内蒙古革命、内蒙古新文艺的发展起到了积极影响，但仍缺少立足本地区革命实际的、富有地域特色的内蒙古新文艺作品。

1946年，乌兰夫责成周戈组建内蒙古文工团，并要求“创作演出一台好节目”。这样一来，创作出反映内蒙古人民革命斗争的文艺作品就成了当务之急。恰好此时周戈遇到了两位曾经在绥远蒙古军官学院学习的学生——戈瓦、图布新，他们

1 丁正彬：《内蒙古自治区文学的发展历程》，《内蒙古大学学报·哲学社会科学版》1984年第1期；内蒙古大学中国语言文学系编：《内蒙古自治区文学史》，内蒙古人民出版社，1960年，第33页；包德力：《回忆在锡盟文化宣传队的几件往事》，载锡林郭勒盟文化体育局、锡林郭勒盟政协文史委编：《金色摇篮：锡察盟文化队回忆录》，锡盟政协文史委员会，2007年，第22—26页。

讲述了“10·25”事件，即自己死里逃生来张家口投奔八路军的故事。于是，周戈就根据这一事件创作并排演了歌剧《血案》。

该剧在军政学院的首演非常成功。于是1946年元旦，《血案》又在张家口街头进行了公演，并到张家口各界的赞扬，乌兰夫看了《血案》演出的盛况之后激动地说：“甚叫内蒙古文化，这（《血案》）就叫内蒙文化！”[1]当时，内蒙古文工团还未成立，内蒙古军政学院演出队伍刚成雏形，从此，《血案》就成为这支队伍的主打节目。

1946年春节过后，军政学院演出队赴大同、华北、热河前线慰问，每场演出中，《血案》都是压轴大戏。[2]内蒙古文工团成立后，《血案》更成为主打节目，辗转多地演出，并通过与其他文艺团体的交流学习扩大了演出队伍和范围，先后在晋察冀地区、察哈尔地区、太仆寺右旗、多伦、贝子庙（今锡林浩特）、林西、大板、林东等多地上演。[3] 1946年7月，文工团在察哈尔盟那达慕大会上用蒙语演出了歌剧《血案》，效果极好，主人公巴根悲痛而泣时，“台下观众也泪水纵横，到愤怒时，台下一片口号声”[4]。

1947年5月1日，内蒙古自治区成立。内蒙古文工团、呼伦贝尔盟文工团在“五一”大会上演出了精彩节目，当歌剧《血案》《额尔登格》的演出即将结束时，场下“共产党万岁”“毛主席万岁”“为哈达报仇”“打倒额尔登格”“打倒蒋介石”“内蒙古人民万岁”等口号此起彼伏，响彻全场，有的战士流着泪跑到台上去呼喊口号。演出结束后青年们纷纷表示要参军，曾经一些对共产党持观望、怀疑态度的蒙古族上层分子也转变了态度，呼伦贝尔盟文工团的队员们主动要求与内蒙古文工团一起联欢。文工团为大会演出共准备了4台晚会，以《血案》《额尔登格》《蒙古之路》三部歌剧为主的3台，另一台是介绍演出老解放区的优秀节目如歌曲《八路军进行曲》《八路好、八路强》《延安颂》等。

通过不断地锤炼和四处演出，内蒙古文工团将《血案》带到了内蒙古各个地区——不论是草原还是城市。在当时，特别是1948年之前，玛拉沁夫、敖德斯

1 《追忆我的父亲周戈——内蒙古新文化事业奠基人》作者：草原读书会，公众号：nmgcydsh，http://www.cclycs.com/z19991.html。

2 《追寻逝去的踪迹》，载孟和博彦：《孟和博彦文集第4卷诗词·文学剧本·报告文学·杂文集》，内蒙古人民出版社，2008年，第105—110页。

3 这一点在汪洗的文章《记鲁艺学院的群众文艺辅导工作》中有详细记录，转载自金海主编：《从传统到现代近代内蒙古地区文化史研究》，内蒙古人民出版社，2009年，第142页。

4 美丽其格：《内蒙古文工团的沿革》，《艺圃（吉林艺术学院学报）》1992年Z1期。

尔等年轻一批蒙古族文艺创作者还未成长起来，内蒙古新文艺作品还非常有限。尽管像《兄妹开荒》《白毛女》《夫妻识字》等这样的老解放区文艺作品也受到了内蒙古人民的广泛欢迎，但这些作品的内容、题材都是以中原地区革命历史、文化和人物原型为蓝本创作的，与内蒙古人民，特别是牧区人们的生活有一定的差距。而《血案》之所以取得成功，并很快成为内蒙古新文艺的典型，原因就在于，它是以内蒙古革命的真实历史事件改编而成，其主题应和了1945、1946年前后内蒙古地区普遍争论的“蒙古族人民跟谁走”这个主题。《血案》以归绥的国民党反动派杀害蒙古族青年的事件为中心，提出了内蒙古人民翻身解放的出路，在于蒙汉人民团结起来，跟着共产党走，同国民党反动派作斗争。在当时，共产党在内蒙古地区的工作刚刚开始，很多群众还认不清国民党和共产党的区别，只有经历过血的教训才能体会到内蒙古只有跟着共产党走才有出路，《血案》在这方面起到了巨大宣传作用，很多蒙古族青年就是看了《血案》之后坚定了革命的信心，打消了狭隘的民族主义思想。[1] 在这样的背景下，《血案》通过内蒙古文工团成员的不断琢磨和演出，逐步被树立为内蒙古新文艺典型。

通过对1945年前后内蒙古革命和文艺发展历程的回顾可以发现，中国共产党非常重视内蒙古地区的文艺建设问题，在延安文艺干部的帮助下，通过思想启蒙、队伍建设、典型作品树立等方式，建立起以马克思主义、毛泽东思想为内核的内蒙古新文艺。内蒙古新文艺的创立，是内蒙古自治区文学艺术发展的开端，是蒙古族文学艺术现代化发展的一个新阶段，也是中国当代文学历史上一个闪光的时刻，但以往的研究多关注其在自治区文艺发展史和蒙古族文学发展史上的意义，却有意无意地将其从中国现当代文学发展史中的诸多话语中隐去。事实上，若将内蒙古新文艺的建立发展历程纳入中国文学现代性的研究视野中，会发现它的意义远超过一个地区文学史和一个民族文学史的范畴。

二、内蒙古新文艺创建、发展的再认识

1917年新文化运动以来的中国现当代文学发展史，也是一部中国文学现代化史。以主流文学界为主要关照对象的文艺家们认为，自“五四文学”开启了民主、科学、启蒙、人道主义等话语以来，中国现代文学处于“启蒙”与“救亡”

1 《追忆我的父亲周戈——内蒙古新文化事业奠基人》作者：草原读书会，公众号：nmgcydsh，http://www.cclycs.com/z19991.html。

的双重变奏之中，在40年代末期之后，“救亡”一度压倒了“启蒙”话语，这也被视为文学现代性发展的断裂的表现。但不得不引起注意的是，如果将考察的视野放宽到整个中华大地，观照边疆少数民族地区的文学发展，就会发现，中国文学现代性的发展远比上述归纳更为复杂。这种复杂性在20世纪四五十年代之交内蒙古新文艺的创建和发展过程中就体现得非常明显。

随着40年代后期“救亡”话语的高涨，中国文学的现代性发展真的断裂了吗？如果仅仅以西方文学现代性的理论体系为参照物，或可发现这种认识尚有道理，但若细致考察内蒙古新文学建立发展的过程，就会发现，中国文学的现代性不但没有断裂，而且还在边疆少数民族地区内以更具体、更独特的方式生根发芽，补充着、丰富着中国文学的现代化发展过程。

第一，内蒙古新文艺的建立，丰富着20世纪以来中国文学中“国族建构”话语。中国现代文学自20世纪诞生以来，就背负着“国族建构”的历史包袱，鲁迅在铁屋中的“呐喊”、郁达夫在异乡里的“沉沦”，其背后的意图都指向“国族建构”的伟大事业。但在主流文学家的笔下，“国族建构”缺少了多民族和复杂地域的思考，甚至，在部分少数民族作家笔下，民族变得模糊不清或难以启齿，而地域文化与时代潮流的关系也变得难以协调。最典型的例子是老舍和沈从文，老舍身为满族人，但是在相当长的历史时期内，人们没有把他的小说当作典型的少数民族文学文本来欣赏，甚至，当研究者有意识地去挖掘民族属性给老舍创作带来的影响时，感受更多的却是满族人老舍内心深处隐藏着的“罪人”心结。[1]而苗族作家沈从文，他的小说写活了一个静谧优美的湘西世界，湘西就像一个古老的博物馆，收藏了中国历史积淀下来的所有健美、质朴、纯真、善良等“藏品”，但却在时代潮流的发展中尾大不掉、故步自封、直至毁灭。而20世纪40年代内蒙古新文艺的建立，则是从多民族性和地域复杂性两个维度对“国族建构”话语进行了丰富。

在1945年之前的中国文学地图中，只有“蒙古族文学”这个概念，而无“内蒙古文学”，前者强调的是文学的民族属性，后者侧重文学的地区属性。而“内蒙古新文艺”这一概念，则在相当大的程度上调和了民族国家建构过程中民族属性与区域属性的矛盾。首先，内蒙古新文艺有特定的地理依托，就是中国近现代以来形成的内蒙古行政区；同时，也有较为丰厚的民族文化积淀——在相当长的时间内，蒙古族被视为内蒙古地区的主体，蒙古族文学和文化被认为是内蒙古地

1 关纪新：《老舍评传》，北京出版社，2019年。

区文化的重要甚至唯一代表。“内蒙古新文艺”在宏观层面回避了民族属性的种种矛盾，凸显了国家区域属性，同时又在微观层面契合了蒙古族革命和发展的现实。《血案》就是一个很好的例子。

歌剧《血案》是内蒙古新文艺的典型作品，内容源自内蒙古解放战争初期的一个真实事件。抗日战争时期，伪蒙古联盟自治政府在呼和浩特建立了一所专门招收蒙古族学生的“厚和豪特蒙古军官学校”。日本投降后，国、共方面都曾出面与校方联系，以期将其争取过来。在这一过程中，国民党傅作义部认为该校师生有私通共党之嫌，于 1945 年 10 月 25 日出兵包围。据史料记载，傅作义部曾公开屠杀该校蒙古青年二十余人，又将其余人关押于呼和浩特新城的集中营，对师生进行集体训导。在中共的帮助下，部分学生先后逃出监狱，后经双方协商，其余被押师生于 1946 年 2 月全部释放，但已有部分死于监狱之内。这场事件在当时曾引起轰动，称“10·25”事件。[1]《血案》以归绥的国民党反动派杀害蒙古族青年的事件为中心，提出了内蒙古人民翻身解放的出路，在于蒙汉人民团结起来，跟着共产党走，同国民党反动派作斗争。作品应和了当时在内蒙古地区普遍争论的“蒙古族人民跟谁走”这个主题，一方面贴近内蒙古人民的实际生活，另一方面也表达了在“国族建构”问题上的理想立场。

以文学的方式参与“国族建构”是20世纪初以来中国主流文学界关注的焦点，具体表现在鲁迅、老舍等作家直接参与的“国民性批判”“民族性格思考”等话语中，但是主流文学界的“国民性批判”和《血案》的“国族建构”话语，两者展开的逻辑方式不同。鲁迅和老舍是通过批判中国人落后、愚昧、好面子的性格劣根，来传达反封建和思想启蒙的意图，进而思考一个进步而美好的民族国家应该如何建设。《血案》把内蒙古发展建设的问题直接转化为“蒙古族人民跟谁走”这样一个政治选择题，间接地汇入中华民族国家建构的宏大背景之中。而且在参与“国族建构”的过程中，《血案》不是以揭示和批判民族劣根性的方式来进行启蒙，反而是以挖掘和赞美刚毅、质朴、坚韧、顽强的蒙古民族精神，来唤起蒙古族民众参与共产党领导的民族解放事业。

第二，内蒙古新文艺的建立和发展，是蒙古族文学现代转型的路径之一，更

1 中国人民政治协商会议乌兰察布盟委员会文史资料委员会审定：《乌兰察布文史资料》第 12 辑《我从察哈尔走来：金巴孔布回忆录》，第 18—21 页；《蒙古青年联合会成立，通电全国呼吁和平反对内战》，载共青团山西省委、山西省档案馆编：《山西青年运动历史资料晋绥革命根据地分册》第 4 辑，1987 年，第 6—7 页；土默特左旗《土默特志》编纂委员会编：《土默特志上》，内蒙古人民出版社，1997 年，第 444 页。

是中国文学现代转型过程中的一次区域性实践。在20世纪之前，蒙古族文学一直处于古典文学形态之中，20世纪起，随着中国文学的现代转型，蒙古族文学也开始了现代化的历程，在文艺思想、文体、写作手法等各方面表现出了现代性特征，出现了赛春嘎、朝克吉朗、额尔德穆特古斯等现代蒙古族作家。赛春嘎的散文日记《沙原，我的故乡》，以其1939年间由日本回乡探亲途中所见所闻的察哈尔风土人情为主要内容，记录了当时落后的蒙古族社会状况，表达了他对民族进步文明的渴望。朝克吉朗的小说《梦》采用心理描写的手法，写出了梦境中的潜意识，具有现代小说的特色。额尔德穆特古斯则创作了大量的诗歌、戏剧作品。

尽管在20世纪三四十年代，蒙古族文学内部已经开始了文学现代性的萌芽，但总体上来说，丰厚的诗歌传统仍然占据着蒙古族文学的主体。而内蒙古新文艺的建立和发展，则开启了另一段蒙古族文学现代化的进程。

首先，内蒙古新文艺的建立，为蒙古族文学的发展注入了马克思主义、毛泽东思想的内核，将内蒙古的蒙古族文学纳入中华民族国族建构的话语体系之中。如果说20世纪三四十年代“救亡”主题的上位和延安整风运动的发生，使主流文学界知识分子的“启蒙”话语失位，那么，内蒙古新文艺的建设恰恰是对这一缺失的弥补。1945年日本投降后，内蒙古文艺工作团体的任务就是把马克思主义、毛泽东思想，把延安文艺观念、作品带到内蒙古群众当中，将民主、平等、斗争等反封建反压迫的革命精神和党的民族政策、土改政策等现代思想观念渗透到蒙古族群众思想当中，以达到“启蒙”的目的。在这场启蒙运动中，知识分子的话语权和地位不但没有丧失，反而被发现、被强调。《血案》中对“蒙古族人跟谁走”这一重大历史问题进行思考的主人公，不是一个普通牧民，而是蒙古族青年知识分子。50年代之后，这一主题仍然不断被演绎，扎拉嘎胡的小说《红路》中，青年学生呼格吉勒图也追问着同样的问题。他们的共同点在于，反抗压迫、坚决斗争的英雄主人公，并不是延安文艺作品中的工农兵，而是蒙古族知识分子。

其次，内蒙古新文艺的建设过程中伴随着蒙古族文学文体、创作队伍的现代化。众所周知，历史上蒙古族文学诗歌抒情传统、民间口头传统发达，而小说叙事传统发展较晚，戏剧更是少之又少。但在1945—1949年间，内蒙古文工团和其他文艺工作队演出的大多是延安著名文艺作品，主要是歌曲、话剧、歌剧等，著名作品《白毛女》《兄妹开荒》《血泪仇》尤其如此。在表演过程中，还融入了舞台、乐器、灯光、布景等多种现代戏剧元素。在创作队伍方面，内蒙古文工团和各部队文工队培养了玛拉沁夫、安柯钦夫、巴·布林贝赫、敖德斯尔等一批蒙古族文艺知识青年，他们参加革命时大多数是十五六岁的少年，在部队或内蒙古自治学院、军政学院接受了马克思主义、毛泽东思想的熏陶，在组织的培养下，从事文艺工作、学习汉语、阅读文学作品，在20世纪50年代登上内蒙古文坛，甚至在《人民文学》等国家级文学期刊的加持下，成长为中国当代著名蒙古族作家。

由此可见，内蒙古新文艺的创建过程，也是蒙古族文学现代化发展的一个重要阶段，它与20世纪30年代的蒙古族文学现代化萌芽阶段不同之处在于，40年代中后期内蒙古新文艺建设是有着明确的思想内核，并与中国文学现代转型的大历史轨道接轨，是中国文学现代转型过程中的一次区域性实践。同时，内蒙古新文艺内部的多元民族属性又使中国文学的现代性话语体系增加了复杂而生动的表征。

第三，内蒙古文学新文艺建立和发展的过程，伴随着蒙古族文学话语体系的革新。

在内蒙古新文艺建立和发展的过程中，蒙古族文学正在进行现代化的变革，变革中的一项重要内容就是文学话语的革新。“新民主主义革命”“马克思主义”“土地改革”“改造”等一系列词汇进入蒙古族文学作品，与此相关的蒙古族文学话语体系的改变也在悄然发生。对比巴・布林贝赫在不同年代创作的两首诗歌，就可以充分说明这一问题。

在母亲的影响下，巴・布林贝赫从小对蒙古族民间文艺兴趣颇深，他少年时代创作过一首民歌《圆圆的山峰》，在1947年间的昭乌达盟和哲里木盟一带流行甚广，这首蒙文民歌在不同研究专著和民歌选集中被翻译并介绍：“弧圆弧圆的山峰，/还有那银子般的瀚海呦，/那是母亲哺育我成长的地方，/每当我思念起，/寂寞使我悲伤啊！/山山水水连在一起，/牛羊牧放在山水间，/那是父亲养育我成长的地方。/每当我怀念起，/寂寞使我悲伤啊！”[1]这首民歌的主题是思乡、思亲，从语言、词汇、抒情方式上都保留着蒙古族的抒情传统和内蒙古的地方风味。1953年，诗人又创作了蒙文诗《心与乳》，汉译版发表于1955年《人民文学》：“我们对心里的爱，用乳来表示。/我们对自由和解放，用乳作献礼。/我们对健康和兴旺，用乳来象征。/我们对未来的幸福，用乳来祝贺。/今天使我们获得了权力，/财产和牲畜交到我们手里；/今天使我们获得了儿女，/疾病和痛苦离开了我们的躯体。”[2]诗人用蒙古族人敬献鲜乳的习俗来表达对新

1 蒲惠民：《当代少数民族诗人论》，四川民族出版社，1996年，第16—17页。

2 李鸿然：《中国当代少数民族文学史论・上》，云南教育出版社，2004年，第192页。

中国成立的喜悦，“乳”的意象蕴含了新的寓意和祝福。诗中的出现了“自由”“解放”等新的词汇，标志着其话语系统较之《圆圆的山峰》也有了较大的转变——从“思乡爱亲”话语转向了“革命”话语。

与此类似的另一个案例是敖德斯尔的独幕话剧《酒》。《酒》描写了一个嗜酒如命、懒惰成性的二流子——青年牧民旺其格，在村干部的教育帮助下转变思想、勤劳安家的故事。这部剧从人物形象、主要情节到主题思想都是改编自马健翎的延安名剧《大家喜欢》（又名《王三宝》）。《大家喜欢》在1945、1946年便已在内蒙古多地频繁上演，颇受好评。1948年，随着内蒙古地区土地改革的落实和大生产运动的发展，内蒙古新文艺创作中有关“改造二流子”的主题流行起来，涌现出不少这类型的作品，有资料记载的就有：诗歌《二流子之歌》（蒙文）、剧本《孟巴特》（蒙文）、剧本《酒》（蒙文）等。

“二流子”是对陕北农村不务正业，不事生产，以鸦片、赌博、偷盗等为活，搬弄是非、装神弄鬼的各种人的统称。对于蒙古族语言文化系统而言，“改造二流子”是一个舶来品。但在1948年，“改造二流子”进入内蒙古文艺界，成为蒙古族文学现代性变革中新的话语之一。

“改造二流子”是1940年陕甘宁边区发起的一场社会改造运动。1938年起，以延安为中心的革命根据地陷入被敌围困、缺吃少穿的经济困境之中，为此，中国共产党组织农民生产自救，同时也急需通过交公粮等税收制度的建立巩固根据地政权。在这个过程中，“二流子”群体给大生产和公粮征收工作带来了负面影响，他们不事生产，又容易假借民间信仰怂恿农民抵制交公粮。因此，陕甘宁边区发起了“改造二流子”运动。这场运动至少有两个层面的含义：一是为发展生产、解决经济困境，动员和组织劳动力；二是对带有封建时代陋习，不适应甚至不想适应社会主义新社会的落后农民的思想改造。在封建社会，“二流子”跟传统印象中面朝黄土背朝天、勤劳踏实劳作一生的中国正统农民形象相去甚远，他们是封建时代里游走于正统农民群体之外的人，不以农业生产为主，而是借助民间信仰、乡土习俗等因素在农村社会黑与白的缝隙中寻求生存的人。他们不是一般意义上的穷人，他们不事生产也不仅仅出于生性懒惰的原因，甚至，他们在普通农民群体中还有一定的影响力。但是，这个封建时代里的特殊群体及其生活方式在40年代根据地的社会主义新社会里是无法生存，也是不被允许的。从这个意义上说，改造“二流子”，其实也是根据地在探索如何进行社会主义国家国民建构，它没有脱离20世纪以来的国族建构语境。

更值得注意的是，内蒙古新文艺界改造“二流子”话语的发生，并不是通过对西方文学及文化观念的对照而发现、发生的，而是通过“翻译”、模仿延安文学话语而发生的。众所周知，20 世纪以来，中国文学在现代性话语建构过程中，是通过“翻译”（或叫转译）西方文学的词汇、创作手法、思想观念而逐渐生成现代性特征的，刘禾称之为“翻译中生成的现代性”。这种认识非常有道理，但却没有脱离“中 / 西”二元对立的历史观，事实上，在中国文学的现代性话语建构过程中，始终有“中 / 西”“少数民族 / 汉族”“中原 / 边疆”等多重元素的在场。内蒙古新文艺的创建过程充分显示了在中国文学内部，在不同民族、不同地域之间，还存在着内部的翻译现代性状况。20 世纪 20 年代，鲁迅先生是通过与西方文化的对比，发现了“国族建构”“国民性批判”的话语，而 40 年代内蒙古新文艺的建设，是通过“翻译”、模仿延安文学话语，而在边疆少数民族地区继续探索“国族建构”的话题。

结　语

1945 年抗日战争结束后，在中国共产党领导下，内蒙古自治解放运动迅速开展，伴随着革命的斗争，内蒙古新文艺的建设也逐渐开始，在延安文艺干部的帮助下，经过思想启蒙、队伍建设、典型作品树立等方式，建立起以马克思主义、毛泽东思想为内核的内蒙古新文艺。

同时，内蒙古新文艺的创建和发展，生动地显示着中国文学现代性转型过程中的民族、地域问题的复杂性。内蒙古新文艺通过“翻译”、模仿延安文学话语，开始了现代性建构，并以一个边疆多民族聚居区的姿态参与到 20 世纪以来的“国族建构”话语之中。从中不仅可以看到“启蒙”等话语的延续，同时也生动地显示出，在中国文学现代性话语建构过程中，在中国的不同民族、不同地域之间，发生着内部的翻译现代性变革。

少数民族文学学科的“现代性反思”：一个当代学科史的回顾

姚新勇*

内容提要 新旧千年之交，少数民族文学界开始引入“现代性”视角，反思、审视中国少数民族文学学科建构史，对中国少数民族文学及其学科性质认识的确立产生了相当的影响，是当代少数民族文学研究的重要思潮性现象之一，余波至今。

关键词 中国少数民族文学 民间文学 现代性反思

1990年代末，中国文学研究界开始引入“现代性”视角反思20世纪中国现代文化与现代文学，到新千年时就已经产生了数量不菲的著述，并引起了某些回顾性审视[1]，而此一理论视角被引入少数民族文学研究，则晚至新旧千年之交。在此视野下，少数民族文学学科和“少数民族文学”本身的客观性受到了挑战，它们不再是学术研究考察的客观对象，而是需要进行剖析、拆解的话语构成。不过从一开始起，此一视角下展开的工作，是呈现了现代中国少数民族文学及学科建构中复杂的话语权力博弈关系，但其总体目标指向与其说是“解构”，不如说是“再建构”，带有“解构—建构”的双重性，而且越到晚近，再建构的指向就越发明显。

* 姚新勇，广州华商学院文学院教授。

基金项目：国家社会科学基金一般项目“当代中国少数民族文学批评史及话语研究”(16BZW173)成果。

1 姚新勇：《现代性言说在中国——1990年代中国现代性话题的扫描与透视》，《文艺争鸣》2000年第4期。

一、“五四学术”启蒙话语悖论与“民间文学”

讨论少数民族文学学科的现代性反思，首先从“民间文学”开始，似有学科错乱之嫌，因为不仅早自1980年代初“民间文学”就开始与“少数民族文学”相分离，而且促使民间文学研究者以现代性视角审视20世纪中国民间文学学科的直接动因，出自本身的学科危机，而非针对少数民族文学。尽管如此，无论是从方法的引入、反思对象的相关、参与者学科的交叉以及具体言说的关联等方面看，考察少数民族文学学科的现代性反思思潮，都无法绕开“民间文学”学科的启蒙现代性反思。这一反思的引发者是海外学者刘禾。

1998年《批评空间的开创》收录了刘禾的《一场难断的“山歌”案：民俗学与现代通俗文艺》（以下简称《“山歌”案》）[1]。此文以西方后殖民人类学理论为方法，以几个不同时期《刘三姐》文本的演变为焦点，通过丰富的史料研读，“重新思考民间（口头）文学、官方（通俗）文学、市民（消费）文学、大众视听媒体、少数民族文化等概念以及实践之间的断裂、冲突与历史联系”[2]。揭示了“五四”启蒙知识分子，如何一方面“发现”了民间、民间文艺，另一方面又将它们纳入主导文化的时间序列，纳入进现代启蒙话语中，而在此过程中，少数民族文艺不仅被改造，而且传统的大汉族主义的思想也通过现代人类学的他者性思维而被继承下来。

不过，《“山歌”案》的写作目的并非是要批判五四启蒙话语中的大汉族主义思想，而是要说明五四知识分子如何一方面建构了与古典传统和市民文化相对立的通俗文艺，但另一方面其自身又是如何被新生的国家借助“人民的民间文学”而被加以整合。在此历史中，不仅“民间文化”和“都市通俗文化”遭遇失落，而且更为严重的是，“中国本土的雅文化”也遭遇失落的命运，由此，现代中国也就丧失了能够作为全社会道德和文化理想代言人的知识分子。而西方文化则借助中国本土雅文化的破败乘虚而入，占领了雅文化的地盘。所以在中国的文化环

1　此文的汉译本最初收载于刘禾《语际书写：现代思想史写作批判纲要》，天地图书有限公司，1997年。

2　刘禾：《一场难断的“山歌”案：民俗学与现代通俗文艺》，王晓明主编《批评空间的开创：二十世纪中国文学研究》，东方出版中心，1998年，第356页。

境中，人们所熟悉的所谓“雅俗共赏”常常不过是“洋为中用”而已，“洋”和“雅”被经常换用，因为本土的雅文化已被摧毁[1]。

刘禾之文虽从《刘三姐》说起并以“山歌”名之，但其关注所在并非少数民族文学，在所谓“本土雅文化”衰败史的叙事中，民间文化、少数民族文学始终处于边缘位置，没有摆脱被空洞化的命运。尽管如此，就本文所论主题言，《“山歌”案》具有重要的前导性意义：它拉开了新中国少数民族文学学科现代性视野反思的序幕，开启了少数民族文学及少数民族文学史编写的现代性建构话语的反思，为以西方后人类学视野反思20世纪民间文学及少数民族文学话语设定了基本的认识论框架。

1998—2001年间，吕微先后发表了多篇类似主题的文章：《现代性论争中的中国民间文学史写作》（1998，以下简称《写作》）、《现代性论争中的民间文学》（1998，以下简称《论争》）、《中国少数民族文学史研究：国家学术与现代民族国家方案》（2000）、《中国少数民族文学史编写中的学科问题与现代性意识形态》（2001，以下简称《意识形态》）、《论学科范畴与现代性价值观——从〈白话文学史〉到〈中国民间文学史〉》（2001，以下简称《范畴》）等[2]，开始聚焦于对20世纪民间文学学术史及新中国少数民族文学史编写历史的现代性反思。我们先来看前者。

《写作》的前半部分讨论中国传统的民间文学观，揭示了五四一代如何在“分层”的意义上将民间文学定位为与上层文学相对的底层民众的文学存在，这与刘禾的说法较接近；但文章后半部分，却把50年代钟敬文有关民间文学之“口头文学”的定位，说成是民间文学从非自我属性的“层次性”的存在，演变、还原为“类型性”的存在（即作为不同于书面的、个体的作家文学类型的口头性、集体性、传承性、模式性和非专业性的民间文学类型），并给予高度的肯定，看成是民间文学对其自身文学性的发现，对其过去自我认知含混性的“去蔽”。

于是，百年中国民间文学学科史，虽然总体上还是同属于启蒙现代性的产物，却以中华人民共和国成立为界被分成了两段：前一段中国民间文学学科的建构，受到了传统文学分层观和启蒙使命的双重制约，并且在引入西方理论时，又没有完全理解Folklore的理论意涵，导致了对中国民间文学的错位性定位；而后一

1　刘禾：《一场难断的“山歌”案：民俗学与现代通俗文艺》，王晓明主编《批评空间的开创：二十世纪中国文学研究》，东方出版中心，1998年，第385页。

2　吕微后来完成了规模更为宏伟的《民俗学：一门伟大的学科——从学术反思到实践科学的历史与逻辑研究》，中国社会科学出版社，2015年。

阶段则是民间文学对其特殊的文学自我的回归与发现。这种阐释显然抽去了“十七年”期间民间文学高度的政治性、阶级性，而且也与80年代以来民间文学向民俗学、人类学返还的主流倾向相异。所以，所谓由“层次性”的民间文学到“类型性”的民间文学的历史解读，带有相当强的理论推演性。作者如此并非是无视历史，而是想强调民间文学作为学科或文学门类的平等、独立性。《写作》发表时，“十七年”期间涵盖民俗学、人类学的“民间文学”，面临着被民俗学和人类学吸纳的窘境，学科生存深陷危机，作为依然以民间文学为自我学术身份定位的代表性人物，吕微自然要为自己的学科寻找合法性，所以他才忽略广为人知的民间文学与政治的密切关系，而强调50年代之于“类型性”民间文学建构的重要性[1]。

相较于《“山歌”案》，《写作》及《范畴》对五四启蒙知识分子误用Folklore更为宽容，认为中国学者通过对西方理论的误读，“以痛苦的中国经验为世界贡献了一份独特类型的现代性设计，从而形成了一种本土的新传统”[2]。尽管如此，两文（尤其是《范畴》）的主旨还是指向中国民间文学学科对西方民俗学理论的“历史错位”性援引的批判。因此，文章立论的基本前提就是中／西之“民间文学”二元对立，对20世纪中国民间文学学科史的解构色彩也就更浓，其内在理论逻辑也与《“山歌”案》更为接近，相关思考的内在矛盾性也更为突出。正如有学者言，当吕微“以所谓西方‘农民性的民间文学’建构作为参照系，来反思所谓中国‘官／民性结构的民间文学’建构史时，既严重受限于二元对立思维模式抽象性、简单化的束缚，而且更为自己的文章埋下了逻辑自相矛盾的致命问题”[3]。

与解构启蒙的意旨相关，在《范畴》之解构性的民间文学学科史梳理中，原先《写作》中至关重要的“分层性民间文学”观与“类型性民间文学”观之分野还在，但“类型性民间文学”的提出，不再是中国民间文学学科的自我发现、自我“去蔽”，而是一以贯之的启蒙逻辑的“理性亢奋”。当然，作者并不认为此一建构史是西

1 早自80年代初人类学、民俗学从民间文学中的分化与脱离就开始了，分化兼反噬所带来的民间文学学科的危机感，约在80年代中期也已经比较明显了（后来更出现了“口头诗学”的独立），而讨论、肯定、焦虑，乃至拯救取向的著述一直不断。但由于本文强调后学性、悖论性的“现代性”视角之学科反思，所以没有将着眼于学科分合的论述纳入讨论。

2 吕微：《现代性论争中的民间文学》，《文学评论》2000年第2期。

3 姚新勇：《方法、论证与潜逻辑——吕微〈现代性论争中的民间文学〉商榷及其它》，《民族艺术》2003年第1期。

方启蒙理性在中国的简单复制，如果说西方的启蒙表现出个体主体的亢奋、绝对的话，那么中国民间文学史的“启蒙哲学的理性亢奋”，则表现为“发现真正的、纯粹的民间文本和民众话语，从具体的表象（比如从“语言”）出发，经过不断地抽象而走向绝对本质”。“中国民间文学史关于民众本质的想象也同样是在实现了其极端化、绝对化的抽象之后，方才意识到返回具体的必要”[1]。如此说来，吕微这里对中国民间文学学科史的反思，与其说是思维认知的矛盾，不如说是现代性历史悖论的理论呈现。然而《范畴》的结语却似乎又否定了这样的解释[2]。

2005 年，户晓辉的《现代性与民间文学》一书出版，从题目看，这应该是一部以专著的规模对整体性、普遍性意义上的“民间文学学科”进行“现代性”视角审视之作，不过此著外国理论的介绍与辨析占据了绝大部分的篇幅，而有关中国的内容则相当少。另外，作者仍然是从对启蒙主义的现代性反思视角切入，来解构民间文学的“宏大叙事”，清理过往的民间文学话语，也仍然抱有重构“民间文艺学”理论的抱负。

《现代性与民间文学》出版后组织过一场笔谈，参加者学科背景较杂，理论视角也相对多样，但对“现代性反思视角”本身的反思则成为共同关注的重点。例如，户晓辉就问道，如果从现代性建构的视角上将民间文学、民俗学看成是“现代性语境中诞生的学术体制现象”，“是作为学科和知识分子话语意义上的民间文学或民俗学”的话，那么是不是意味着在“现代性之前或之外难道就没有民间文学创作吗”？在此基础上，他还提出是否有可能存在“现代性”之前的、之中的及之后的三种形态的民间文学？当然，户晓辉不可能真正否定自己著作的前提，所以他在强调需要对“现代性”这一理论前提进行质疑、反思的同时又指出，学者不可能跳出历史之外，站在所谓纯粹旁观位置去得出什么纯粹客观的认识，他既需要借助理论的先验性指导，同时又站在历史经验之流中来进行反思。因此，“我们提出‘现代性与民间文学’这样的反思性课题，所要反思的并非是处于我们自身之外的一个学科，而是要反思作为这个学科理念的化身和实现者（“实现者”疑为“实践者”笔误——引按）的我们自己。因为，如果民间文学这个学科

1　吕微：《论学科范畴与现代性价值观——从〈白话文学史〉到〈中国民间文学史〉》，《文学评论》2001 年第 4 期。

2　其原文为：“学科的分化以及学科对象的分解其实只是启蒙理性建立自我权威的知识手段，借助不同的形式范畴将学问对象分解为各种类型的可控制领域，并借助此虚拟领域的象征符号，启蒙理性反求诸己，终于实现了其强加于人的统治。”参见吕微《论学科范畴与现代性价值观——从〈白话文学史〉到〈中国民间文学史〉》，《文学评论》2001 年第 4 期。

和‘现代性’有关系，那么，无论这些关系是什么，作为处身这个学科之内的学者，无论是否愿意，我们都不可能处在这些关系之外，而是必然处在这些关系之内，甚至我们本身就是这些错综复杂的历史关系的产物”。[1]而吕微则从更为具体的超越“五四传统”的悖论方面与户晓辉相呼应。

吕微认为，之所以视1950年代以来的学术为五四现代性学术的极端化发展，并非是对五四的诬陷，而是因为只有通过放大五四学理的悖论，才能让我们更清楚地认识到五四式悖论的现代性内涵为我们提供了理论反思的可能和现实性契机。在一定意义上可以说，如果没有20世纪中后期学术之理论—实践性的“失败”，也就不会有从现代性视角对五四学术—政治意识形态的知识论反思。如果说，我们今天仍然沿着现代性所指引的思路继续学术之行，那么，现代性学术的表述悖论就仍然是始终挥之不去的阴影。我们只有在超越五四、超越现代性的思考维度中，才有可能克服五四现代性学统的表述危机。为此，只有首先回到现代性表述的学术本身进行自我反思[2]。

相较于户晓辉和吕微来说，民间文学圈外的孙歌对现代性思路的质疑则显得更为轻松。她没有过多地纠缠于是否能够跳出历史与历史之外去进行反思，而是更为直接地指出，梳理中国民间文学学科的目的，不应该只是用西方理论来加以解构性的清理，还应该是中国本土问题的发现与思考，解决路径的寻找。也就是说，反思、清理之后我们应该怎么办？[3]

在这组笔谈中，西方／中国、世界／本土之二元对立结构显得相当突出，赵稀方甚至把问题提到“殖民性”“西方理论中国旅行”的层面来加以审视。不过，他也没有简单地否定现代性视角之中国民间文学的建构与反思，而是有所保留地肯定了百年中国民间文学、民俗学本身的中国性，认为户晓辉之作以“翻译为中介的跨语际实践”的方法，既借鉴了刘禾又反转了刘禾。

由上述介绍不难看出，此时研究者们虽然已经开始反思“现代性”视角本身，但又深陷于对它的借鉴、依赖中。

与《现代性与民间文学》同期，陈泳超的《中国民间文学研究的现代轨辙》

1　户晓辉：《现代性之后的民间文学》，《现代性与民间文学》笔谈系列文章，《民间文化论坛》2005年第2期。

2　吕微：《从现代性的角度看民间文学》，《现代性与民间文学》笔谈系列文章，《民间文化论坛》2005年第2期。

3　孙歌：《民间文学：另一些思路和可能性》，《现代性与民间文学》笔谈系列文章，《民间文化论坛》2005年第2期。

（2005）、徐新建的《民歌与国学——民国早期“歌谣运动”的回顾与思考》（2006）也较为重要。尤其是陈著通过考察胡适、周作人、闻一多、郑振铎、钟敬文等八位学者的工作，对20世纪中国民间文学学科史进行了更为切实的现代性反思与梳理。

值得注意的是，前面所提到的学者几乎都没有论及“少数民族”或“兄弟民族”这一“他者性”要素[1]，而彝族学者巴莫曲布嫫，则在《“民间叙事传统格式化”之批评》一文中，对新中国民间文学建设史进行了话语性解构。她通过对彝族史诗《勒俄特依》所经历的“文本迻录”的“知识考古”，得出了这样的看法：“十七年”间少数民族民间文化遭受了近乎于电脑“格式化”的处理，而被根本性地改写。此文表现出人类学弱势他者对主流话语的严肃质疑与批判，以及中国“口头诗学”学派对民间口头传统之新学科视角的打量[2]。

如果说巴莫曲布嫫所批评的还只是20世纪下半叶以来的民间文学研究，那么几年之后叶舒宪的后殖民性批判，则指向了所谓“数千载的中原王朝正史体系所确立下来的魔咒效应”[3]。他认为，西学东渐以来的中国文学观、文学史观，以及整个中国文学学科存在一个根本性的问题，就是把西方学术视为普遍性的科学，并在重华轻夷传统、“大汉族主义和中原中心主义模式”的作用下，遮蔽、割裂了本土文学的多民族特性和丰富性。而解决此弊端的重要途径之一，就是积极发扬“人类学”研究重视地方性经验的长处，“倡导从后现代知识观重新面对中国文化的多元构成，尊重国族文化内部的多样性和丰富性现实，重估无文字民族的口传文学价值”，促进“‘地方性知识’的本土文学再发现”。[4]只有这样才能重建中国学术、中国文学的自在性和独立性。不过话虽如此，叶舒宪的反思，也并未真正跳出他们自己所指出的问题。[5]

1 倒是非民间文学研究者的赵稀方顺便提了几句。参见赵稀方：《殖民性与跨语境实践》，《现代性与民间文学》笔谈系列文章，《民间文化论坛》2005年第1期。

2 巴莫曲布嫫《“民间叙事传统格式化”之批评——以彝族史诗〈勒俄特依〉的“文本迻录”为例》一文，分三部分发表于《民族艺术》2003年第4期和2004年第1、2期。

3 叶舒宪：《文学人类学教程》，中国社会科学出版社，2010年，第105页。

4 叶舒宪：《文学人类学教程》，中国社会科学出版社，2010年，第104页。

5 巴莫曲布嫫、叶舒宪的论述，已经超出了狭义的“民间文学”学科，或可归之为“口头诗学”和“人类学”范畴，所以他们的论述虽同属于广义的20世纪民间文学学科史的现代性反思，却并无吕、户等的“拯救”民间文学学科的危机感。不过，这些学者在去魅西方、质疑启蒙、返还本土、返还民间文学或民间文化的口头性上是一致的。

客观而论，上述解构、批判性言说虽然犀利却不无简单，相较而言，徐新建的相关论述则显得更为辩证。例如，他的《民间仪式与作家书写的双重并轨——从“普洱誓盟”看现代中国的“民族表述”》一文，就突破了传统的“民间文学”“作家文学”二分观，揭示了在新的国家政权引导下，“多民族国家的‘民族表述’”实践中的“‘作家书写’与‘民间仪式’的制度化并轨”，甚至是“国家（政府）”“边疆少数族裔”“作家”三者的共同“书写”。这样的研究既保留了后殖民、后现代理论的解构性，同时又以多民族文化身份的互动建构为体认，强化了中华多民族文学、文化身份建构的积极意义。其实这也是少数民族文学学科现代性反思潮所具有的普遍性倾向。

二、作为“国家工程”的“少数民族文学”

狭义专指的“少数民族文学”学科的启蒙现代性反思，稍迟于上节所考察的民间文学学科的现代性反思，其最初的理论推动者也是吕微。他在 2000 年发表了《中国少数民族文学史研究：国家学术与现代民族国家方案》（以下简称《国家方案》），把新中国少数民族文学史的研究与撰写，定位为从属于现代民族国家建构的现代性学术工程来加以审视。也正是从此文起，后学性的启蒙现代性反思话语之方法开始被正式引入新中国少数民族文学研究领域。

与吕微对民间文学学科的现代性反思同，《国家方案》一文也借鉴了刘禾《“山歌”案》的后殖民人类学理论视野，不过却极大地弱化了后学的批判锋芒，作者将新中国少数民族文学史的编写，叙述为国家、少数民族以及学者个人三方主体在统一的国家现代性意识形态逻辑的制约下既互动又博弈的历史。在这种互动博弈中，民族和学者个人自然会有其自身的诉求，而且其诉求也会与国家的意图存在紧张，但是，民族和个人都不可能在根本上超越自身对于现代性所作出的承诺，因其立场最终也就不可能与国家意识形态存在根本性的对立；相反，他们却是自觉或不自觉地与国家意识形态保持着一致，而其中所存在的博弈也只能是一致性下的张力。也因此，新中国民族文学史的编写，就表现出写作模式的普遍趋同。而将此普遍趋同简单理解为国家现代性意识形态对民族和学者个人的强制或宰制，显然是肤浅的，根本上来说，趋同不过是现代性思想方法深层规定的结果[1]。类似的看法在吕微的《意识形态》一文中表达得更为明确。

如果说《国家方案》主要是讨论中国少数民族文学史研究作为国家学术与现代民族国家方案问题的话，那么《意识形态》则更为具体地讨论在此国家工程中，“现代性意识形态”是如何内在性地主导、制约了少数民族文学史的编写、少数民族文学话语的建构。在这样的现代性反思中，具体、复杂的多重主体的角逐，就基本抽象为三个想象的主体被现代性意识形态所规划、所驱动的过程。

不同于吕微从国家、民族、个体知识分子三重主体互动、博弈的角度反思少数民族文学史的生产，姚新勇的《追求的轨迹与困惑——“少数民族文学性”建构的反思》（2004），则从现代性反思视角出发，第一次对新中国少数民族文学“建构史”给予了较为整体系统的梳理，对中国少数民族文学话语之形成进行了较为切实的“知识考古”。应该说，从姚文之后，“建构的”而非“天然的”少数民族文学之观念，才更为直接地进入到了少数民族文学研究中[2]。

刘大先的《中国少数民族文学学科之检省》（2007）与《追求的轨迹与困惑》同，也解构了所谓天然性的少数民族文学观念，不过其重点主要在于同主流学界的商榷和对话。刘大先认为，现行“多元一体”中国文学的看法虽有其意义，却是主流话语的阐释。它既将少数民族文学放置在了附属的地位，而且也不符合全球去中心、多元化潮流，所以应该以“多元共生”的理念来取代“多元一体”之说。由此，刘文不仅强调少数民族文学不同于经典主流文学的“口语性与书面性”同在、“审美性与文化性”并重之特性，而且欲在此基础上重新去寻找到符合少数民族文学自己独特的批评方法。在此不难看出解构与本质重构的双重努力。如果说，新千年头一个十年刘大先还侧重于对少数民族文学自身主体性的肯定[3]，那么进入新千年第二个十年后不久，他就进而认为少数民族文学主体性建立的意义并不局限于自身，而在于在通过民族自我表述，成为西方式现代性话语的对照性他者，从而包含着反哺主流话语的潜力[4]。这一学术视角的调整，在其2013年

1 吕微：《中国少数民族文学史研究：国家学术与现代民族国家方案》，《民族文学研究》2000年第4期。

2 姚新勇：《追求的轨迹与困惑——“少数民族文学性”建构的反思》，《民族文学研究》2004年第1期。

3 还可参见刘大先：《当代少数民族文学批评：反思与重建》，《文艺理论研究》2005年第2期。

4 刘大先：《新启蒙时代的少数民族文学：多元化与现代性》，《青海社会科学》2013年第1期。

出版的《现代中国与少数民族文学》（以下简称《与少数民族文学》）一书中得到了更为结构化且全面性的展现。

试图将现代性的中国少数民族文学建设，纳入整体性的中国现代转型与现代中国文学的框架中加以审视，可以说是少数文学研究界中具有普遍性的愿望，例如，关纪新等著的《20世纪中华各民族文学关系研究》（2006）[1]就是有代表性的例证。不过总体而言，这种愿望在《与少数民族文学》一书问世前，并未落实于整体而结构性的学术把握，多表现为或局部或零散的研究。《与少数民族文学》不再局限于对中国少数民族学术史的清理，而是将这种清理与更为宽广的20世纪现代中国文学、中国思想史的反思与清理相结合，试图通过中国内部的跨文化、跨族群文学的历史清理，重构有机整体中国现代文学史。也就是说，《与少数民族文学》既延续着打量少数民族文学的现代国家启蒙工程视角，同时又将其切实地拓展向整个20世纪现代中国；既突破又整合了中国“现代文学史”“当代文学史”和“少数民族文学现当代史”；大为弱化了少数民族文学现代性话语知识谱系梳理的解构性，增强了言说的中国性品质。这不仅表现了一个少数民族文学研究者的专业意识，而且体现了一个知识分子的国家使命感[2]。因此，可以说此著之于少数民族文学研究和“中国现代文学”研究，都具有相当重要的指标性意义。不过，宏大的“现代中国”的整体视野，又可能在无意识间使得《与少数民族文学》某种程度上疏远了自己的焦点——中国少数民族文学，尤其是“新时期”以来的中国少数民族文学；在其视野宏大、多学科交叉的论述中，少数民族文学“本身”发展的轨迹却被材料化，甚至扭曲或肢解[3]。

相较而言，姚新勇的《少数民族文学：身份话语与主体性生产》（2014）则通过对西方理论更深入的引鉴，更为理论性地辨析了中国少数民族文学建构中所包含的多重身份主体生产的复杂性。其中，尤其是杂糅性地借鉴了后殖民文化批评（斯图亚特·霍尔）、“处于跨国资本主义时代下的第三世界文学”（杰姆逊）、“弱势文学”理论（吉尔·德勒兹、非力克斯·迦塔利）与精神分析法等多种西方理论资源。这无疑提高了姚文的思辨性，但也加深了它的晦涩。不过，这种晦涩不只是西方理论过多引借的结果，也是作者对主体、身份的生产性指认、对各

1 据关纪新说，此书1999年就已经成稿。

2 李晓峰：《少数民族文学：思想史与学术史交叉点上的反思与建构——论刘大先〈现代中国与少数民族文学〉》，《贵州民族大学学报（哲学社会科学版）》2014年第1期。

3 姚新勇：《民族文学研究的突破与束缚——评刘大先〈现代中国与少数民族文学〉》，《贵州民族大学学报（哲学社会科学版）》2014年第1期。

种本质主义的怀疑与批判的坚持，其中包含着更多理性的冷静和真切的情怀。这与刘大先寻求理论的突破、问题的整合、整体现代文学中国性的强调，形成了某种对照。是否可以说，姚新勇以坚持穿行于历史、现象、问题的纠缠，追求理论透视对历史存在的尊重，却付出了历史认知明晰性的代价；而刘大先则通过大跨度宏观视野的纵览和理论表述的创新来整合复杂的现象，从而跳出历史的繁琐而把握历史的整体，但也为此造成了对历史现象的某种扭曲性解读？

三、“公共性”“成长主题”“文化中国变奏”

“现代性”一词既包含“启蒙现代性”之意，又有后学现代性之指，两者本身就时常混杂，并不易于区分，尤其是当一个启蒙事业未竟的第三世界国家遭遇后学现代性批判理论时更是如此。当初，主流学界就有人将后学性、解构性、反思启蒙理性的“现代性”解读方法，理解为“现代化”向度的启蒙批判[1]。类似的情况也出现在少数民族文学研究中。其中，有的属于将现代化与现代性相混淆的情况，比如雷锐主编的《壮族文学现代化的历程》（2008）、蒋芝芸的《略论中国现代少数民族文学的现代性》（2002）等；不过更多的情况属于既坚持现代启蒙批判价值，又引入现代性批判理论去审视少数民族文学及其批评。下面主要从“公共性”“成长主题”“文化中国变奏”这三个方面加以介绍。

2003年欧阳可惺发表了《现代性意义与中国少数民族文学批评》（2003）一文，作者引入鲍曼、吉登斯、哈贝马斯等诸家的现代性理论，以强调现代性的流动性、反思性、批判性、开放性，由此分析民族文学中所存在的将传统本质化、浪漫化、固定化的问题，将宗教神圣化、民族意识纲领化、民族生活规定化的倾向。认为这些观念或现象的出现，并非现代社会必然的原因和结果，而是中国社会转型时期，特别是各少数民族文化转型时期的一种“哲学假象”。因此，对于少数民族创作和批评来说，都应该具有明确的开放意识，自觉地批判、反思、审视自我和本民族的历史与文化。这样，我们所熟悉的“民族性与时代性”的逻辑结构就被反了个：民族性不再是基础、本源、集体无意识，时代性也不再主要是一种相对自然的时间展开；我们的存在首先是现代性的存在，无论愿意与否，它必然是流动、变化的现代性的存在。所以，决定少数民族文学性质的就不可能是传统的宗

1　姚新勇：《现代性言说在中国——1990年代中国现代性话题的扫描与透视》，《文艺争鸣》2000年第4期。

教、民族意识、民族特质；相反，传统、宗教、民族性只有在现代性的存在中，才能得以表现，被赋予特定的结构与形态。由此，“越是民族的，就越是世界的”的著名说法也反转成了“首先，必须是世界的，才可能是民族的；其次，必须是民族的，才可能是世界的”[1]。因为现代性、全球化语境中的世界，是一个开放性的公共范围，一个由不同国家、不同民族相互依赖、彼此互动所构成的全球化、现代性的世界，尽管西方在此中占有着相当的主导性。可以说正是在这里，欧阳可惺日后有关少数民族文学公共性言说的向度已悄然浮现[2]。

“十七年”文学乃至“文革”文学的一个重要的现代性表征，就是个人成长史书写隐喻着新质的民族国家的生成与成长，少数民族题材写作自然也是如此，而且它们往往还隐含着特定“民族”的现代性成长。谢刚的《国族建构中的阶级、性别与族群意识——论20世纪50至70年代汉族作家的少数民族叙事》（2013，以下简称《国族建构》）和《成长进向、献祭仪式及导师的隐喻功能——“十七年”少数民族成长小说的社会主义民族国家认同》（2014，以下简称《成长进向》）二文，就属于此表征之少数民族题材作品的话语性审视。作者通过文本细读，努力发现相关文学叙事中所蕴含的诸叙事功能结构，以揭示少数民族题材写作之于新型社会主义国家建构、民族国家认同之间的关系。

《国族建构》一文，紧扣阶级、性别、族群意识三个关键词，考察它们在“阶级—国族”性叙事中所起的作用及所存在的尴尬与悖论。通过与主流文学的同视角比较，谢刚发现阶级叙事在少数民族题材作品中虽然也占有重要的位置，但它却不像主流文学作品那样完全占有叙事的空间；相反，从一开始，阶级叙事的目的就会明确地指向国族、国家认同的达成。所以，或许只有少数民族题材的作品才是名副其实的“阶级—国族叙事”。

相较而言，《成长进向》更为紧扣“成长小说”分析主题，同样对少数民族成长小说与同期主流文学成长小说进行了相当深入的比较，不仅发现了两者之间在创作取向、作品内容、表现手法等方面的异同，而且，谢刚此一主题的讨论，在“成长”“献祭仪式”以及“导师的隐喻功能”三者之间建立起了内在的逻辑关系，使得文章的分析具有了理论的逻辑性与装置性。

另外，袁向东的《民族文学的建构以〈人民文学〉（1949—1966）为例》（2011）

1　欧阳可惺：《现代性意义与中国少数民族文学批评》，《民族文学研究》2003年第3期。

2　七年后欧阳可惺又发表了《现代文化意义与当代少数民族文学》（2010），进一步深化着相关思考。

和向云贵的《1949—1966年中国少数民族文艺政策探析》（2014），分别从“国家杂志”和“文艺政策”两个角度，分析了“十七年”间新中国少数民族文学的建构。相较而言，前者的历史梳理较为细致且系统，但现代性话语分析尚显不足；而后者可能限于篇幅，存在简单化的问题，缺乏对相关政策文件具体翔实的解读。付海鸿的《简论中国少数民族文学学科的创建及教学》（2014），虽然理论深度不够，但视角较为新颖，注意到了少数民族学科的诞生与新中国初期少数民族识字工作、少数民族语文所创建之间的联系。

总体而言，少数民族文学学科的现代性反思，大多局限于“十七年”和1980年代，而杨文艺的《从“革命中国合唱”到“文化中国变奏”：少数民族文学叙事转型及其呈现形态》（2014，以下简称《变奏》），则将考察视野拓展到了1990年代及其后的少数民族文学。不仅如此，作者还使用了“革命中国合唱”“文化中国变奏”这些前人较少使用的表述，并赋予其表述的结构功能性，把“新时期”以来的少数民族文学民族文化的转向与“文化中国”的转型相勾连，视为“‘文化中国’复兴大潮”的组成部分，从“边地叙事”的突起和国家意识的表达之双重层面加以肯定[1]。这种“文化中国”的视角明显有别于学界之前的一般认知，在这里，“新时期”以来的少数民族文学，就不再是或不只是由“社会主义少数民族文学”向“民族文学”的转型，而是整体文化中国转型恢弘交响乐中的一个声部。这样，少数民族文学之民族文学转型与国家认同之间的裂隙，就得到了想象性的缝合。当然，作者不可能意识不到“边地叙事”中包含着多重文化认同的困境，所以在文章的结尾专门做了提醒。

当然，将“文化中国”“中国复兴”的视角纳入对少数民族文学及学科的审视，并非《变奏》的发明，而是当下建构“中国话语”诉求的具体表现，只是它在少数民族文学研究界出现得较早而已。大致从《变奏》开始，少数民族文学学科之现代性反思潮中的“解构—建构”之双元性，开始明显转向单元性的再建构，作为思潮性的少数民族文学及学科的启蒙现代性反思也就告一段落。

1　杨文艺：《从“革命中国合唱”到“文化中国变奏”：少数民族文学叙事转型及其呈现形态》，《民族文学研究》2014年第5期。

威廉·华兹华斯的社会观

张 叉*

内容提要 华兹华斯生活在一个丑陋的社会：政治黑暗混乱，人民生活痛苦，环境受到破坏，人际关系冷漠，道德日益沦丧。华兹华斯对于现实社会是深感失望的，他带着凝重的历史责任感对现实社会进行了理性的批判。华兹华斯还对理想社会作了间接的展望，在其理想社会中，环境幽雅美丽，人与自然和谐一体，没有剥削压迫，人民安居乐业，经济自给自足，民风朴素真淳，人际关系和谐，复古倾向明显，乌托邦色彩浓郁。华兹华斯的理想社会体现了快乐的英格兰的社会理想，兼具农业、畜牧业文明的双重特征，体现了回到中世纪的浪漫主义的理念。

关键词 华兹华斯 丑陋的现实社会 现实社会的批判 理想社会的展望 快乐的英格兰

英国浪漫主义诗人、湖畔诗人（Lake Poets）领袖威廉·华兹华斯（William Wordsworth，1770—1850）生活在一个远非美好的社会，较长时期对现实社会持批判的态度，形成了自己对理想社会的观念。

一、现实的社会

华兹华斯生活在英国新兴的工业社会，这是一个远非美好的社会。他生活的时代，英国工业革命得到了深入的发展，生产力极大提高，社会财富极大丰富："在 1780 年，全国的生铁产量要低于法国，而到 1848 年，则高于世界其余国家的总产量。而且，这时候煤的产量占全世界总产量的三分之二，棉布则占一半以上。"[1] 但是，随着工业革命的深入发展，阶级分化也不断加剧，资本主义文明

* 张叉，四川师范大学文学院教授。

1 ［英］阿萨·勃里格斯：《英国社会史》，陈叔平、刘城、刘幼勤、周俊文译，中国人民大学出版社，1991 年，第 229 页。

的弊端日益明显。法国大革命的爆发促使英国社会各种矛盾激化，使一切政治和经济对立前所未有、鲜明而尖锐地表现了出来。弗里德里希·冯·恩格斯（Friedrich Von Engels，1820—1895）指出："文明每前进一步，不平等也同时前进一步。随着文明产生的社会为自己建立的一切机构，都转变为它们原来的目的的反面。"[1]1835年，亚历克西·德·托克维尔（Alexis de Tocqueville，1805—1858）[2]在《瑟堡社会学院论文集》（*Les Mémoires de la Société Accadémique de Cherbourg*）上撰发文章《论贫困》（"Sur le Paupérisme"），对英国工业化代表性城市曼彻斯特作了评价："在这里，文明创造了自己的奇迹，而文明人则几乎又变成野蛮人，从这条污浊的排水管中，排出人类工业的最大一股潮流去滋润全世界；从这条肮脏的下水道中，排出纯金的潮流。在这里，人类的发展成就既是最完备的，又是最野蛮的。"[3]野蛮的社会是丑陋的，英国社会的丑陋性集中体现在政治黑暗混乱、人民生活痛苦、环境受到破坏、人际关系冷漠、道德日益沦丧等几个方面。

（一）政治黑暗混乱

塞缪尔·约翰逊（Samuel Johnson，1709—1784）在《伦敦》（"London: a Poem in Imitation of the Third Satire of Juvenal"，1738年5月）中揭露18世纪30年代的伦敦说："除去可恶的贫穷遭人指责和羞辱，/无以计数的罪恶在这里通行无阻。"[4]罗伯特·彭斯（Robert Burns，1759—1796）在《杰米不回来，和平无指望》（"There'll Never Be Peace Till Jamie Comes Hame"）中揭露了英国18世纪的社会状况：

教会已衰落，国家又动荡，

1 ［德］恩格斯：《反杜林论·辩证法·否定的否定》，《马克思恩格斯选集》第三卷，人民出版社，1972年，第179页。

2 Alexis de Tocqueville：或译"亚力克西·德·托克维尔""阿列克西·德·托克维尔"，详见：［法］亚力克西·德·托克维尔：《旧制度与大革命》，华小明译，北京理工大学出版社，2013年；［法］阿列克西·德·托克维尔：《旧制度与大革命》，李焰明译，译林出版社，2018年。

3 ［英］阿萨·勃里格斯：《英国社会史》，陈叔平、刘城、刘幼勤、周俊文译，中国人民大学出版社，1991年，第234页。

4 吴景荣、刘意青主编：《英国十八世纪文学史》，外语教学与研究出版社，2000年，第172页。

骗局加压迫，战争杀人忙，
我们不明说，心里亮堂堂，
杰米不回来，和平无指望！[1]

彭斯在《我们干吗白白浪费青春》（“Why Should We Idly Waste Our Prime”）中又揭露道：

暴君践踏了我们很久很久，
法官原是他们的工具，
对那些王室的卑劣走狗，
需要人民奋起复仇！[2]

18 世纪末，英国连年对法国用兵，国库空虚，人民贫困，伦敦的街巷、学校和教堂阴暗可怖，青少年遭到政府和教会的毒害与摧残。威廉·布莱克（William Blake，1757—1827）在《经验之歌·伦敦》（“London”，Songs of Experience）第四节中对此作了揭露：

更不堪的是在夜半大街上，
年轻妓女瘟疫般的诅咒，
它吞噬了初生婴儿的哭声，
把结婚喜榻变成了灵柩。[3]

珀西·比希·雪莱（Percy Bysshe Shelley，1792—1822）在《1819 年的英国》（“England in 1819”）中描述了 19 世纪初的英国社会状况：

一个老而疯、昏庸、可鄙、快死的王，——
王侯们，那庸碌一族的渣滓，受着
公众的轻蔑——是污水捞出的泥浆——
是既不见、也无感、又无知的统治者，

1　［英］彭斯：《彭斯抒情诗选》，袁可嘉译，湖南文艺出版社，1996 年，第 21 页。
2　［英］彭斯：《彭斯抒情诗选》，袁可嘉译，湖南文艺出版社，1996 年，第 61 页。
3　［英］威廉·布莱克：《布莱克诗集》，张炽恒译，上海三联书店，1999 年，第 73 页。

只知吸住垂危的国家，和水蛭一样，
直到他们为血冲昏，不打便跌落，——
人民在荒废的田中挨饿，被杀戮，——
军队由于扼杀自由和抢劫，已经
成为两面锋刃的剑，对谁都不保护，——
漂亮而残忍的法律，是害人的陷阱；
宗教而无基督——一本紧闭的书；
议会，——把时间最坏的法令还不废除，——
呵，就从这一片坟墓里，光辉的幻影或许跃出，
把我们的风雨之日照明。[1]

到了19世纪中叶，英国社会已是危机四伏，著名文学批评家威尔伯·卢修斯·克罗斯（Wilbur Lucius Cross，1862—1948）在《英国小说发展史》（*The Development of the English Novel*）中作了生动的描写：

一八四八年，在英国，像在欧洲其余各国一样，是一个危急时期。这一年，英格兰各处工人麇集伦敦，向议院请愿，宣布他们的要求。在伦敦底街隅巷角，威灵敦埋伏了士兵。工人一时慑服了；但是他们是否静待时机，或因绝望而放弃他们的计划，却非当时所能断定。有人以为在最近的将来只有混乱；又有人以为和平、博爱、仁慈底盛世即可降临。[2]

同法国的自由相比，英国就相形见绌了，彭斯在《自由树》（“The Tree of Liberty”）中极为感慨：

老不列颠以前还能说笑话
在邻居面前出出风头，嗨！
你把不列颠的树林找遍，
马上大家都会发现，嗨，

1 ［英］雪莱：《雪莱抒情诗选》，查良铮译，人民文学出版社，1958年，第65页。

2 ［美］Wilbur L.Cross：《英国小说发展史》，王杰夫、曹开元合译，五洲出版社，1969年，第316页。

这样的自由树可找不见
在伦敦和脱维特之间，嗨。[1]

英国的社会生活是一片混乱，伦敦即其缩影，《序曲》第七卷《寄居伦敦》第 722—731 行：

哦，一片混乱！一个真实的
缩影，代表着千千万万巨城之子
眼中的伦敦本身，因为他们
也生活在同一种无止无休、光怪
陆离的琐事旋流中，被那些无规律、
无意义、无尽头的差异与花样搅拌
在一起，反而具有同一种身份——
这是对人的压迫，即使最高尚的
灵魂也必须承受，最强者也不能
摆脱！[2]

1793 年 2 月始，英国与欧洲大陆各方势力结成第一次反法联盟，粗暴干涉别国民主自由，《序曲》第十卷《寄居法国——续》第 262—268 行：

……当不列颠武装起来，
拿出自由民主之邦所具有的力量，
加入那些同盟国中，这时我该
做何感想！哦，可叹，可耻！
我发现，从此刻起，不光我自己，而是
所有纯朴的青年都经历了心灵的
变化与破损。[3]

1 ［英］彭斯：《彭斯抒情诗选》，袁可嘉译，湖南文艺出版社，1996 年，第 9 页。

2 ［英］威廉·华兹华斯：《序曲》，丁宏为译，中国对外翻译出版公司，1999 年，第 193—194 页。

3 ［英］威廉·华兹华斯：《序曲》，丁宏为译，中国对外翻译出版公司，1999 年，第 270 页。

（二）人民生活痛苦

英国工业革命开始于18世纪60年代，完成于19世纪中期，它是一场巨大的经济变革，也带来了社会各方面剧烈的变化，其中有些变化是消极的。如，工业革命过程中出现的仓促的工业化给传统的农场经济带来了迅速的衰落，造成了农村社会的贫困与疾病。早在英国工业革命还处于开始阶段之际，托马斯·格雷（Thomas Gray，1716—1771）便已感觉到它在破坏农村的宁静生活，并带来了诸多社会问题，故他在《墓园挽歌》（“Elegy Writtenina Country Churchyard”)中表达了对乡土的爱和对农民的同情，歌颂了乡村淳朴宁静的生活，流露出了淡淡的哀愁。彭斯在《杰米不回来，和平无指望》中为农民生活的痛苦申述道：“生活成重担，压得头难抬，……”[1]工业革命的条件之一是圈地运动（the enclosures），工业化对农场经济的冲击是以圈地运动的形式进行的。阎照祥在《英国史》中对圈地运动的规模有简单的叙述：

> 圈地运动是在政府和议会的支持下进行的，规模迅速扩大。1700—1710年间议会只通过1项圈地法案；1720—1730年有33项；1740—1749年通过了64项；1750—1759年增加到87项；1760—1769年因经济变革的刺激，猛增到304项；以后10年里又创下了472项的纪录。[2]

圈地运动使农场经济的主体农民作为一个整体逐渐丧失了存在的必要。18世纪60至70年代，莱斯特郡的威格斯顿·马格纳村的小土地所有者作为一个集团实际上已消失了，成了乡村劳工、框架编织工或靠救济为生的人。18世纪末，“英国农民作为一个阶级已经消失了”[3]。农民原本是土地的独立劳动者，在作为一个阶级被逐渐消灭的过程中，他们在身体和精神方面受到了双重的摧残与毒害。科贝特写道：“在20个圈地法案中就有19个是损害穷人的，其中某些甚至严重伤害穷人。”[4]科贝特所言之穷人，实际上就是原本靠土地生存的农民。在

1 ［英］彭斯：《彭斯抒情诗选》，袁可嘉译，湖南文艺出版社，1996年，第23页。

2 阎照祥：《英国史》，人民出版社，2003年，第232页。

3 Lai Anfang, *An Introduction to Britain and America*, Zhengzhou: Henan People's Press, 1991, p. 124.

4 ［英］阿萨·勃里格斯：《英国社会史》，陈叔平、刘城、刘幼勤、周俊文译，中国人民大学出版社，1991年，第212页。

圈地运动中，他们失去了传统的生活依所，变成了被抛弃的人。弗雷德里克·艾登爵士说：“那些被抛弃而自谋生路的人，有时候注定处于匮乏状态，这是自由的自然后果之一。”[1]在漫长的圈地运动中，许多农民成了靠救济过活的人，生活非常痛苦。他们愤怒地控诉道：

> 他们把男的吊起来把女的拷打
> 因为那些人从公地里偷走了鹅
> 但是他们对大罪犯却不闻不问
> 任凭这些人从鹅那里偷走了公地[2]

上引诗行中的“鹅”译自英语单词“Goose”。“Goose”除作“鹅”(a large waterbird with a long neck, short legs, webbed feet, and a short broad bill)[3]讲外，还可作“傻瓜”（〔informal〕a foolish person）[4]解。此处之“鹅”具有双重含义，是双关语，第二行中的“鹅”取“鹅”之本义，指的是家禽意义上的鹅；第四行中的“鹅”取引申义，指的是因圈地而失去土地的农民，“从鹅那里偷走了公地”，即从农民手中夺走了土地，据以为一己之私产。偷了别人鹅的人受到了吊打，而夺走别人土地的人却反而无事。英国的法律是为富人而制定的，富人的财产神圣不可侵犯，穷人的性命却不值钱。阎照祥《英国史》：

> 死刑用得越来越滥，到了惨无人道的荒诞不经的地步。1689年可判死刑的“罪名”已有40种，1800年增加到160多种。一个7岁的女孩，因饥饿难忍，偷了一块面包，竟被活活绞死。一个饱受欺凌的佣工，放火烧了东家的草垛，也被送上了绞架。[5]

1 ［英］阿萨·勃里格斯：《英国社会史》，陈叔平、刘城、刘幼勤、周俊文译，中国人民大学出版社，1991年，第212页。

2 ［英］阿萨·勃里格斯：《英国社会史》，陈叔平、刘城、刘幼勤、周俊文译，中国人民大学出版社，1991年，第212页。

3 *The New Oxford Dictionary of English*, edited by Judy Pearsall, Oxford: Oxford University Press, 1998, p. 791.

4 *The New Oxford Dictionary of English*, edited by Judy Pearsall, Oxford: Oxford University Press, 1998, p. 791.

5 阎照祥：《英国史》，人民出版社，2003年，第234页。

华兹华斯《坚毅与自立》(“Resolution and Independence”,1802年5月3日—7月4日):

这老头便像这般;偌大年纪,
没死,也不像活着,也不曾睡去;
走过了人生的长途,伛偻的背脊
向前低俯,头和脚几乎相遇;
看起来,多年以前,这一副身躯
便为苦难所磨损,疾病所摧伤,
力不胜任的重负,压垮了他的脊梁。

他用一根削过的灰白色木棍
支撑着上肢、躯干、苍白的瘦脸;
我步子轻轻的,渐渐向他走近,
这老头,依然站在水池旁边,
一动也不动,就像是浓云一片;
这浓云,听不见周遭呼啸的狂风;
它要是移动,便是整片整团地移动。

他终于动了;只见他摇摇晃晃,
把木棍探入池水,搅动一阵,
又仔细察看那一汪浑浊的泥汤,
凝神注目,就像在捧读书本;
这时,我便以过路客人的身份
走到他身边,跟他打招呼,说道:
“从早晨光景看来,今天天气准好。”

老人客客气气地给我回话,
他说话声调舒缓,礼数周详;
我继续跟他攀谈,又这样问他:
“你在这地方,干的是什么行当?

对于你，这地方未免过于荒凉。”
他听了，那一双仍然有神的眸子里
微光一闪，稍稍流露出几分惊异。

他虚弱的胸腔吐出虚弱的声调，
却井然有序，词语一个跟一个；
从容的谈吐几乎有几分崇高，
妥贴的措词像经过一番斟酌，
不同凡俗，是堂堂正正的申说；
像庄重的教士按照苏格兰礼仪，
恰如其分地称道凡人，赞美上帝。

他说，只因他又老又穷，所以
才来到水乡，以捕捉蚂蟥为业；
这可是艰险而又累人的活计！
说不尽千辛万苦，长年累月，
走遍一口口池塘，一片片荒野；
住处么，靠上帝恩典，找到或碰上；
就这样，老实本分，他挣得一份报偿。[1]

华兹华斯《最后一头羊》（“The Last of the Flock”，1798）中的大汉控诉说：

靠那头会生会养的母羊，
我的羊群越来越兴旺；
后来，我足足有了五十头，
那么棒的一群，世上少有！
它们在匡托克山上吃草，
羊群兴旺，我家也热闹；
可是到今天，我那一大群

1 ［英］华兹华斯：《华兹华斯诗歌精选》，杨德豫译，北岳文艺出版社，2000 年，第 111—113 页。

只剩下这一头羊羔；
我们完蛋啦，成了穷鬼，
倒不如全家死光了干脆！[1]

在华兹华斯的《迈克尔》（“Michael”，1738年5月）一诗中，男孩卢克（Luke）曾经是他父亲的安慰和希望，在乡村过着体面而宁静的生活。后来，他在大都市的诱惑下来到城市寻求幸福快乐的生活。结果他抛弃了传统的伦理和道德，他触犯法律而远走他乡，他寻求到的不是开心与快乐，而是堕落与毁灭。在卢克走向堕落与毁灭之后，迈克尔只好过着孤苦零丁、凄凄惨惨的晚年生活：

在羊栏的旁边，有时候看见他
孤独地坐着，他那忠诚的狗，
那时已老，躺在他的脚旁。
七年时间，断断续续，
他都在修缮羊栏。
生命到尽头，工作未干完[2]。

同农村居民一样，城市居民的遭遇也非常痛苦。约翰逊《伦敦》：

贫穷，只有它受到严峻的法律追缉，
贫穷，只有它招来文人墨客的笑骂。
小心慎为的商贩从梦中回到衣衫褴褛的现实，
发现他辛勤的经营只是一个人生的玩笑[3]。

该诗发表于1738年5月，它描写的是18世纪上半叶伦敦生活的侧面，暴露了下层人民贫穷、痛苦的生活。

英国工业革命使英国社会各阶级发生剧烈的两极分化，一方面，少数资产者

1 ［英］华兹华斯：《华兹华斯诗歌精选》，杨德豫译，北岳文艺出版社，2000年，第32页。

2 *William Wordsworth:Selected Poetry and Prose*, edited by Philip Hobsbaum, London and NewYork:Routledge, 1989, p. 44.

3 吴景荣、刘意青主编：《英国十八世纪文学史》，外语教学与研究出版社，2000年，第172页。

凭借自己手中的资本迅速、轻易地致富；另一方面，广大无产者是社会财富的直接创造者，但他们得到的回报却是机器的附庸、雇主的剥削、失业的压抑、饥饿的煎熬、贫困的折磨和疾病的痛苦。纺织工的悲惨遭遇就是所有无产者生活的真实写照：

> 在1820年，他们有4万人，其中将近半数在兰开夏；到1840年前后，只有12.3万人；到1856年，只剩下2.3万人。早在1818年，兰开夏伯里的一个织工就这样写道："我们被社会其余的人摈诸门外，被当作无赖汉看待，这只不过是因为我们入不敷出。"十年以后，在同一个郡的科恩这个地方，三分之一的居民的每日生活费只有两便士，而且主要是花在伙食上，他们只有在星期六晚上才能享受到奶酪、马铃薯和少量的啤酒。不过，手织机织工的状况是一种例外的情况。[1]

在18世纪60年代至19世纪30年代这段时期，英国产生了大量贫困的人口，上引文献就是一个有力的说明。

1825年，英国出现第一次经济危机，以后大约十年一次，穿插着经济萧条。危机期间，商品过剩，生产萎缩，生产缩减，企业倒闭，大批工人离开工厂，女工和童工的大量使用致使越来越多的男工失业。机器的运用使众多手工业者破产，难以维生。许多工厂肆意延长工时，有的工厂将一天的工时延长到了16—18小时。罚款、克扣工资和变相欺诈司空见惯。工人的劳动条件恶劣。工人的居住环境糟糕，住宅区缺少供水排污系统，曼彻斯特、伯明翰等市的工人多半住在阴暗、潮湿、狭隘的房舍、地下室。贫民窟肮脏污秽，疾病流行。利物浦工人平均寿命只有15岁，曼彻斯特工人5岁以下的幼儿夭折率达7成。爱尔兰工人的处境最为悲惨，他们在遭受英国殖民者的劫掠后流落到英格兰工业区，大多从事危险、繁重的工种，工资待遇和生活条件最差。

不仅农民、工人生活十分痛苦，服役士兵的遭遇也非常悲惨。华兹华斯在《序曲》（*The Prelude*）第一卷《引言——幼年与学童时代》第517—519行中揭露说，"人间的／士兵，服役多年，却遭冷遇，／或被忘恩负义地一脚踢开"[2]。

1　［英］阿萨·勃里格斯：《英国社会史》，陈叔平、刘城、刘幼勤、周俊文译，中国人民大学出版社，1991年，第232页。

2　［英］威廉·华兹华斯：《序曲》，丁宏为译，中国对外翻译出版公司，1999年，第20页。

（三）环境受到破坏

英国资本主义的发展严重破坏了人赖以生存的自然环境，极大冲击了人与自然之间的和谐关系，从根本上改变了长久以来习以为常的平静朴素的生活方式。托克维尔对此作了一定的描绘："从这条污浊的排水管中，排出人类工业的最大一股潮流去滋润全世界；从这条肮脏的下水道中，排出纯金的潮流。"[1] 在华兹华斯的家门口正对着的里达·米尔海岸的山坡上，一家采石场挖出了一个大口子，这颇具象征意义。华兹华斯在《粪土王侯》中对环境破坏的描述亦很详细：

> 堕落的道格拉斯！啊，粪土王侯！
> 他的心最乐于把仇薪恨火点燃，
> 狼藉声名是因全力破坏和捣乱；
> 令人发指的砍伐令出自他的口，
> 诛灭这一带森林九族一个不留，
> 亘古绵延的参天巨树棵棵委地，
> 掩映园庐高塔的绿荫荡然无遗。
> 多少心灵为古木的命运而悲愁，
> 就是到了今天，经常还会有游人
> 怀着哀痛的心情，停下步来凝望
> 暴行遗证；大自然倒像不大动情，
> 小湾憩所，幽幽角落，滟滟池塘，
> 柔和的特威德河，以及青山翠岭、
> 碧绿的幽静牧场，依然光影常新。[2]

要考察华兹华斯的社会观，就必然要考察法国资产阶级革命和英国的工业文明。方汉文在《比较文学史论与新辩证观念》一文中写道："就英法浪漫派而言，不但不可能离开法国大革命的历史，而且没有英国'圈地运动'之后的工业文明造成的社会矛盾尖锐化，城乡之间的对立，也就不会有'湖畔派诗人'的哀思。"[3]

1 ［英］阿萨·勃里格斯：《英国社会史》，陈叔平、刘城、刘幼勤、周俊文译，中国人民大学出版社，1991 年，第 234 页。

2 ［英］华兹华斯：《华兹华斯抒情诗选》，谢耀文译，译林出版社，1991 年，第 177 页。

3 方汉文：《比较文学史论与新辩证观念》，《长江学术》2002 年第 1 期，第 152 页。

（四）人际关系冷漠

农牧业文明中，在人的身上还找得到淳朴、厚道、热情、善良等优良品质，他们共同生活，和平共处，人际关系是和谐的。在工业文明中，人的传统美德逐渐受到物质第一、金钱至上价值观的冲击，人不断异化，人际关系变得冷漠起来。伦敦是英国的首都，它是英国工业文明的象征，但生活在这里的人却各干各的，互不往来，没有信息沟通，缺少人间温情。《序曲》第七卷《寄居伦敦》第115—118行：

……尤其令我
迷惑不解的是，那里的人们
怎么可能互为邻居，却不相
往来，竟然不知各自的名姓。[1]

在伦敦城里，即使邻居之间也没有交往，甚至连对方的姓名也不知道，这种人际关系是冰冷无情的，难怪华兹华斯感到大惑不解。

（五）道德日益沦丧

正如华兹华斯《毁坏的房屋》（“The Ruined Cottage”）中的房屋的倒塌一样，在资产阶级革命的打击之下，英国旧的体制轰然倒下，同宗法封建社会相适应的伦理道德体系也随之崩溃。自16世纪以来，英国重商主义风行，到18世纪，重商主义达到了顶点。重商主义理论源于西班牙的重金主义政策，它并不是最先由英国人提出的，但英国经济学家托马斯·曼（Thomas Man，1571—1641）却在《论英国在印度的贸易》（1621年发表）和《英国得自对外贸易的财富》（1644年出版）中对它作出了最权威的阐释。1776年苏格兰经济学家亚当·斯密（Adam Smith，1723—1790）在《国民财富的性质和原因》（*Inquiry into the Nature and Causes of the Wealth of Nations*）[2]中首次使用“重商主义”（mercantilism）一词，这时，“重商主义已流行不列颠了”[3]。在重商主义和工业革命的催化之下，传统观念和精神价值不再受重视，追求财富、权力和享乐逐渐成为时髦的社会思

1　[英]威廉·华兹华斯：《序曲》，丁宏为译，中国对外翻译出版公司，1999年，第171页。

2　*Inquiry into the Nature and Causes of the Wealth of Nations* 为亚当·斯密著作名，译作《国民财富的性质和原因》，常常简称为 *Wealth of Nations*，译作《国富论》。

3　阎照祥：《英国史》，人民出版社，2003年，第235页。

潮和价值取向。拜金之风渐浓，卖淫之风日盛，个人物欲横流，社会道德沦丧。约翰逊《伦敦》（1738 年 5 月）：

真正有价值的人因贫困而难以发展，
在这拜金至上的地方，世事甚为艰难，
这里容颜成为商品，微笑上市出售，
通过金钱贿赂，加之阿谀恳求，
仆人们零售着从主子那里得到的恩泽。[1]

德国学者马克斯·韦伯（Marx Webe，1864—1920）说：

贪婪、赚钱、谋利的冲动，无论过去还是现在，都见之于侍者、医生、车夫、艺术家、娼妓、不正派的官僚、士兵、贵族、十字军骑士、赌徒和乞丐之中。事实上，就利益欲、金钱欲，包括权势欲而言，它的历史同人类的历史，几乎一样古老。而且这种种欲望的冲动存在于一切时代、一切国家之中。唯一具有原则不同的是，人们据以实现这种冲动的方式和手段有很大的不同。关键在于社会能否把这种冲动，引向一个符合社会历史发展的方向，以推动人类社会的进步。[2]

1571 年，沙皇伊凡雷帝在致英国女王伊丽莎白的一封信中写道：“人们正在发财，而不为陛下所知……商人无视其君主的利益，所关心的仅仅是自己的商业利润。”[3]1765 年，索姆·詹宁斯概括道：

快乐是现存的唯一具有真正价值的事情：富有、权力、智慧、学问、力量、美丽、美德、宗教甚至生活本身都不具有任何重要性，

1　吴景荣、刘意青主编：《英国十八世纪文学史》，外语教学与研究出版社，2000 年，第 172 页。

2　顾蓉：《宦官首领的压抑型人格及其行为特征》，《湖北大学学报（哲学社会科学版）》1993 年第 3 期，第 75 页。

3　[英] 阿萨·勃里格斯：《英国社会史》，陈叔平、刘城、刘幼勤、周俊文译，中国人民大学出版社，1991 年，第 191 页。

除非它们有助于快乐的产生。[1]

追求财富、权力和享乐的社会思潮和价值取向就像瘟疫一样迅速蔓延，最终形成了一种普遍的拜金主义思想。在拜金主义思想的影响之下，人的灵魂开始腐化，道德开始堕落。无论男女还是老幼，所有的人都成了发财的牺牲品，棺材老板希望多死人[2]，玻璃老板希望下冰雹把所有的窗户打烂，妇女耽于卖淫，男人乐于嫖娼，凡此种种，资本主义社会的固然弊端已开始不断地显现[3]。对于英国社会道德日益沦丧的事实，华兹华斯有清醒的认识，并在其作品中予以描绘。如，他在《一想到伟大民族已被什么控驭》中说，人们“将宝剑换成帐簿”[4]，学生“走出书房去追求财富”[5]，高尚情操“日渐衰微”[6]。他在《一根在风中颤抖的芦苇》中说，“目下真理、良知和自由已经沦丧”[7]。他在《朋友，我们有崇高使命——致B.R.海顿》（“To B.R.Haydon”）中说，“目下世界似乎败坏道德风范，/在惨淡忧郁的持久压力之下，/人的天性沉沦已是司空见惯”[8]。他在《朋友，一想到》揭露道：

体现纯真教义的家规美俗，
淳风、友善、无邪、俭朴，
以及高洁的志趣品行，

1 ［英］阿萨·勃里格斯：《英国社会史》，陈叔平、刘城、刘幼勤、周俊文译，中国人民大学出版社，1991年，第191页。

2 棺材老板希望多死人这类社会丑恶现象，不特为近现代英国社会所有。只要阶级还存在，社会便无法根除这类弊病，古今中外，莫不如此。这可从《汉书·刑罚志》引谚论古代中国社会中得到佐证：“鬻棺者欲岁之疫。”详见：杜文澜辑，周绍良校点：《古谣谚》，中华书局，1958年，第55页。

3 关于资本主义社会的诸多丑恶现象，英国的罗伯特·欧文（Robert Owen，1771—1858）、法国的弗朗索瓦·玛丽·夏尔·傅立叶（Francois Marie Charles Fourier，1768—1837）等空想社会主义者作过深刻的揭露和批判。

4 ［英］华兹华斯：《华兹华斯抒情诗选》，谢耀文译，译林出版社，1991年，第203页。

5 ［英］华兹华斯：《华兹华斯抒情诗选》，谢耀文译，译林出版社，1991年，第203页。

6 ［英］华兹华斯：《华兹华斯抒情诗选》，谢耀文译，译林出版社，1991年，第203页。

7 ［英］华兹华斯：《华兹华斯抒情诗选》，谢耀文译，译林出版社，1991年，第188页。

8 ［英］华兹华斯：《华兹华斯抒情诗选》，谢耀文译，译林出版社，1991年，第160页。

已被抛弃得一干二净。[1]

他在《作于伦敦：1802年9月》中痛心地写道：

最大的财主便是最大的圣贤；
自然之美和典籍已无人赞赏。
侵吞掠夺，贪婪，挥霍无度——
这些，便是我们崇奉的偶像；
再没有淡泊的生涯，高洁的思想；
古老的淳风尽废，美德沦亡；
失去了谨慎端方，安宁和睦，
断送了伦常准则，纯真信仰。[2]

他在《序曲》第八卷《回溯：对大自然的爱引致对人的爱》第590—596行中谈到伦敦时写道：

当我探访这庞大的都市——国家
与世界命运之泉的本源，一开始，
即是这样被触动，过后的感觉
也依然如此。瞧这巨型的市场，
一本欲望的记录，同时也是
它们的坟场，是其登极的宫殿，
也是它们久居常留的住所。[3]

《序曲》第七卷《寄居伦敦》第386—399行：

女人耽于公开的耻辱及社会
邪恶的骄横恣肆，我当时感到

---

1 ［英］华兹华斯：《华兹华斯抒情诗选》，谢耀文译，译林出版社，1991年，第199页。

2 ［英］华兹华斯：《华兹华斯诗歌精选》，杨德豫译，北岳文艺出版社，2000年，第189页。

3 ［英］威廉·华兹华斯：《序曲》，丁宏为译，中国对外翻译出版公司，1999年，第224页。

毛骨悚然，似乎一道隔板
突然竖起，将人类一分两半，
形成两种类型，但表面上又维持
原有的完整。那景象使我悲哀，
也引起剧烈的思索。后来的岁月中，
又见过此类情景，但哀伤之情
有所缓和，更多的其实是怜悯，
是对单独的个人、对她那美好的
灵魂被损坏感到痛心，除此之外，
我并无太多别样的感受，而且
也不想再前行一步；实际上这悲哀的
起因决定了我不会有太复杂的念头。[1]

在上引诗行中，华兹华斯描绘了一幅伦敦淫逸图。他似乎在情感上无法接受妇女公开卖淫的事实而不愿直接使用“妓女”之类的词汇，故而以“女人”代之。他对妇女的沉沦感到惋惜和怜悯，对社会的堕落感到痛心和悲凉。

同时，日益发展的科学主义造成了对英国人民心灵价值的漠视。欧洲文化中科学主义的传统源远流长，自近代以来，英国的实证哲学和科学发展彼此推波助澜，引起社会对文学作用的漠视。华兹华斯认为，只有科学的社会是人性的沙漠，只有科学的社会最终使人蜕变为机器。英国空想社会主义者格拉德·温斯坦莱（Gerrard Winstanley，1609—1652）认为：“人类开始买卖之后，就失去了自己的天真和纯洁，因为这时人们开始用自己的仿佛是天赋的权利互相压迫和愚弄。”[2]英国空想社会主义者罗伯特·欧文（Robert Owen，1771—1858）认为，私有制使少数人滥用社会财富，使人们拜倒在金钱之下，“使人变成魔鬼，使全世界变成地狱”[3]。美国现代诗人加利·史奈德（Gary Snyder）针对西方文化太重视物质生活的事实说：“可能是整个西方文化都已误入歧途，而不只是资本主义误入歧途——在我们的文化传统中有种种自我毁灭的倾向。”[4]18世纪末19世

1 ［英］威廉·华兹华斯：《序曲》，丁宏为译，中国对外翻译出版公司，1999年，第181—182页。

2 ［英］温斯坦莱：《温斯坦莱文选》，任国栋译，商务印书馆，1965年，第100—102页。

3 阎照祥：《英国史》，人民出版社，2003年，第277页。

4 钟玲：《美国诗与中国梦》，广西师范大学出版社，2003年，第16页。

纪初，拜金主义和心灵漠视在英国社会已形成为两种强大的社会习俗。

二、社会现实的批判

根据文学社会学，从文学创造到艺术价值再到文学消费的过程是一个组织起来的社会文化过程，这一过程受一定的社会关系的制约而浸润着社会思潮，反映着社会风貌，直接或间接地回答社会问题，即使文学创造和消费的是一些空灵的、超脱的、虚玄的、恬淡的产品，要达到完全的所谓纯净而不带社会性也是不可能的[1]。博纳尔《法兰西水星》（*Mercurede France*，1802）："文学是社会的表现。"[2]让·马克·莫哈《试论文学形象学的研究史及方法论》："不管怎样说，文学与社会大背景总是保持着某种关系的。"[3]华兹华斯所处的现实社会也会给他的社会观带来影响。华兹华斯的文学作品也是社会的产物，它们不是仅供后人欣赏的单纯的抒情或叙事性文本，而是直接或间接地反映了他们对社会的种种思考和看法，故应将它们置放在社会文化的语境下加以研究。从他的某些文学作品来看，他对于所处的现实社会是深感失望的，并带着凝重的历史责任感对现实社会进行了理性的批判。

对于英国的社会弊端，文人学士纷纷以笔为武器加以揭露与批判。如，罗伯特·彭斯（Robert Burns，1759—1796）在其《两只狗》（"The Two Dogs"）和《威利长老的祈祷》（"Holy Willie' s Prayer"）中，对地主阶级的荒淫无耻、教会的虚伪贪婪作了尖刻的讽刺。华兹华斯在《漫游》（*The Excursion*）中，首先描写了英国的工业成就和社会繁荣，然后更加详细地描绘了社会的种种阴暗面，最后酸楚地引用马库斯·朱尼斯·布鲁图（Marcus Junius Brutus，前85—前42）的话道："自由，我曾对你敬若神明，但是你原来是一个影子。"[4]华兹华斯曾对英国社会抱有很大的希望，但"结果，除了绝望，他什么也没有挑

---

1 童庆炳主编：《文学理论教程》（修订本），高等教育出版社，1998年，第10页。

2 [法] 让·马克·莫哈：《试论文学形象学的研究史及方法论》，孟华译，孟华主编《比较文学形象学》，北京大学出版社，2001年，第18页。

3 [法] 让·马克·莫哈：《试论文学形象学的研究史及方法论》，孟华译，孟华主编《比较文学形象学》，北京大学出版社，2001年，第26页。

4 [苏联] Н·Я·季亚科诺娃：《英国浪漫主义文学》，聂锦坡、海龙河译，辽宁大学出版社，1990年，第44页。

到”[1]，故而仰天长叹，“我生不逢时，不得其所”[2]。他在《序曲》第八卷《回溯：对大自然的爱引致对人的爱》第513—517行中写道：

我曾战抖——有时想到人世间，
感到无限的忧闷与恐惧，如那种
在疾风暴雨中产生的情绪，但比这
更令人沮丧：似隐隐预感到嚣噪、
无序、烦乱、危险，或被埋没。[3]

在感到绝望和叹息之余，他转而长期对现实社会直接进行无情的揭露和尖锐的批评。针对物欲横流的现实，他以讥讽的口吻写道：“我不像城里人在渴求中憔悴，譬如／你这般忧郁的人们，亲爱的朋友！”[4]针对伦敦的冷酷无情，他以戏谑的口吻写道：

板起面孔的教师，严厉的女校长！
——因有时你确能做出最冷峻的表情：
伦敦，我现在自愿重返你的
怀抱中。[5]

伦敦是繁华的，但当他来到这里“目睹真实的景象”[6]之后，结果却“尝到

1 ［苏联］H·Я·季亚科诺娃：《英国浪漫主义文学》，聂锦坡、海龙河译，辽宁大学出版社，1990年，第44页。

2 ［英］华兹华斯：《序曲》，吴富恒主编《外国著名文学家评传·华兹华斯》第二卷，山东教育出版社，1990年，第58页。

3 ［英］威廉·华兹华斯：《序曲》，丁宏为译，中国对外翻译出版公司，1999年，第221页。

4 ［英］华兹华斯：《序曲》第八卷《回溯：对大自然的爱引致对人的爱》第434—435行，威廉·华兹华斯：《序曲》，丁宏为译，中国对外翻译出版公司，1999年，第218页。

5 ［英］华兹华斯：《序曲》第八卷《回溯：对大自然的爱引致对人的爱》第530—533行，威廉·华兹华斯：《序曲》，丁宏为译，中国对外翻译出版公司，1999年，第221页。

6 ［英］华兹华斯：《序曲》第七卷《寄居伦敦》第144行，威廉·华兹华斯：《序曲》，丁宏为译，中国对外翻译出版公司，1999年，第172页。

最深的失望”[1]。《序曲》第七卷《寄居伦敦》第149—152行：

> 请你再现，世间忙碌的原野上
> 一个巨大的蚁丘！在我眼前，
> 再次漾动起你那不息的车水
> 与人流！[2]

在他看来，伦敦城人口众多，车水马龙，犹如原野之上的巨大蚁丘，这种描写是有否定和批判色彩的。《序曲》第七卷《寄居伦敦》第168—171行：

> 当我们奋力抽身，像摆脱敌人的
> 追捕，躲入一个僻静的角落——
> 僻静如不闻疾风呼啸的场所，
> 才避开这无止无休的喧嚣！[3]

在他看来，伦敦的喧哗和躁动仿佛穷追不舍的敌人让他难于脱身，这给他造成了极大的身体和心理负担。在这里的描写之中，对现实社会的否定与批判之意味更为浓烈。《无题：这尘世拖累我们可真够厉害》（“Untitled：The World is Too Much With Us；Late and Soon”）：

> 这尘世拖累我们可真够厉害：
> 得失盈亏，耗尽了毕生精力；
> 对我们享有的自然界所知无几；
> 为了卑污的利禄，把心灵出卖！[4]

1 ［英］华兹华斯：《序曲》第七卷《寄居伦敦》第145行，威廉·华兹华斯：《序曲》，丁宏为译，中国对外翻译出版公司，1999年，第172页。

2 ［英］威廉·华兹华斯：《序曲》，丁宏为译，中国对外翻译出版公司，1999年，第172页。

3 ［英］威廉·华兹华斯：《序曲》，丁宏为译，中国对外翻译出版公司，1999年，第173页。

4 ［英］华兹华斯：《华兹华斯诗歌精选》，杨德豫译，北岳文艺出版社，2000年，第139页。

在这四个诗行中，诗人无情地控诉了为了世俗的利禄而出卖灵魂的丑恶世风。在致福克斯的信中，他忧郁地列举了工业化下英国令人讨厌的特点，认为精神财富更为重要。在《献给自由的十四行诗》（“Sonnets Dedicated to Liberty”，1802—1807）中，他把英国的社会比作一潭死水，并向当时的政治家提起了伟大的诗人弥尔顿。在《伦敦，1802》（“London，1802”）中，他把拯救英国的希望全部寄托到了弥尔顿身上：

弥尔顿！今天，你应该活在世上：
英国需要你！她成了死水污池：
教会，弄笔的文人，仗剑的武士，
千家万户，豪门的绣阁华堂，
断送了内心的安恬——古老的风尚；
世风日下，我们都汲汲营私；
哦！回来吧，快来把我们扶持，
给我们良风，美德，自由，力量！[1]

针对环境破坏，华兹华斯亦进行了批评。在温德摩尔修建铁路时，他就写诗作了批评和抗议。《序曲》第十二卷《想象力与审美力，如何被削弱又复元》第10—14行：

……你们，柔和的轻风，与芬芳的
百花默契地交流，若观者有情，
你们能教导傲慢的人类如何
给予而不冒犯，索取而不
伤害；……[2]

在上引诗行中，华兹华斯由轻风同百花间和谐的关系联想到了人类同自然间不和谐的关系，这是对人类对自然进行肆意掠夺而造成环境破坏的隐晦的批评。

1 ［英］华兹华斯：《华兹华斯诗歌精选》，杨德豫译，北岳文艺出版社，2000年，第190页。

2 ［英］威廉·华兹华斯：《序曲》，丁宏为译，中国对外翻译出版公司，1999年，第311页。

三、理想社会的模式

华兹华斯除了对现实社会进行揭露与批判之外，还对理想社会作了间接的展望，主要散见于《露西组诗》（*"Lucy" poems*）、《孤独的割麦女》（"The Solitary Reaper"）、《廷腾寺》（"Tintern Abbey"）、《威斯敏斯特桥上》（"Composed upon Westminster Bridge"）、《阳春3月作》（"Written in March"）、《早春命笔》（"Lines Written in Early Spring"）、《苏珊的梦幻》（"The Reverie of Poor Susan"）、《致山地少女》（"To a Highland Girl"）、《纺车谣》（"Song for the Spinning-Wheel"）等作品之中。华兹华斯的理想社会环境幽雅美丽，人与自然和谐一体，没有剥削压迫，人民安居乐业，经济自给自足，民风朴素真淳，人际关系和谐，复古倾向明显，乌托邦色彩浓郁。

（一）环境幽雅美丽

在华兹华斯的理想社会中，自然环境没有受到人为的破坏和污染，人民生活在幽雅美丽的环境之中。华兹华斯创作了许多咏叹大自然美好景色的诗篇，从某种角度看，这些诗作并非仅仅只是单纯意义上的自然诗，实际上，在这些诗歌中巧妙地寄托了他对社会环境的理想。

华兹华斯在《苏珊的梦幻》（1797）中描绘的环境是幽静美丽的，"画眉高叫着，它叫了三年"，"她常常路过，/静静晨光里听画眉唱歌"，"团团的白雾飘过洛伯里，/河水奔流在奇普赛谷底"[1]。他在《致山地少女》（1803）中所描绘的山地少女的生活环境集山川灵秀于一体，环境之美尤为典型：

> 苍苍的山石；青青的草茵；
> 雾帷半揭的漠漠丛林；
> 肃静无哗的湖水近旁，
> 有一道瀑布淙淙作响；
> 这边是小小一片湖湾；
> 幽径遮护着你的家园；——[2]

1 ［英］华兹华斯：《华兹华斯诗歌精选》，杨德豫译，北岳文艺出版社，2000年，第96页。

2 ［英］华兹华斯：《华兹华斯诗歌精选》，杨德豫译，北岳文艺出版社，2000年，第158页。

《11月1日》中的自然环境是未受污染的，它同人类社会受破坏的环境形成了对比：

远山峰顶的银辉，那样皎洁，
那样明锐，那样亮得出奇！
峰顶铺满了雪絮，柔润无比，
竟似另一个太阳照临世界，
光焰煌煌，要叱退临近的黑夜
和闪闪繁星。此际，可有人乐于
踏上那琼峰玉顶——要是他能去？
那儿呵，虽也属尘世，却未遭尘劫：
营营扰扰的众生，败坏了人寰，
却无力飞上雪峰，把那儿污染；
天神也不会侵损那一片美景——
皓白，璀璨，无瑕，纯然明净；
坚贞耐久，阅尽了兴废变迁，
只待春回，看幽谷繁花开遍。[1]

华兹华斯的上述描写有意识或潜意识地反映了他对人的生活环境的理想。从中可以看出，他的理想社会具有“景色优美，空气清新”，“一切都美丽、明朗、安然、闲逸、宁静”[2]的香格里拉（Shangri-La）式的生活环境，具有中国古代哲学所强调的虚静、空灵之美。

（二）人与自然和谐一体

在华兹华斯的理想社会中，人同自然水乳交融、和谐一体，即歌德所谓“人和大自然是生活在一起的”[3]，体现出了一种全新的关系。华兹华斯认为，从根本上看，人与自然是互相适应的。在他的《序曲》、《无题：好比苍龙的巨眼，因睡意沉沉》（“Untitled: Even as a Dragon’s Eye that Feels the Stress”）、《孤独的割麦女》、《致山地少女》、《纺车谣》、《阳春3月作》

1 ［英］华兹华斯：《华兹华斯诗歌精选》，杨德豫译，北岳文艺出版社，2000年，第145页。

2 韩联宪：《走进香格里拉》，《大自然探索》2003年第4期，第12页。

3 ［德］爱克曼辑录：《歌德谈话录》，朱光潜译，人民文学出版社，1978年，第112页。

等作品中，人赖以生存的自然没有受到人为的破坏，生活方式是传统农业式的，人同自然环境之间的关系非常和谐。在《序曲》第八卷中，他一开始便花了很大笔墨描写了英国湖区山野海尔芙琳（Helvellyn）人民的生活情况，这里的人民完全生活在未经破坏的自然环境之中，人和自然融合成了一个和谐的整体。《阳春3月作》：

雄鸡啼叫，
溪水滔滔，
鸟雀声喧，
湖波闪闪，
绿野上一片阳光；
青壮老弱，
都忙农活；
吃草的群牛
总不抬头，
四十头姿势一样！

残雪像军队，
节节败退，
退到山顶，
面临绝境；
耕田郎阵阵吆喝；
山中有欢愉，
泉中有生趣；
云朵轻飏，
碧空清朗，
这一场春雨已过！[1]

上诗运用到了“雄鸡”(cock)、“溪水”(stream)、“鸟雀”(small birds)、“湖波”(lake)、“绿野”(green field)、“阳光”(the sun)、“青壮”(the youngest, the strongest)、“老弱”(the oldest)、“群牛”(cattle)、“残雪”(snow)、“军队”(army)、“山顶”(the top of the hill)、“耕田郎”(ploughboy)、

1 [英]华兹华斯:《华兹华斯诗歌精选》，杨德豫译，北岳文艺出版社，2000年，第97页。

“泉”(fountain)、“云朵”(small clouds)、“碧空”(blue sky)、“春雨”(rain)等视觉意象，运用到了“啼叫”(is crowing)、“滔滔”(is flowing)、“声喧”(twitter)、“闪闪”(glitter)、“忙农活”(are at work)、“吃草”(are grazing)、“败退”(hath retreated)、“吆喝”(is whooping)等动觉意象，这些意象共同构成了一幅绝好的农耕图。这是一幅充满生机、欢快、闲适、自得气氛的农耕图，人和自然完全融为了一个整体。

（三）没有剥削压迫

剥削压迫是阶级社会的必然产物，人民对之历来深恶痛绝并强烈反对，这在诗歌中可见一斑。

对于华兹华斯来说，在法国大革命中积极投身革命运动的骑兵军官博皮伊(Beaupuy)对他产生了很大的影响，使他由最初的热爱大自然转而更加热爱人类，在政治上笃信平均主义的社会理想，这在《序曲》中有详尽的描述。在《我的一位来自加莱的旅伴》中，他对下令驱逐黑人的政府进行了谴责，对受到驱逐的黑人妇女表示了同情，最后大声疾呼：“苍天，你应该仁爱无垠；/地母，请庇荫这受苦的种族。”[1]他所赞美的生活，是“一幅永恒的、悠然自得的图画，/没有劳苦，没有斗争，如伊利斯安的恬静”[2]。《序曲》第六卷《剑桥与阿尔卑斯山脉》第500—523行：

我们也曾穿过隐藏着田园
生活的密林——诱人的山谷，相遇
片刻就要离别，似乎那致意的
瞬间还来不及完成。这里住着
平和的人们，他们（虽然生长在
艰苦的环境，四周的险情随季节
而变化）都喜爱自己的日常劳作，
至少，当山岩上闪耀的晨曦召唤
他们上工时（啊！当然也同时
射来那照亮灵魂的辉光），他们

1　[英]华兹华斯：《华兹华斯抒情诗选》，谢耀文译，译林出版社，1991年，第195页。

2　[英]华兹华斯：《大自然与诗人》(1807)，朱通伯译，弗·特·帕尔格雷夫原编，罗义蕴、曹明伦、陈朴编注，《英诗金库》，四川人民出版社，1989年，第725页。

感到满足；至少，当暮色中的山影
引导他们回家时，他们能安恬地
入眠。倘若一个青年看到
这圣洁的地方却无动于衷，并不
反省，不思收敛，心灵竟未
体会到部族的尊严以及欲望
与心灵之单纯，那他真让人遗憾！

回想这些隐秘的地方，当我
以陌生人的目光初次俯视一个
绿色的幽谷，我的心情何等
激荡——宁静的山坳，土著人的家园，
密布着简朴的木屋，都似正襟
危坐的君主，或像草地上的帐篷，
印第安人的河畔茅庐。[1]

华兹华斯在这里描绘了一幅理想的社会图卷。这个社会坐落在一个隐秘丛林的山谷之中，基本上算得上是与世隔绝了，但是，它又不失迷人的幽美与恬静。这里的生活环境艰苦，四周存在着随季节而变化的险情，但是居住在这里的人民却对生活充满快乐与满足。这是土著居民的家园之所在，是一个部落型的社会，一切都很原始与简朴。每天，人民迎着朝霞出门劳作，伴着夕阳回家歇息。这里看不出有统治阶级的迹象，自然也就没有压迫与剥削，而人的尊严、纯洁、自由与平等却都得到了应有的维护。华兹华斯对于这样的社会给予了充分的肯定，认为它是任何人都不可能无动于衷的圣洁之地。如此美好的一个去处到底是他游历途中之亲眼所见，还是他艺术创作中之凭空杜撰，这实在难以付诸考辨。但有一点可以肯定，不管属于哪种情况，它都是寄托了华兹华斯的社会理想的。

华兹华斯的理想社会与托马斯·莫尔的理想社会是相似的。莫尔在《乌托邦》中也描写了一个没有剥削、没有压迫的“宗法社会家长式”[2]的社会。但这个社会是建立在民主制之下的，“全体摄护格朗特共二百名，他们经过宣誓对他们认

1　[英]威廉·华兹华斯：《序曲》，丁宏为译，中国对外翻译出版公司，1999年，第148—149页。

2　胡正学、江伙生、王忠祥主编：《外国文学名著辞典》，湖南出版社，1988年，第256页。

为最能胜任的人进行选举，用秘密投票方式公推一个总督，特别是从公民选用的候选人四名当中去推”[1]。

（四）人民安居乐业

在华兹华斯的理想社会中，人民与世隔绝，无世事烦恼，过着安居乐业的快乐生活。《序曲》第六卷《剑桥与阿尔卑斯山脉》第533—540行：

……谷中的小鸟
常在枝叶间啼啭，苍鹰在天空中
高高地盘旋；收割的人们捆扎好
金黄的麦子，年轻的姑娘摊开
一个个干草堆，在阳光下晾晒，而冬天
却像一头驯服的巨狮从山坡上
缓缓走下，来到农舍中间，
在四周的花圃中自由自在地消遣。[2]

这里描述的是法国东部沙蒙尼山谷（Chamonix）中社会生活的情景：人民在垄亩之中收割着金黄灿灿的麦子，年轻的姑娘们则趁天气晴朗翻晒草堆，一切都在和乐的气氛中进行着。小鸟在枝头嬉戏啼啭，雄鹰在空中高高盘旋，冬天在花圃里自由消遣，这些环境描写又反过来烘托出了人民安居乐业的快乐生活。华兹华斯《序曲》第七卷《寄居伦敦》第321—323行：

在生她养她的地方，平静伴她
度日，那是没有杂质的安恬，
没有焦虑。[3]

“她”指的是巴特米尔的一个少女，她住在远离都市的湖畔村落，但她过着安居乐业的生活，没有焦急与忧虑，有的只是单纯与恬静。在《序曲》第八卷中，华兹华斯描绘了一幅海尔芙琳人民的生活图卷：每年9月初，他们都要举行格拉

1 ［英］托马斯·莫尔：《乌托邦》，戴镏龄译，商务印书馆，1982年，第54页。

2 ［英］威廉·华兹华斯：《序曲》，丁宏为译，中国对外翻译出版公司，1999年，第150页。

3 ［英］威廉·华兹华斯：《序曲》，丁宏为译，中国对外翻译出版公司，1999年，第179页。

斯米尔乡集。每到这个时候，他们或赶着牛羊，或拎着货篮，或带着水果，兴高采烈地来到集市。在集市之上，羊群咩咩高叫，小母牛哞哞低鸣，江湖医生高声叫卖，死记硬背的演说家边讲边拉动西洋景箱，提篮的老妇人不倦地兜售，甜美的姑娘羞涩地出售水果，孩子们用大人给的钱购买喜欢的东西。总之，集市之上，处处弥漫着欢乐的气氛：

集上充溢着欢乐与欣愉，老人
传给孩子，孩子们也感染着老人，
似乎每个人都来分享这喜悦的
气氛。[1]

集市只是海尔芙琳人民生活的一个缩影，由此可以窥见，他们是安居乐业的。华兹华斯有不少诗歌都写到了人民生活的艰辛，但尽管如此，好像这些人还是乐于过这样的生活，如《悔》（1804）：

假如在晚间抱病辗转少睡眠，
那么在山岗迎接朝阳真舒坦；
俯览满山遍野的肥壮牛羊，
血液中奔腾着青春的力量。[2]

这里，生活中尚有病苦，但它依然是快乐的生活，这种安居乐业的生活对人民也具有吸引力。

（五）经济自给自足

在华兹华斯的理想社会中，生产方式是日出而作、日落而息，经济上同外界相隔绝，虽没有香格里拉中雍容富贵与优雅的生活，但人民依然过着自给自足的快乐生活。华兹华斯在《罪恶和悲伤，或发生在索尔兹伯里平原的事情》中描绘道：

一小处属于我们的地方——一块玉米田，
菜园子里面出产、储备着豌豆、薄荷和百里香，
用作花束的鲜花，通常在一大早的礼拜天

1 ［英］华兹华斯：《序曲》第八卷《回溯：对大自然的爱引致对人的爱》第53—56行，威廉·华兹华斯：《序曲》，丁宏为译，中国对外翻译出版公司，1999年，第204页。

2 ［英］华兹华斯：《华兹华斯抒情诗选》，谢耀文译，译林出版社，1991年，第60页。

采摘，这时正赶上教堂的第一遍钟声敲响。
我怎能忘记我们剪羊毛时的种种胡闹！
穿过高高的杂草几乎看不到我母鸡的富窝；
在六月的大露天采集黄花九轮草；
这些挺着洁白胸膛的高傲的天鹅
争先恐后地赶到水边来迎接我。[1]

在这里，有粮田，有菜地，有花圃，有母鸡，有天鹅，解决饮食没有问题，解决上教堂没有问题，生活所需的基本问题得以解决。《纺车谣》（“Song for the Spinning-wheel”）：

嗡嗡的纺车快转吧！
夜晚送来了好时辰；
仿佛有神灵帮一把，
疲弱的手指又来劲；
露水渐浓田地暗，
把纺车摇得团团转！[2]

在这里，有纺车，有纺车人，穿衣也没有问题。上引两诗中所描绘的生活画面中，有吃，有喝，有穿，这不是自给自足的生活是什么？华兹华斯《序曲》第八卷《回溯：对大自然的爱引致对人的爱》第160—164行：

……我童年时目睹的乡间
风俗与习惯只不过是尚能温饱的
生活所特有的平淡无奇的副产，
当然，它充满了美——能让人感受到
美好。[3]

1　张叉译。原诗参见：William Wordsworth, “Guilt and Sorry, or Incidents upon Salisbury Plain” XXIV, *The Collected Poetry of William Wordsworth*, Ware: Wordsworth Editions Limited, 1994, p. 28.

2　［英］华兹华斯：《华兹华斯诗歌精选》，杨德豫译，北岳文艺出版社，2000年，第80页。

3　［英］威廉·华兹华斯：《序曲》，丁宏为译，中国对外翻译出版公司，1999年，第208页。

华兹华斯在其作品中所描绘的是平凡恬淡的意境，这里只有普普通通的人民、恬淡静谧的乡野和平平淡淡的生活。自给自足并不等同于繁华富裕，相反，它总是同平淡无奇相联系的，而正是在这平淡无奇之中，恰恰蕴涵着真实美好的成分。

（六）民风朴素真淳

在华兹华斯的理想社会中，人民善良厚道，社会风气朴素真淳。

在华兹华斯以赞美的笔调加以描述的社会中，民风也是朴素真淳的，这主要是通过一些平常的百姓包括纯洁的姑娘、天真的孩童来加以体现的。如《路易莎》中的路易莎、《预见》中的安尼妹妹、《鸽泉边幽径旁》中的姑娘、《农妇儿歌》中的农妇、《水手的母亲》中的母亲、《苏珊的梦幻》中的苏珊、《阳春3月作》中的劳动者、《麦克尔》中的麦克尔、《决心与自立》中的老汉、《致一高原少女》中的少女、《纪念雷斯利·卡尔弗特》中的卡尔弗特、《我的一位来自加莱的旅伴》中的黑人妇女，等等。他在《序曲》第六卷中勾勒出了一个美好的密林山谷社会，如前所引，这里的人民拥有“部落的尊严以及欲望/与心灵之单纯”，也系厚道淳朴者。

（七）人际关系和谐

在华兹华斯的理想社会中，人与人之间以诚相待、和睦相处，体现出了和谐的人际关系。换言之，人民以和谐的精神充实于内，以平和的气貌现之于外，以诗赋或歌唱来表达自己怡然自得的心情。华兹华斯《孤独的割麦女》（1805年5月）：

你瞧，那孤独的山地少女！
那片田野里，就只她一个，
她割呀，唱呀；——停下来听吧，
要不就轻轻走过！
她独自割着，割下又捆好，
唱的是一支幽怨的曲调；
你听！这一片清越的音波
已经把深深的山谷淹没。[1]

1 ［英］华兹华斯：《华兹华斯诗歌精选》，杨德豫译，北岳文艺出版社，2000年，第164页。

（八）复古倾向明显

看得出来，华兹华斯的理想社会具有复古倾向明显和乌托邦色彩浓郁两个特征。

在16世纪的英国，针对当时“传统的价值观念破坏殆尽，道德败坏，物欲横流”[1]，“世风日下，腐败、混乱、罪恶猖獗”[2]的社会现实，清教主义者“感到忧心忡忡”[3]，于是很自然地把眼光投向了古老的英国社会，认为那时“民风淳朴，崇尚德性，秩序井然”[4]。在19世纪的英国，针对资本主义的诸多弊端，威廉·莫里斯大胆预言、憧憬共产主义社会，但与此同时，他也“或多或少地向往过去的时代”[5]，“对14世纪的英格兰满怀深切的思念之情”[6]，“把中世纪的生活方式理想化”[7]，“虚构起维多利亚时代晚期的理想国”[8]。在19世纪后半叶的美国，针对物质主义的庸俗生活，埃德温·阿灵顿·罗宾逊（Edwin Arlington Robinson，1869—1935）感到悲哀，他“把对人性的善与恶和当时的拜金主义、道德沦丧结合起来，对后者进行了尖刻的批评”[9]，并“像同代英国作家哈代一样，怀念浪漫的豪勇的过去，留恋它的信仰和传统”[10]，对中世纪的

1 史志康主编：《美国文学背景概观》，上海，上海外语教育出版社，1998年，第10页。

2 史志康主编：《美国文学背景概观》，上海，上海外语教育出版社，1998年，第9页。

3 史志康主编：《美国文学背景概观》，上海，上海外语教育出版社，1998年，第9页。

4 史志康主编：《美国文学背景概观》，上海，上海外语教育出版社，1998年，第10页。

5 黄嘉德：《威廉·莫里斯和他的〈乌有乡消息〉》，[英]威廉·莫里斯：《乌有乡消息》，黄嘉德、包玉珂译，北京，商务印书馆，1981年，第14页。

6 [英]阿萨·勃里格斯：《英国社会史》，陈叔平、刘城、刘幼勤、周俊文译，北京，中国人民大学出版社，1991年，第94页。

7 黄嘉德：《威廉·莫里斯和他的〈乌有乡消息〉》，[英]威廉·莫里斯：《乌有乡消息》，黄嘉德、包玉珂译，商务印书馆，1981年，第14页。

8 [英]阿萨·勃里格斯：《英国社会史》，陈叔平、刘城、刘幼勤、周俊文译，北京，中国人民大学出版社，1991年，第94页。

9 刘海平、王守仁主编，朱刚主撰：《新编美国文学史》第二卷，上海，上海外语教育出版社，2002年，第236页。

10 Li Yixie,Chang Yaoxin,*Selected Readings in American Literature*(Tianjin:Nankai University,1991),p.3.

生活体现出了浓烈的依恋与“怀念”[1]。19世纪末20世纪初以来的哥伦比亚以及整个拉丁美洲的社会发展，正像加夫列尔·加西亚·马尔克斯（Gabriel García Márquez, 1927—2014）《百年孤寂》（*Cien Años de Soledad*）中的马贡多一样，“近百年来始终处于封闭、落后、贫困和保守的‘孤独’境地”[2]，历史进程死水一潭，停滞不前，于是，“逃避现实，眷恋过去，抱残守缺，民族压迫越重，恋旧情绪愈浓”[3]。这些均是确例。

在华兹华斯的理想社会中，人民仿佛生活在古老的过去。浪漫主义提出了回到中世纪的口号，华兹华斯是赞同这一口号的人。他极力推崇理想化的中世纪完美牧羊人式的共和国社会，是“一个回忆过去的诗人”[4]，其复古倾向也十分明显。在《露西组诗》中，年轻的村姑露西住在一个遥远的地方，一个远离文明世界的村庄，过着一种简单朴素的生活，这表现出了诗作者对过去一定程度上的依恋。在《苏珊的梦幻》一诗中，主人翁苏珊（Susan）身在城内，但她却厌恶这种生活，心中幻想着另一种生活。据查尔斯·兰姆（Charles Lamb，1775—1834）写给华兹华斯的一封信，诗中的苏珊确有其人。她是个贫苦的女孩，生长在农村，后来被迫进城当使女。该诗通过苏珊的幻觉，表现了她对故乡、对田园生活的向往与眷恋。苏珊对都市生活的厌恶，实际上是华兹华斯对现实的工业文明的否定。苏珊对故乡、田园生活的向往和眷恋实际上是华兹华斯对过去的农牧业文明的肯定。让人颇感意味深长的是，在1802年之前，华兹华斯在该诗末尾还保留了一个诗节。这一诗节具有一股浓浓的说教味，反映了他的复古倾向：

还是回去吧，离乡背井的可怜人！
你父亲为迎接你仍会打开家门；

1　罗宾逊在诗歌《米尼弗·契维》（“Miniver Cheevy”）中写道：“米尼弗诅咒今世的平庸，/蔑视军人咔叽尼的披挂。/他怀念中世纪体面的仪容，/军队在身上武装着铁甲。”实际上，罗宾逊是在借米尼弗·契维之口抒发自己厚古薄今之观点。原诗这一章节押的是尾韵，押韵方式为abab，今谨据原韵译出。原诗参见：Robinson “Miniver Cheevy”, Li Yixie, Chang Yaoxin, *Selected Readings in American Literature* (Tianjin: Nankai University, 1991), pp. 4-5.

2　郑克鲁主编：《外国文学史》（修订版）下，高等教育出版社，2006年，第211页。

3　郑克鲁主编：《外国文学史》（修订版）下，高等教育出版社，2006年，第211页。

4　*A Course Book of English Literature* (Ⅱ), compiled by Zhang Boxiang, Ma Jianjun (Wuchang: Wuhan University Press, 1998), p. 166.

你又会穿着黄褐色的土布衣裳，
再一次听画眉在它的树上歌唱。[1]

在华兹华斯的诗歌《悔》中，原本靠土地生存的一家人在贪婪的驱使下卖掉土地，过上了异客的生活，不觉悔恨交加："想想我们当初的日入而息：/ 忘情于安息日的闲适和惬意！"[2] 夹杂在悔恨之中的是对昔日生活甜甜的回忆，《悔》：

我们居于斯，似林中飞鸟无忧无虑，
像花丛蜂蝶自由飞来飞去；
有自己的土地，一切随意安排，
旁边的小溪，也流淌得自在。[3]

在上诗中，叙述人"我们""有自己的土地"，这种日子象征着业已成为过去的农牧业文明，是对工业文明的反动。关于华兹华斯的复古情结，在《序曲》第一卷《引言——幼年与学童时代》第 170—179 行中有较多的流露：

但更多时，我走入骑士故事的丛林，
寻得一处幽静的地方，对羊倌们
吹起笛子，或怀抱竖琴，坐在
悠然偃卧的骑士中间，于河边，
或在泉旁，从幽婉的叙说中，听到
坚强的意志如何面对和征服
不祥的魅惑；还有征战的故事，
疆场上利剑相拼，长矛相交，
战斗如此辉煌，似乎矛锋
剑刃竟知晓盾牌上的英雄纹章。[4]

1 ［英］华兹华斯：《华兹华斯抒情诗选》，黄杲炘译，上海译文出版社，2000 年，第 9 页。
2 ［英］华兹华斯：《华兹华斯抒情诗选》，谢耀文译，译林出版社，1991 年，第 60 页。
3 ［英］华兹华斯：《华兹华斯抒情诗选》，谢耀文译，译林出版社，1991 年，第 59 页。
4 ［英］威廉·华兹华斯：《序曲》，丁宏为译，中国对外翻译出版公司，1999 年，第 7 页。

《序曲》第八卷《回溯：对大自然的爱引致对人的爱》第173—185行则对过去的生活直言不讳地加以赞美：

古时，牧人与羊群在安恬中度日：
在隽秀的格里萨斯河畔享用着
源源不绝的碧水与温暖的清泉；
在长满爱神木的亚得里亚海边
徜徉；也在富美的克利塔姆纳斯
两岸享受这安恬，用圣洁的河水
养育雪白的羊群，将它们献给
祭礼或庆典；在凉爽的卢克雷蒂利斯山
那漂亮的额头下，山羊牧人也在
平静中生活，听无踪影的牧神在山上
吹起他的箫笛，乐声穿岩
裂石，如守护之神，保护羊群
不受任何侵害。[1]

复古倾向是人类对渴望的极端形式的表述，威廉·赫兹利特（William Hazlitt，1778—1830）说："理想总是蕴藏在极端之间。"[2]欧文·白璧德（Irving Babbitt，1865—1933）说："每一种可以想象出的极端，无论是保守的极端还是激进主义的极端，都伴随着浪漫主义。"[3]

让·雅克·卢梭（Jean Jacques Rousseau，1712—1778）是欧洲浪漫主义最重要的先驱，他宣扬尚古主义（primitivism），推崇原始文明（primitive civilisation），他的社会观很理想化，具有复古色彩。华兹华斯受卢梭的影响很大，他在作品中流露出的复古情绪也可在卢梭这里找到源头。

1 ［英］威廉·华兹华斯：《序曲》，丁宏为译，中国对外翻译出版公司，1999年，第208页。

2 ［美］欧文·白璧德：《卢梭与浪漫主义》，孙宜学译，河北教育出版社，2003年，第60页。

3 ［美］欧文·白璧德：《卢梭与浪漫主义》，孙宜学译，河北教育出版社，2003年，第60页。

（九）乌托邦色彩浓郁

华兹华斯的理想社会具有明显的乌托邦色彩。汉语中的“乌托邦”译自拉丁语“Utopia”，“Utopia”一词是托马斯·莫尔（Thomas More）在其拉丁语著作《乌托邦》中创造出来的。据克里斯·鲍迪克（Chris Baldick）编撰的《牛津文学术语词典》（*Oxford Concise Dictionary of Literary Terms*），“Utopia”是由希腊语“eutopos”和“outopos”合成的一个双关语单词，“eutopos”意为“good place”即“好地方”，“outopos”意为“no place”即“乌有之地”[1]。又据约翰·安东尼·卡登（John Anthony Cudden）编撰的《文学术语词典》（*A Dictionary of Literary Terms*），“Utopia”是由希腊语“ou”和“topos”组合而成的单词，“ou”意为“not”即“乌有”，“topos”意为“place”即“地方”，两部分合起来表示“乌有之地”，它的文学双关是“eutopos”，“eutopos”意为“place（where all is）well”即“（处处皆）富有之地”[2]。综上所释，“乌托邦”具有双重含义，既表示美好之地，又表示乌有之地，总而言之，是美好但不存在的地方。“乌托邦”是想象出来的理想社会形态，是一种虚幻的社会存在。虚体与实体虽是矛盾的，但二者又是相通的，从实体中可领会虚体，虚体亦可确认为实体。《新爱洛绮丝》中有“幻想之乡是惟一值得居住之地”[3]，穆勒拉格夫在一首诗中写道：“理性是实体的、有用的部分，/它赢得的是脑，而幻想赢得的是心。”[4] 卢梭在1761年1月31日给白利·德·米拉波的一封信中写道：

> 最后自由自在地沉湎于我的幻象之中，感谢上帝，这是我所能做到的。先生，对我来说，这是至高的快乐，在这个世界上，对像我这样年纪的人来说，我想不出还有什么比这更快乐的了。[5]

1 Chris Baldick, *Oxford Concise Dictionary of Literary Terms*, Oxford: Oxford University Press, 1990, p. 235.

2 John Anthony Cudden, *A Dictionary of Literary Terms* (Revised Edition), London: André Deutsch Limited, 1979, p. 733.

3 ［美］欧文·白璧德：《卢梭与浪漫主义》，孙宜学译，河北教育出版社，2003年，第111页。

4 ［美］欧文·白璧德：《卢梭与浪漫主义》，孙宜学译，河北教育出版社，2003年，第9页。

5 ［美］欧文·白璧德：《卢梭与浪漫主义》，孙宜学译，河北教育出版社，2003年，第46页。

人类对现实常常容易产生失望情绪，极度的失望往往又反过来让他们沦为失去精神依托的浪子。人类在回顾过去、审视现实之后，很自然要思考甚至梦想未来，从而有意无意地产生一些乌托邦思想。失望愈大，产生乌托邦思想的可能性也就愈大。乌托邦是人类摆脱苦难现实、实现自我超越的理想途径，是在严峻的社会现实中精神上无家可归的浪子的家园。乌托邦思想不仅是对未来的憧憬，而且是对现实的批判，同时也是对过去的反思，它是连接过去、现在和将来的必不可少的桥梁。人类若在自己的精神世界中没有乌托邦，他们的生活将变成死水一潭，又如断翅的鸟儿，既没有生机，也没有希望可言。泰晤士河注入北海，日复一日，月复一月，年复一年，一浪接一浪，一刻都未中断。正如这泰晤士河之水一样，西方思想史上的哲人对于过去的反思、现实的审视和未来的展望，也一直未曾停止过。他们为人类的未来大胆设想，创作出了不少闪烁着智慧之光的乌托邦或具有乌托邦色彩的作品，如：柏拉图（Plato，前427—前347）的《理想国》（*Republic*）、托马斯·莫尔（Thomas More，1478—1535）的《乌托邦》（*Utopia*，1516）、约翰·凡勒丁·安德里亚（Johann Valentin Andreae，1586—1654）的《基督城》（*Chritianopolis*，1619）、托马斯·康帕内拉（1568—1639）的《太阳城》（*Civitas Solis*，1601年写成，1623年出版）、弗兰西斯·培根（Francis Bacon，1561—1626）的《新大西岛》（*New Atlantis*，1627）、山姆·戈特（Samuel Gott）的《新耶路撒冷》（*New Jerusalem*，1648）、杰拉德·温斯坦莱（Gerrard Winstanley）的《政纲中的自由之法》（*The Law of Freedomina Platform*，1649）、托马斯·霍布斯（Thomas Hobbes，1588—1679）的《勒维阿坦》（*Leviathan*，1651）、布尔沃·里顿（Bulwer-Lytton，1803—1873）的《未来的民族》（*The Coming Race*，1871）、爱德华·贝拉米（Edward Bellamy，1850—1898）的《追忆昔日时光》（*Looking Backward*，1888）、威廉·莫里斯（William Morris，1834—1896）的《约翰·布尔之梦》（*A Dream of John Bull*，1888）和《乌有乡消息》（*News From Nowhere*，1890）、西奥多·赫兹卡（Theodor Hertzka）的《自由之地，社会之展望》（*Freeland, a Social Anticipation*，1891）、赫伯特·乔治·威尔斯（Herbert George Wells，1866—1946）的《现代乌托邦》（*A Modern Utopia*，1905）和《像神一样的人》（*Men Like Gods*，1925）、詹姆斯·希尔顿（James Hilton，1900—1954）的《消失的地平线》（*Lost Horizon*，1933），奥尔德斯·赫胥黎（Aldous Huxley，1894—1963）的《岛屿》（*Island*，1962）、詹姆斯·哈林顿（James Harrington）的《欧森纳联邦》（*The Commonwealth of Oceana*），等等。上述作品中构建出的是由人类文化心理生产出的梦幻形式，是人类自身存在的影子，是人类下意识心理关于绝望和恐怖的形象表达。

白璧德在《卢梭与浪漫主义》中写道：

> 只有在梦乡，人才能依靠个性的扩张力量得到统一，而这种力量不仅将一个个体与另一个个体分开，而且可以使同一个个体与自己分离。只有在梦乡之中，在没有内在和外在的控制的情况下，“一切事物”都将“流向统一，就像河流流向大海一样”。[1]

上述乌托邦或具有乌托邦思想色彩的作品只是主观地表现了人类的精神生活，它们所构建出的一幅幅理想社会的图卷也只是一个人类永远也无法实现的美梦。正是由于它们离人类现实过于遥远，正是由于它们永远无法实现，所以它们对人类产生的魅力才如此巨大。但是，它们使人类在分裂和异化的状况下重新实现了完整和统一，极大地丰富了人类的精神世界，激励着人类迎着艰难困苦，迈着坚定的步伐朝着未来勇敢前进。

对理想社会的追求，乃是文学创作的一个永恒的主题。阿里斯托芬(Aristophanes，约前450—约前388)是古希腊杰出的喜剧诗人，在希腊喜剧发展中发挥了巨大作用，有“喜剧之父”(the father of comedy)之誉。他的喜剧作品《鸟》(“The Birds”)有1765行，是现存最长的诗剧。这部剧作描写了两个雅典人不满意现实生活的混乱，同一群鸟一起在天和地之间建立了一个理想的“云中鹁鸪国”，这里没有贫富之分，没有剥削之苦，劳动是生存的唯一条件。这是现存唯一以神话幻想为题材的喜剧，是欧洲文学史上最早描写理想社会的作品。阿里斯托芬在《鸟》中对“云中鹁鸪国”理想社会的描绘比英国托马斯·莫尔《乌托邦》对“乌托邦”理想社会的描绘早2000多年。华兹华斯或有意或无意或有意加无意以文学的形式所描绘出了理想社会图卷，自有从阿里斯托芬、莫尔一脉下来的渊源，展示了英国社会所作的努力，是值得肯定的。

四、理想社会模式的文化内涵

华兹华斯的理想社会体现了英国快乐的英格兰的社会理想，既具有农业文明

1 [美]欧文·白璧德：《卢梭与浪漫主义》，孙宜学译，河北教育出版社，2003年，第110页。

的特征，还具有畜牧业文明的色彩，体现了回到中世纪的浪漫主义的理念。

（一）英国快乐的英格兰

华兹华斯的理想社会体现了英国快乐的英格兰的社会理想。关于英国欢乐的英格兰，阎照祥在《英国史》中有简要阐释：

> 工业革命前的英国处在两大变革时期之间。它告别了内战、流血和专制，可仍未被工业社会浸淫。传统社会风貌处处可见：静谧的乡村、弯曲泥泞的小路、憨厚朴实的乡民、绿茵茵的公有地、哞咩欢叫的牛羊。这同莎士比亚的社会有多大区别？以后的英国人留恋和赞美农业社会的舒适生活，称之为“快乐的英格兰”。[1]

以上阐释已非常清楚，快乐的英格兰的社会理想脱胎于英国工业革命前的传统社会。这样的社会理想包含了多方面的适意、变化和进步，它并非只是空中楼阁。同欧洲大陆相比，统一的不列颠社会相对安定，没有德意志和法国的关税壁垒，没有过多的正规军，没有大陆式的警察体制，议会两院议员没有薪酬，政府行政开支也明显低于大陆同类国家。同以往相比，农业显得风调雨顺，人口增长未导致粮食紧张。1700—1760 年，全国谷物产量由 1310 万夸特增加到 1470 万夸特，而人口增幅不大，粮价稳中有降，英国仍被誉为“欧洲谷仓”[2]。参照前论华兹华斯理想社会的主要特质可见，华兹华斯的理想社会体现了英国快乐的英格兰的社会理想。

华兹华斯曾一度崇尚法国革命，卢梭则是直接影响法国革命的关键人物。卢梭的政治理念是以人之初性本善的哲学为基础的。他认为人的天性是善良的，是虚伪的文明环境即政府和上层建筑污染了它。在他所梦想的社会中，环境美丽，空气清新，人民胃口良好、身体健康，生活自由自在、无从属感。这实际上是一个具有农牧业文明色彩的自然社会。

（二）农业、畜牧业文明

华兹华斯的理想社会除建立在农耕的基础上之外，也是建立在畜牧的基础之上的，畜牧业文明的特征尤其明显。英国民族的祖先“是勤劳的牧羊人和农民”[3]。早在 43—410 年罗马近四百年的统治时期内，“由于铁器的广泛使用和

1 阎照祥：《英国史》，人民出版社，2003 年，第 230 页。

2 阎照祥：《英国史》，人民出版社，2003 年，第 231 页。

3 王宗炎主编，裘克安编著：《英语与英国文化》，湖南教育出版社，1993 年，第 30 页。

森林的大量开发，农业和畜牧业都得到进一步的发展”[1]。粗略地说，在古代英国，农耕和畜牧业都在社会生产中占据着重要的地位。一方面，华兹华斯在《序曲》第六卷中描述的沙蒙尼山谷中和另一个幽谷的社会以及在《阳春3月作》中所描写的社会，都是农业式的；另一方面，他在《序曲》第八卷中所描写的童年时所见的社会、成年时所见的社会以及在《麦克尔》（“Michael”）和《鹿跳泉》（“HartLeap-Well”）等作品中所描绘的社会又都是畜牧业式的。给人的感觉是，他在诗歌中着墨更多的还是牧羊人的生活，他所描绘的理想社会更多的还是建立在畜牧的基础之上的，畜牧业文明的特征特别显著。这是他在社会理想方面同陶渊明非常不同的一个方面。《序曲》第八卷《回溯：对大自然的爱引致对人的爱》第185—209行：

……成年后，我也
曾经见过一片类似的田园，
那是个能让人放纵想象力的地方，
尽管它的天宇稍欠些宽宏，
少一点安详。大自然为取悦自己，
在此围出一方乐土，舒平
一片漂亮的牧野，点缀上许多
宛若群岛的丛林，堆起一道道
树高叶茂的围堤。但这平野
并无界端，这边豁然开朗，
那边被小湖截住，或碰上高起的
草场或迷宫般的角落——那是些隐入
山崖的幽隈和深坳。牧人在原野上
四方游荡，一间轮子上的小屋
就是他的住房；春时住在
这边，夏令又在他方，日出时
可听见他那清澄的竖箫吹起
情歌的曲调，或轻快的横笛在远方
吹响。在这寥廓的空间里，只要

1　陈治刚、张承谟、汪尧田、汪明编著：《英美概况》（新编本），上海外语教育出版社，1994年，第34页。

途通路畅，任何角落或区域
都会迎来远客，任他愉快地
度过无需辛劳的时光——旋个
榆木碗，这也是最繁重的工作，用来
盛泉水，而游客在此随意漫游，
常能发现清泉流淌。[1]

（三）回到中世纪的理念

在对待现实的态度上，浪漫主义由于对现实强烈不满，大都不屑于对现实作精确的描绘，而力图去表现生活的理想，浪漫主义从本质上看是文学艺术上的理想主义。关于浪漫主义，珀西·比希·雪莱说它“在我们的人生中替我们创造另一种人生”[2]，约翰·克里斯托弗·冯·弗雷德里克·席勒（Johann Christoph Friedrich von Schiller，1759—1805）说它“要把自己提高到理想的领域”[3]。“浪漫主义作品所描写的，不是‘事实如此’而是‘应当如此’的生活，所探求的不是‘事实怎样’而是‘应当怎样’的问题。”[4]如，李白的《梦游天姥吟留别》描写了作者在睡梦之中游览名山天姥，在瑰玮绚丽的情景中同众神仙相遇，全篇想象丰富奇特，间接表现了作者对丑恶现实的不满、远离黑暗现实的决心和放任自由的愿望：“别君去兮何时还？且放白鹿青崖间，须行即骑访名山。安能摧眉折腰事权贵，使我不得开心颜。”作者在睡梦之中游名山，登天梯，披长风，乘云雾，御白鹿，会群仙，“鄙弃尘俗、蔑视权贵、追求自由的思想”，具有强烈的理想主义色彩。埃斯库罗斯（前525—前456）的《被缚的普罗米修斯》描写了普罗米修斯为人类而受苦，为反抗暴政而斗争，他同情人间的苦难，把天上的火种偷来送给人类，并教会人类各种技艺，让人类享受文明与幸福。众神之主宙斯大怒，把他捆在高加索悬崖上，每天派一只鹰去啄食他的肝脏，使他不断遭受

1 ［英］威廉·华兹华斯：《序曲》，丁宏为译，中国对外翻译出版公司，1999年，第208—209页。

2 唐正序、冯宪光主编：《文艺学基础理论》（修订本），四川大学出版社，1994年，第290页。

3 唐正序、冯宪光主编：《文艺学基础理论》（修订本），四川大学出版社，1994年，第290页。

4 唐正序、冯宪光主编：《文艺学基础理论》（修订本），四川大学出版社，1994年，第290页。

煎熬和痛苦，但他毫不屈从于对方的淫威："可是宙斯是会屈服的，不管他的意志多么倔强；……除了我，没有一位神能给他明白的指出一个办法，使他避免灾难。"[1] 普罗米修斯偷盗天火，遭受神罚，藐视权威，奋力反抗，他使希腊诸神"悲剧式地受到一次致命伤"[2]，具有强烈的理想主义色彩。陶渊明的《桃花源记》（并诗）的确是一篇具有浪漫主义性质的作品，但若把他其他作品都考虑进去的话，又不能将他简单、片面地归于浪漫主义作家之列。至于华兹华斯，他是英国浪漫主义的代表人物，其作品当然是浪漫主义的。陶渊明和华兹华斯或比较集中或相对分散地在其作品中描绘出了他们各自的理想社会图卷，但不能据此推断，他们都是浪漫主义作家。

浪漫主义具有强烈的主观情感，它往往是同当时的现实极为不调和的产物，它可以表现为对现实的无情揭露和愤怒控诉，也可以表现为对未来的大胆幻想和热烈憧憬，二者又常常是连在一起的。雪莱在《伊斯兰的起义》的《序言》中写道："我只是要唤醒人们的情感，从而使读者明了真正的德行之美，并激励他们从事探讨，我自己就是通过这种探讨而树立了我的道德和政治信仰。"[3] 华兹华斯对工业文明的怀疑和否定，可能始自童年时期。《序曲》第七卷《寄居伦敦》第89—98行：

> ……当时在我们
> 那群孩子中，曾经有一位天生
> 跛足的少年，因偶然的机会，在上学时
> 去过伦敦，成为幸运的游客，
> 让我们羡慕。不久后，当他返回时，
> 我仔细观察他的神态与相貌，
> 发现他的气质依然如故，
> 竟未从那新奇的地方、那犹如仙境的
> 城市带来一点变化。老实说，

1　［古埃及］埃斯库罗斯著，罗念生译：《被缚的普罗米修斯》，周煦良主编《外国文学作品选》第一卷，上海译文出版社，1979年，第63页。

2　［英］彭斯：《我们干吗白白浪费青春》，《彭斯抒情诗选》，袁可嘉译，湖南文艺出版社，1996年，第61页。

3　［英］雪莱：《伊斯兰的起义》，王科一译，上海文艺出版社，1962年，第1页。

我难免感到失望。[1]

尽管如此，华兹华斯对现实社会进行直接的、不断的揭露、批判和对理想社会加以间接的、局部的描绘、咏叹并不是其生而有之的秉性，相反，这是有深刻的文化根源的。他不但是浪漫主义诗人，而且是英国第一代浪漫主义诗人的领袖。

1 [英]威廉·华兹华斯：《序曲》，丁宏为译，中国对外翻译出版公司，1999年，第170页。

中西比较视域下的中国创世神话研究

郭　恒*

内容提要　从分析和探讨西方学者在“中国创世神话”这一重要的主题上的两种观点：即从“中国没有创世神话”和中国有具有自己文化特点的创世神话出发，结合评介中国国内学者自20世纪初以来在这一问题上的关注与不断深入系统的研究，得出中国不仅有创世神话而且是稀有的丰富与多元的结论。在分析过程中，重点考察了为什么西方学者会产生“中国没有创世神话”的偏见，并结合历史和文化环境，指出中国创世神话表现出的特点和样态。同时尝试分析了中国创世神话的所指、范围以及学术交通上存在的欠缺。

关键词　创世神话　文化比较　西方视域

中国神话研究领域有一个话题长久地吸引学者们的关注和争议，这就是关于中国创世神话有无的问题以及中国创世神话独特性（如果有）的问题。而中国没有创世神话 (China has no myths of cosmogony)，甚至一度被西方学界视为定论，被认为是中西方文化传统之间最根本的区别之一。这一争议西方世界在20世纪初期就有过相关的讨论，我国自20世纪初期起也不断有学者对此撰文表达自己的观点。现在关于这一问题的讨论已经有了确定的答案。但对这一核心话题的回顾与讨论仍具有重要的价值。以下将就这个问题进行历时性的分析，展现中外代表性学者的研究及其主要观点，期望能够从中进一步理解中国创世神话的真实面目与独特性。

---

* 郭恒，宜宾学院文学与音乐艺术学部副教授。

基金项目：教育部人文社会科学研究规划基金项目“海外《山海经》百年译介、传播与影响研究”（22YJA752007）成果。

一、何谓创世神话

雷蒙德·范·奥弗在他编的《太阳之歌：世界各地创世神话》中认为："创世就是一种持续不断的延伸，一种极大的扩展。"[1]奥弗还认为许多神话，包括死亡和复活的神话，洪水的传说都可被理解为创世神话，因为"它们都与转化有关，都与永远生长永远向其神秘的终结移动的，生命的动态过程有关"[2]。创世神话在神话研究中具有极其重要的地位。正如奥弗所说，创世神话是从人类心灵深入产生的，因此"带有人类深切的渴望，要把混乱而麻烦的现实整理成形并构造起来，使以前只有阴影笼罩的地方具有意义和见识"[3]。陶阳等在《中国创世神话》一书中把讲述万物起源的神话统称为创世神话，主要包括天地开辟、人类起源、民族诞生、文化发端以及宇宙万物肇始的神话。[4]面对形形色色的定义，我以为这个问题可以简单化。创世神话可以大略地分为两类：一类是自然创世神话，即宇宙万物是如何生成的；一类是人类社会的创世神话，简单来说就是关于人类如何起源的神话。以下的讨论也将体现这种理解。

二、西方视域下的中国创世神话

实际上，西方世界对中国创世神话的研究并不多，甚至可以说很稀少。这也是一个很奇特的现象，因为无论对哪个古老文化体而言，创世神话的存在是一个普遍而必需的因素，甚至可以说是古文明的根。但是为什么曾经很长时间以来大家都避而不谈中国的创世神话呢？其中最根本的原因是长期以来，西方世界的部分学者对此有一个普遍的认识：即中国思想中对创世的意识极为薄弱，这一特点阻碍了创世神话的产生，或者即便有，也是相当模糊，不占据什么地位。早

1 ［美］雷蒙德·范·奥弗：《太阳之歌：世界各地创世神话》，毛天祜译，中国人民大学出版社，1989年，第6页。

2 ［美］雷蒙德·范·奥弗：《太阳之歌：世界各地创世神话》，毛天祜译，中国人民大学出版社，1989年，第17页。

3 ［美］雷蒙德·范·奥弗：《太阳之歌：世界各地创世神话》，毛天祜译，中国人民大学出版社，1989年，第13页。

4 陶阳、牟钟秀：《中国创世神话》，上海人民出版社，2006年，第2页。

在 1879 年，传教士欧德理（E. J. Eitel，1838—1908）就提出的：“由虚无中创生所有的观念，对中国人而言是完全陌生的，以至于中文里没有任何词汇可以表达‘从虚无中创生万有’（creation ex nihilo）的观念。”[1] 这种观点产生后，几乎很快被西方学者接受并泛滥开来。1925 年，福柯（A. Forke）就指出：“和其他国家相反，中国没有创世神话。”[2] 几十年后，卜德（Derk Bodde，1909—2003）依旧认可这种观点，他在 1972 年发表的一篇关于中国神话的文章中谈道：

> 的确令人惊异，除了一个神话（即盘古神话），中国，可能是古代几个主要文明中惟一的一个，没有关于创世的真正故事。这一情况和我们在中国哲学中发现的情况类似，从起初开始，他们对人际关系和人如何调整来适应物质宇宙有强烈的兴趣，但相对在宇宙起源上没有什么兴趣。[3]

吉拉道特（N. J. Girardot）曾经研究过葛兰言（Macel Granet，1884—1940）对此的态度，他指出，葛兰言认为和其他文明相比，缺乏创世意识是中国独特性的一个标志，原因在于中国特殊的对社会政治的强调阻碍了任何形式的创世猜想获得显著的地位。[4] 为了更清楚地说明葛兰言的态度，吉拉道特还特意翻译了葛兰言的一段评述：

> 有必要关注到中国人赋予政治的优势地位。对中国人而言，世界的历史并不在文明开始之前才开始。它不起源于创世主的吟诵，也不起源于对宇宙的思索，却起源于圣王的传记。中国古代英雄生平传说包含了大量的神话因素；但创世主题一进入文学就发生了转变。所有的传说仿佛都是对人类历史事实的汇报。伴随着中国人的

1 金鹏程：《“中国没有创世神话”就是一种神话》，《复旦学报（社会科学版）》2018 年第 5 期，第 83 页。

2 A. Forke, *The World Conception of the Chinese*. London: Probsthain, 1925, p. 34.

3 D. Bodde, “Myths of Ancient China”, in *Mythologies of the Ancient World*, S. N. Kramer Ed., Garden City, N. Y.: Doubleday&Co., 1961, p. 381. 如无特殊说明，文中所有英语原文均由笔者翻译，余不赘。

4 N. J. Girardot, “Problems of Creation Mythology in the Study of Chinese Religion”, in *History of Religions*, 1976, Vol. 15, No. 4, p. 300.

是和政治优先相符的特点，这一特点决定了他们深深地排斥所有与创世有关的理论。[1]

甚至熟谙中国文化的李约瑟对此也持相似的观点，他声明："整体说来，道教徒避免阐释宇宙论，他们明智地考虑到关于'道'的最初的创造性的行为必须一直保持着不为人知的状态。"[2]

金鹏程还列举了海外著名汉学家牟复礼、葛瑞汉、郝大维和安乐哲在此观点上的一致性，即都认为中国文化是不可能产生创世神话的文化。[3]

尽管古代中国文献中有关于宇宙巨人或者说盘古的神话，这也是国际公认的中国发现的唯一真正意义上的创世神话。但这一神话出现太晚（约公元前3世纪），又被认为具有明显的和南方蛮族文化有关的外来思想的影响，因此一些学者不认为它是中国原始的创世神话。

在一部分西方学者对中国创世神话的存在表示否定的同时，也有学者看到并关注到中国神话创世主题的。如康德谟（Kaltenmark，1910—2002）、艾博华(Wolfram Eberhard)、厄克斯（Erkes）、张光直（Chang Kwang-chi，1931—2001）等学者一直呼吁人们注意先秦时期创世主题真实而有意义的存在。[4]吉拉道特对这些学者的看法进行了一个简单的梳理。[5]早在1912年，劳费尔就感到必须要挑战这一成见，即在早期中国思想中没有关于创世的推测。几十年后艾博华从宗教史的比较观出发，宣称在《尚书》伪史的习俗中正隐藏古老创世神话的复

1 这是吉拉道特对葛兰言法文本的英文翻译，原文见Granet, La Penséee, p. 283；译文见N. J. Girardot, "Problems of Creation Mythology in the Study of Chinese Religion", in *History of Religions*, 1976, Vol. 15, No. 4, p. 300。

2 N. J. Girardot, "Problems of Creation Mythology in the Study of Chinese Religion", in *History of Religions*, 1976, Vol. 15, No. 4, p. 300.

3 金鹏程：《"中国没有创世神话"就是一种神话》，《复旦学报（社会科学版）》2018年第5期，第83—90页。

4 N. J. Girardot, "Problems of Creation Mythology in the Study of Chinese Religion", in *History of Religions*, 1976, Vol. 15, No. 4, pp. 301-304.

5 参见N. J. Girardot, "Problems of Creation Mythology in the Study of Chinese Religion", in *History of Religions*, 1976, Vol. 15, No. 4, p. 301。原文见Berthold Laufer, Jade: A Study in Chinese Archaeology and Religion, Field Museum of Natural History Publication No. 154. Chicago: Field Museum of Natural History, 1912, pp. 146-147。

杂类别。厄克斯指出，在早期道教文学中存在一定的创世主题的特殊关联，比如混沌神话、宇宙蛋神话、远古双身神话以及其他类似盘古的宇宙巨人的神话。华裔美国学者张光直也对中国的创世神话作了研究，他认为这种研究对中国文化史具有很重要的意义，能帮助人们从一种更完整和均衡的角度来理解文化史。他指出虽然盘古神话在三国时期之前的现存文献中找不到记载，但有关这一神话的结构和内容确定无疑地在汉之前的文献中存在，比如《天问》一诗就暗含了关于宇宙的创生和结构方面的观点。同时他坚称混沌主题构成了一个关于古老宇宙结构的极为重要的部分。[1]

吉拉道特在他 1983 年的著作《早期道教混沌主题的神话与意义》一书中对早期道教哲学传统中混沌的宇宙观主题进行了深入的考查，追溯了这一主题在权威神话文献中的起源，并试图在文学中发掘出它的隐喻痕迹。他把混沌神话视为中国的创世神话。吉拉道特对宗教史中神话因素的关注唤起了西方学者对中国创世神话的研究。

那么是什么引起了这种对立的局面呢？在各个文化中普遍存在的创世神话反而在中国的古文明中如此黯淡乃至于缺席了。而哪怕是认为中国具有创世神话的，也语焉不详，似乎不能足够有力地予以彻底的反拨，显得有些遮遮掩掩，有些自己都不足以坚信。这背后又有着哪些缘由呢？

三、西方视域下“中国创世神话之有无”争论带来的启发

在中国人对创生的认识上，鲁惟一认为中国人和西方人不同，没有明确的造物主的概念，也没有造物者和被造物者之间的明显区分，因此天地万物都是同一种存在秩序的成员[2]。所以“在中国的无论神话还是哲学，没有‘无中生有’（creatio ex nihilo）的观念，创生是一种物质转化成另一种物质的过程，而非被制造出来的实物”[3]。鲁惟一看到了中国人对创生的理解有自己独特的思

1 参见 Chang Kwang-chih, “Shang chou shen-hua chih fen-lei” (A Classification of Shang and Chou Myths), in *Bulletin of the Institute of Ethnology* (Academia Sinica), No. 14(1962), pp. 81-82。

2 参见 Michael Loewe, *Chinese Ideas of Life and Death: Faith, Myth and Reason in the Han Period*. Taiwan: SMC Publising Inc., 1994, p. 63。

3 Michael Loewe, *Chinese Ideas of Life and Death: Faith, Myth and Reason in the Han Period*. Taiwan: SMC Publising Inc., 1994, p. 64.

想基础，这一点和西方基督教文明下以造物主创造万物看待创世神话有着根本的不同。

比埃尔（Anne M. Birrel，1942—）在她的《中国神话概论》一书中，使用了比较神话学的视角来研究中国的宇宙起源思想和相关神话[1]。她总结了中国的宇宙起源神话与希腊、埃及、巴比伦神话的相同之处：一是都是从某种单一的古老元素中产生万物，一是把宇宙看作是唯一的，有可见的边界，日月星辰各就其位。同时比埃尔对比了中国传统与犹太—基督教传统在宇宙起源神话上的不同，即中国神话中没有特定的创造者，也完全觉得没有必要，中国的创世神话没有一神教系统下的权威力量的标记。这点和古希腊的情况相同。

艾兰在《商周时期的上帝、天和天命观念的起源》一文中把洪水神话看作是创世神话的一种。根据学者们对欧亚之间同期天体现象的分析，艾兰认为中国历史文献中记载的大洪水，实际上反映了“天鳖”座取代银河的天体运动，这样，如果中国的洪水神话与北极星相连，那么这一神话与欧亚大陆其他洪水神话间可能会有明显的联系。[2]艾兰的这一大胆的推断给了我们更多的启示，也就是说中国类似洪水神话之类的创世神话或许并不独立存在，世界范围内的创世神话有可能存在着某种内在的联系。艾兰此处强调的是，以洪水神话作为创世神话，到处都有，中国也不例外。这是共性。但中国也有她自己的富有特色的创世神话。

而金鹏程甚至更近一步，在他的《“中国没有创世神话”就是一种神话》一文中，他从哲学和西方文化中心观来看待这个问题，认为“在中国文献中我们可以发现大量的创世故事”，“‘中国没有创世神话’这一观点，是中西比较研究中最糟糕的谬误之一”[3]。

无论是治古史研究的英国学者鲁惟一，还是从历史和考古出发研究中国神话的美国学者艾兰，无论是专职从事神话研究的英国学者比埃尔，还是从道教混沌神话入手的吉拉道特，有一点是可以肯定的，中国创世神话的存在毋庸置疑，不过，她具有自己的特点。而这些特点和国外创世神话有相关联的一面，但更多体现了一种异质性。

---

1 参见 Anne Birrell, *Chinese Mythology: An Introduction*. The Johns Hopkins University Press, 1993, p. 24.

2 艾兰：《郭店楚墓竹简〈老子〉与〈大一生水〉》，《水之道与德之端——中国早期哲学思想的本喻》，商务印书馆，2010 年，第 226—227 页。

3 金鹏程：《“中国没有创世神话”就是一种神话》，《复旦学报（社会科学版）》2018 年第 5 期，第 94 页。

以上简略地分析了国外学者关于中国创世神话有无的一些看法和观点，旨在说明中国创世神话一是确定有，二是有她迥异于西方的独特性。下面我们来聚焦国内的相关研究。了解国内学者是怎么看待中国创世神话的，在这方面又做了哪些卓有成效的工作。从而大体地阐述有关中国创世神话研究发展的脉络。

四、中国国内创世神话研究评述

中国国内的创世神话研究开始于20世纪20年代。其中茅盾是奠基者和开拓者。1924年茅盾在《中国神话研究》一文中，对中外创世神话进行了研究。1929年他又在《各民族的开辟神话》一文中研究了中国和其他国家的开辟神话。他在《自然的神话》中对开辟神话的解释基本上就可以把它理解为创世神话。1927年黄石出版的专著《神话研究》中，涉及对中国宇宙开辟论的认识。谢六逸在他1928年的《神话学ABC》一书中，列举了盘古开天辟地的三则史料，提炼出“尸体化生”和“天地分离”两大母题。1960年袁珂的《中国古代神话》出版，其中的第二章和第三章描述了世界是怎样开始的神话，根据李滟波的归纳，有六种人类由来神话和七种宇宙开辟神话，为后来的创世神话研究提供了丰富的素材。[1]1982年袁珂的《神话论文集》出版，在这本论文集中，袁珂提出“女娲造人”的神话虽然记录时间晚但实际上是最早产生的神话之一。1988年袁珂在他的著作《中国神话史》中，首次整理了中国少数民族的创世神话。而叶舒宪更是较早意识到西方汉学界的不足，他曾这样写道：“1988年我撰写的《中国神话哲学》就是此类研究的案例，其所针对的是一个长期流行国际学界的偏见：‘中国没有创世神话。’”[2]整个20世纪在著名民俗学学者乌丙安看来，属于中国“创世神话大发现”的时代。[3]

李滟波将20世纪60—80年代看作是中国创世神话史料整理时期，认为1989年是中国创世神话研究的丰收年，表现在出版了国外神话研究的译著两部[4]

1 李滟波：《中国创世神话研究述评》，《上海师范大学学报（哲学社会科学版）》2006年第5期。

2 叶舒宪：《创世神话的思想功能与文化多样性》，《中国比较文学》2018年第4期，第11页。

3 潜明兹：《中国神话·序》，载陶阳、钟秀编：《中国神话》，商务印书馆，2008年。

4 即［美］雷蒙德·范·奥弗：《太阳之歌：世界各地创世神话》，毛天祜译，中国人民大学出版社，1989年；克雷默：《世界古代神话》，魏庆征译，华夏出版社，1989年。

和国内创世神话研究的专著两部。[1]卜德《中国古代神话》论文中关于中国没有创世神话的论断对国内造成一定冲击，陶阳和牟钟秀 1989 年发表了国内学者首次以创世神话为专题的著作，算是一种回应，对国内创世神话研究具有重要意义，提供了翔实的原始资料。这本书根据收集到的资料，大胆宣称："中国的创世神话居世界之最。就世界文化史来看，还没有见到哪一个国家像中国拥有这么多的创世神话。中国 56 个民族，几乎每一个民族都有创世神话；不但如此，而且还发现了几十部创世史诗，在西南地区形成了一个创世史诗群，这都是世界文化史上所罕见的。"[2]

此后，研究中国创世神话的学者增多，成果也纷纷问世。其中叶舒宪的《中国神话哲学》作为中国神话研究史上的第一部理论著作，发掘了新年第七日为"人日"的创世母题神话，认为盘古神话源于印度。同时叶舒宪认为《庄子》中的混沌寓言应该是由古代神话改编而来，而这个神话本身就具备创世神话的性质。1991 年台湾学者王孝廉在《中国的神话世界》一书中，指出盘古神话和女娲神话分别代表着古代中国不同部落间的创世神话。1997 年陈钧又编著了《创世神话》一书（东方出版社）。较近时期对中国创世神话的研究还有徐华龙、何新、陈建宪、王增永、向柏松[3]、张开焱[4]、刘亚虎[5]等学者。总之进入 21 世纪以来对创世神话的研究进入了一个相对成熟的时期，可以说无论是立项结项的课题、发表的论文，还是出版的专著都能看到对中国创世神话的深入系统的研究。有学者对近几十年来中国各少数民族创世神话研究作了梳理和研究，宣称 21 世纪是少数民

1 李滟波：《中国创世神话研究述评》，《上海师范大学学报（哲学社会科学版）》2006 年第 5 期。

2 陶阳、牟钟秀编：《中国创世神话》，上海人民出版社，2006 年，第 28 页。

3 向柏松 2011 年的博士论文题目为《中国创世神话形态研究》，武汉大学。后来又主持同名的教育部项目，发表若干与此相关的学术论文、专著等。

4 张开焱对中国创世神话的研究成果众多，曾主持并结项教育部人文社科基金课题"世界祖宗型神话——中国上古创世神话叙事原型重构"，发表了一系列的学术论文，并出版《世界祖宗型神话——中国上古创世神话源流与叙事类型研究》（中国社会科学出版社，2016 年）一书。

5 刘亚虎曾发表《中国神话的创世模式及其"神圣叙述"》（载《世界宗教文化》2016 年第 6 期）认为典籍文献里关于创世的叙述，有一个逐步完善的过程。

族创世神话全面繁荣时期。[1]上海市社会科学联合会更是捷足先登，组织了“中华创世神话学术研究工程”，2022年出版了《中国创世神话图像编》系列丛书，这在中国创世神话的发展与研究上应该说具有里程碑意义。如果说20世纪还只是“中国创世神话大发现”的时代，到了21世纪，毫无疑问，已经造就了中国创世神话的大爆发。

关于记载中国古代创世神话的文献最早在什么时候，一直是大家普遍关心的问题。杨宽1997年发表的论文，即对此进行了研究。在《楚帛书的四季神像及其创世神话》一文中，杨宽指出1942年湖南长沙子弹库所发现的楚帛书，是“已发现的年代最早的战国时代楚国的古文帛书，而且是迄今见到的唯一的‘图’‘文’并茂的有关创世神话的古文献”[2]。这份楚帛书现藏在华盛顿的塞克勒美术馆。据杨宽的介绍，这是一幅略近长方形（47cm×38.7cm）的丝织物上，东、南、西、北四边环绕绘有春、夏、秋、冬四季十二月的彩色神像，并附有“题记”，在四边所画神像的中心，写有两篇配合的文章，一篇十三行，一篇八行。杨宽认为这份楚帛书的主旨在于讲到了“四时”（即四季）之神的创世神话及其对“四时”运行和天象灾异的调整作用，要求人们对“四时”之神加以崇拜和祭祀。[3]通过详细的分析，杨宽指出楚帛书中间八行的一段文章，就是关于开天辟地的创世神话，其中文章的上半节谈到伏羲创世的神话，下半节讲的是祝融进一步创世的神话。这也是“我们所见到的时代最早的创世神话文献”[4]。同时杨宽认为伏羲是楚神话中的最早创世者，是伏羲生下四时之神，在一团混沌中使四时之神开天辟地，使得日月分明，年有四季。[5]这篇文章在众多对此楚帛书的考据和研究中应该是相当有价值的一篇。它从对出土实物中的画像和题字的详细考证和分析，结合众多不同的文献互相参照佐证，无可置疑地证实了中国创世神话的存在。不仅存在，而且有着丰富的内容和成熟的形式。战国时期就已经存在的楚帛书里有关于创世神话明白确定的记述，表明之前就已经有丰富多彩的创世神话。它们同时

---

1 陈娜、张开焱：《近三十年各少数民族创世神话研究述评》，《内蒙古民族大学学报》2010年第2期，第16—17页。

2 杨宽：《楚帛书的四季神像及其创世神话》，《文学遗产》1997年第4期，第4页。

3 杨宽：《楚帛书的四季神像及其创世神话》，《文学遗产》1997年第4期，第4页。

4 杨宽：《楚帛书的四季神像及其创世神话》，《文学遗产》1997年第4期，第8页。

5 杨宽：《楚帛书的四季神像及其创世神话》，《文学遗产》1997年第4期，第11页。

可以在古文献和出土物证[1]中找到印证。这样，西方学者关于古代中国没有创世神话的论断不攻自破。

在中国创世神话的研究中的一个特别值得关注的就是少数民族创世神话的数量之多，种类之多样。西方学者在对中国创世神话的研究中，往往由于过分地关注书面文献，关注以汉族为主体的神话，可能没有机会更多地了解和接触到中国少数民族流传的大量口传神话。它们同样是中国神话的重要组成部分，和汉族主要聚集地的神话有着千丝万缕的联系。这里仅以王宪昭的新著，2012年出版的《中国少数民族人类起源神话研究》一书为例，简要介绍一下少数民族创世神话中人类起源神话之丰富多样。

此书厚达366页，对搜集到的一千八百三十一篇各民族代表性的人类起源神话进行了重点梳理分析，其中少数民族神话一千四百七十二篇。以此为基础对中国少数民族神话进行较为全面的统计和分析。[2]举“化生万物”的母题为例，王宪昭根据搜集到的神话资料，有二十四个民族曾流传动植物或神的化生人间万物（包括人类）的情况。比如彝族的《梅葛》中叙述了黑埃波赛神生了一个蛋，蛋的各个部分变成了天地日月星辰等，而黑埃波赛神死后变成世间万物和其他神；藏族则有牛化生万物的神话；兰坪普米族的《杀鹿歌》说杀了马鹿之后，鹿身体的各个部分变成天地日月星辰、群山道路、江河湖海等。[3]

根据叶舒宪在2018年统计的关于中国创世神话的量化数据，即“境内各民族所遗留下的创世神话遗产50种（据目前所知的材料，仅有中国少数民族中的俄罗斯族和塔吉克族等为数不多的民族中尚未发现创世神话）。如果加上单一民族口传遗产中多种不同叙事的创世神话，其总数将达到100至200种。这样巨大数量的创世神话的丰富叙事，过去不仅不为国际学界所知，就连我们本国知识人也知之甚少”[4]。

综观以上中国国内创世神话和英语世界学者对此专题的研究，我们可以看到

1 如文章提到的陕西神木县汉墓中出土的画像石中“春神句芒”和“秋神蓐收”分别手捧日月轮的形象。参杨宽：《楚帛书的四季神像及其创世神话》，《文学遗产》1997年第4期，第12页。

2 王宪昭：《中国少数民族人类起源神话研究》，中国社会科学出版社，2012年，第11页。

3 王宪昭：《中国少数民族人类起源神话研究》，中国社会科学出版社，2012年，第161—162页。

4 叶舒宪：《创世神话的思想功能与文化多样性》，《中国比较文学》2018年第4期，第11页。

中国国内的创世神话研究在数量和范围上要远远超过西方学者的研究。西方学者对中国创世神话的研究由于手头资料和传统观念的限制（如认为中国没有创世神话等），往往集中在古籍文献里的记载，更多的只是将汉民族作为主体民族来研究。国内学者，特别是20世纪初和20世纪80年代以来的学者比较重视将中华民族作为一个整体从各族神话资源中寻找素材来进行对比研究。当然这种工作进行得还不充分。对比国外学者中相当一部分认为中国没有创世神话的论点，中国大多数神话学者是不承认的，他们从相对稀少的汉民族传世文献与出土文献的创世神话中，也从汉族口头传说（如对河南济源创世神话群的收集整理[1]、对河北娲皇宫女娲信仰的实地考察[2]等）与少数民族丰富的创世神话素材中进行了创世神话的收集与研究。无论是从国内出土的考古实物，还是汉族中心地区和少数民族的丰富口头神话资源，包括对古文献细致的勾陈，中国没有创世神话的论调毫无置疑地已成为昨日黄花。正如金鹏程归纳的结论："中国没有创世神话"，……已经成为当代史学的一个陈词滥调。[3]中国不但有，而且是稀有的丰富，无疑会对世界神话学中的创世神话研究提供资源和补充，丰富世界神话学的整体发展。当然这种价值在多大程度上能达成，还是要取决于中西学者尤其是中国学者的努力。

结 语

尽管由于对创世神话的定义和界定会存在这样那样的不同，早期学者能够得到的文献资源和理解等方面会受到局限，无论如何，西方学者对中国是否存在创世神话的态度，实际上是受到了早期传教士以基督教为中心看待中国神话的影响。基督教创世纪中是上帝用了七天的时间创造了宇宙万物。如果承认其他民族存在着完全不同，形形色色的创世神话，会对传教不利，也会对基督教文明下的西方社会造成观念上的冲击，这应该是一种隐性的，但同时具有重要影响的原因。中国创世神话，正如比埃尔和艾兰在她们的神话研究中揭示的一样，有其独特性，

1　河南人民出版社于2008年出版了《济源邵原创世神话群》一书，内容有故事、有论著、有评说，这是在中原腹地认定的口头传说类非遗。

2　北师大杨利慧老师带领团队在河北娲皇宫进行考察，并出版了《女娲溯源——女娲信仰起源地的再推测》一书（北京师范大学出版社，1999年）。

3　金鹏程：《"中国没有创世神话"就是一种神话》，《复旦学报（社会科学版）》2018年第5期，第84页。

和犹太—基督教一神教文明下的创世神话有着根本的不同，这点必须在研究的开始就应该清楚地意识到。不能从西方的文化和哲学背景出发，以此作为评判和定性其他文明下各种不同的独特情况。金鹏程基于对西方文化中心主义的批判，也明确指出中国没有创世神话，本身就是一种神话。中国创世神话有她自己的表现和特色，而这一点正是其文化古老而多元的体现，不能将之作为西方范式的陪衬和镜像。[1]我认为应该在充分尊重和理解文明异质性的基础上开始比较研究，分析其异同，丰富世界神话的理论研究。另外西方学者得出这一结论的最重要观点，即中国思想中更重视人际以及人与社会的关系这一点，而忽略了人类之外创世神话中尤其关注的宇宙观，和世界上其他民族相比，确实在以汉族为主体的文化中是不可否认的事实，值得我们反思。但这一点到底是否影响了早期的创世神话的产生，是存疑的。更可能的是许多丰富而优美的创世神话，如杨宽结合楚帛书图文分析的创世神话，在中华文化漫长的发展时期经历了消失、演变、混溶等过程，只有部分还能在不同民族的口头流传和名物习俗中探寻其踪迹。

中国创世神话的问题，需要研究者重头审视之前做出这些结论的历史语境，也包括如何理解“神话”这一专词在不同的历史文化环境下可能会被诠释得各不相同的事实。中国神话的特质正是因为中国古代人、神不分，更加注重道德性的文化背景而呈现出和希腊神话不同的特点。同时理解中国神话的理论问题，还要关注到一些关键的地方：如中国神话的范围问题，包括汉族神话和非汉族神话的问题，之前的研究更多或者说大部分还是在以书面典籍为载体的、居住在中心区域的汉族神话为主要研究对象，但毫无疑问，这种取向既不完整也受到了相当大的限制，没有展示出中华民族各个子文化下呈现出的神话的丰富样态，而这项工作需要花费更多的精力，专门地去完成。否则，缺失了对非汉族中心地带丰富神话资源的研究，所有的研究都难免片面而残缺，不能代表整个中国神话。这种情况国外学者由于受到各种限制表现得更为明显。同时，对中国神话的研究成果要进一步的消化吸收。国外学者和国内学者在研究中国神话时，往往互不交通，彼此的研究成果没有得到更好的转化、吸收和利用。往往一方已经达到较高或较新的水平，而另一方对此还没有很好地关注和理解，更遑论消化和吸收了。比如国内对创世神话的研究已经比较广泛，而国外却并不知晓，甚至相当一部分专门研究中国文化历史的大家仍然固守着早已无法成立的结论。如何让自己的成果为

1　金鹏程：《“中国没有创世神话”就是一种神话》，《复旦学报（社会科学版）》2018 年第 5 期，第 94 页。

国际所知，彰显自己文化的独特性。这一点，尤其要引起国内学者的注意。2017年7月，在哈萨克斯坦首都阿斯塔纳世博会上，上海学者展示了一幅高3米、长16米的“中国六十神仙兄弟”动漫图[1]，起到了很好的传播效果，类似这种借助科技进行包括中国创世神话在内的传统文化的推介，是一种很好的路径。

1 仲富兰：《中华创世神话，从未停止传播的脚步》，《解放日报》2017年12月26日，第011版第1页。

玛格丽特·万对《绿牡丹》的跨文化阐释研究

李 泉*

内容提要 玛格丽特·万把《绿牡丹》视为武侠小说文体初创时期的代表性作品，将其回放至18世纪晚期到19世纪中期武侠文学诞生初期和通俗大众文学传播语境的双重历史背景中，一方面从西方文论的跨文化视域推进了对武侠小说体裁成型过程中其本身与小说文体统摄下的公案小说、历史演义、英雄传奇和才子佳人小说等多种体裁之间如何相互影响、并生建构的体裁发展认识；另一方面从《绿牡丹》多个版本的表述差异和历史流变来探索早期武侠小说与19世纪通俗小说、文人小说以及说唱故事等其他通俗叙述文体之间的相互关联与交叉哺育。玛格丽特·万把小说置于多种文体交互共生的维度，以从文学史中加以宏观统摄、从文体跨界的跨体裁视野综合考量的研究方法与文论思想对国内武侠小说研究乃至整体小说研究都具有极大的启发意义。

关键词 《绿牡丹》 武侠小说 文体研究 跨文化阐释

一、《绿牡丹》在国内外学界的地位与研究状况

《绿牡丹》，又名《四望亭全传》《龙潭鲍骆奇书》《反唐后传》，是清朝道光年间问世的一部侠义小说，作者二如亭主人，真实姓名无从考证，也有观点认为是吴炳所著。小说将故事背景设置于唐武则天时代，描写了将门之子骆宏勋与江湖侠盗之女花碧莲在几经挫折、终成眷属的故事，在历史演义中交代了忠臣与侠盗联手剪除欺压百姓、败坏朝纲的武周佞臣及其党羽，最终迎庐陵王还国登基、众人接受封赏的过程。《绿牡丹》脱胎于评话，带有典型的通俗评话小说特征。小说问世后广受读者欢迎，产生了较大影响。许多地方剧种都曾取其部分情

* 李泉，电子科技大学外国语学院副教授。

节改编成戏剧上演，如《大闹桃花坞》《四望亭》《嘉兴府》《龙潭镇》《扬州擂》《四杰村》《巴骆和》等，京剧《宏碧缘》即以《绿牡丹》为蓝本改编创作而成。

受武侠小说在整体文学史中地位不高的影响，《绿牡丹》在国内学界也没有受到重视，只有寥寥几篇论文。较有代表性的论文有中山大学戏曲史师资培训班集体撰写的《〈玉簪记〉〈绿牡丹〉〈娇红记〉的思想意义和艺术特征》（《文艺理论研究》1981 年第 3 期），徐洪火的《〈绿牡丹〉主题探索》（《西南师范大学学报（人文社会科学版）》1985 年第 3 期），竺洪波的《试论〈绿牡丹〉的思想意蕴》（《明清小说研究》1988 年第 4 期）和《〈绿牡丹〉的艺术成就》（《明清小说研究》1989 年第 2 期），董国炎、徐燕的《论〈绿牡丹〉在侠义小说发展史上的价值》（《明清小说研究》2009 年第 2 期），韩峰、赵亚芳的《〈绿牡丹传奇〉校勘记》（《文教资料》2009 年第 19 期）。除此之外，还有多篇关于《绿牡丹》改编的戏剧研究，由于相关性不大，此处不再累述。在学位论文方面，有四部论文将《绿牡丹》作为研究选题，分别是扬州大学徐燕 2010 年的博士论文《隋唐故事考论》、2007 年的硕士论文《〈绿牡丹〉研究》，南京师范大学范渊凯 2016 年的博士论文《明清侠义小说伦理精神研究》和哈尔滨师范大学孙妍 2015 年的硕士论文《绿牡丹研究》。其中扬州大学徐燕 2010 年的博士论文《隋唐故事考论》从隋唐题材故事叙述发展的文学史视角研究了《绿牡丹》。徐燕首先交代了《绿牡丹》所处的文学史背景："唐系列小说演变发展过程中，各类题材杂糅渗透是突出现象，但战争兴废与历史兴衰、英雄经历与业绩始终占据叙事重心，居主导地位，决定小说的类属，一系列隋唐小说不脱历史演义与英雄传奇的范畴，整体从历史演义逐渐向英雄传奇过渡、发展。"[1] 将《绿牡丹》置于这一文学史背景之中，徐燕着重强调了《绿牡丹》在隋唐故事中的特殊地位，即作为"隋唐系列的转向之作"，使隋唐系列"从历史演义、英雄化奇发展到武侠小说"，与同时期的武侠小说相比视野从"江山"转向"江湖"，包括武林正邪模式、儿女侠情模式两个方面，使《绿牡丹》"初现武侠小说近代转型之端倪"，由此确认了《绿牡丹》在武侠小说发展史中的重要意义。[2] 徐燕的硕士论文《绿牡丹》主要就《绿牡丹》中的人物形象、思想意蕴、艺术特色和文学通变展开了研究。其中人物形象剖析了男女盗寇形象、正反两面奴仆形象、富家子弟形象等角色形象。思想意蕴方面考察了侠客以行侠仗义的方式反击社会与官场的黑暗、追求清

1 徐燕：《隋唐故事考论》，博士学位论文，扬州大学，2010 年，第 239 页。

2 徐燕：《隋唐故事考论》，博士学位论文，扬州大学，2010 年，第 239—246 页。

平社会的理想，同时也肯定了普通人追求物质利益和侠女花碧莲追求爱情自由的正当合理性。艺术特色方面阐述了作品的“双线叙述模式”，“将两人爱情故事穿插于正邪斗争之中”，在激烈矛盾冲突中设置跌宕曲折的情节，并且语言表达也存留了话本与评话艺术形式。[1]文学通变方面，探讨了武艺描写的传承，而且“从《绿牡丹》对侠义小说的依附与变异、对才子佳人小说的继承与提高、‘情侠’结合的创新及侠情下发的局限性”四个方面窥视了“侠”与“情”的文学新变。[2]总体而言，国内的《绿牡丹》研究从中国文学批评角度解读了《绿牡丹》小说的思想主旨和艺术特征，基于中国文论和文学史视野提出了关于《绿牡丹》文艺特征和体裁发展方面的一些真知灼见，当然也需要从中国文学跨文化传播建构世界文学的中西比较诗学角度进一步跟进和阐发。

范渊凯的博士论文《明清侠义小说伦理精神研究》从伦理学视野出发，考察了明清时期代表性侠义小说《水浒传》《三侠五义》《儿女英雄传》《施公案》《绿牡丹全传》《七剑十三侠》《绿野仙踪》中的伦理精神，把仁、义、信、孝、忠、爱国、为民等核心伦理价值理念置于社会伦理、政治伦理、家庭伦理三个维度加以考察，探讨了其中伦理精神的局限性和现代价值，包括有利于弘扬传统美德、有利于抒发家国情怀和有利于丰富文学伦理三个方面。[3]对于《绿牡丹》的当前不受重视的边缘化研究地位与研究现状，国内学者进行了相应的思考。竺洪波指出，《绿牡丹》在学界不受重视是受到了明清侠义小说在明清小说的整体地位的影响，因为“在文学研究界，把侠义小说视为明清小说中的旁门左道是由来已久的。人们往往把它称为‘别流’”。[4]竺洪波一方面承认“几乎每一本文学史和小说史著作都认为它们在思想意蕴方面无法与其他流派的创作相比肩”这一基本事实，另一方面也十分惋惜地感叹，至少对《绿牡丹》而言，这种评价是有失公允的。的确，《绿牡丹》在当时备受读者欢迎，许多地方剧种都曾取其部分情节改编成戏剧上演，“产生的巨大影响力足以证明其存在的思想价值”[5]。董国炎、徐燕亦在《论〈绿牡丹〉在侠义小说发展史上的价值》中表达了类似的看法，为《绿牡丹》小说的学界地位与其艺术价值之间的不匹配而鸣不平：

1　徐燕：《〈绿牡丹〉研究》，硕士学位论文，扬州大学，2007年，第37—40页。

2　徐燕：《〈绿牡丹〉研究》，硕士学位论文，扬州大学，2007年，第46—54页。

3　范渊凯：《明清侠义小说伦理精神研究》，博士学位论文，南京师范大学，2016年，第110—111页。

4　竺洪波：《试论〈绿牡丹〉的思想意蕴》，《明清小说研究》1988年，第4期。

5　竺洪波：《试论〈绿牡丹〉的思想意蕴》，《明清小说研究》1988年，第4期。

此书研究文章很少，历来不受研究者重视，然而此书清代刊本很多，传播很广，戏曲和讲唱文艺中有大量相关作品，反映此书在清代影响很大。这是一个值得研究的有趣现象。[1]

正是这一部相对不太著名、在中国鲜有人关注的早期武侠小说，跨越了异质文化、走出了国门，被美国学者玛格丽特所发现并给予了特别的关注。玛格丽特·巴布泰斯特·万（Margaret Baptist Wan）在哈佛大学东亚语言与文明系攻读博士期间师从美国研究中国古典小说研究家韩南，现为犹他大学亚洲研究系副教授。玛格丽特的《绿牡丹》研究成果主要包括她的博士论文《作为新通俗小说的〈绿牡丹〉：19世纪初中国武侠传奇的诞生》（Green Peony *as New Popular Fiction:The Birth of the Martial Romance in Early Nineteenth-century China*），以及基于博士论文修改后出版的专著《〈绿牡丹〉与中国武侠小说的崛起》（Green Peony *and the Rise of the Chinese Martial Arts Novel*），2009年由纽约州立大学出版社出版。此外，她还撰写了两篇《绿牡丹》相关研究期刊论文，一篇是《说唱与小说：以〈绿牡丹〉与〈天宝图〉为例》（*The Chantefable and the Novel:The Cases of* Lv Mudan *and* Tianbao Tu），发表于《哈佛亚洲研究学刊》（*Harvard Journal of Asiatic Studies*）2004年第2期；一篇是《扬州地区的本地小说：〈清风乍〉》（*Local Fiction of the Yangzhou Region:*Qing Fengzha），收录于鲁西·奥利沃瓦（Lucie Olivova）与维贝克·保德哈尔（Vibeke Bordahl）合编的《扬州的生活风格与娱乐》（*Life Style and Entertainment in Yangzhou*），2008年由挪威亚洲研究出版社出版。在玛格丽特看来，《绿牡丹》是最早的武侠小说作品案例之一，因此将《绿牡丹》作为武侠小说的文体代表，回放至18世纪晚期到19世纪中期的武侠文学诞生初期作为文学体裁与表演艺术密切相关的生成与发展性历史语境中加以考察，系统分析了《绿牡丹》与其他早期武侠小说以及《绿牡丹》小说与其他表演性作品体裁的生发性关系。对于武侠小说体裁研究的价值与当前研究的缺失，玛格丽特如此评论道：作为清朝的一种主要体裁，武侠小说需要给予更多的关注。先前研究忽略了武侠小说的早期发展，没有承认体裁的复杂性和其他小说体裁的丰富关系。接下来本文将全面考察玛格丽特对《绿牡丹》小说展开跨文化阐释研究。

1 董国炎、徐燕：《论〈绿牡丹〉在侠义小说发展史上的价值》，《明清小说研究》2009年，第2期。

二、玛格丽特的《绿牡丹》研究

玛格丽特之所以将《绿牡丹》作为研究对象，是因为玛格丽特把《绿牡丹》看作是最早独立成型的武侠小说之一，将其作为武侠小说体裁的代表加以批评。此外，玛格丽特还把《绿牡丹》和18世纪末至1850年间其他没有被研究的武侠小说一同置入文学和表演相关体裁的语境中，以具体案例来审视武侠小说体裁的发展过程。

就方法论而言，玛格丽特的研究方法独具特色，采用了跨体裁研究法和跨文本媒介研究法。关于第一种研究方法——跨体裁研究法，玛格丽特的《绿牡丹》研究跨越了武侠小说体裁局限于武侠小说体裁范围内进行本体式研究的界限，率先从多种体裁相互影响的跨体裁系统视域出发，来研究多体裁语境中的武侠小说成型过程，进而从西方文论的跨文化视域推进了对武侠小说体裁本身以及小说文体统摄下的武侠小说、历史演义、英雄传奇和才子佳人小说等多种体裁之间如何相互影响、并生建构的体裁发展认识。至于第二种研究方法——跨文本媒介研究法，玛格丽特突破了常规性的、对小说文本意义进行解读与阐释的一维空间式研究方法，把《绿牡丹》小说置于清朝通俗小说的大众文学传播语境之中，从《绿牡丹》多个版本的表述差异和历史流变来探索早期武侠小说与19世纪通俗小说、文人小说以及说唱故事等其他通俗叙述文体之间的关联。无疑，她把小说置于多种文体交互共生的维度，从文学史中加以宏观统摄、从文体跨界的跨体裁视野综合考量，对于国内武侠小说研究乃至整体小说研究是具有极大的启发性的。

就研究内容而言，玛格丽特的《绿牡丹》研究可以分为四大部分。

第一部分考察了武侠小说的体裁成型与发展史研究。玛格丽特聚焦于武侠小说的内容与形式的关系，追溯了武侠小说的发展史，考察了乾隆后期至道光年间的十部小说，展示了小说先前的体裁如何与表演性体裁相互影响，最终促使通俗小说形成了一种全新的体裁。

第二部分剖析了《绿牡丹》如何对当时通俗小说的主要现成体裁——公案小说、才子佳人小说、历史演义和英雄传奇的既定规范准则加以戏仿，由此确立武侠小说独立体裁的范式。基于小说的价值观取向问题玛格丽特得出了更全面的辩证性看法，一方面《绿牡丹》的自我体裁意识为主人公试图遵从那些准则提供了前景，同时又暴露了不同体裁规范的冲突，而且发掘了两种体裁或多种体裁在价值方面的张力冲突；另一方面《绿牡丹》引出了明清四大小说——《水浒传》和《三国演义》经典场景所隐藏的潜力，其影响功能被视为元小说，聚焦于小说之中的行为准则和不同体裁间规范的相互关联性。

第三部分，鉴于《绿牡丹》吸取的绝大多数通俗小说都将作为一种呈现生活的模式，因此将《绿牡丹》的功能定义为“一部具有自我意识的小说”（a self-consciousnovel）。[1] 正如玛格丽特所言“《绿牡丹》不只是一部实验性小说，它展现的是一种文学反思性（literary reflexiveness）”。通俗小说中也出现了一种元小说的复杂性，《绿牡丹》受到了与其一同成长的明代小说和文学批评的美学的影响，与此同时批判性吸收了它所立足于的、主题性体裁的规范和价值。[2]

第四部分，玛格丽特将《绿牡丹》置入19世纪中国通俗小说的美学和文化语境中，考察了明清古典小说、通俗小说和表演体裁等多媒介文学形式的受众群体和语境影响，由此更进一步发掘武侠小说作为通俗小说与其他表演性体裁之间的互动性影响关系。

从多文体互哺的角度来看，玛格丽特以《绿牡丹》为聚焦点，考察了作为通俗小说分支的武侠小说如何在发展过程中如何消化、吸收或是并置先前通俗小说——公案小说、才子佳人小说、历史演义和英雄传奇的多种元素，并在继承的基础上发生变异、使自身成为独立体裁的机制。玛格丽特对《绿牡丹》作为武侠小说体裁同其他通俗小说关系的研究大体可以分为武侠小说《绿牡丹》与公案小说关系研究，武侠小说《绿牡丹》与才子佳人小说关系研究，武侠小说《绿牡丹》与历史演义、英雄传奇关系研究三大部分。

（一）武侠小说《绿牡丹》与公案小说关系研究

武侠小说与公案小说渊源颇深。鲁迅在《中国小说史略》中专门列了一章《清之侠义小说及公案》将侠义小说和公案小说合在一起讨论，称其“大旨在揄扬勇侠，赞美粗豪，然又不背于忠义”。[3] 受鲁迅和偏好“历史考据”的胡适的影响，小说研究界有将二者合称为“公案侠义小说”或“侠义公案小说”的提法。对此，

---

1 Margaret Baptist Wan. Green Peony *and the Rise of the Chinese Martial Arts Novel.* State University of NewYork Press, 2009, p. 19.

2 Margaret Baptist Wan. Green Peony *and the Rise of the Chinese Martial Arts Novel.* State University of NewYork Press, 2009, p. 19.

3 鲁迅：《中国小说史略》，北京大学出版社，2009年，第190页。

玛格丽特旗帜鲜明地反对鲁迅将侠义小说与公案小说合一而论的观点。经研究发现，玛格丽特的这一倾向是受到了北京大学陈平原教授的影响。陈平原在《千古文人侠客梦》中所列的专章“清代侠义小说”中明确指出：

> 表面上公案小说与清代侠义小说的渊源最深，可实际上破案只是侠义小说的框架和引子；真正影响侠义小说发展的，是以《水浒传》为代表的英雄传奇。[1]

陈平原进一步分析说明：

> 实际上，总共一百二十回的《三侠五义》，从第十三回的“安平镇五鼠单行义，苗家集双侠对分金”起，包公就基本退出前台——清官审案让位于侠客行侠与打斗。在《小五义》和《续小五义》中，这种倾向更明显，清官颜查散全靠侠客保驾，断案之功微乎其微。《施公案》表面以施世纶贯穿始终，可清官形象也远不及黄天霸等侠客有光彩：正集还勉强可以说评分秋色，“二续”后便一边倒了……
>
> ……清官只不过是面旗帜，使得站在大旗下的侠客锄起奸来“名正言顺”。联系产生于此前此后、被研究者划归同一类型的《绿牡丹》《儿女英雄传》《永庆升平》《七剑十三侠》等小说，可见清官断案并非侠义小说体重的应有之义。[2]

作为陈平原观点坚定的支持者，玛格丽特还犀利地指出，鉴于鲁迅在中国现当代文学研究界的地位和影响，后世多有附和将侠义小说与公案合一而论的看法，使得学界更难理清武侠小说与公案小说之间的复杂关系。

玛格丽特本人主张用一分为二的辩证眼光来看待武侠小说与公案小说之间的关系。一方面，玛格丽特承认武侠小说与公案小说之间的密切联系，甚至相似之处。玛格丽特通过对比《绿牡丹》和早期的公案历险小说《施公案》，发现了二者存在的紧密联系，比如说除了公案侠义小说的典型特征、判官的角色、在一些陪衬性情节和蒲天雕这一角色上等有很多相同点。另一方面，玛格丽特也指出，《绿牡丹》并不完全吻合公案历险小说的范畴框架。综合玛格丽特的分析，笔者

1 陈平原：《千古文人侠客梦》，北京大学出版社，2010 年，第 41 页。

2 陈平原：《千古文人侠客梦》，北京大学出版社，2010 年，第 38 页。

发现，作为公案小说的《施公案》与作为独立武侠小说体裁的《绿牡丹》之间存在多方面的差异。

首先，《施公案》与《绿牡丹》两种体裁的小说对类似情景采取了不同的处理方式，而不同处理方式反映出的体裁视野对立反过来进一步加固了体裁差异。《施公案》与《绿牡丹》对类似场景的不同处理体现在公堂正义、判官角色和读者倾向三个方面。第一个方面，公堂正义。在《施公案》中，公堂是在秉公执法，代表的是正义；英雄备受尊敬，但他们也严格守法。相反，在《绿牡丹》中公堂已被腐败所污染，所以匪盗英雄必须介入审判来纠正其中的不公正。第二个方面，判官角色，在《施公案》中，施公，也即英雄黄天霸，展现出的是执行公务的能力，阻止他的匪盗朋友实现越狱的企图，而《绿牡丹》中的匪盗英雄则是成功劫狱、把朋友救了出来。在《绿牡丹》中判官扮演的是相对次要的公正角色。判官狄仁杰则是《绿牡丹》最后两章才出现的，他并不是一个熟练处理一切事务的角色，甚至没有断案，只是让主人公骆宏勋出狱而已。狄仁杰作为判官几乎没有参与最后袭击京都、迎中宗复辟的行动，也没有直接指挥英雄。相反，匪盗们则自行设立公堂，成了一个有趣的现象。第三个方面，读者倾向。在《施公案》中读者倾向于政府，而在《绿牡丹》中读者对于局外人保持着同情。就官方所代表的正义性而言，公案小说要强过武侠传奇。

其次，《施公案》与《绿牡丹》作为两种不同体裁的小说在价值上也存在明显差异。鲁迅没有按照价值范畴来进行文体划分，与他认识到作品有着相互冲突的意识形态有着重要关系，比如将《荡寇志》定义为反《水浒传》的作品。玛格丽特基于巴赫金关于每种体裁都采用了暗示一系列价值的相关语言理论指出，《施公案》与《绿牡丹》的价值理念是截然不同的。

再次，《施公案》与《绿牡丹》作为两种不同体裁的小说在结构方面存在明显差异。第一点，从篇幅来看，相对著名的公案历险小说都比较长，富有情节性，并且产生了不计其数的序列或者续写，而武侠传奇小说则大体相对较短，同时也是“自我限制”（self-contained）的。第二点，从武侠传奇和公案历险小说的情节和结构可以发现明清公案故事集的影响痕迹，比如说《绿牡丹》和《施公案》的很多附属性情节都让人回想起《龙图公案》。同时需要指出的一点是，这种影响痕迹在后来的武侠小说中越来越淡化，使得清官断案成为侠客义士锄奸除恶的一面旗帜。正如陈平原所言，一方面，侠义小说“在其走出混沌的过程中，得益于其兄弟‘公案小说’处不少”，最突出的是长篇小说结构技巧；另一方面，表面上公案小说与侠义小说渊源最深，可实际上“破案只是侠义小说的框架和引自”，真正影响侠义小说发展的英雄传奇。[1]第三点，虽然《绿牡丹》和《施公案》存在极大的体裁相似性，但没有足够的文本借取的证据来证明武侠传奇或者公案小说直接来自公案故事。此类相似性的基础是“二者只是主体上呈现出相似性，而非文本上彼此关联”。[2]

此外，玛格丽特还探讨了作为武侠小说的《绿牡丹》与作为公案小说的《施公案》之间的复杂关系及二者与说唱故事的联系。玛格丽特发现，《绿牡丹》与《施公案》的母本——说唱故事和歌谣都采用了无韵散文和押韵词文的交替方式，两部小说都有现存的说唱版本、同一发行商，证明在道光或是咸丰年间这两部小说都参与了同样的文艺传播圈。因此玛格丽特认为，这些说唱版本体现出了表演性体裁与武侠传奇和公案小说之间的密切关系，证明了两部最早的武侠传奇小说始自于说唱故事改编版的体裁源头。

（二）武侠小说《绿牡丹》与才子佳人小说关系研究

玛格丽特发现，学界已对武侠小说和公案小说之间关系展开了充分研究，却鲜有人注意武侠小说和当时通俗小说其他两种体裁——才子佳人小说和历史演义的关系。

才子佳人小说是17—18世纪中国小说与戏剧的主导模式，典型情节是聚焦于涉及公案、才貌双全的男女情人。明清才子佳人小说往往以文才作为区分英雄和恶棍的标志：英雄往往写得一手好诗，恶棍通常情况下都是不学无术。另外，写诗在推动传奇情节的发展中也产生了核心作用，男女主人公通过读到对方的诗发现并欣赏彼此的才能并萌生爱情和浪漫追求。

在分析作为武侠小说《绿牡丹》和才子佳人小说的体裁性差异过程中，玛格丽特借用了林晨的才子佳人小说常规性三分结构：一见钟情——外力迫使情人分离——最终大团圆。玛格丽特认为，才子佳人小说的三分式体现了体裁潜在的价值观：推崇自主婚姻选择、坚持爱情中的忠诚和贞洁，以及有情人终成眷属的大团圆结局。[3]此外，男女主人公相遇的场景也可以划为三分结构：在第一个场景，男女相见，男子仰慕女子的诗才，或者男子寻找一位佳人，然后二人一见钟情、

1 陈平原：《千古文人侠客梦》，北京大学出版社，2010年，第40—41页。

2 Margaret Baptist Wan. Green Peony *and the Rise of the Chinese Martial Arts Novel*. State University of NewYork Press, 2009, p. 12.

3 Margaret Baptist Wan. Green Peony *and the Rise of the Chinese Martial Arts Novel*. State University of NewYork Press, 2009, p. 13.

私定终身。在第二个场景，如果女子需要择婿，她的父亲或者叔叔一定会为她寻到一个配得上她的青年才俊，而女子也必须同意。在第三个场景，男子救出深陷包办婚姻的女子，二人通过别人的帮助最终完婚。[1]

玛格丽特将林晨的才子佳人小说三分结构模式引入了《绿牡丹》，重点剖析了《绿牡丹》男女主人公相遇相识的场景。诚如玛格丽特所言，在《绿牡丹》中，男主人公罗宏勋和女主人公花碧莲之间的浪漫情缘重复出现三次，包括两次相遇和三次提婚。在玛格丽特看来，“重复相见是为了将所有男女见面的方法都吸纳入小说内容”。[2]按照玛格丽特的框架分析结构，罗宏勋和花碧莲的第一次相遇是女子择婿的场景，第二次是相见且留下了深刻印象的场景，第三次相见是男子救下了女子性命的场景。对于三次提婚场景，玛格丽特也发现了其中合并的多种可能性元素，隐约显现了《绿牡丹》提婚场景与常规才子佳人小说的差异，即花碧莲选择男子的方式是自主选择、由父亲提婚，而不是违抗父母之命、私定终身。因此，玛格丽特断定，这些反复出现的主题证明《绿牡丹》的确吸收了才子佳人小说的绝大多数典型场景。

玛格丽特较为全面、客观地正视了作为武侠小说的《绿牡丹》与才子佳人小说的体裁关联性与体裁差异性。从一方面讲，玛格丽特承认，《绿牡丹》确实是围绕才子佳人小说的结构模式进行叙述建构；但从另一方面讲，玛格丽特也重点言明，作为武侠小说独立体裁的《绿牡丹》和常规意义的才子佳人小说明显存在本质性差异：浪漫情节为《绿牡丹》的结构提供了支柱，但是强调浪漫结构的背后却鲜有浪漫内容。[3]具体而言，玛格丽特如此评论武侠小说的《绿牡丹》与才子佳人小说的体裁差异性：

> 首先，男子多次拒绝婚配；其次，尽管男女双方见了两次，但都是在公开场合见面，几乎没有给男女直接交流的机会；再次，《绿牡丹》并没有描写男主人公对女主人公的直观爱情感受。[4]

1 林晨：《明末清初小说述录》，春风文艺出版社，1988 年，第 74—79 页。

2 Margaret Baptist Wan. Green Peony *and the Rise of the Chinese Martial Arts Novel*. State University of NewYork Press, 2009, p. 13.

3 Margaret Baptist Wan. Green Peony *and the Rise of the Chinese Martial Arts Novel*. State University of NewYork Press, 2009, p. 13.

4 Margaret Baptist Wan. Green Peony *and the Rise of the Chinese Martial Arts Novel*. State University of NewYork Press, 2009, p. 278.

恰如玛格丽特的分析，如小说原文所述，对于第一个方面，罗宏勋作为男性竟然多次拒绝美女的婚配，违反了才子佳人小说中“窈窕淑女，君子好逑”的浪漫倾向。

第二个方面，男女交流的场景是在公开场合，男女双方并没有私下接触。交流的方式只是远观和对武艺的欣赏，而没有出现才子佳人小说中“以诗歌为媒”的深度交流。作诗辨人和交换读诗的符号性情节在才子佳人小说中发挥着非常关键的叙述推动作用，而《绿牡丹》中很少出现情人相会的场景，几乎没有出现男女交换诗歌、“以诗识才”的情节。

第三个方面，《绿牡丹》并没有描写男主人公对女主人公的直观爱情感受，而这是才子佳人小说中极力突出的浓墨重彩夺目之笔。《绿牡丹》只是略微勾勒了花碧莲对罗宏勋的心理描写，从起初的迷恋到当她从房顶掉下来罗宏勋伸手接住她之后内心的感动。至于罗宏勋对花碧莲的感受，却几乎没有直抒胸臆的正面描写。反而读者能够从场景重现中推测出来罗宏勋的想法，即他起初十分欣赏花碧莲的武艺，并以此为基础建立了长期的“赏识之情”。但是，除了两个相互纠缠的场景之外，才子佳人小说的常规浪漫内容被清空殆尽，浪漫风月只剩了一个空的框架。

于是，玛格丽特审慎地判定：“即使在这些有可能出现浪漫情感的场景中，几乎很难找到同样清晰浪漫描写的方式，来证明它是才子佳人小说。”[1]

因此，玛格丽特得出结论，《绿牡丹》并不是一部严格意义上的以浪漫叙述为主要特征的才子佳人小说或是风月传奇。

（三）武侠小说《绿牡丹》与历史演义、英雄传奇关系研究

众所周知，历史演义体裁的各部作品都对历史事件的真实性表现出了一定程度的尊重，只是事实与虚构的关系在不同小说或不同时期的比例各不相同。基于对历史真实与文学虚构的差异性，水浒学研究专家马幼垣和小说评论家夏志清对历史演义提出了不同看法。夏志清认为，历史演义接近通俗编年史的精神和形式，强调历史演义与正史的关系。而马幼垣则从另一方面强调这些作品的虚构方面，将历史演义定义为“以艺术化方式杂糅了现实和想象的虚构性作品。这种作品以历史事实材料为内核，同时允许在对既定事实予以尊重的基础上对特定的角色和

1 Margaret Baptist Wan. Green Peony *and the Rise of the Chinese Martial Arts Novel*. State University of NewYork Press, 2009, p. 17.

事件予以发挥创造”[1]。按照玛格丽特的观点，历史演义具有如下四大特征：第一大特征，叙述背景结构通常设置于某个朝代或是某个朝代的重要时期，比如说驱逐外族入侵或是内乱后王朝复兴；第二大特征，通常情况下历史演义往往伴随着严肃的道德意味和说教性关注，或是历史事件，抑或更多的是道德案例；第三大特征，最早的一些历史演义往往会炫耀它们与正史的关系，这点在《资治通鉴》体现得尤其深刻；第四大特征，一些本质上被通俗化的历史，还有不少在明朝出版的故事同常规意义上的小说在形式上已无共性可言，比如说说书人的仪态几乎是最小化或者缺席的。

基于以上分析，玛格丽特首先追问了《绿牡丹》历史演义体裁系列的联系。《绿牡丹》第一回即自述道：“今闻得一个故事，亦是谗佞得意，权得国柄；豪杰丧志，流落江湖”[2]，明显以“模仿野史”的历史气象，确立了它有意同历史演义或英雄传奇确立的密切关系。从小说原文我们可以看出，《绿牡丹》开始于武则天的掌权而结束于武则天的退位，开始于太子庐陵王的无权而结束于庐陵王的还朝，与《说唐演义》和《义说反唐全传》等关于唐朝的小说和历史演义有很大的相似性，都包含了历史演义一个朝代在混乱后得以复兴的典型主题。《绿牡丹》的很多版本都“自我指称”为唐代英雄传奇序列中的一部，归在了《反唐后传》的名下。

玛格丽特还从历史语境中的小说传播视角论证并澄清了作为武侠小说的《绿牡丹》与作为历史演义的《反唐后传》二者之间的真正关联。第一点，玛格丽特指出，乾隆年间出现的一系列的英雄传奇，表明英雄传奇这一体裁的流行度。后世把《绿牡丹》归为《反唐后传》系列之一，说明出版商试图利用这一系列的流行性谋利。第二点，《绿牡丹》创作可能受到了历史演义与英雄传奇《反唐后传》系列的影响，但《绿牡丹》的创作本身并不属于“反唐后传”系列，被称为“反唐后传”、纳入“反唐”系列演义也是后来人为增加的。《绿牡丹》和“反唐后传”的标题扯上关系是“反唐后传”名称首次出现三十年之后的事。而且尽管《绿牡丹》取得了《反唐后传》的替代性名字，从严格意义上讲《绿牡丹》其实属于《反唐后传续》系列。第三点，就内容而言《绿牡丹》虽然被贴上了《反唐后传》的标签，但它本身并没有真正成为“反唐演义”系列，开篇后转而开始聚焦于一

1 Y. W. Ma, *The Chinese Historical Novel:An Outline of Themes and Contexts*, Journal of Asian Studies, 34, No. 2 (February 1975) , p. 278.

2 （明）吴炳：《绿牡丹》，华夏出版社，2014 年，第 1 页。

些先前叙述中没有出现新角色，重点描述了女皇武则天时期薛刚历险时发生的事情。鉴于辞典，玛格丽特把《绿牡丹》视为一部“假省笔法延续性”（paraleptic continuation）小说。第四点，学界过分夸大了《绿牡丹》和“反唐演义”之间的关联性。玛格丽特对比发现，《绿牡丹》中只有开始的一个段落和最后四章特别吸取了《反唐后传》的内容，甚至在共有的部分内部，故事叙述凸显出的重点更多的也是差异性而非相似性，因此二者之间的联系是被人为夸张了的。

在历史演义中，有一类非常突出英雄在历史叙述中发挥的作用。夏志清将历史演义中强调英雄故事的次体裁定义为“英雄传奇”“不伪装成正史”。基于夏志清的分析，玛格丽特总结出了英雄传奇所具有的六大特征：

第一大特征，英雄传奇的结构建立在一位英雄或是一组英雄的基础上，给打斗或者大型战斗留下了很多空间；第二大特征，像历史演义一样，英雄传奇与诸如王朝复辟或是抵御外侵的大事件密切相关；第三大特征，英雄传奇和历史演义大都取材于现存的英雄传说；第四大特征，英雄传奇和历史演义的中心都聚焦于忠、义、孝的价值观，英雄传奇在18世纪之前就开始戏仿此类价值观；第五大特征，聚焦于英雄人物的英雄传奇和历史演义都围绕着相似的角色类型展开叙述，比如说忠诚的将军等，尽管英雄传奇通常夸大了这些角色类型；第六大特征，英雄传奇制造了很多没有出现在历史文献的英雄角色，比如说女战士和历史上著名将军的后裔等。

笔者认为，这一总结是非常全面与深刻的，也构成了玛格丽特思考武侠小说体裁、历史演义体裁与英雄传奇体裁三者之间关系的理论框架。

玛格丽特考察作为武侠小说的《绿牡丹》与英雄传奇体裁之间的文体联系始于小说中出现的一些令人匪夷所思的怪异情节。玛格丽特发现，《绿牡丹》男主人公对于女子的不懈追求表现出了十分怪异、令人费解的犹豫和拒绝。经过不同小说体裁叙述模式的对比考察，玛格丽特发现，《绿牡丹》在受到公案小说、才子佳人小说、历史演义体裁影响的同时还受到了另一种体裁的影响，那就是英雄传奇中的女将传奇主题。的确，从这一角度来审视男子在面对女子求婚所表现出的犹豫情节，就很容易解释通了。女将主题出现于明末时期，充当了小说中浪漫主题的引子，《杨家将传奇》就是个典型例子。女将主题是从英雄传奇中发展出来的一个子体裁，该体裁把女英雄追到一位年轻帅气的将军作为一项必备元素。此类主题的情节通常是女将充分发挥出自己的才能，然而她心仪的男将军却没有因为女将对他的欣赏而投之以桃报之以李，反而保持着一种退避和犹疑的态度。

正如夏志清所言，尽管女将们的美貌和魅力深深打动了男性将领，但通常情况女将们的追求对象——男性将领往往是为女将们的才能所震惊，致使男性将领拒绝承认他们对女子的兴趣。笔者认为，这种怪异情节也凸显出武侠小说在成为独立体裁初期，因吸收了多种体裁却并未实现完全消化、致使体裁并置、产生文风冲突的结果。这也是考证武侠小说发展史的“活化石”和路标，可以引导我们更清晰、深刻地探索武侠小说的逐步成熟与发展机制的轨迹和路径。

玛格丽特还找出了作为武侠小说《绿牡丹》和英雄传奇的两点差异：打斗模式差异和地域背景设置焦点差异。首先，玛格丽特受到了刘若愚的影响，后者认为，“武侠小说作为个体的侠客通常情况都是单打独斗，而历史演义的英雄都是在大型战役中领兵大众的专业战士”。[1]因此，玛格丽特基于“个体打斗的不同强调程度构成了武侠小说和历史演义的差异性”的观点，把打斗模式归为作为武侠小说的《绿牡丹》同英雄传奇最明显的差异。当然，武侠小说和历史演义中针对侠客和英雄并没有对打斗方式做严格的明确规定，但二者还是有明显区别的。对此，陈平原总结得好，侠客“作为独立的个体（不妨有帮手）”，而英雄“则是军事集团的代表（不妨单枪匹马）”[2]。的确，武侠小说中的英雄大都是较小规模的打斗，虽有群侠聚斗，但并非大规模军事化战役行为；历史演义中的英雄往往是指挥作战的将军，虽然也有阵前对战的单兵模式，但重点是将士作战的战役行为。那么，接下来玛格丽特又发问，是否属于单打独斗模式的小说就可以归为武侠小说呢？答案也未必如此。玛格丽特再次提到《水浒传》，《水浒传》也有关于武林英雄个体打斗的描写，但在玛格丽特看来，《水浒传》并不是严格意义上的武侠小说，尽管它对武侠小说产生了重要影响，塑成了武侠体裁对打斗和侠义描写的表述方式。按照玛格丽特的说法，《水浒传》开始于武侠英雄，但是在描述过程中逐渐变成了统领战斗的将军，而不再是个人复仇者。因此，玛格丽特赞同陈平原的观点：“《水浒传》前半部虽有武侠小说的味道，但其基本倾向仍是英雄传奇。”[3]其次，地域背景设置焦点差异。玛格丽特如此分析道：

> 英雄传奇往往将战场设置为将军用以展现宏观战略、高超武力以及引领千军万马夺得胜利的法术等个人品质的焦点场所，而《绿

---

1 James J.Y.Liu: *The Chinese Knight-Errant*. London: Routledge and Kegan Paul, 1967, pp. 81-82.

2 陈平原：《千古文人侠客梦》，北京大学出版社，2010 年，第 43 页。

3 陈平原：《千古文人侠客梦》，北京大学出版社，2010 年，第 43 页。

> 牡丹》完全消除了英雄传奇中英雄在战场上施法的标记性符号，回避了超自然因素，将一切都置于一个凡间的平台，几乎没有详细描写战场上的打斗。[1]

的确，《绿牡丹》中对打斗细节的描写大体局限于男性之间或者男女之间的武艺切磋或是在众人面前意图博得欣赏的武艺展示，地点大都设置在巡回卖艺的街头场所或是类似的场景。甚至是为了迎回中宗回朝的大型战役和攻城也不是通过集团作战，而是通过单打独斗的方式描写的。如此而言，在中宗复辟的关键历史时刻，《绿牡丹》的描写重点也是孤胆英雄而不是雄才将领，重点刻画的是一个发挥了一夫当关万夫莫开重要作用的男性武侠英雄，而不是跻身于千军万马之中指挥作战的男性伟岸将军：

> 千百把总、守备见事不好，俱抢路下关去，胡理也随下来。关上有几百兵丁，竟无一个杀向前，不敌胡理，也不敢杀。众人直奔关门，那个守备叫过问道："关已开了，还不放箭，等待何时？"话犹未了，箭如飞蝗射来。胡理背后倚定关门，面向众人，用两口朴刀上下左右相遮，两旁箭堆一二尺深，竟不能射他一箭。射有顿饭时候，兵丁所带之箭都已射完，只听得守备分付："速开库房，搬箭来用！"胡理暗道："还不趁此无箭之时斩关，更待何时！"转身来将门锁斩断，左膀上已中了一箭，胡理疼痛难禁，不能打开关门，只得微开其空，大喊一声："关门已开，还不速进，等待何时！"鲍自安等已经到来，余谦将胡理分付之言相告，众人俱来关外等候。闻胡理之喊叫，奔至关下，一拥而进，将千百把总、守备、兵丁人等，十杀七八，余者逃去。回转关下，见胡理卧倒尘埃，哼声不绝。众人见了他两膀中了三箭，无不叹息。[2]

诚如玛格丽特所言："这一小段描写预先设计了后期的武侠小说和武侠电影

1 Margaret Baptist Wan. Green Peony *and the Rise of the Chinese Martial Arts Novel*. State University of NewYork Press, 2009, p. 17.

2 （明）吴炳：《绿牡丹》，华夏出版社，2014 年，第 1、228 页。

所具有的典型观赏性。”[1]对此类武打场景的视觉化展现也证明了武侠小说《绿牡丹》作为早期体裁的代表与其他诸如戏剧和表演文本之间的密切关联，因此体裁本身也具有反过来被改编成其他多媒介体裁的内在艺术潜力。

小 结

玛格丽特从多体裁交互比照的视野出发，通过追溯武侠小说在清朝中期的初步发展过程，通俗小说的不同体裁之间存在相互关联、相互哺育的现象。她如此评论道：“18—19世纪中国通俗小说的不同体裁之间进行了广泛的交互式哺育（Cross-fertilization），从而为新体裁的出现提供了理想的境遇。”[2]陈平原提到了武侠小说作为一个文体类型所具有的“综合趋向”，与玛格丽特从纵向的时间维度和横向的多文体维度来综合考察武侠小说文体的研究思路形成了十分契合的呼应。哈佛大学教授、华裔学者田晓菲亦对玛格丽特的《绿牡丹》研究给予了高度评价，认为玛格丽特“对清朝小说《绿牡丹》混合了各种不同小说文体类型特征给予了十分精彩的探讨”。[3]对于玛格丽特关于武侠小说文体的表述“所有的武侠传奇小说都融合了通俗小说的三种传统（历史小说、英雄传奇和才子佳人小说）。区别在于如何处理吸收这些多样化不平衡材料所带来的挑战”[4]，田晓菲十分赞同，且将其引入了对金庸武侠小说《天龙八部》的分析框架，并且借此引申出了多种文体“交叉哺育”“文化拼盘”的看法。[5]田晓菲如此分析道：

> 所谓文化拼盘，或者文化百衲衣，不是说简单地把各种传统文化和文学因素机械地拼凑在一起，构成一盘大杂烩。一个成功的文化拼盘所需要的，是富有创造性的糅合、改造与重建，使得读者在

1 Margaret Baptist Wan. Green Peony *and the Rise of the Chinese Martial Arts Novel*. State University of NewYork Press, 2009, p. 18.

2 Margaret Baptist Wan. Green Peony *and the Rise of the Chinese Martial Arts Novel*. State University of NewYork Press, 2009, p. 24.

3 田晓菲：《留白：秋水堂论中西文学》，天津人民出版社，2014年，第138页。

4 Margaret Baptist Wan. Green Peony *as New Popular Fiction: The Birth of the Martial Romance in Early Nineteenth-century China*. Harvard University, 2000, p. 24.

5 田晓菲：《留白：秋水堂论中西文学》，天津人民出版社，2014年，第137页。

> 目睹熟悉的材料被重新组合和编织的时候，既体会到具有特殊背景知识的圈内人的快感，又有一种新鲜感。[1]

笔者认为，田晓菲对金庸武侠小说《天龙八部》如何在一部作品中融合不同小说体裁特色的分析，同样适用于《绿牡丹》，体现了“文心相通”达成“文体相通”的原理。这一原理很深刻地揭示了一个重要的文学文体理论问题，即武侠小说文体在面对多种文体他者和自我独立发展的“通”与“变”过程中如何做到吸收多种文体又超越多种文体、形成的独特文体魅力和自主创新力。玛格丽特指出，《绿牡丹》中的文体并置现象超出了对多元体裁规范的反思。玛格丽特分析道，武侠小说作为一种通俗小说体裁，脱胎并独立于其他小说体裁，在体裁对话中吸收并融合了其他体裁的前期主题，并在形成独立体裁后又返回参与了体裁对话，这是文学新质的创造与发展过程。的确，在某些情况下，多种体裁之间的并立特征对各种体裁的发展来说都是有益的，因为各种体裁在不完全消化其他体裁价值的同时也确立了自身的范式、从而间接激发了自身的进步。相反，不同体裁的趋同化倾向反而有可能消弭了体裁差异、进而威胁了自身的存在。因此，多种体裁采用自身特有的方式，在价值、语言和技巧方面形成了体裁对话。

总体而言，玛格丽特的《绿牡丹》研究围绕如下核心观点进行了全面的论证：《绿牡丹》作为早期武侠小说体裁的代表，见证了武侠小说作为一种独立体裁的成型过程。第一点，以《绿牡丹》为代表的武侠小说吸收了先于武侠小说存在的其他小说体裁，比如公案小说、英雄传奇与才子佳人小说的体裁特征；第二点，以《绿牡丹》为代表的武侠小说在吸收公案小说、英雄传奇与才子佳人小说三种小说体裁特征的同时超越了上述多种体裁的规范，形成了自身的体裁特征，因而成为一种新的、独特而又独立的小说体裁；第三点，以《绿牡丹》为代表的武侠小说在吸收公案小说、英雄传奇与才子佳人小说多种体裁特征而又超越上述体裁的过程中，因多种体裁特征并置而生成了体裁冲突的现象，并因体裁冲突的现象产生了戏仿的修辞效果，使得作为武侠小说前期作品的《绿牡丹》成为一部可以追溯多种体裁“交互哺育”痕迹的“元小说”；第四点，《绿牡丹》在清代小说创作与传播过程中彰显出了适应多元媒介的文艺生命力，同时也成为适应文学市场和文学消费，让文学走出了精英象牙塔、走进了大众日常审美生活，打破了雅和俗的严格界限，可谓多元传媒语境下文学与文艺构成“文艺共同体”、实现精

1 田晓菲：《留白：秋水堂论中西文学》，天津人民出版社，2014年，第137页。

英文学全面展开大众文化传播的前奏。

从玛格丽特的《绿牡丹》研究专著中可以发现，她对于国内学者主要只引用了陈平原、竺洪波的一些观点，可见国内外《绿牡丹》研究学者的互动与交流并不充分，作为中国文学与文化的传播者我们需要积极、主动地创设相关学术对话交流机制和平台，促进中外文学研究学者的跟进与对话，推动中国文学积极参与世界文学与世界诗学的理论建构。

国家通用语言文字水平的四个表现维度

张　钧　陆有富*

内容提要　从学习者视角出发，对国家通用语言文字水平表现进行研究是推广、普及国家通用语言文字的基础性工作。国家通用语言文字水平表现在国家通用语言文字运用、国家通用语言思维能力、中华文化自信、审美创造四个方面。以国家通用语言文字水平四个方面表现中的某一个对其他三个方面素养发展的价值分析切入，可以微观透视学习者的国家通用语言文字学习发生发展机制。

关键词　国家通用语言文字　水平表现　四个维度

从学习者视角出发，对国家通用语言文字水平表现进行研究是推广普及国家通用语言文字的基础性工作。普通高中和义务教育两个学段新颁布的语文课程标准都从文化、语言、思维、审美四个方面界定了语文核心素养的表现。国家通用语言文字教育可以借鉴这一素养框架，从国家通用语言文字运用、国家通用语言思维能力、中华文化自信、审美创造等四个方面分析国家通用语言文字水平表现。以此为前提，从学习者主体视角出发，本文对国家通用语言文字水平的四个表现维度进行研究，以期为推广和普及国家通用语言文字做一些基础性工作。

*　张钧，内蒙古师范大学文学院教授；陆有富，内蒙古师范大学文学院教授。

基金项目：内蒙古自治区哲学社会科学规划项目“当代汉语字典释义和举例的教育性研究”（2020NDB088）成果；内蒙古自治区高等学校“青年科技英才”支持项目（NJYT23062）成果；内蒙古自治区高等学校创新团队“国家通用语言文字普及教育与研究”（NMGIRT2224）成果。

一、国家通用语言文字运用

国家通用语言文字运用是中华文化自信、国家通用语言思维发展和审美创造的主要载体。中华文化自信、国家通用语言思维发展和审美创造方面的水平是通过国家通用语言文字运用养成并通过语言运用表现。因为语言与文化、文化和审美的紧密联系，可能会让人忽视这样一个事实，即文化自信、思维发展和审美创造素养发展并非只以语言为媒介和工具。通过与非语言为媒介的相关素养发展作比较，语言运用与其他三方面之间关系的特殊性会更明显。

（一）为相关维度发展建构意义

如果说文化是学习者与社会接通的桥梁，语言则是学习者与意义建立联系的工具。从社会角度看，文化、思维和审美因为与语言相融合，它们才被最大限度地接受、理解和传播。从国家通用语言文字学习者个体的维度看，文化自信、思维发展和审美创造的发展需要转化为语言意义才能进入言语实践的场域，才能成为国家通用语言文字能力的有机组成部分，这个转化通道就是语言运用。学习者通过国家通用语言文字运用实践，将文化、思维、审美的要素转化为了语义。这样，学习者通过国家通用语言文字运用感受、理解、认知、创造和传播的文化有了意义载体，通过国家通用语言文字运用思维运行和思维发展有了具体的内容，通过国家通用语言文字运用审美创造才不仅局限于个体的观感而转化为了可与人交流并为人理解的感性和理性共鸣。试想，如果没有语言意义这一通道，个体的文化、思维和审美发展将受到何等限制，学习者几乎掐断了与文化、思维和审美的链接。

（二）为相关维度发展赋予形态

语言是有意义的符号系统，语言运用表现为对这个符号系统的使用。个体通过语言发展的相关素养，一般情况下通过语言这一符号系统，在接受和理解方面如阅读和倾听，表达和传播方面如写作和演讲。文化、思维和审美本身没有各自的存在形态，它们需要通过一定“符号”形态来表现，其中主要形态是国家通用语言文字运用。通过国家通用语言文字运用，文化通过文章、文字表达和表现；通过国家通用语言文字运用，思维转化为了一种可认知的语流；通过国家通用语言文字运用，文字内容、文字本身、有声语言成为审美对象。同样个体的文化自信、思维发展、审美创造发展和学习成果表现形态也主要是国家通用语言文字运用。因为国家通用语言文字运用这一使用语言符号系统的学习行为，个体的文化水平、思维能力和审美素养才能被触及、感知、观测、理解、评价。试想，个体不使用汉字、语音、语法规则、篇章结构，他如何进入中华文化，会用什么运行思维，通过什么与美好相遇？

（三）为相关维度发展贮存知识

个体文化、思维和审美素养的发展都需要相应的知识，国家通用语言文字运用就是丰富和贮存相关知识的实践过程。语言的性质决定了语言符号系统必然是形式和意义的结合体，语言学习必然是形式和意义相融合的。一段时间，语文教育对言语形式的过度强化，而对言语内容学习过度弱化，这种取向从学理上来说是偏颇的。国家通用语言文字学习者积累的语言材料必然承载着相应的内容，丰富的积累既是语言和言语形式图式的建构过程，同时也是知识积累过程。语理的归纳和梳理过程，必然驱动着学习者知识结构的系统化。国家通用语言文字学习者的阅读与鉴赏、表达与交流、梳理与探究等实践活动，必然需要一定的知识作为基础，同时也会在实践活动中获取新的实施并加以存储，作为进一步国家通用语言文字运用实践的基础。所以，国家通用语言文字运用有为国家通用语言思维能力、中华文化自信、审美创造等发展获取知识和贮存知识的价值。

从语言是形式和意义相融合的符号系统这一前提出发，国家通用语言文字学习者的国家通用语言文字运用素养对于国家通用语言思维能力、中华文化自信、审美创造三方面表现发展的核心意义在于建构意义、赋予形态和贮存知识。

二、国家通用语言思维能力

思维能力是文化自信、语言运用和审美创造的认知表现。国家通用语言文字学习者的语言思维通过与环境互动触发，以语言为工具，以文化主题和审美内容为主要认识对象，以联想想象、分析比较、归纳判断为主要认知方式。国家通用语言思维能力本质上是语言学习认知机制运行水平，包含着知识的储备和提取的认知机制、相关信息的加工机制、问题解决机制、自我发展机制等方面的水平表现。没有对应的情境任务出现，国家通用语言思维能力一般是静默的，思维随着一定的任务解决发生和发展，思维能力在语言运用任务解决中得以表现。国家通用语言思维能力一般认为是联想想象、分析比较、归纳判断等方面的水平表现。但是，放在国家通用语言文字水平表现的四个维度关系中，国家通用语言思维能力的具体作用表现为以下几个方面。

（一）是相关维度发展言语化的条件

因为思维这一关键性要素，个体的语言得以被运用到言语实践中，将“言”转化为“意”，才使得以语言为载体的文化和审美活动得以开展。因为思维，静态和处于备选状态的语言材料、语言规则转化为了交际的状态，将语言的抽象转变为了言语的具体。就是因为思维起关键性作用的转化，语言这一约定俗成的共同性形义结合的符号系统转化成表现为群体性共同价值和行为的文化活动。当然也就通过个体之间的语言交际需要积极正向的情绪和感受等要素的介入，审美鉴赏也便产生和发展。当然，因为语文学科核心素养的四个方面是协同整体发挥作用，其中一方面独有的作用可能被遮蔽。通过比较分析发现，从学习者角度，思维作为内隐的加工结构，在大脑的黑匣子中一般不为所见；语言是被思维加工的材料，产品就是言语作品；文化就是思维和材料所处的环境，输出的言语产品应该符合环境需求；审美是这个过程中个体的愉悦性体验状态。在以上反复阐述的机理中，关键性环节就是思维将语言转化为言语，因为思维能力水平不同，这种转化水平也不同。

（二）是相关维度发展前台化的关键

文化、语言、审美等方面的语言素养通常以“后台”潜在的状态存在，是借助国家通用语言思维相关素养水平从“幕后”被唤到“前台”。通过情境刺激、问题激发、任务驱动，相关情境中的国家通用语言思维开始运作，与文化、语言、审美相关语言实践活动开始展开，而文化自信、语言运用、审美创造的素养在思维活动中发挥作用，并且在这个过程中得到进一步的发展和提升。这个原理与认知心理学中的长时记忆、短时记忆和工作记忆的协调工作原理类似。需要反复阐发的是，国家通用语言文字水平表现的各个方面未与环境产生互动前，一般是静默的状态，这就相当于这些素养处于长时或短时记忆状态。在具体的情境中相关素养被唤醒，通过国家通用语言思维有选择地提取相关因素进入工作状态，是对相关素养使用的前台表现。没有思维这个条件，文化、语言、审美等素养方面就像计算机硬盘里的数据、安装的程序等，思维是打开程序后具体的执行和控制等工作状态。计算机中的数据和程序很多，但是在一定的时间节点，运行的部分也是有限的。国家通用语言文字的潜在状态存储的信息很多，但是在一个具体的情境中，需要思维去提取相关要素，提取的质量和问题解决效果往往取决于思维能力水平。

（三）是相关维度发展合理化的前提

学习者使用语言在文化这一共享的现实环境中高质量运行，确保言语交往目的的合理性、言语行为规范的合理性、言语表述风格的合理性，必然要求国家通用语言思维承担演绎论证、科学归纳、正确决策、修辞匹配、防止谬误、反思批判的职责。国家通用语言思维能力越强，在以上所述的诸方面行为表现出的水平一般越高。学习者具体的言语理解、审美鉴赏、个体交际、文化活动、知识梳理、问题解决的效果无不需要一定的思维能力作为前提。没有思维能力，个体在语言环境中与他人一起创设共同文化环境的合理性可能缺乏前提，例如，如果个体不对概念意义进行清晰的界定，人们相互交流就会产生误解；如果没有对于知识、信息和观念真假的甄别，人们很难实现对真正的理解和交流；如果没有严密的归纳、演绎、比较、推理，人们很难建立对价值和观念合理性的证据链。可以说，只有学习者具备了思维能力，相关素养发展的合理性才成为可能。

国家通用语言思维的核心功能是工作的执行和控制，国家通用语言文字相关水平表现需要借助思维言语化、前台化和合理化。国家通用语言思维能力是相关维度转化为具体即时性语文实践能力的直接水平表现。

三、中华文化自信

文化自信是语言运用、思维能力和审美创造的高度认同。以国家通用语言文字为媒介养成的文化自信是一种对中华文化高度认同的心理状态。这种状态又会积极地反作用于国家通用语言文字的学习，在学习者个体层面形成国家通用语言文字素养协同发展的螺旋式上升良性循环。从群体的视角看，文化表现为群体内部共同的所思所想所行。国家通用语言文字教育培养的文化自信是针对每一个国家通用语言文字学习者的，但是旨归是中华民族的共同文化认同。个体的文化自信是基于自觉的文化感受和认知基础上的对共同文化的自豪感、归属感、参与感、奉献感等方面的正向程度。国家通用语言文字学习者个体与所在的国家通用语言文字教育情境产生互动，达到文化自信方面的相关目标要求，是我们追究的理想状态。学习者个体的中华文化自信发展对于国家通用语言文字运用、国家通用语言思维发展和审美创造三个素养点的养成有具体意义。

（一）是相关维度发展社会化的动机

文化自信作为国家通用语言文字学习者潜在的学习水平状态，影响着相关素养发展的动机水平。文化素养是学习者社会化水平的核心指标，文化自信是文化素养发展的主要动因。学习在与环境的互动中发展，社会环境水平客观上影响着学习，但是学习者对所处环境的价值判断也通过对学习动机的影响，进而影响着学习。学生在国家通用语言文字学习现场，学习者语言运用、思维发展和审美创造三个方面素养的发展，需要学生对于中华文化的价值判断作为动机，激发和维持国家通用语言文字学习。文化自信正是学习者在与学习情境互动中发展国家通用语言文字水平的动机源泉。对于中华文化的热爱、在中华文化中的自豪感和获得感、在中华文化中的强烈归属感、有志于中华文化建设的参与感和奉献感等在激发学生国家通用语言文字水平发展，并且作为强劲的动力维持着相关素养的发展，在这个过程中让学习者更有可能拥有饱满的情绪状态，容易养成良好的国家通用语言文字学习意志品格。中华文化是中华民族共同体共同的所思、所想、所行表现，延续着我们国家和民族的精神血脉。国家通用语言文字推广普及领域，需要将中华文化自信作为从学习者相关素养发展的动机角度理解文化自信的价值。

（二）是相关维度发展合理化的依据

个体在社会中的国家通用语言文字学习一般会伴随着一种合理性论证机制，文化自信是统领这一机制运行的价值观念。国家通用语言文字学习不仅仅是个体的认知活动，同时也是与环境进行互动的社会行为。国家通用语言文字学习作为自觉的社会行为，学习者会对语言运用、思维发展和审美创造发展方向是否合理进行内心的论证，这种论证主要通过动态反思来进行，学习科学研究领域也将这种心理机制称作元认知。借助哈贝马斯的社会交往理论，国家通用语言文字学习者的合理性论证行为可分为目的行为、调节行为和交往行为。目的行为是国家通用语言文字学习者对相关素养的发展是否符合社会主流文化价值的合理性论证行为；调节行为是在国家通用语言文字学习者按照所处环境共同的价值取向对相关素养发展进行监控和调节的行为；交往行为是国家通用语言文字学习者在与同侪的人际关系协商中获得相互理解，实现学习主体对共同体价值的认同。目的行为、调节行为、交往行为是循环往复的过程，核心是对共同体文化价值的考量。文化自信是对共同体成员对共同价值规范认同进行评价的主要维度。一个国家通用语言文字学习者对中华文化保有高度自信，那么在学习中进行合理性论证的信念就会坚定，合理性论证方向就不会偏离。通过合理性论证，又会进一步建立文化自信，形成国家通过语言文字发展的良性环境。可见学习者对所处文化的信心指数决定着合理性论证的出发点、过程和效果。

（三）是相关维度发展相协调的保障

文化自信是防止国家通用语言文字水平四个维度割裂发展的基础保障。国家通用语言文字水平四个维度整体协调发展是国家通用语言文字教育追求的理想状态，但不能否认个体的国家通用语言文字水平表现四个维度并不是天然整合，也不是必然会整合发展。受世界文化交流逐渐频繁、信息技术发展等综合因素的影响，事实上未来个体语言文字的四个方面水平表现割裂发展的风险与日俱增。国家通过语言文字水平表现四者整合起来的关键性因素是文化自信，因为文化自信最具有共同这一价值属性。其他维度需要和文化自信相融合，才能确保与环境中的社会主义核心价值体系相衔接。语言运用与文化自信相融合才能让个体与社会语境融为一体，实现表情达意的合理性；思维发展与文化自信相融合才能表现为符合共同体规范及易为共同体接受并理解的认知运行机制；审美创造与文化自信相融合，个体的言语行为表现才更容易与共同体内的交流对象产生身心愉悦方面的共鸣。

从学习者的角度看待语文学科核心素养，文化自信作为一种具有高度认同感的价值观念，统摄性地影响着国家通过语言文字其他方面水平表现的发展。文化这一共同体层面的价值观念、行为规范和调节机制，通过学习者的自信，转化为激励、维持、调节、引导学习者其他三方面的水平表现沿着共同目标发展。

四、审美创造

审美创造是文化自信、语言运用、思维能力的自由追求。马克思主义美学观认为美是实践中的自由创造，据此可以将国家通用语言文字学习者的审美创造看作在语言实践情境中以文化自信为导向，通过语言运用，借助思维能力追求自由的过程与结果。国家通用语言文字学习者的审美创造包含体验和创造两项内容，前者是后者的基础，后者包含着前者。从体验的角度看，在有目的有意识的状态下对言语作品内容和形式的有机统一产生了愉悦的情感，那么学习者就获得了美的感受。这里的言语作品既可以是他人的创造，也可以是自己的语言实践成果。在特定的情境中，如果学习者的语言实践作品引起了他人或自己的审美体验，那么就表示这个言语作品表现着学习者自由创造的内容。追求自由的审美创造离不开其他三方面的水平表现发展实现形式和意义的有机统一，但是其他三个方面只有达到了自由创造的层面，才能触及审美创造。

（一）是相关维度发展的自由心态

这里的自由心态是国家通用语言文字学习者追求自由创造的目的和意识。学习者的语言学习实践，需要一种防止出现片面追求工具理性或片面追求主观情绪的特殊状态，需要一种积极追求内容和形式方面自由的心境去调和二者，这就是审美心境。国家通用语言文字学习者既不能完全依赖本能去开展语言实践活动，那样就会太随意。也不能纯粹依赖理性思维去开展进行语言实践，那样就会枯燥。所以，国家通用语言学习者需要一个对语文学习主观上保有兴趣和爱好的准备状态，这样在语言实践中可能会以其中主观的爱好和兴趣为出发点，在语言学习中获得愉悦的感受，审美创造从而产生。

审美创造需要学习者有目的有意识的积极准备，语言实践在这种追求自由的积极准备中发生发展，审美创造才有可能发生。一个没有审美创造积极心理准备的语言学习者很难产生审美的体验和审美创造的行动。这种积极审美心态的出现需要中华文化自信、国家通用语言文字运用、国家通用语言思维能力发展到一定的阶段。如果语言学习者还在文化认同的迷茫期，对语言运用还极不熟练，不能很好运行思维，那么很难产生自由创造的心境。如果语言学习者的素养达到了一定程度，哪怕只是通过模仿造出了一个在形式和内容方面都令自己满意的句子，心里产生了愉快感，这时审美体验也就发生了。这样的相似体验经过累积，学习者就有了养成追求自由的心境的可能。

（二）是相关维度发展的自由表现

内隐的国家通用语言文字素养通常会以学习者的言语作品产生过程和结果形态外显出来。但是并不是学习者所有的言语行为和言语作品都是美的。只有一方面学习者遵循了文化、语言和思维的规律，同时又实现了自己意志的语言实践行动过程和结果才是美的。

以阅读为例，如果学习者的文化素养、语言运用、思维能力的表现仅仅停留在可以完成任务的程度，那么主体在这个过程中很难获得审美体验。如果学习者的国家通用语言文字水平除满足能完成相关任务外，还能对作品反映社会文化进步力量的内容进行客观肯定，或还能与作家运用国家语言文字进行自由创造的精神对接，或还能对形象塑造的高妙才能进行评价，或还能领略到蕴含于作品中令人产生积极情感的智慧和才能，那么学习者就表现为获得了审美体验。以上表现就是国家通过语言文字水平相关维度发展的自由表现。

以写作为例，如果学习者还为凑字数犯难，那么主体很难实现审美创造，写出的作品也很难被认为是美文。如果学习者写作过程中能够以推动社会文化发展为理想，充分发挥国家通用语言文字表情达意的优势，积极调动思维；写出的作品符合主流文化价值，语言运用规范准确，行为思路行云流水，读出来朗朗上口，书写正确字体娟秀美观，那么学习者就表现出了审美创造方面的素养。因为，在写作中学习者的过程和结果都在一定程度上实现了自己期许的意愿。

美是形式和意义有机统一的表现，同样学习者审美创造素养也需要通过追求自由的过程和结果来表现。在国家通用语言文字水平表现的四个方面中，审美创造就是用来表现文化、语言和思维三方面素养的自由表现程度的维度。

（三）是相关维度发展的自由法则

审美创造以个人主观爱好和趣味为出发点，也以个性化的内容和形式进行表现，但是审美创造也有客观标准。国家通用语言文字学习者处于共同的文化环境，使用国家通用语言文字这一共同的审美创造媒介，运用长期相互渗透相互影响下的思维方式，面对相同的审美对象，虽然受到个人出身和生活方式的影响，能产生共同的美感也是客观的。因为美感的共同性，所以表现在学习者个体身上的审美创造素养发展也应该有客观评价标准。也就是说审美创造表现为追求自由，但是这里的追求自由也有法则。因为这样，才有了国家通用语言文字教育中对于学习者审美趣味和审美情操方面的要求。但这里需要强调的是，自由法则并不强求一致，审美的出发点是主观的，审美创造鼓励的就是多样性和个性化。国家通用语言文字教育需要做的工作是，引导学习者，使审美创造的主观行动与环境中的对象的现实美一致起来。这样的审美创造才是遵守自由法则的，才是积极、健康和高尚的。

学习者在国家通用语言文字水平的四个方面表现是融为一体的，如果对其进行分析，也应该是置于学习者主体与环境客体的互动中，应该置于学习者主体四个方面表现的关系中。以国家通用语言文字水平四个方面表现中的某一个对其他三个方面素养发展的价值分析切入，可以微观透视学习者的国家通用语言文字学习发生发展机制。在铸牢中华民族共同体意识视域下的国家通用语言文字推广普及，应该重视国家通用语言文字学习研究，希望对于国家通用语言文字水平表现四个维度梳理建构的分析框架，可以对未来国家通用语言文字推广普及目标的确立和评价体系的建构贡献一点力量。

民族地区高校国家通用语言文字培训的实践路径

麻彩霞　牛海龙*

内容提要　民族地区高校作为民族地区国家通用语言文字教育的主阵地，在推广和普及国家通用语言文字工作中肩负着重要的责任和使命。民族地区高校在国家通用语言文字培训工作中取得了令人瞩目的成绩，但还存在些许不足。民族地区语言文字管理机构、各个高校的相关管理部门和普通话测试机构以及培训教师要相互配合，凝心聚力，做到宣传到位、壮大队伍、提升科研、精准施教，才能进一步促使民族地区高校的国家通用语言文字培训工作朝着科学化、高效化的方向发展。

关键词　国家通用语言文字　民族地区高校　国家通用语言文字培训

语言文字是人类社会最重要的交际工具，也是光辉灿烂的人类文化的重要载体。“语言文字是经济发展、社会进步的重要保障，是民族团结、国家统一的文化根基，是国家主权、国家安全的重要支撑。”[1]“书同文、语同音”一直是中华民族几千年来的梦想，而只有推广和普及国家通用语言文字才是实现这一梦想的唯一途径。

推广和普及国家通用语言文字是党和国家推行的一贯政策。1982年的《中华人民共和国宪法》明确规定：“国家推广全国通用的普通话。”2000年颁布的《国家通用语言文字法》也明确指出：“国家推广普通话，推行通用汉字。”

---

* 麻彩霞，内蒙古师范大学文学院教授；牛海龙，内蒙古师范大学文学院助理研究员。

基金项目：内蒙古自治区高等学校创新团队“国家通用语言文字普及教育与研究”（NMGIRT2224）成果；内蒙古自治区哲学社会科学规划项目“铸牢中华民族共同体意识背景下民族地区推普助力乡村振兴的理论与实践研究（2022NDC194）成果。

1　国家语言文字工作委员会：《中国语言文字事业发展报告(2021)》，商务印书馆，2021年，第15页。

党的十九大又提出“铸牢中华民族共同体意识”，而推广国家通用语言文字是建设中华民族共同体的基本要求和重要途径。2021年印发的《国务院办公厅关于全面加强新时代语言文字工作的意见》（以下简称《意见》）中旗帜鲜明地提出了今后语言文字工作的五项任务，其中首要任务就是要坚定不移推广国家通用语言文字。

为了响应党中央的号召，深入贯彻党和国家的语言文字政策，全国各地开展了国家通用语言文字的推普活动。民族地区的推普工作是全国推普工作的重要组成部分，在民族地区普及和推广国家通用语言文字尤为重要。国务院办公厅印发的《意见》中就把加大民族地区、农村地区国家通用语言文字推广普及力度作为主要任务之一。为了实现“聚焦民族地区、农村地区，聚焦重点人群，加大国家通用语言文字推广力度，继续推进国家通用语言文字普及攻坚，大幅提高民族地区国家通用语言文字普及程度和农村普通话水平，助力乡村振兴”[1]的新时代语言文字工作的目标，作为民族地区教育的主阵地，高校充分发挥了国家通用语言文字教育和培训的主渠道作用，义不容辞地肩负起推普国家通用语言文字的责任，为民族地区的国家通用语言文字推普工作做出了重要贡献。

然而在实际工作中，我们还面临着一些困难，存在着一些亟待解决的问题，这也引发了学界同仁的探索与思考。沈沫（2019）分析了民族地区发展国家通用语言文字教育面临的起始时点、语言干扰、认知发展、民汉合校以及教师教材等问题。他认为，通用语言文字教育的瓶颈在于合格的双语师资、短板在于适宜的教材，应上升为教师队伍建设、统编教材建设和语言文字战略的核心议题，切实抓出成效。[2]郎玉鸽（2020）就新时代加强西部地区国家通用语言文字的培训路径进行了探讨，并提出西部地区国家通用语言文字培训可以从提高国家通用语言文字的普及率，助推国家通用语言文字培训精准发力，处理好国家通用语言文字与少数民族语言文字的关系，加强国家通用语言文字培训的双语教师队伍建设，建立健全国家通用语言文字培训长效管理机制等途径有效展开。[3]韩铁刚、王阿

1　中华人民共和国中央人民政府：《国务院办公厅关于全面加强新时代语言文字工作的意见》（国办发〔2020〕30号）[EB/OL]，http://www.gov.cn./zhengce/zhengceku/2021-11/30/content_5654985.html，2021年。

2　沈沫：《发展民族地区国家通用语言文字教育的探讨》，《上海教育科研》2019年第4期，第19页。

3　郎玉鸽：《新时代加强西部地区国家通用语言文字培训路径探析》，《北方民族大学学报》2020年第6期，第20页。

舒（2022）表示，民族地区国家通用语言文字教育在实践行为层面上，须重视教学节奏与学习节奏的关系，精炼教学内容，着力提高核心素养；在组织建设层面上，应完善学校治理文化，重视教师专业发展文化，打造良好环境文化。[1]这些成果无疑为解决民族地区推广国家通用语言文字面临的问题提供了有益的方法和路径，但另一方面，这些成果往往比较宏观，对于具体民族地区具体群体的国家通用语言文字培训问题缺乏关注。另外，2022 年 11 月，教育部、国家语委印发了《关于加强高等学校服务国家通用语言文字高质量推广普及的若干意见》（简称《若干意见》）。《若干意见》的出台，对高等学校国家通用语言文字工作做出了系统部署，也进一步确立了高等学校在推广普及国家通用语言文字工作中的重要地位。在这样的背景之下，本文立足内蒙古地区高校国家通用语言文字培训的实际，对国家通用语言文字培训的相关问题进行探讨，旨在更好地推动民族地区高校乃至民族地区国家通用语言文字的推普工作。

一、民族地区高校国家通用语言文字培训工作的重要性

2021 年印发的《意见》提出，坚持学校作为国家通用语言文字教育的基础阵地。在《教育部语用司关于做好 2020 年推普助力脱贫攻坚工作的通知》中也明确指出，全面加强各级各类学校国家通用语言文字教育。[2]民族地区高校作为民族地区国家通用语言文字教育的主阵地，在推广和普及国家通用语言文字工作中具有重要作用。在新时代中华民族伟大复兴的战略全局背景下，民族地区高校国家通用语言文字培训工作无论是在增进中华民族的凝聚力，加强民族间的交往交流交融，还是提高国民素质等方面都具有重要的意义和价值。

（一）以高校国家通用语言文字培训为桥梁，可以有效促进国家通用语言文字在民族地区的推广，为铸牢中华民族共同体意识服务

国之大者，语言助力。普通话和规范汉字作为国家通用语言文字承载着中华民族五千年的历史文化，也承载着中华民族伟大复兴的重大使命。推广普及国家

1 韩铁刚、王阿舒：《民族地区国家通用语言文字教育：理论逻辑与实践路径》，《民族教育研究》2022 年第 2 期，第 109 页。

2 教育部语言文字应用管理司：《教育部语用司关于做好 2020 年推普助力脱贫攻坚工作的通知》（教语用司函〔2020〕5 号）[EB/OL]，http://www.moe.gov.cn/s78/A18/tongzhi/202004/t20200414_4437.html，2020 年。

通用语言文字是宪法规定的责任。在民族地区推广普及国家通用语言文字，也是铸牢中华民族共同体意识的重要途径，是不断增强“五个认同”的前提和基础。“民族地区‘推普’具有更复杂的背景和效应。民族地区‘推普’工作与汉族地区的重要区别还表现在，‘推普’不仅与‘脱贫’和普及教育有关，还有维护国家统一、社会稳定、边疆安全、辐射境外相同族群的正能量作用，以及通过少数民族‘国家通用语言认同’促进‘国家认同’的重要职能。”[1]“推广国家通用语言对铸牢中华民族共同体意识具有多维价值，其政治效益、经济效益、文化效益和社会效益分别强化了少数民族群众对中华民族国家政治共同体、经济利益共同体、精神文化共同体、社会生活共同体的认同。”[2]

民族地区高校，特别是师范院校的学生，将来都是社会的中坚力量和民族地区各级各类学校的重要师资，同时也是民族地区实现乡村振兴的重要力量。对高校学生进行国家通用语言文字培训，提高他们国家通用语言文字的应用能力，能够使他们在未来的工作岗位上起到积极的示范和引领作用。特别是师范生，服务对象多，范围广，国家通用语言文字的示范作用影响更大，辐射面也更广，因此，他们可以通过日常的教育教学有效带动整个民族地区的国家通用语言文字推广，从而为实现铸牢中华民族共同体意识服务。

（二）有利于增进民族团结，加强民族间的交往交流交融

习近平总书记深刻指出：“语言相通是人与人相通的重要环节。语言不通就难以沟通，不沟通就难以达成理解，就难以形成认同。”“推广普及国家通用语言文字，是做好民族工作、增进民族团结、维护国家安全和统一的长久之策、固本之举。”[3]我国是一个多民族的国家，拥有多种少数民族语言文字，如果没有通用的语言文字，相互之间很难交流。民族地区高校是培养民族地区各种专业人才的摇篮，生源主要来自民族地区，其中还包括了大量少数民族学生。对高校学生，尤其是少数民族学生进行国家通用语言文字培训，有利于各民族更为直接广泛地加强沟通、达成理解，在情感、思想、文化和政治等层面形成认同，进而增

1 李宇明、黄行、王晖、周庆生、杨亦鸣：《“推普脱贫攻坚”学者谈》，《语言科学》2018 年第 4 期，第 359 页。

2 杨显东、李乐：《以“推普”铸牢中华民族共同体意识：价值维度与实践路径》，《民族教育研究》2021 年第 2 期，第 55 页。

3 国家语言文字工作委员会:《中国语言文字事业发展报告(2021)》,商务印书馆,2021 年,第 4 页。

进民族团结，增强民族凝聚力和向心力。

（三）有利于提高少数民族学生的科学文化素质

2019 年在全国民族团结进步表彰大会上，习近平总书记提出："要搞好民族地区各级各类教育，全面加强国家通用语言文字教育，不断提高各族群众科学文化素质。"[1] 而学习掌握国家通用语言文字是少数民族学生更为全面、直接、高效地提高科学文化素质的重要渠道。我国以国家通用语言文字为载体的科学文化知识，存量最大，资源最丰富，因此，在民族地区高校进行国家通用语言文字培训，使少数民族学生掌握国家通用语言文字，就意味着掌握了开启知识宝库的钥匙，就能够让他们在更广阔的空间和领域内加强学习，掌握本领，提升自我并融入社会，拥有更大的发展空间，进而为民族地区的发展和乡村振兴做出更大的贡献。

二、民族地区高校国家通用语言文字培训现状

自新中国成立以来，党和国家在国家通用语言文字推广和普及方面颁布了一系列政策法规。在内蒙古自治区，相关部门也积极贯彻和执行，开展了国家通用语言文字推普工作，并且取得了很大的成绩。据《中国语言文字事业发展报告（2018）》和《中国语言文字事业发展报告（2019）》公布的国家通用语言文字测试数据显示：2017 年内蒙古普通话水平测试人数为 103899，其中学生为 93165。[2] 2018 年，内蒙古普通话培训人数为 13651，普通话水平测试人数为 134776，其中学生为 101175。[3] 2018 年与 2017 年相比，内蒙古普通话水平测试人数增加了 30877，其中学生增加了 8010。由此可见，内蒙古地区的普通话测试工作取得了良好的进展。内蒙古地区参加普通话测试的学生主要是高等院校的学生，虽然参加测试的学生人数有所增加，但从 2018 年内蒙古普通话培训人次来看，绝大多数参加普通话测试的人群都没有进行过普通话培训。这也显示出内蒙古地区高校的国家通用语言文字培训工作还存在一些不足。笔者为内蒙古自治区普通

1　习近平：《在全国民族团结进步表彰大会上的讲话》，人民出版社，2019 年，第 9 页。

2　国家语言文字工作委员会：《中国语言文字事业发展报告（2018）》，商务印书馆，2018 年，第 16 页。

3　国家语言文字工作委员会：《中国语言文字事业发展报告（2018）》，商务印书馆，2019 年，第 24 页。

话测试员和普通话培训教师，作为一线的工作人员和教师，我们认为内蒙古高校国家通用语言文字培训中存在的问题主要是：

（一）部分高校学生语言规范意识不强，没有完全认识到国家通用语言文字培训的重要性

内蒙古高校的生源绝大多数来自内蒙古西部区，部分来自内蒙古东部区，而且还有一部分是蒙古族学生。生活在内蒙古地区的学生说普通话基本上都要受本地方言和民族语言的影响，因此，日常交流中普通话的规范程度不是特别高。而且，很多学生的语言规范意识也不是很强，他们认为只要不影响交际，说不说普通话或普通话标准不标准无所谓。从参加普通话测试培训的情况来看，绝大多数的学生也选择不参加培训。很多学生对普通话重要性的认识还仅仅停留在就业需要的层面，没有认识到说好普通话是我们的责任和义务，也没有把说好用好国家通用语言文字上升到政治和法律的高度。由此可见，说好用好国家通用语言文字并没有完全受到所有内蒙古高校学生的广泛重视。

（二）个别培训教师没有很好地掌握系统的专业基础知识，不能真正解决学生普通话的偏误问题

在民族地区高校，一部分普通话培训教师并不是语言学专业出身，虽然他们通过了普通话培训教师的考核，但还缺乏对现代汉语语音知识的系统学习，没有完全掌握普通话声母、韵母的发音原理和辨正偏误的方法，没有很好地具备较强的听辨音能力，所以，不能有效解决内蒙古不同方言区的学生和少数民族学生复杂多样的语音偏误问题。

（三）部分培训教师没有全面了解学情，不能很好地做到有的放矢

内蒙古高校的生源比较复杂，学生的普通话水平参差不齐。高校的学生有的来自内蒙古晋语区，如呼和浩特、包头、鄂尔多斯、临河、集宁等地，有的来自东北官话区，如通辽、乌兰浩特等地，有的来自北京官话区，如赤峰等地，还有一些是蒙古族学生和其他方言区的学生。既使属于同一个方言区，但各地方言在语音、词汇和语法方面也存在不少差异，普通话的语音偏误也各不相同。蒙古族学生由于受母语的影响，普通话的语音偏误也有自己的特点，而其他方言区的学生同样也存在不同于内蒙古地区的语音偏误。在高校的普通话培训中，由于课时比较少，教师没有充分的时间全面掌握学生的语音面貌，不能够细致了解学生的偏误问题，所以，往往导致培训内容不是特别具有针对性，不能完全做到对症下药。

（四）高校国家通用语言文字培训师资短缺，缺少蒙汉兼通的培训教师

从事内蒙古高校国家通用语言文字培训的人员一般多为高校教师，没有专门从事这一工作的专职教师，而且培训师资短缺。以内蒙古高校的普通话测试站为例，一个测试站的培训教师一般只有 20 人左右，却承担着一所高校 3 万人的普通话培训和审音任务。内蒙古高校地处边疆少数民族地区，少数民族学生是国家通用语言文字培训的主要对象之一。这部分学生的培训需要蒙汉兼通的培训教师，但目前，这样的培训教师严重短缺，在一定程度上影响了国家通用语言文字的培训质量。

（五）民族地区高校国家通用语言文字的培训研究比较薄弱

内蒙古地区高校国家通用语言文字的培训研究滞后，研究成果匮乏。根据我们掌握的资料来看，从 20 世纪末到现在，关于内蒙古地区普通话培训研究的成果不足 30 篇。值得肯定的是，这些成果对于内蒙古地区的普通话培训教学具有积极的参考价值，但是，这些成果多数是关于培训策略方面的宏观研究，针对内蒙古不同方言区的语音偏误进行微观研究的个案成果屈指可数。国家通用语言文字培训研究成果匮乏使得研究不能很好地辅助培训教学，不能切实提升教学质量。

（六）国家通用语言文字培训人员待遇偏低，尚未全面建立积极的表彰奖励机制

当前，内蒙古高校国家通用语言文字培训工作多为高校教师兼职，普通话测试的审音、培训工作都是在双休日、节假日等课余时间进行，工作量大，任务繁重，以目前的待遇来看还是与教师的付出存在一定的差距。另外，在很多内蒙古高校，还没有建立对国家通用语言文字培训人员的表彰奖励机制，学校对于培训工作认真负责、教学效果好的教师也没有实行额外的表彰和奖励，这些问题一定程度上都影响了培训教师的工作积极性。

三、民族地区高校国家通用语言文字培训的实践路径

2021年国务院办公厅印发的《意见》提出，今后语言文字工作的主要目标是：到2025年，普通话在全国普及率达到85%，到2035年，国家通用语言文字在全国范围内的普及更全面、更充分，普通话在民族地区、农村地区的普及率显著提高。[1]《内蒙古自治区中长期语言文字事业改革和发展规划纲要（2014—2020年）》（以下简称《纲要》）中提出的主要任务是：普通高等学校、中等职业学校毕业生普通话水平要达到二级乙等及以上水平，汉语授课少数民族学生要达到三级甲等及以上水平。全区各类普通高等学校、中等职业学校在校生要全员参加普通话水平测试并达到相应等级标准。中等职业学校和高等学校要科学设置国家通用语言文字相关课程，开设口语课和写字课，以提供语文鉴赏能力、文字书写能力和汉语言表达能力为重点，全面提升学生的语文素养及国家通用语言文字综合运用水平。[2]为了真正实现新时代语言文字工作和内蒙古自治区中长期语言文字事业的目标，我们应该立足内蒙古高校的实际情况，实行切实有效的工作策略。

（一）建立健全宣传的长效机制，全面树立高校师生的语言文字规范意识

做好国家通用语言文字的宣传教育工作是让民族地区高校师生树立语言规范意识的重要途径。高校要充分发挥教育的主阵地作用，积极利用对学生进行日常思想政治教育的契机和普通话培训测试的网络平台，大力宣传国家通用语言文字的法律法规，提高他们对推广国家通用语言文字重要性的认识。不仅利用校园广播、报纸等传统媒体，还可以利用高校官网等网络平台进行宣传。定期举办国家通用语言文字推广的讲座，同时积极开发校园国家通用语言文字学习APP，便于学生随时随地进行学习。开展校园“普通话演讲比赛”“国家通用语言文字知识大赛”“中华经典诵读大赛”“汉字听写大赛”等活动，“以赛推普，以赛促学”，

1　中华人民共和国中央人民政府：《国务院办公厅关于全面加强新时代语言文字工作的意见》（国办发〔2020〕30号）[EB/OL]，http://www.gov.cn./zhengce/zhengceku/2021-11/30/content_5654985.html，2021年。

2　内蒙古自治区教育厅：《内蒙古自治区中长期语言文字事业改革和发展规划纲要（2014—2020年）》（内教字〔2014〕6号）[EB/OL]，https://www.nmgov.edu.cn/zfxxgk/fdzdgknr/bmwj/202111/t20211124_1961024.html，2014年。

并形成校园推普活动的常态化。另外，高校的普通话测试机构应该积极利用每年9月第3周的“全国推广普通话宣传周”和每年2月21日的“国际母语日”的时机，组织进行国家通用语言文字的宣传活动，充分利用校园微博、微信、抖音等新媒体平台发布活动资讯，推送推普的短视频，加大宣传半径。总之，只有建立国家通用语言文字的宣传教育的长效机制，才能让语言文字规范意识深入人心。

（二）夯实培训教师的专业理论知识，切实提高培训教师的专业能力

国家通用语言文字培训教师是国家通用语言文字宣传教育的重要力量。培训教师的业务素质决定了培训教育的质量。国家通用语言文字的相关管理机构要对培训教师制定长期的培训计划，培训可以“送出去”，即组织培训教师到区外先进地区学习，也可以“引进来”，即聘请国内国家通用语言文字培训领域的专家来本地区进行讲座和指导。相关管理机构还可以开展培训人员研讨会，让内蒙古各地区的培训教师分享培训经验，促进相互学习。民族地区的相关管理机构要切实担负起管理职责，各地的普通话测试站积极配合，通过培训、研讨等活动，逐步提升培训教师的业务能力。

（三）深入了解学情，进行精准施教

国家在经济和社会发展中实施精准扶贫战略，冯传书等学者受其启发，提出了“精准推普”。“精准推普”不但是一种语言文字工作的思想方法，也是将“个体语言观、经济语言观和社会语言观相结合，体现了一种新的语言观念”。[1]“精准推普”主要解决推普工作发展“不平衡”的问题，主要表现在城乡之间、汉族地区和少数民族地区之间。而在民族地区高校的学生中，不同方言区的学生以及汉族和少数民族学生之间也存在这种普通话水平的不平衡。内蒙古高校的生源比较复杂，不仅有来自各个方言区的学生，还有部分是少数民族学生。一般而言，汉族学生的普通话水平要高于少数民族学生，内蒙古东部区学生的普通话要好于内蒙古西部区的学生。总体来看，学生的普通话程度参差不齐。根据这样的学情，我们认为要进行“精准施教”。所谓“精准施教”就是在全面了解培训对象学情的基础上，不但要有针对性地进行培训，而且要对于普通话水平差的学生进行重点培训。因此，了解学情是实施精准施教的重要前提。高校普通话测试机构可以通过官网对本校学生开展普通话调查并通过普通话模拟测试系统对学生进行培训前自我测试，了解本校学生的语言背景和普通话水平以及存在的语音偏误，为下

1　冯传书、刘智跃：《略论“精准推普”》，《语言文字应用》2019年第1期，第17页。

一步开展普通话培训，提高培训的针对性提供依据。在培训教学中，教师应该根据学生的普通话程度，实行分类教学，少数民族学生应该进行专门培训。在每一类学生的培训中，要聚焦重点人群，聚焦短板，对每个地区典型的语音偏误要加大培训力度，通过精准施教，让学生切实感受到培训的有效性和实用性。

（四）加大建设培训的师资队伍，培养蒙汉兼通的培训教师

师资队伍建设是各地国家通用语言文字管理部门的职责之一。一段时间以来，普通话培训的师资主要是来自各个高校，而且多数都是非专业出身，师资匮乏。我们可以通过“内部挖潜，外部引进”的方式进行师资队伍建设。我们应该积极利用本地区高校以外的其他学校的专业师资，定期进行普通话培训教师的遴选，不断充实普通话培训教师队伍，保证培训师资队伍的持续性发展。同时也可以利用区外从事普通话培训的优秀师资或者内蒙古其他高校的培训教师通过线上线下等形式为本地区的学生进行培训。同时，我们还要积极培养蒙汉兼通的培训教师，对于各级各类学校中蒙汉兼通的教师进行国家通用语言文字培训，把普通话达到相应等级要求的教师培养为普通话培训教师，专门为民族地区高校中的少数民族学生的普通话培训服务。

（五）充分发挥本地区国家通用语言文字推广基地和语言文字应用研究等科研平台的作用，助力民族地区国家通用语言文字培训

国家通用语言文字培训研究与国家通用语言文字培训是相辅相成，互为促进的关系。通过研究可以把培训实践中的经验、规律提炼上升到理论，以理论再反哺实践。民族地区国家通用语言文字培训研究比较薄弱，更应该积极开展这方面的工作，以科研带动培训，提升培训质量。我们可以利用民族地区高校现有的各级各类国家通用语言文字推广基地和校级院级的语言文字应用研究的科研平台，凝聚研究力量，形成研究合力，切实发挥研究平台的科研优势，围绕面向来自农村牧区的少数民族学生的培训教材开发与教学方法等课题来开展民族地区国家通用语言文字培训研究，以服务本地区的国家通用语言文字推广和培训。这样的研究“将是语言教学实践中的一个新课题，必将拓展应用语言学的研究视野，丰富应用语言学的研究成果”[1]。

---

1 李宇明、黄行、王晖、周庆生、杨亦鸣：《“推普脱贫攻坚”学者谈》，《语言科学》2018 年第 4 期，第 367 页。

（六）提高国家通用语言文字培训人员的待遇，鼓励实行表彰奖励机制

提高待遇能够有效激发从事国家通用语言文字培训人员工作的积极性。培训、测试和审音工作时间紧，任务重，如果没有合理的待遇，将会严重影响教师的工作积极性。各地国家通用语言文字管理机构可以根据实际情况，在现有的基础上适当提高培训人员的待遇，使更多的人员都愿意参与到这项工作中，并愿意为这项工作付出辛苦和努力。相关管理部门对国家通用语言文字培训人员应该实行表彰奖励机制。《纲要》提出，各有关单位和学校要关心本单位、本学校语言文字专兼职工作人员的待遇和进步，对表现突出的自治区语言文字工作者、优秀测试员等有关人员，要在评优、晋级、评定职称时给予必要的政策倾斜。[1] 内蒙古地区的高校要积极贯彻《纲要》的要求，这样的表彰奖励机制必将激励高校的国家通用语言文字培训人员产生更大的工作动力。

综上，民族地区高校是推广和普及国家通用语言文字的重要平台。在新时代中华民族伟大复兴的战略全局背景下，民族地区高校推广和普及国家通用语言文字是深入贯彻执行新时代语言文字工作方针的具体体现，同时也是实现铸牢中华民族共同体意识，增进民族团结，提高国民素质的重要路径。几十年来，民族地区高校在国家通用语言文字培训工作中发挥了重要作用，取得了令人瞩目的成绩，但也存在着一些不尽如人意之处。民族地区语言文字管理机构、各个高校的相关管理部门和普通话测试机构，要相互配合，齐抓共管，做到宣传到位，壮大队伍，提高待遇。培训教师要夯实基础，精准施教，提升科研，只有各方共同努力，凝心聚力，才能进一步促使民族地区高校的国家通用语言文字培训工作朝着科学化、高效化的方向发展，才能实现我国新时代语言文字工作的目标，完成推普脱贫攻坚和乡村振兴的战略任务。

1 内蒙古自治区教育厅：《内蒙古自治区中长期语言文字事业改革和发展规划纲要（2014—2020 年）》（内教字〔2014〕6 号）[EB/OL]，https://www.nmgov.edu.cn/zfxxgk/fdzdgknr/bmwj/202111/t20211124_1961024.html，2014 年。

《汉语大字典》（第二版缩印本）虚词训释评述

任晓彤　白雨涵 *

内容提要　《汉语大字典》（第二版缩印本）于2018年出版，是《汉语大字典》（第二版）系列辞书之一。经过修订，它的内容更趋完善，编纂质量得到进一步提升。该字典在单字下列出了作为义项出现的虚词义，收录了较为丰富的虚词义项；使用系统严整的释义语句，不仅描写了横向的现代虚词义，还描摹出了虚词纵向的历史演变过程，较为全面地展现了虚词词义系统的变化与发展。与此同时，《汉语大字典》（第二版缩印本）在部分虚词词性的界定、释文与被释词所属词性的一致性以及部分虚词名称术语的规范化与标准化方面还有进一步提升与优化的空间。

关键词　《汉语大字典》（第二版缩印本）　虚词训释　提升与优化

《汉语大字典》收字宏博、内容详备、体例严谨，蕴涵古今汉语言文字研究之精华，在我国辞书编纂史、语言文字发展史上具有里程碑式的意义。经过多次修订再版的《汉语大字典》，充分吸收语言文字研究的最新成果，广泛采纳学者们提出的修订意见，反映了最新的学术进展，从形式到内容都更趋完善，编纂质量得到进一步提升。它虽然不是专门的虚词辞书，但是充分融汇了汉语虚词的研究成果，不仅对虚词词义进行了共时的细致描写，还从历时角度较为系统地归纳了汉语虚词的历史演变，博收众采，训解内容详实周备，在虚词义项收录、训释方面具有一定的典范意义。

《汉语大字典》（第二版缩印本）（以下简称“缩印本”）是《汉语大字典》（第二版）系列辞书之一，出版于2018年。它在保留《汉语大字典》（第二版九卷本）

* 任晓彤，内蒙古师范大学文学院副教授；白雨涵，内蒙古师范大学文学院研究生。

基金项目：内蒙古自治区高等学校创新团队“国家通用语言文字普及教育与研究”（NMGIRT2224）成果。

全部内容的基础上又进行了必要的审订与修正，释义更为准确可靠，内容更加科学完善。本文以“缩印本”中单字下具有明确词性标记的副词、介词、连词、助词、语气词、叹词和象声词等虚词作为研究对象（也将一些容易和助词混同的具有虚词性质的词缀、词头、词尾、语助词等纳入研究范围），[1]对其虚词条目的训释特点与值得进一步商榷的地方进行分析讨论。

一、“缩印本”虚词训释特点

学界对《汉语大字典》在虚词收录和训释上取得的成绩评价比较高，例如有评价说：“《汉语大字典》有了先进的理论和方法作指导，吸收了虚词研究的已有成果，加上收集了大量新的资料，对虚词的处理，在数量和质量上都远远超出了以往的任何一部汉语字典。”[2]“缩印本”集旧版编纂之大成，继承首版在收字、解形、注音、释义、引证等方面协调统一、严谨完备的训释特色，将虚词形、音、义、例之间的各种复杂关系及其历史脉络与基本现状，以一种有条理的、有内在联系的有机整体展现在读者面前。与此同时，“缩印本”又积极吸收最新的汉语研究成果，及时作出修订补充，彰显出其在虚词训释方面的特点，其虚词训释特点主要表现在以下几个方面。

（一）使用系统严整的释义语句

“缩印本”作为大型语文辞书的代表，在虚词的释义方面较好地遵循了系统性的原则，注意虚词内部各系统之间的呼应连贯，在揭示不同类别的虚词之间的共性关联与个性差异方面进行了有益的尝试，在训释的行文格式上，使同一语法属性的虚词条目尽可能保持对当和统一，如：

> 乎（hū）：❶语气词…… 1.表示疑问语气…… 2.表示反问语气…… 3.表示感叹语气…… 4.表示祈使或命令语气…… 5.表示推测

---

1 《汉语大字典》（第一版）将虚词分为“副词”“介词”“连词”“助词”“语气词”“叹词”和“象声词”。第二版“缩印本”在“凡例”和“修订说明”中并没有明确说明它的虚词包含哪些类别，故本文沿用第一版的虚词分类体系。

2 李格非、赵振铎：《汉语大字典论文集》，湖北辞书出版社、四川辞书出版社，1990年，第573页。

语气…… 6.表示呼召语气…… 7.表示商榷语气…… 8.表示肯定语气……

且（一）qiě: ❹连词。1.表示并列或递进关系，相当于“又”、“而且”…… 2.表示相承关系，相当于“一边……一边……”…… 3.表示选择关系，相当于“抑或”、“或者”…… 4.表示递进关系，相当于“尚且”、“况且”…… 5.表示假设关系，相当于“若”、“假如”……

唷（yòu）：❷象声词。呕吐或呻吟的声音……
哐（二）guāng：象声词。撞击振动的声音……
哞（mōu）：象声词。牛叫的声音。

从上述虚词条目中我们可以看出，“缩印本”中同类虚词条目的释义语句都是成体系的，释文形式上尽可能保持平行一致。语气词具有表达一定语气的功能，在训释时都使用“表示……语气”；连词具有连接词、短语或句子的功能，往往使用“表示……关系，相当于……”进行训释；象声词都能够用来表示各种声音，一般使用“……的声音”来训释。这些语句不仅将不同词性虚词的语义特点充分地体现了出来，还清楚地显示出虚词各自意义和用法的区别性。

（二）揭示虚词的历时发展脉络

虚词词义的系统性虽然不像实词那样明显，但肯定是存在的，字典和词典的释义也应当尽可能展现它的这种系统性。“缩印本”作为一部贯通古今的大型语文辞书，反映了虚词在整个历史发展过程中的演变途径及各义项逻辑关系，揭示其不同历史阶段的引申发展规律，力图描绘出虚词义项的发展轮廓。“缩印本”对虚词义项的排列，一般按照以下原则进行：其本义就是虚词用法的，以本义作为第一义项；义项中若有从实词引申、虚化来的，以距离实义最近的一项为第一个虚词义项，其他引申义则大体依照虚化程度的高低依次进行排列。基本遵循由实到虚，自古及今，从本义到引申义、假借义的义项排列顺序，义项之间的引申发展关系一目了然。这种排列，不仅描写了横向的现代虚词义，还描摹出了纵向的历时演变过程，较为全面地展现了虚词词义系统的变化与发展，例如：

乎（hū）：《说文》："乎，语之余也。从兮，象声上越扬之形也。"段玉裁注："意不尽，故言乎以永之。"杨树达《积微居小学述林》："考之《尚书》及古金文，乎字绝少作语末词用者，而甲文、金文乎字皆用作評召評……以此知乎本評之初文，因后人久借用为语末之词，乃有后起加言旁之字。古但有乎而无評，说金文者往往谓乎为評字之假，非也。呼召必高声用力，故字形象声上越扬，犹曰字表人发言，字形象气上出也。"

❶语气词。《说文·兮部》："乎，语之余也。"《广雅·释诂四》："乎，词也。"……

依《说文》和《广雅》，"乎"字的本义是用作句末语气词。清代王引之《经传释词》就把"乎者，疑辞"列为第一个义项，这是十分正确的。现在很多虚词词典将"乎"的介词用法列为第一义项，不妥。"缩印本"不仅将其作为语气词的虚词用法列为第一义项，还在字头下引用《说文》、段注及杨树达先生《积微居小学述林》进行了分析说明，这一做法可谓精彩。再如：

比：《说文》："比，密也。二人为从，反从为比。夶，古文比。"段玉裁注："（夶）盖从二'大'也，二大者，二人也。"孙海波《甲骨文编》卷八："卜辞比从一字。"

（一）bǐ（旧读bì）……

❶亲；亲近……❷密（与"稀""疏"相对）……❸合；亲合……❹辅助……❺调顺；和协……❻同；齐同……❼并列；排列……❽相连接……⓰副词。1.皆；都……2.频；屡次；接连……3.近；近来……⓱介词。1.替；代；给；为……2.及；等到……3.和……相比。用来比较性状和程度的差别……

"缩印本"将本义"亲；亲近"列为"比"的第一义项。段玉裁《说文解字注》："其本义谓相亲密也。余义辅也、及也、次也、校也、例也、类也、频也、择善而从之也、阿党也。皆其所引申。"[1]"比"的虚词义在实词义的基础上引申虚化而来，其中副词"比"由"并列""相连接"等实词义演化而来，故

1 （清）段玉裁：《〈说文解字〉注》，中华书局，2013年，第390页。

"缩印本"将"并列""相连接"这两个实词义项排列在前，其他虚词义项根据虚化程度的高低进行排列。方有国在《先秦汉语实词语法化研究》中将虚词按照虚化程度由低到高分为三个级别："一级虚词：代词、副词、判断词、助动词；二级虚词：介词、连词；三级虚词：助词（结构助词、音节助词）、语气词（句末、句首、句中语气词）。"[1]"缩印本"中多数虚词践行了上述的义项排列规则，副词义项在前，介词义项居后，这让我们能够从中追踪到"比"虚词用法的产生与历时演变的轨迹。再如：

> 亦（yì）：《说文》："亦，人之臂亦也。从大，象两亦之形。"高鸿缙《中国字例》："（亦）即古腋字。从大（大即人），而以八指明其部位，正指其处，故为指事字。名词，后世假借为副词，有重覆之意，久而为借意所专，乃另造腋字。"
>
> ❶人的腋窝。后作"腋"。《说文·亦部》："亦，人之臂亦也。"徐灏注笺："即古腋字。"❷副词。1.相当于"又"……2.相当于"也"、"也是"……3.相当于"不过"、"只是"……4.相当于"皆"、"都"……5.相当于"已经"……6.相当于"确实"、"的确"……❸连词。相当于"假如"……❹助词……

"缩印本"在"亦"字头下先引用《说文》和《中国字例》简要说明了"亦"虚词用法的来源，正确地指出副词"亦"由本义"腋窝"假借而来，久借不还，为虚词义所用。在排列义项时，将本义"人的腋窝"作为第一义项，其他假借作虚词的依照虚化程度，由高到低依次排列为：副词、连词、助词，将其不同用法之间的派生关系通过义项的排列粗线条式地描绘出来。

综上可见，"缩印本"按照引申的逻辑层次和时序安排，从历时的角度出发，对引申系列中的义项进行了较为恰当的排列组合，展示了虚词不同用法的发展与变化，使虚词内部词义系统的演变轨迹趋于明朗化。

（三）收录丰富的虚词义项及用法

就虚词义项的收录而言，"《汉语大字典》所收字数比任何一部汉语字典都多，因此虚词词条最为完备。如果将虚词义分离出来，集中编排，加以修订，就

1 方有国：《先秦汉语实词语法化研究》，巴蜀书社，2015年，第6页。

是一部水平较高的《汉语虚字字典》”[1]。“缩印本”在释义中全面、历史地反映了字义的来源和流变，占有大量语言材料的同时，把注意力集中在“力求义项完备”，建立了较为周密完备的虚词义项，对虚词义项及用法的分析也较为精细，将虚词中的一词多类、同类多义乃至同一词类、同一意义的不同用法也作了具体的说明，如：

的：（二）dí副词。1.确实；实在…… 2.必定；一定…… 3.究竟……（三）de助词。1.用在定语后。a．表示修饰关系……b. 表示领属关系……c. 定语是指人的名词或代词，中心词是指职务或身份的名词，表示某人取得某种职务或身份……d. 定语是指人的名词或人称代词，中心词和前边的动词合起来指一种动作，表示某人是动作的对象…… 2.用来造成没有中心词的“的”字结构。a．代替上文所说的人或物……b. 指某一种人或物……c. 表示某种情况……d. 用跟主语相同的人称代词“的”字作宾语，表示别的事跟这个人无关或这事跟别人无关…… 3.用在谓语动词后面，强调这动作的施事者或时间、地点、方式等…… 4.用在陈述句末表示肯定语气…… 5.用在两个同类词或词组之后，表示“等等”、“之类”的意思…… 6.口语中用在两个数量词中间，表示相加或相乘…… 7.用在状语和中心词之间，用同“地（de）”…… 8.用在中心词和补语中间。用同“得（de）”…… 9.用在动词后，用同“着”……

“缩印本”先依据读音的不同，将“的”字头分列为副词“的（dí）”和助词“的（de）”。在副词“的（dí）”下面根据具体语义的异同区分出“确实；实在”“必定；一定”“究竟”3个义项。在助词“的（de）”下面依据所处语法环境的不同进一步分列为：用在定语后、用在谓语动词后、用在陈述句末、用在两个同类词或词组之后等9个义项，其中助词“的（de）”的第一个义项又根据前后连接关系的不同细分为：表示修饰关系、表示领属关系、表示某人取得某种职务或身份、表示某人是动作的对象4个不同的用法。第二个义项也依据黏附对象的不同进一步分列为：指某一种人或物、表示某种情况等4个不同用法。“缩印本”在“的”字头下共收列3个副词义项和9个助词义项，在“助词”下主要根据语法

1　李格非、赵振铎：《汉语大字典论文集》，湖北辞书出版社、四川辞书出版社，1990年，第573页。

功能不同辨析了各种不同用法，条分缕析、严谨细致。再如：

於：（一）wū❷叹词。表示赞美……

（二）yú❹介词。也作“于”。1.表示地点、处所，相当于“在”…… 2.表示对象，相当于“给”、“与”…… 3.表示趋向，相当于“向”…… 4.表示方式、对象，相当于“以”、“用”…… 5.表示目的，相当于“为”、“为了”…… 6.表示被动，相当于“被”…… 7.引进动作的对象，相当于“对”、“对于”…… 8.引进动作趋向的对象，相当于“到”、“至”…… 9.表示起始，相当于“自”、“从”……10.介绍动作产生的依据，相当于“根据”、“按照”……11.引出原因，相当于“在于”…… 12.引进比较的对象，相当于“比”……13.引进比较异同的对象，相当于“跟”……❺连词。1.表示并列，相当于“与”…… 2.表示承接，相当于“于是”……❻助词。表示语气……

“於”字头下，“缩印本”分列“wū”和“yú”两个音项。在“於（wū）”下面收列 1 个叹词义项，表示赞美义。在“於（yú）”下面收列介词、连词、助词三个虚词大类义项，其中介词义项下面按照标示对象的不同具体分为：地点、对象、趋向、方式、目的、表示被动、动作的对象、动作趋向的对象、起始、动作产生的依据、原因等 13 个义项。连词义项下面按照连接关系的不同具体分为：表示并列和表示承接 2 个义项，在“於”字头下共建立虚词大小类义项 17 个。

由此可见，不同于一些古代汉语虚词词典和现代汉语虚词词典有所侧重地予以列举，在沟通古今虚词义上明显偏弱。“缩印本”兼顾古今虚词义项，众义毕载、皆数并举，周密而又完备。

二、“缩印本”虚词训释商榷

“语文辞书的根本性质是民族标准语的体现和反映，也是提高社会语言素养，宣传和维护共同语规范的重要工具。”[1] 伴随生产力水平和物质文化生活的不断变迁，读者的需求也正在与时俱进。对于“缩印本”这样一部大型语文字典来说，想要保持永久的生命力，就必须与时俱进、不断丰富与充实辞书的收录内容，使

1　徐时仪：《汉语语文辞书发展史》，上海辞书出版社，2016 年，第 119 页。

辞书质量日臻完备。根据以上对虚词训释的分析与探究，我们认为“缩印本”的虚词训释还可以从以下几个方面进行提升与优化。

（一）进一步明晰部分虚词词性的界定标准

“语文辞书标注词性不是单纯地给词目贴上标签，而是要让读者更加明确地认识到词目的语法性质，更好地理解与运用词语。”[1]《汉语大字典》充分吸收现代语法学的研究成果，“在统一的语法体系下，先标明词性，次述其义类”[2]，对虚词都做了词性标注，在虚词语法属性的区分上取得了一定的成绩。但汉语虚词意义空泛、用法灵活，系统内部分歧繁杂，在具体词目的辨识上难免会存在一些有失妥当的地方。“缩印本”虽然是一部权威性大型语文辞书，但在处理一些争议较多的词类归属问题上也会存在问题，例如出现了词缀与助词混为一谈的现象：

> 家：（一）jiā㉕助词。词缀，相当于“样”、“似的”。宋王安石《送张宣义之官越幕》之二：“谁谓贵公子，乃如寒士家。”宋杨万里《秋雨叹》：“焦叶半黄荷叶碧，两家秋雨一家声。”宋李清照《南歌子》：“旧时天气旧时衣，只有情怀不似旧家时。”
>
> （三）jia 助词。后缀。1.用于名词之后，表示属于某一类人。如：孩子家；姑娘家；学生家。宋辛弃疾《南乡子·赠妓》：“好个主人家，不问因由便去嗏。”…… 2.用于代词后。唐司空图《力疾山下看杏花》：“侬家自有麒麟阁，第一功名只赏诗。”……

上述对“家”作虚词的训释中，字典先标注为助词，又分别注释为词缀、后缀，这是混淆了词缀与助词的概念。助词属于句法成分，是协助表达语法意义的词，而词缀属于构词成分，是与词根紧密结合的定位语素，二者的性质不同。训释中相当于“样”“似的”之义的“家”，结合其用例可知，“乃如寒士家”义为“如寒士般（似的）”；“两家秋雨一家声”义为“蕉叶上与荷叶上两般秋雨一般声音”。张相《诗词曲语辞汇释》“家（一）”条下认为，这个“家”是“估

1　杨同用：《语文辞书词性标注及相关的几个问题》，《河北师范大学学报（哲学社会科学版）》2014年第5期。

2　赵学清：《从虚词研究的历史看〈汉语大字典〉的创新》，《辞书研究》1990年第5期。

量辞”，用法同“价”，表示这般或那般，这个样儿或那个样儿。[1]“缩印本”中的训释即为此义，但“家”在两个例句中位置不固定，所依附的词性也不同，不符合词缀的特征，故此处当标注为“助词”。而用于名词、代词之后的“家”，一般只附加在这两类词性上，有较强的黏着性，符合词缀的特征，张相即称之为“语尾助辞”。因此，读jia音的“家”，当先标注大类“词缀”，再标注小类“后缀”。

> 兀（一）wù：❽助词。前缀，用于代词前加强语气，相当于现代方言中的“阿”。金董解元《西厢记诸宫调》卷二：“捻搜好汉每兀谁敢？”《古今小说·新桥市韩五卖春情》：“你七老八老，怕兀谁？”

上述释文中，字典将“兀（wù）”的词性标注为“助词”“前缀”，判断有误。根据释文中提供的文献例句，“捻搜好汉每兀谁敢”义为“了不起的好汉们谁敢”[2]，“你七老八老，怕兀谁”义为“你年纪大了，怕谁”。这两个例句中，“兀”皆用于疑问代词“谁”之前。此外，“兀”还可以用在代词“那”“底”等前面，如：《元曲选·汉宫秋·第一折》：“兀那弹琵琶的是那位娘娘？”《南湖集·夜游宫·美人》：“鹊相庞儿谁有。兀底便、笔描不就。”上述例句中，“兀”只黏附在“谁”“那”“底”这些代词前面，构成复合代词“兀谁”“兀那”“兀底”，“兀”出现位置固定且具有较强的黏着性，与词缀的本质特征相符，故此条“兀”应当先标注大类“词缀”，然后再标注小类“前缀”。

由此可见，“缩印本”对部分“词缀”和“助词”的界定与划分比较模糊，有待进一步规范完善。

（二）注意释文与被释词所属词性的协调一致

“任何一个虚词的意义，总是体现着该词的词性；虚词释义如果不能明确显示词性，那就不能认为解释得准确和完满。”[3]辞书中的对释词对于阐明词语的类属具有提示与界定的作用，因此在使用对释词沟通被释词时，要尽量达到对释词与被释词词性的相应。“缩印本”在初版的基础上进行了全面审读，使用对释

1 张相：《诗词曲语辞汇释》，中华书局，1955年，第364、365页。

2 王锳，曾明德：《诗词曲语辞集释》，语文出版社，1991年，第71页。

3 刘叔新：《词汇学和词典学问题研究》，南开大学出版社，2019年，第198页。

词沟通虚词义时尽可能吻合，但仍然存在一些对释词和被释词词性不一致的情况，如：

不（一）bù：❷副词。……3.用于同一名词或形容词中间，表示不管、不论、不介意……

怦（pēng）：❸象声词。形容心跳……

試〔试〕（shì）：❻副词。相当于“姑且”、“试着”……

競〔竞〕（jìng）：❻副词。争着……

上述“不”“怦”“试”“竞”的释文中，“不”标注为副词，但对释词为“不介意”，是动词性的说法；“怦”标注为象声词，但释文“形容心跳”为动宾结构的短语，用来表示支配关系，是动词性的解释；“试”标注为“副词”，释文中的对释词“试着”却是一个动词；“竞”标注为“副词”，对释词“争着”却是一个动词。可见，“缩印本”释文中的释词与词性标注的语法属性不相符，这会影响读者对被释虚词的理解。辞书在编纂时应该尽量选用与被释词词性相一致的词语进行释义，努力使释文更加科学合理。

（三）促进虚词名称术语的规范化与标准化

名称术语是用来表示特定概念的，它反映了人们对某一学科中相关概念的约定性认知，具有科学性和系统性。“缩印本”篇幅巨大、书成众手，名称术语使用的规范性或多或少会受到一定的影响，仍需在以下方面进一步规范化：

第一，统一词缀及其次类范畴的名称术语。我们看以下例子：

老（lǎo）：⓮前缀。1.加在称呼和某些名物上……2.表示排行……3.加在某些动物名称上……⓯后缀。1.表示身体的某一部分……2.代指人（含轻视意）。也作“佬”……

孛（二）bó：❶助词。构词前缀。如：孛老（古代戏曲中的老翁）……

子（二）zi：助词。1.构词后缀……

奇（qí）：❽助词。常见于元明杂剧中。1.用作词头……2.用作词尾……

上述条目中，“缩印本”在表示相同概念时分别使用“前缀”“后缀”“构词前缀”“构词后缀”“词头”“词尾”等不同的术语，这本身是矛盾的。我们分别来讨论。首先，“前缀”“构词前缀”是一个意思，“后缀”和“构词后缀”是一个意思，它们都是词缀的次类范畴，是根据词缀出现的位置不同划分的。其次，“词尾”在普通语言学中，应该指那些附加在词干后面只表示语法意义的黏着语素。一般的汉语语法体系考虑到汉语并无系统的狭义形态，所以不取“词尾”这一名称，而叫“后缀”。“词头”即“前缀”。因此，“缩印本”应当遵循统一的语法体系，贯彻同一套术语体系，避免术语的混乱与分歧。

第二，进一步规范虚词的名称术语。我们看以下例子：

哆（四）duò：语助词……

馨（xīn）：❸语助。有赞美的意思。后来多“宁馨”连用……

聲〔声〕（shēng）：⓭发语词。义同“噫”……

覣（wēi）：❷发声词……

上述条目中标注的“语助词”“语助”“发语词”“发声词”是传统训诂术语中出现的训解虚词的名称，而非当前语法学界通行的词类名称术语，不宜在字典中继续使用。“缩印本”选用这些术语名称对虚词的性质进行标注，本质上是对这些虚词的性质缺乏全面科学的认识与把握，只能照录故训。因此，需要进一步加强语法学研究成果的吸收，不断完善与规范虚词名称术语的使用。

三、结语

以上我们探讨了“缩印本”在虚词训释上的特点。“由于历史条件的诸多限制，总会有这样或那样原来预计不到的问题和技术处理的欠缺，一经读者检验，就可能要求进行不同形式、不同程度的修订工作，尤其是有影响的、大型的辞书，更须如此。”[1]“缩印本”作为一部古今历时性的大型语文辞书，编写工作复杂、编纂者队伍庞大，难免会出现一些疏失，在内容上还有需要进一步完善的地方，因此我们针对“缩印本”对虚词的训释提出了进一步完善的建议，以期对《汉语大字典》以及相关辞书虚词释义及编纂体例的修订与完善有所裨益。

---

1 李格非、赵振铎：《汉语大字典论文集》，湖北辞书出版社、四川辞书出版社，1990年，第609页。

汉语辞书的结构元素分析

程 荣*

内容提要 辞书与普通图书相比，最大的特点是以条目为单元，具有方便查检的功能。一部正规的汉语辞书通常设有正文条头及其释文、索引、前件说明，由这几部分构成的辞书整体，即辞书的基本架构。条头元素、释文元素等是辞书的主干，索引、前件说明、附录等元素是辞书的辅件。汉语汉字的特点决定了汉语辞书的结构元素同西语辞书存在明显差异。设立大字头及其注音、以字统词出条、用部首法等编制形序检字表，是汉语辞书区别于西语辞书的特有方式。汉语辞书涉及文字学、词汇学、语音学、语法学的各个方面，研究汉语辞书既是辞书学研究，也是语言文字学的综合性研究。汉语辞书在新时代的创新发展，编研结合至关重要，有必要努力加强。

关键词 汉语辞书 结构 元素 字头 释文

辞书具有跟普通图书不同的框架结构和基本元素，而汉语汉字的特点又决定了汉语辞书跟西语辞书有明显差异，研究汉语辞书的结构元素是汉语言文字学综合性研究的辞书学视角，也是提高辞书编修水准的高层次学术追求。学界对于辞书结构的解释略有差异，宏观结构和微观结构的两结构论，在我国辞书学界多有认同。一般认为，宏观结构是经过编排的辞目总体，反映条目与条目之间的关系；微观结构是条目内容经过安排的全部信息，反映条目内部各部分之间的关系。也有学者在两结构的基础上提出三结构的观点，把参见结构作为中观结构单独提出，同宏观结构和微观结构并立。本文拟从辞书编纂实践出发，以典型的汉语辞书为重点，分析研究其基础架构及其元素特征。

* 程荣，河北大学文学院、中国社会科学院语言研究所教授。

基金项目：国家语委“十三五”科研重点项目“规范型权威字典与新中国语言文字规范化”（ZDI135-90）成果。其中部分内容曾在新闻出版署辞书培训班讲授。

一、辞书几个相关概念的界定

辞书与普通图书相比，有明显的自身特点，最主要的差异点是辞书具有的以条目为单元的突出的查检功能。而工具书也具有明显的查检性，那么它跟辞书是怎样的关系呢？辞书与词典、词典与字典、词典与语典，又是怎样的一种关系呢？研究辞书和做好辞书工作，都有必要先弄清这几个概念之间的关系。

（一）辞书与工具书的关系

凡是按一定排检次序汇编、具有一定查检功能的书籍就属于工具书，工具书的范围较广。辞书只是工具书中的一类，它除了具备工具书的条件以外，最大的特点是以条目为单元，而这一特点是辞书类以外的工具书所不具备的。因为辞书类工具书（如《现代汉语词典》《汉语大字典》等）以外的工具书还有资料性工具书、线索性工具书、图录类工具书。资料性工具书包括年鉴、手册、表谱等，如《世界知识年鉴》《语言文字规范手册》《中国历史纪年表》等（为节省篇幅，文中所提列举式书名，除确有必要，一般不注编者和出版单位及出版时间。下同）；线索性工具书包括书目、索引等，如《中国古籍善本书目》《二十世纪中国辞书学论文索引》等；图录类工具书包括地图集、历史图谱、文物图录等，如《中国历史地图集》《中国历史与人物图谱》《中国古代天文文物图录》等。这类工具书一般不以条目为单元，也就是说，工具书的范围大于辞书，包括了辞书，因此辞书与工具书是种属关系。

（二）辞书与词典的关系

辞书与词典也是一种上下位的种属关系，辞书里包括词典、字典、语典、百科全书等，其范围大于词典，因为严格意义上的词典是指“收集词汇加以解释供人检查参考的工具书（现多指语词方面的）”[1]，一般不包括辞书所含除词典以外的那几种工具书。辞书学会不称词典学会，也是因为辞书比词典涵盖的面要宽广；“辞书研究”与“词典研究”也是所涉研究范围宽与窄的差异；但“辞书”的称说仅用于陈述性表达，不用于具体辞书的书名，“词典”的称说则常常用于具体辞书的书名，大多用于收集解释语词的辞书。用“XX 辞典”而不用“XX 词

1 见《现代汉语词典》里【词典】的释义。

典”作书名的，现在大多见于专科和百科方面的辞书[1]，如《中国典故大辞典》《中华姓氏大辞典》《植物学辞典》等。“词典”与“辞典”在实际使用中也有相混不分的情况，如《中华人民共和国地名大词典》（属于地名专科辞典）、《国语辞典》（属于普通语文词典）等。

（三）词典与字典的关系

狭义的词典概念与字典概念属于并列关系。字典和词典之所以有不同的说法，是因汉语汉字的特点及其发展演变而产生的。在古代汉语中，一个字大多记写的是一个词，古汉语的字典与词典其称说或可含混，不作区分；到了现代汉语，发展成以双音节词为主，不少单字不再独立地记写一个词，两个字记写一个词成为主流，在现代汉语中一个字记写的或仍是一个词，而较多的则是一个字记写一个语素，或者一个字记写的仅是一个音节，此时字与词在音节上的对应关系问题就凸显出来了，相应地现当代人便逐渐注意从内容上和书名上区分现代汉语的字典与现代汉语的词典。如今有些古汉语的辞书也在从内容和书名上进行字典与词典的区分，如商务印书馆出版有《古汉语常用字字典》和《古代汉语词典》。

（四）词典与语典的关系

一般来说，以收录语词为主的词典包括收录部分常用成语等固定语，而专门收录某类固定语的辞书名称的中心词也大多用“词典”，如《XX成语词典》《XX惯用语词典》《XX谚语词典》《XX歇后语词典》等，并不以“语典”作中心词。2000年以后，综合收录固定语的辞书，有的采用了“语典”作书名中心词，如《汉语语典》《中华语典》《现代汉语语典》等，这大约跟认同“语词分立说”[2]和“字典、词典、语典三分说”[3]的观点有关，把收录多种固定语的辞书称作“语典”，能跟以收录普通词语为主的词典从称说上相区别，但如果把《XX成语词典》等的书名改成《XX成语语典》等，似乎就不大习惯，认同度也不是很高。这个问题可以另外讨论。

---

1 《现代汉语词典》里【辞典】条的释义：“词典（现多指专科、百科方面的）。”

2 温端政：《论词语分立》，《辞书研究》2002年第6期。

3 温端政：《论字典、词典、语典三分》，《辞书研究》2014年第2期。

二、汉语辞书的主干

一部正规的汉语辞书通常设有正文条头及其释文、索引、凡例，由这几部分构成的辞书整体，即辞书的基本框架结构。条头元素和释文元素组构成辞书的主干。

（一）条头元素

在汉语辞书中，由单字的条头和释文组成的各个条目整体，习惯上称为字条，由多字的条头和释文组成的各个条目整体，习惯上称为词条。

单字字条的条头在汉语字典和汉语词典中常称为字头，由于字典和词典中的字头一般都用明显的比正文字大的字号排印，所以字头又通称大字头，也称单字条头或单字条目；多字词条的条头在汉语词典中常称多字条头或多字条目，也称词头或词目。

1. 大字头涉及的范围。

汉语辞书以汉字作为条头的字头，是西语辞书不可能有的。现代汉语字典和词典的大字头中可包括词字、语素字、记音字。如："新"本身能够独立作为一个词使用，可以说"今天上的是一节新课""内容对我来说的都是新的"，"新"字在这两句话中都是独立使用的形容词。由于"新"这样的字能独立记写一个词，可称之为词字。"阐"字情况就不同了，在古代汉语中，它是能够独立作为一个词来使用的，到现代汉语中，"阐"字一般不单独使用，而是作为一个不成词的语素，它跟"发"字组合成"阐发"，跟"明"字组合成"阐明"，跟"述"字组合成"阐述"等复合词。由于"阐"这样的字在现代汉语中一般记写的是一个语素，通常称之为语素字。

"蝴"字跟"阐"字又不同，它不仅不能独立作为一个词使用，而且也不能作为一个独立的语素，只是一个构词音节，跟"蝶"字组成"蝴蝶"这个连绵词。由于"蝴"这样的字记写的只是一个音节，可称之为音节字。

"新""阐""蝴"都可以作为大字头用较大的字号列在左前方明显位置。也就是说，大字头中可包括三种情况的单字：能独立成词的词字；不能独立成词的语素字；本身没有独立意义的记音字。

2. 选字和选设字头。

字头是汉语辞书的特有元素，选字收字和选设字头是编纂汉语辞书的首要环节。汉字发展演变三千多年，数量众多，新版《信息技术中文编码字符集》(GB18030-2022) 所收汉字已达 87887 个，2013 年公布的《通用规范汉字表》收录现代通用规范汉字 8105 个，所附《规范字与繁体字、异体字对照表》中收录了同规范字相对应的繁体字 2574 个，异体字 1023 个。编纂不同类型和规模的字典、词典有各自设立的读者对象，其选字收字存在一定差异。如：《汉语大字典》作为大型的古今汉语字典，1990 年出齐的第一版收楷书单字 54678 个，2010 年的第二版收楷书单字 60370 个；《新华字典》作为中小规模的现代汉语规范型字典，七十年前的 1953 年原版总收单字 6840 个，2020 年的第 12 版总收单字约 12400 个。从适应现实社会查检应用的角度出发，根据所设编纂宗旨和读者对象，确定自身收字原则，以国家公布的字表为重点和依据，参考字料使用频度选字收字，是一种较好的做法。

正文按音序编排的字典和词典，由于有多音字的存在，其设立的字头的数量会多于所收录的单字。例如，收了“参”字，按音序编排就有“参 cān”“参 cēn”“参 shēn”三个字头，而如果正文按部首编排，三个音就都在同一个字头之下，所收单字跟字头的数量一致。因此，统计收字数量有时可以按字头计算，有时就不能按字头计算。

另外，多音字设立几个字头，还存在对所收字音的选择问题，仅在古汉语或现代某些方言区使用的音义，是否收选并设为字头，也需根据所编辞书的性质、规模、读者对象来择定。

3. 大字头的显现方式。

现代汉语的字典和词典，从引导用字规范的角度考虑，字头部分设主体字头和附列字头，主体字头用正体，其后附列相应的繁体和异体，不另外单立字头，但在检字表中可以查到，如《新华字典》等辞书中的：备（備、*俻）。供儿童使用的字典和词典大多只出正体字形。

一些供专业人员使用的古汉语字典或古今汉语字典，呈现方式是把简化字、繁体字、异体字一律列为独立的大字头，或是以繁体字系统为主条字头。如《汉语大字典》把“备”“備”“俻”都立成大字头，以繁体的“備”作主条字头：

备“備”的简化字。

備〔备〕……（详注）

俻同“備”。……

对于一个能记录多个意义的单字，在设立字头时，有些字典是把全部意义的义项均在该字头下呈现，如“帅”的“高级指挥官”与“长得英俊漂亮”的意义之间不一定有联系，但作为以字统领正文编排的字典，为方便查检就会把这两个意义分义项编排在同一个字头之下。如《新华字典》：帅（帥）❶军队中最高一级的指挥官：元～｜统～。❷英俊，潇洒，漂亮：这个小伙儿很～｜他的动作～极了｜字写得～。

有些字典特别是词典把多义的意义上无联系的单音字，即通常所说的同音同形字，分立字头。此时编纂者较多的是从词义上有无联系方面考虑。如《现代汉语词典》（以下简称《现汉》）里的“帅”分立了两个字头，在这两个字头的右上角分别注上序号1和2：

帅[1]（帥）❶军队中最高的指挥员……

帅[2]（帥）形英俊；潇洒；漂亮……

笔者认为，两种呈现方式都是可以的。相比而言，由于词典的单字字头下通常要收列众多的多字条目，因此把意义无关的同音同形字分立字头较好；而单字字头下无多字条目或是多字词在义项内部呈现的字典，如果对同音同形字也分立字头的话，就显得散乱，不一定适合。

4. 多字条头的收选。

汉语辞书中的多字条头一般在单字字头下呈现，包括复音词和部分固定短语。现代中型汉语词典的多字条头以收立现代通用词为主，兼收一些常用固定语。其择选收录主要也应根据对实际语料的分析，最好能在编纂前参考已有的其他词表，特别是国家公布的词表（如教育部语信司组编的《现代汉语常用词表》），专门建立一个适合自身词典的词表。多字词语该怎样收立主要取决于一部词典所定编纂宗旨目的和读者对象，并非千篇一律，需要在确定收词原则和收词范围以后，重视做好词语的搜集、整理和筛选工作。

收词立目在词典编纂中是一项非常重要的工作。《现汉》多年来一直受读者欢迎，其中一个重要方面就是作为一部中型汉语词典的收词基本涵盖了现代语文生活中的汉语词汇。语言资料搜集得广泛全面，经过筛选而最后研究确定的词表就不容易遗漏现实生活中的通用词语，加上长期注意动态积累新语料，在修订时择选增补新词新义，不断跟进时代的发展，也就能够满足不同时期读者的查检需求。

鉴于辞书是供读者查检的，因此即使是规范型辞书，在收词时也不可能不涉及非规范的东西，从某种意义上说，规范型辞书反而更应该把规范的与非规范的进行对比，给读者以规范性的指向，因此词典的词表和收词立目可以包括一物多称的异称词或方言词，也可以包括一个词有多种写法的异形词。有了词表，才有可能去考虑在词典当中如何用更好的形式去表现这些词的问题，才能确定应当把哪些词定为主体词头，作正条，把哪些词定为非主体词头，作副条。比如“白薯”“甘薯”“红薯”“番薯”“地瓜”“红苕”的称说，都有一定的使用面，在实际调查中被收集上来，立为条目，但它们表示的是同一种事物，是一物多称，“番薯”“地瓜”“红苕”是不同地区的不同称说，“白薯”“红薯”是通常的说法，“甘薯”是规范的定名。在确定主副条时，《现汉》的做法是，只立一个主条，其他为副条，如果已有规范名称，就把规范的定名立为主条，没有规范的定名，就把符合普通话的通常的称说作为主条，把其他称说作为副条。用这种方式引导读者用规范的说法或通常的说法，在公务和公共交际时不用方言。由于《现汉》在处理主条和副条的方法上精巧，所以在引导词汇规范上更便于读者接受。

5. 多字条头的显现方式。

在目前现代汉语的词典中，最多见的多字条头呈现方式是《现汉》方式，即在较大字号的单字字头下另行出列多字条头，用突出的“【】”把多字条目括起。如：

阐（闡）……
【阐发】……
【阐明】……
【阐释】……

也有不以单字统领而是不分两个层级直接以词为单位作条头编排的，单字词和多字词在同一级条头出现，单字词中不收列在现代不能独立成词的语素字和记音字。例如，只收立在现代汉语中能够独立成词的单字词“灌”以及“灌”作首字组构的“灌溉”“灌输”等多字词，不收立在现代汉语中不能独立成词的语素字“贯”，而收立“贯”作首字组构的“贯彻”“贯穿”等[1]。这些年出版的新词语词典大多是用这种呈现方式，诸如直接收立用“贿”组成的新词语“贿金”“贿

1　张寿康：《现代汉语实词搭配词典》，商务印书馆，1992年。

款”“贿品”等，不收立“贿”字[1]。有些词典的条头采用较明显的黑体字或是把字号加大，而不用“【】”“〖〗”“[]”等符号括起的方式，也有既把条头字号加大，又用“【】”括起的。无论采用哪种形式，都是为了使条头显示较为突出明显，以便于快捷查找。

一般来说，对于同形不同音的词常分立词目，如《现汉》里的“【地道】dìdào”与“【地道】dì·dao”；对于同形同音词也可分立词目，如《现汉》里植物的“【草本】[1]”与表示文稿底本的“【草本】[2]”，被视为两个词，立两个词目，在右上角加标顺序号。

（二）释文元素

在汉语辞书中，释文是条头之后出现的对这一条头字词所做的全部注解说明。由于各辞书的类型、规模、目的、读者对象的不同，释文部分的差异很大。汉语字典和词典的释文结构一般包括注音、释义、举例等元素，除此，还可包括在释文中提供语法信息（如标注词类、说明句法功能等）、修辞信息（如说明适用对象、感情色彩、语体色彩等）、语源信息（如注明词语来源、出处）、相关语义信息（如指出相应的同义词、反义词）、用法提示等。

1. 注音和字音收选。

注音是对字头和词头用约定的符号或方法标出读音，为条头提供读音信息，可以归入释文内容的一项（也有人把它归入条头）。这也是多数汉语字典和词典不同于西语词典的一个方面。一般来说在单字字头的后面都要给这个单字标出读音，在多字词头的后面也最好能标出读音，但现有的汉语词典由于编纂宗旨和目的的不同，多字条头并非都有注音。如《现汉》是为推广普通话、促进汉语规范化服务的，所以书中给单字条目和多字条目都加以注音，《新华词典》是一部语文为主兼收百科的词典，或许是为了保持基本篇幅，书中就只给单字条目注音，未给多字条目注音。

汉语辞书对字音的择选也跟类型和规模直接相关，现代汉语辞书一般不收古音。例如“不”字，《新华字典》和《现汉》只收了现代读 bù 的音，《王力古汉语字典》中收有该字“bù、fōu、fǒu”古今三个音，《汉语大字典》收有该字“bù、fōu、fǒu、fū”古今四个音。

有人认为，一个字有多少音字典里就该收多少音，如果都是现代的辞书就应该在注音上完全相同，否则就必有一错。这是一种误解。实际上在字音上也有一

1　亢世勇：《新词语大词典》，上海辞书出版社，2003 年。

个根据编纂宗旨和目的进行选择的问题。中型辞书与大型辞书有区别，小型辞书与中型辞书也有区别，字典和词典在编纂方法上更有较大出入。现代的字典、词典就不一定收选古音。例如，《汉语大字典》是大型的古今汉语字典，其中收了不少古音，《现汉》中大多没有收，而《新华字典》是小型的字典，《现汉》是中型的词典，它们在收字、收音、释义、举例、体例等多方面都有各自的风格特点，不可能完全一致，也不应该追求完全的一致，否则就会失去各自都存在的应有价值。如，“扳枪栓”的“扳”字，《现汉》作为一部中型词典除了收有现代最常用的音“bān”以外，还收有用法同“攀登”的“攀”的读音“pān”，而《新华字典》作为一本小字典，只收了“扳”字在现代最常用“bān”的读音和意义，没有收“pān”的音，不是漏收字音的问题。

2. 释义方式。

释义是对字头和词头的意义进行解释和说明，是释文中最核心的部分，释义的成功与否决定着一部辞书的成败。释义的内容可以是丰富全面的，也可以是提纲挈领、十分简明的。但不管释义内容的宽窄、多寡、繁简如何悬殊，任何一个条目，只要是立了条头，用一两句话或少量的词语对条头词语作一概括性的说明，这是必不可少的，各类词典在这一点上也是共通的，一般都不能缺少释义这一项。但语文词典跟百科词典和专科词典在释义上有较大的不同，比如同样对一个名物词作解释，语文词典只要用简明的语言把这个名物词最主要的方面解释清楚就可以了，百科词典则需要广泛解释，说明是什么、谁、在哪里、什么时候、为什么、怎样等多方面的问题，专科词典需要解释得更加细致具体。也就是说，普通语文词典中虽然也需要收选一些进入日常生活的百科词语，但在释义时应当注重通俗简明、语文化。

例如“鞋”，《现汉》的释义是“穿在脚上、走路时着地的东西”，《中国大百科全书》的解释是“有底、帮，起保护和装饰作用的足部穿着物。鞋的制作包括……在中国鞋的形象最早见于氏族社会时期的彩陶……”，《服装百科辞典》（学苑出版社，1989 年）的解释是“人们为了保护脚部而穿用的兼有装饰功能的足装。在中世纪以前，草鞋、鹿皮鞋、轻便靴已开始流行……1918 年，分左右鞋的楦发明出来……按人们的习惯，一般将鞋靿较浅，踝骨以下的称为鞋，而鞋靿较高，鞋帮在踝骨以上的称之为靴”。如果《现汉》也这样解释的话，就不可能收录 6 万多个条目。普通语文词典对进入日常生活的名物词，释义时只要简明地说明它是什么即可，不必进一步延伸，进行很详细的解释。

普通语文词典释义的基本原则是客观性、概括性、系统性、简明性、规范性，其释义方法有多种，主要可归纳为：定义式、描写说明式、以词释词式。

定义式的释义方式是指用下定义的方式揭示被释词所表示的概念内涵。如《现汉》对“苗头”的释义“略微显露的发展的趋势或情况”，对“熟练”的释义“工作、动作等因常做而有经验”。

描写说明式的释义方式是指用具体的描写或说明的方式揭示被释词的内涵和外延。如《现汉》对“海蓝”的释义“像大海那样的蓝颜色”，对“描图”的释义“在原图上覆盖透明或半透明的纸，用绘画仪器照图样描绘墨线”。

以词释词式的释义方式是指用意义相同或相近的词解释被释词。具体包括：用常用的单一同义词解释被释词，如“藏躲”用“躲藏”释义；用两个常用的近义词共同解释被释词，如“藏身”用“躲藏；安身”释义，“气愤”用“生气；愤恨”释义；用常用的单字词解释被释的多字词，如“估”用“估计；揣测”释义；用常用的单字词解释被释的多字词，如“捉拿”用“捉（犯人）”释义；用普通话的常用词解释口语词、方言词、文言词，如“藏猫儿”和“藏闷儿”用“捉迷藏”释义，“故常”用“惯例；旧例”释义。此种释义方式最大的优点是简明，缺点是：如果不用其他方法进行补充或限制说明的话，就难以解释出两个同义词之间的细微差别。弥补其不足的方法除了用两个近义词共同解释被释词以外，还可以通过配例显示其用法，或是在释词前或后加括注说明使用范围。如“富丽”用“宏伟美丽”释义，配例用“富丽堂皇”，体现“富丽”与“堂皇”是常用搭配，而“宏伟”和“美丽”一般不跟“堂皇”搭配使用；“挂齿”用“说起；提起”，后面加括注“常用作客套话”，配例用“这点小事，何足挂齿”。用这样的办法可以对以词释词释义方式的不足有所弥补。

另外，释义中需防止循环释义，即用甲解释乙，用乙解释丙，用丙解释甲，这样就等于对哪个词都没有解释。这种情况容易发生在以词释词的方法中。如：“偷窃”“盗窃”是一对同义词，如果“偷窃”已经用“盗窃”释义，此时“盗窃”如果再用“偷窃”去释义，就犯了循环释义的毛病，等于对两个词都没有作解释。

释义中还应尽量注意用常用词解释不常用的词，避免用难懂的词去解释简单的词。比如，宜用“船”解释“舟”，但不宜用“舟”解释“船”；宜用“大”解释“巨”，但不宜用“巨”解释“大”；宜用普通话词“角落”解释方言词“旮旯儿”，但不宜反过来，拿“旮旯儿”去给“角落”注释；“孤孀”是寡妇的意思，可以用“寡妇”解释“孤孀”，但不宜反过来用“孤孀”去解释“寡妇”。

释义中不使用本部词典中没有收入的词语，可以避免读者因为不理解这个词语的意思而无法理解被解释的条头词。比如，用“龙眼”注释“桂圆”，如果在同一部词典中没收“龙眼”这个词，也就等于没有真正解释“桂圆”。这对于收录复音词少或是不收录复音词的字典不容易做到，而词典是可以达到的。同属一类的条目，释义的措辞尽可能保持一致，是辞书编纂精细化的更高追求。比如对“公、侯、伯、子、男”五等爵位的释义，对同类器皿、同类动作、亲属称谓、反义词等条目的释义，都注意保持同类条目表达体例的基本一致性，是一种比较高的标准。

3. 举例与释义的关系。

字典和词典的举例跟学生组词造句的性质完全不同，其作用主要是配合释义，补充释义的不足，进一步说明被释词的意义用法，因此称为配例更为准确。

编词典按正常程序，应当从搜集资料制作语料卡片开始，《现汉》释义后的配例虽未注出处，但每个例子的背后都有语料支撑，均有来源出处。计算机时代不用再手抄书报刊语料制作纸卡片了，但可以搜集整理语料制作电子卡片，还可以建立专用语料库，从充足丰富的语料中精选典型用法精简加工，作为释义的配例，印证释义，体现语用搭配。比如，“举步”是书面语词，加标〈书〉的标志，用通用的同义词“迈步”解释后，配上“举步维艰”的例子，就是通过最典型的配例，补充释义的不足，说明“举步”是“迈步”的意思，但在具体使用上，常用的搭配是“举步维艰”，而“迈步”一般不跟“维艰”搭配使用。

在词典编纂中，对配例的基本要求是：能恰当地体现被释词的意义和用法；内容健康，简明并合乎规范要求；语言风格与被释词协调。吕叔湘先生说过：“例句必须简短，但是必须意思完整。”还强调，例句的语言风格应当与被释词协调。

4. 义项划分。

义项是词义的分项，多义词不同的意义在辞书中要用划分义项来区别，因此划分义项也是词典释文部分的一个重要方面。由于每部词典的性质、对象和要求不同，对义项的处理就会有分合、详略的差异。一般来说，大型详解词典的义项要多一些，细致一些，小型词典的义项要少一些，简略一些。但无论是大型词典、还是中型或小型的词典，在作词义分析、进行义项划分时，需把握好尺度，既要遵循概括性的原则，又不能过分宽泛，避免走两个极端。也就是说，从概括性上讲，要避免随文释义，不能采取语料中有一个用法就立一个义项的做法，不能因为发现某个用法与某个意义稍有区别，就另外分立一个义项。比如，吕叔湘先生曾特别讲过：不能把“抱孩子”的“抱”和“搂抱、拥抱”的“抱”分开设立义项，不能把“可爱、可敬”的“可”和“可看”的“可”分开设立义项。而“抱屈”“抱不平”的“抱”与“拥抱”“抱孩子”的“抱”意义差异大，就必须要分立义项。“可爱”“可敬”的“可”与“可看”的“可”都是“值得”的意思，可以概括分析为同一个义项，不用分立义项；而“可口”“可体”的“可”跟“可爱”的“可”意义差别大，就应当分立义项。

有一种情况是需要防止的：把暂时出现的很不稳定或是很不规范的用法，归纳出一个新的义项。比如网络语言中把“斑竹”当“版主”使用，我们不能因此就给“斑竹”增加一个“版主”意义的义项。

三、汉语辞书的辅件

汉语辞书的框架结构，除了由字头、注音、释文多元素组构的主干，还有由索引、说明、附录等元素组构的辅件。

（一）索引元素

索引是辞书的重要组成部分，尤其是汉语辞书，以检字表为主的索引更是必不可少。

任何一部汉语辞书都应该有音序和形序两种不同的查检方式。读者见到字形不知道读音和意义时，通过形序检字表查找；当知道读音，不知道或者忘记准确写法和意义时，通过音序检字表查找。目前市场上有的辞书为了省事，正文是按汉语拼音音序编排的，提供的索引也只是汉语拼音音节索引或条目音序索引，不向读者提供任何一种形序索引。也有的辞书在编写时按字的部首笔画分工撰写，全书正文也按部首笔画编排，但不另外编制音序索引，给读者的查检带来不便。索引工作是辞书中一项非常重要的工作，内容做好了，索引没做好，就是功亏一篑，非常可惜。一部字典或词典的内容再好，查检不方便，使用价值就会大为降低，因此编辞书须充分重视编好索引，应当向读者提供含音序和形序的两种以上的查检方式。

形序检字法是汉语辞书特有的，主要包括：部首检字表、笔画检字表、四角号码检字表。在汉语字典和词典中使用最多的是部首检字表。部首检字表中包括部首目录和检字表，是为了方便读者先从部首目录中查到要查的字的部首以及在检字表中的页码，再在检字表中这个部首下查到这个字正文中的页码，最后查到这个字。而有的辞书编制部首检字表比较草率，或是不编制部首目录，或是部首检字表在归部时采用非通常的方式而不加以说明，致使一般人查起来费力费时间，效果不好。

目前编制笔画检字表或部首检字表涉及字序时，可依据的标准有《GB13000.1字符集汉字笔顺规范》和《GB13000.1字符集汉字字序（笔画序）规范》。如：“干”与“工”，笔画数都是三画，第一笔都是横，第二笔“干”是横，“工”是竖，按“横、竖、撇、点、折”的先后顺序，“干”应排在“工”前；“未”与“末”，笔画和笔顺全同，“未”上横短，下横长，“末”上横长，下横短，按“短长比例的先于长短比例的”字序规定，“未”应排在“末”前。

编制部首检字表可参照的立部规范有《GF0011—2022汉字部首表》，主部首201个，附形部首105个；可参考的归部规范有《GB13000.1字符集汉字部首归部规范》，以据形归部为原则，给出20902个汉字的部首归部，是适于查检性的归部，据此归部，方便查检，跟传统的据义归部的习惯相比，用于教学时存在一定的不足。如据此“悲”归在“非”部，“忌”归在“己”部，不适宜教学。因此《新华字典》和《现汉》部首检字表的有些字采取了归部“多开门”的方式，分别收在所属规定部首和传统习用部首之下，收在后者的字右上角加有“⁚”的标志，如“悲”字在“非”部和“心”部都能查到，在“心”部的“悲”用“悲⁚”表示。

部首检字表是汉语辞书的特有元素，跟文字学的关系密切，渗透有从《说文解字》540部首法到《康熙字典》214部首法再到现代部首法的古今传承和创新，应当受到充分重视。

（二）前件说明元素

在辞书的说明部分里，正文前的凡例是辞书特有的，是辞书的一个重要组成部分，不可或缺。凡例是说明辞书编纂体例的文字，所以有的也叫“例言”“体例”。实际上辞书的凡例就是辞书的使用说明，所以也有的辞书设使用说明，实际上就是凡例。

辞书一般都有自定的一些体例和符号，向读者简要说明，才便于使用。正如产品要有产品说明或产品介绍一样，需要告诉使用者哪个纽管什么，哪个孔插什么，起什么作用，等等。比如，在《汉语大词典》凡例里说明了“一个单字有两个以上字头的，在字头的右上角分别以阿拉伯数字标注序号”，“同一单字之下的多字条目，凡第一字读音不同的，在右下角以阿拉伯数字标注相应单字字头的序号。隶属于第一字头的不标”，举的例子是“仔[1]zǐ”“仔[2]zī”.“仔[3]zǎi”“【仔$_3$仔】”“【仔$_2$肩】”“【仔畜】”等，通过这个凡例，就能知道多字条目首字后标的序号是指该字读单字的哪个音。不看凡例弄不清是怎么回事，一看凡例，就会豁然贯通。

汉语辞书的凡例是对词典各项内容和形式体例的说明，让读者通过看凡例，了解这部词典，知道怎样使用这部词典，一般包括条目安排的说明、字形和词形的说明、注音的说明、释义和举例的说明、其他体例格式和符号的说明，等等。有的辞书不设前言，就把所编辞书的性质、读者对象、收字、收词情况写在凡例的最前面。凡例是辞书必须有的，没有凡例或体例说明的辞书，是不完整、不合规矩的辞书。

有的辞书在凡例之前还有前言，但前言不像凡例，它不属于辞书特有的一项，而是跟一般图书一样，有需要在前言里交代的，就设前言，否则就不设前言。前言与凡例的主要区别是，前言中所交代的大多不跟具体条目直接相关，凡例则相反，都是很具体的东西，像体例格式等一般不在前言中交代，而像编写经过等情况不在凡例中说明，而只在前言中交代。

辞书前言用来说明编者意图、成书经过等。属于前言性质的文字，还有叫“序言”“编者说明”的，也有的辞书既有前言又有说明、序文之类，甚至还有概论性专文的。前言的形式是多样的，包括哪些内容，没有硬性规定。设前言的辞书通常会简要说明本辞书的编纂目的、性质、特点、作用、使用对象等；概述编纂有关情况，介绍编纂机构及人员，简介成书经过等；介绍辞书编纂方案，包括编纂原则、要求、辞书信息量等。有的辞书还会在前言里提及其辞书材料的来源，对辞书的评价，指出辞书尚存的不足之处或今后努力方向，等等。

（三）附录元素

附录不是辞书的必备要素，却是辞书中的重要附件，因为它可以给一部辞书锦上添花，可以把许多条目中的知识加以集中，使之系统化，对辞书正文或正文某一方面的内容起补充、延伸、概括等作用，所以大多数辞书都设有附录。

附录通常放在辞书正文之后，大多以列表的形式出现。“XX一览表”、“XX表”、“XX简表”、“XX对照表”的形式在附录中多见。如：《世界各国和地区面积人口首都（或首府）一览表》《化学元素周期表》《计量单位简表》《我国历史朝代公元对照表》等。

辞书附录与所编辞书的性质密切相关，不同的辞书有不同的附录，即使是同类的辞书，也会由于读者对象的不同而设置不同的附录。

（四）插图元素

插图是辞书提供知识的另一种方式，不是辞书必有元素，它通过形象化的图像使读者获得感知。一般来说插图与文字说明相比不是注释的主要方法，但它立体直观，一直被作为辞书注释的有效的辅助手段。

插图为释文的某些内容配图示，可以补文字解释的不足，将文字难以说明的事物的全貌、具体特征等形象地展现出来，以便读者理解。专科辞书和百科辞书根据需要经常使用插图，以中小学生为读者对象的辞书，配插图相对较多，而以中等以上文化程度为读者对象的普通语文辞书，配插图相对较少。《现汉》使用的一幅房屋构造的综合性插图，能形象直观地补充了“屋脊、苫背、椽子”等十几个词语的释义；《现汉》中一些古代器物的单体插图配合释义，极大地方便了读者理解现实生活中见不到的事物。

总体来说，条目及其释文、索引、凡例是辞书的基本要素，汉语汉字的特点决定了汉语辞书需有与之相适应的框架结构和独特元素。设大字头以字统词、对非自由语素的释义和举例、按部首等方式编制形序检字表，是汉语辞书区别于西语辞书的特有方式。汉语辞书涉及文字学、词汇学、语音学、语法学的各个方面，研究汉语辞书既是辞书学研究，也是语言文字学的综合性研究，汉语辞书在新时代的创新发展，编研结合至关重要，有必要努力加强。

论超常规句的生成原理——修辞学新论

陈立民*

内容提要 本文提出一个超常规句的概念。超常规句是说话人在一定语境条件下，为了表达某种超常规的说话意图，或者运用某种超常规的语法手段，在常规句的基础上而生成的句子。作者提出了一个超常规句的生成模式，并运用这个模式，选取汉语中十四种超常规句进行举例分析，以此揭示超常规句的生成原理。

关键词 常规句 超常规句 语境 生成原理 修辞学

引 言

我们曾经提出具体语言学和抽象语言学、抽象的词和具体的词、抽象句子和具体句子这些概念（详见陈立民，2021）。本文提出一个超常规句的概念。超常规句指的是超常规的具体句子。超常规句与常规句相对，常规句包括一般句式（如一般的主动宾句等）和特殊句式（如把字句、被字句、存在句等）。所谓的超常规句其实就是我们通常所说的运用一定的修辞手法而生成的句子。之所以改称为超常规句，是因为我们对这种句式的生成方式有了新的认识。在我们看来，超常规句是说话人在一定语境条件下，为了表达某种超常规的说话意图，或者运用某种超常规的语法手段，在常规句的基础上而生成的句子。

超常规句的生成模式可以图示如下：

相关语境
常规具体句子

↓（超常规说话意图 / 超常规语法手段）

超常规具体句子

* 陈立民，高等教育出版社《中国大学教学》编辑部编审。

正是在这个意义上，我们把修辞学定义为以超常规句为研究对象的具体语言学。

下面举一个例子来加以说明。

魏晋南北朝特别盛行离合字形这种析字方法，《世说新语》《晋书》记载当时文人言谈爱用析字的事实很多。现抄引一段来看看：（林文金 1987：66—67）

（1）曹操初作相国府门，自往观之，题一“活”字，人皆不晓。杨修曰：“门中活，乃阔字也。相国嫌大耳。”（《三国志》注）

这里其实包含了一个句子：“活。”这是个超常规句。我们把这个超常规句的生成方式分析如下：

相关语境	（a）曹操嫌相国府门大，但他不愿意直接把这个意思说出来，而故意用曲折隐晦的方式说出来 （b）“阔”字是要写在门上的
常规具体句子	（1′）阔。

↓（去掉“阔”字中的“门”字旁）

超常规具体句子	（1）活。

下面就让我们来分别讨论汉语中一些常见的超常规句。需要说明的是，本文无意全面讨论各种超常规的具体句子，我们要做的工作是揭示各种超常规句的生成原理。

一、比喻句

下面划线的句子是一个典型的比喻句：

（2）威尼斯（Venice）是一个别致地方。出了火车站，你立刻便会觉得：这里没有汽车，要到哪儿，不是搭小火轮，便是雇“刚朵拉”（Gondola）。大运河穿过威尼斯像反写的S；这就是大街。另有小河道四百八十条，这些就是小胡同。<u>轮船像公共汽车</u>，在大街上走；“刚朵拉”是一种摇橹的小船，威尼斯所特有，它哪儿都去。（朱自清《欧游杂记》）

观察上面例子，我们可以发现比喻句具有以下几个特点：

（一）我们可以把比喻句写作“名 1+ 像 + 名 2”的形式。

其中“名 1”是本体成分（表示被比的事物），“名 2”是喻体成分（表示作比的事物），“像”是比喻词语。除了“像”，常见的比喻词语还有“如”“像是”“一般”“似的”“好像是”“像……一般”“好像……似的”“仿佛……似的”等。在例（2）中，“轮船”是本体，“公共汽车”是喻体。

（二）本体和喻体不同类。在例（2）中，“轮船”和“公共汽车”是两种不同类的事物。

（三）本体和喻体之间在某个方面有相同的特征（我们把这个特征称作甲）。在例（2）中，轮船是威尼斯市内的主要交通工具，威尼斯人上街搭轮船就跟中国人上街搭公共汽车一样。

（四）在说话人看来，喻体具有特征甲是听话人知道的，本体具有特征甲是听话人不知道的。在例（2）中，轮船是威尼斯市内的主要交通工具，威尼斯人上街搭轮船就跟中国人上街搭公共汽车一样，这是中国人（作为《欧游杂记》的读者）所不知道的。而公共汽车是当时中国大城市的主要交通工具，中国人上街往往搭公共汽车，这是中国人（作为《欧游杂记》的读者）所知道的。（参看朱德熙，1961：137—138）

现在我们把例（2）中的比喻句的生成方式分析如下：

相关语境	（a）无论是在威尼斯还是在中国的大城市，轮船和公共汽车都是市内主要交通工具 （b）公共汽车是当时中国大城市的主要交通工具，这是《欧游杂记》的中国读者所知道的，轮船是威尼斯市内的主要交通工具，这是《欧游杂记》的中国读者所不知道的
常规具体句子	（2′）轮船是威尼斯市内的主要交通工具，公共汽车是当时中国大城市的主要交通工具。

↓（提取其中的“轮船”和“公共汽车”，并在其中插入“像”）

超常规具体句子	（2）轮船像公共汽车。

古人很早就对比喻句有很多的论述，我们前面描述的比喻句的四个特征古人都已经指出来了：

《墨子·小取篇》："譬也者，举也（与"他"同）而以明之也。"

《荀子·非相篇云》："谈说之术，分别以喻之，譬称以明之。"

王符《潜夫论·释难篇》："夫譬喻者，生于直告之不明，故假物之然否以彰之。"

郭绍虞《譬喻与修辞》（1985）说：所以《说苑》说以弹喻弹，《牟子》说以麐（lín[麒麟]）喻麐，都不会使人了解的。必以其所知喻其所不知，然后才能使人知之。即如《尔雅·释兽》一篇所言，如"貙獌（chūmàn）似貍"，"罴如熊，黄白文"，"魋如小熊，窃毛而黄"诸条，都是以习见者释罕见者，易知者释难知者。

周振甫《文心雕龙今译》说：刘勰在《比兴》里对比喻作了很好的说明。像"麻衣如雪"，用雪的白来比麻衣的白，但麻衣跟雪完全不同，所谓"物虽胡越"，只有一点相同，即都是白的，即"合则肝胆"。这种比喻，"或方于貌，或拟于心"，像"枚乘《菟园（赋）》：'猋猋（biāo）纷纷，若尘埃之间白云。'此比貌之类也。"指鸟类纷纷高飞，像尘埃混在白云里，这是比形貌。"王褒《洞箫（赋）》云：'优柔温润，如慈父之畜子也。'此则以声比心者也。"指箫声的柔和，像慈父对子女的感情，是以声比心。"张衡《南都（赋）》云：'起郑舞，茧曳绪。'此以容比物者也。"《南都赋》说："坐南歌兮起郑舞，白鹤飞兮茧曳绪。"指郑国舞女的舞蹈像白鹤在飞舞，动作的连续像茧的抽丝，这是以容比舞。（周振甫，1986：487—488）

二、借代句

下面划线的句子是一个典型的借代句：

（3）店里坐着许多人，老栓也忙了，提着大铜壶，一趟一趟的给客人冲茶；两个眼眶，都围着一圈黑线。

"老栓，你有些不舒服么？——你生病么？"一个花白胡子的人说。

"没有。"

"没有？——我想笑嘻嘻的，原也不象……"花白胡子便取消

了自己的话。（鲁迅《药》）

观察上面例子，我们可以发现借代句具有以下几个特点：

（一）借代句中的某个名词性成分跟上文中的一个句子中某个名词性成分有复指关系，即两个成分指称同一个人或事物。在例（3）中，“花白胡子”（作为复指成分）和“一个花白胡子的人”（作为先行成分）所指对象都是那个有花白胡子特征的人。

（二）复指成分和先行成分所表示的对象之间有某种关联，这种关联说话人在上下文中有提示。在例（3）中，前文已经有交代，有一个语言交际活动的参与者是“一个花白胡子的人”。如果前边没有交代过“一个花白胡子的人说”，后面“花白胡子便取消了自己的话”就难以理解。

（三）单独来看，复指成分和先行成分所表示的对象不同类，即两者所表示的两种事物完全不相同。就例（3）来说，如果单独来看，“花白胡子”指的是胡子，“一个花白胡子的人”指的是人。

（四）离开了特定语境，借代句便不能成立，即借代句中复指成分跟其余的成分在字面上违反语言习惯。如例（3）中的“花白胡子”和“便取消了自己的话”的配合就是这样。（林文金，1987：38）

现在我们把例（3）中的借代句的生成方式分析如下：

相关语境	对话的交际双方一方是老栓，另一方是一个长着花白胡子的人，他问了老栓一句话
常规具体句子	（3′）那个花白胡子的人便取消了自己的话。

↓（用“花白胡子”替换“那个花白胡子的人”）

超常规具体句子	（3）花白胡子便取消了自己的话。

又如：

（4）我吃了一吓，赶忙抬起头，却见一个凸颧骨，薄嘴唇，五十岁上下的女人站在我面前，两手搭在髀间，没有系裙，张着两脚，正像一个画图仪器里细脚伶仃的圆规。

……

哦，我记得了。我孩子时候，在斜对门的豆腐店里确乎终日坐着一个杨二嫂，人都叫伊“豆腐西施”。但是擦着白粉，颧骨没有这么高，嘴唇也没有这么薄，而且终日坐着，我也从没有见过这圆规式的姿势。那时人说：因为伊，这豆腐店的买卖非常好。但这大约因为年龄的关系，我却并未蒙着一毫感化，所以竟完全忘却了。然而圆规很不平，显出鄙夷的神色，仿佛嗤笑法国人不知道拿破仑，美国人不知道华盛顿似的，冷笑说：

“忘了？这真是贵人眼高……”（鲁迅《故乡》）

其中的借代句是“圆规很不平”。在这里，“圆规”和“杨二嫂”都指称杨二嫂（即前文所说的“一个凸颧骨，薄嘴唇，五十岁上下的女人”），所谓“圆规很不平”，意思就是“杨二嫂很不平”。但单独来看，“圆规”就指称圆规，不指称杨二嫂。“圆规”和“杨二嫂”的关联点在前文已有交代：杨二嫂的站姿“正像一个画图仪器里细脚伶仃的圆规”。

三、避讳句

下面划线的句子是一个典型的避讳句：

（5）好容易待到晚饭前他们的短工来冲茶，我才得了打听消息的机会。

“刚才，四老爷和谁生气呢？”我问。

“还不是和祥林嫂？”那短工简捷的说。

“祥林嫂？怎么了？”我又赶紧问。

“老了。”

“死了？”我的心突然紧缩，几乎跳起来，脸上大约也变了色。但他始终没有抬头，所以全不觉。我也就镇定了自己，接着问：“什么时候死的？”

“什么时候？——昨天夜里，或者就是今天吧。我说不清。”（鲁迅《祝福》）

观察上面例子，我们可以发现避讳句具有以下几个特点：

（一）避讳句包含了某个语言成分A，此外在句子之外还有一个相关的语言成分B。在避讳句中，A不是表达本身的意义，而是表达B的意义。在例（5）中，“老”不是表达它本身的意义，而是表达了“死”的意思。

（二）A、B两个语言成分意思相近。在例（5）中，“老”和“死”意思接近。

（三）B是在一个特定的社会中需要避讳的一个语言成分，换句话说，B所指称的对象是说话中不适宜说出来人、物体或行为。在例（5）中，过年时要避免使用“死”之类不吉祥的字眼。

现在我们把例（5）中的避讳句的生成方式分析如下：

相关语境	短工和“我”都知道过年时要避免使用“病、死”之类不吉祥的字眼这一习俗。“老”和“死”意思接近
常规具体句子	（5′）（祥林嫂）死了。

↓（用“老”替换“死”）

超常规具体句子	（5）（祥林嫂）老了。

上面例子中，短工说话时用的是避讳句，而“我”却用的是常规句，直接使用“死”这个词——我的接着的问话是：“什么时候死的？”这反映了二人的思想状况的不同。这就是说，“我”是受过教育的人，思想较开明，当四爷不在时，“我”敢于犯忌，直说“死”，短工则怕犯忌，只说“老了”。（林文金，1987：11）

又如：

（6）四月三日，宗元白化光足下：近世之言理者众矣，率由大中而出者咸无焉。（柳宗元《与吕道州温论〈非国语〉书》）

在这里，“理”是“治”的意思。理道，治国之道。唐人避高宗李治讳，以“理”作“治”。

避讳有时候闹出笑话，举一个例子。五代时冯道连着做了几个朝代的宰相，是个大贵人。有一个门客讲《老子》第一章，头一句就是“道可道，非常道”。这位不敢说“道”字，就说：“不敢说，可不敢说，非常不敢说。”（吕叔湘，1985：393—394）

四、对偶句

下面句子是一个典型的对偶句：

（7）漠漠水田飞白鹭，阴阴夏木啭黄鹂。（王维《积雨辋川庄作》）

这两句诗准确地表现了夏日积雨，田间景色的特征：漠漠水田与阴阴夏木形成明暗对比；白鹭与黄鹂形成色彩对照；飞白鹭是写动态，啭黄鹂是写声音。这一切是那么鲜明，那么富有启发性，启发人产生艺术的联想。（袁行霈，1987：216）

观察上面句子，我们可以发现对偶句包含如下几个特点：

（一）对偶句是一个复句，它包含两个分句A和B。在例（7）中，两个分句分别是“漠漠水田飞白鹭”和“阴阴夏木啭黄鹂”。

（二）A和B句式相同，同时它们的组成成分的语法格式也相同。在例（7）中，两个分句属于存在句，相应的语法格式是：名1（处）+动+名2。同时，作为“名1（处）”的“漠漠水田”“阴阴夏木”的语法格式是“重叠式形容词+名”的偏正结构，同时“水田”“夏木”是“名+名”的偏正结构。作为“名2”的“白鹭”“黄鹂”的语法格式是“形+名”的偏正结构。

（三）A和B两句相同位置上的语言成分的词性相同。就例（7）来说，这点已如上述。

（四）A和B两句相同位置上的语言成分的意义相对或相反。在例（7）中，“漠漠水田”和“阴阴夏木”相对，又“漠漠”和“阴阴”相对，“水田”和“夏木”相对。“白鹭”和“黄鹂”相对，“飞”和“啭”相对。

我们可以设想作家同时或先后观察到了两个情景，这两个情景是彼此关联的。作家先写出句子A来表达其中一个情景，然后仿照A来写出句子B来表达另一个情景。在例（7）中，作家观察到两个情景：（a）白鹭在水田上空飞翔，而水田是广漠的；（b）黄鹂在夏天的树林里鸣叫，而夏天的树林是阴阴的。作家先写出“漠漠水田飞白鹭”这句诗来，然后按照这句诗的格式，分别用相关的词替换前一句相应位置的词，从而写出“阴阴夏木啭黄鹂”一句诗来。

现在我们把例（7）的对偶句的生成方式分析如下：

相关语境	作家要表现夏日积雨，田间景色的特征。作家观察到两个情景： （a）白鹭在水田上空飞翔，而水田是广漠的 （b）黄鹂在夏天的树林里鸣叫，而夏天的树林阴阴的
常规具体句子	（7′）漠漠水田飞白鹭。

↓（按照这句的格式，再造出一个诗句来，具体说就是分别用“阴阴”“夏木”“啭”“黄鹂”来分别替换已有句中相应位置上的“漠漠”“水田”“飞”“白鹭”）

超常规具体句子	（7）漠漠水田飞白鹭，阴阴夏木啭黄鹂。

又如：

（8）日落江湖白，潮来天地青。（杜甫《送邢桂州》）

这个对偶句表达的情景是：日落时光线射在水面上，反光特别强烈，江湖宛如镜面一般明亮。当潮水涌来，碧涛滚滚，整个天地仿佛都染青了。“江湖白”、“天地青”，作者抓住景物的一个方面的特征，略加渲染，构成画面。（袁行霈，1987：125）

其中的两个诗句都可以看作是紧缩复句，每个诗句的两个部分有因果关系，即：

日落／江湖白
潮来／天地青

每一个紧缩句前一部分是主谓结构，后一部分也是主谓结构，后一部分的主语又是“名 1+ 名 2”的并列结构。

关于对偶牵涉词义方面，刘勰《文心雕龙·丽辞》篇有很好的论述。他把对偶句作出所谓言对、事对、反对、正对等区别：

故丽辞之体，凡有四对，言对为易，事对为难；反对为优，正对为劣。言对者，双比空辞者也；事对者，并举人验者也；反对者，理殊趣合者也；正对者，事异义同者也。长卿（司马相如）《上林赋》云："修容乎礼园，翱翔乎书圃"，此言对之类也。宋玉《神女赋》云："毛嫱障袂，不足程式；西施掩面，比之无色"，此事对之类也。仲宣（王粲）《登楼》云："钟仪幽而楚奏，庄舄（xì）显而越吟，此反对之类也。"孟阳（张华）《七哀》云："汉祖想枌榆，光武思白水。"此反对之类也。凡偶辞胸臆，言对所以为易也。征人之学，事对所以为难也。幽显同志，反对所以为优也。并贵共心，正对所以为劣也。又以言对、事对，各有反正，指类而求，万条自昭然矣。

根据刘勰上述的解说和举例，所谓"言对"，是指只就一般的语言相对，其中不含故事、典故。所谓"事对"，是指在对偶句中用了人事方面的典故。从例句中看，毛嫱、西施，都是古代有名的美女。这里举出她们与神女比较，是说如毛嫱这样的美女，见到巫山神女，也要以袖遮面，自愧不如；西施也要不敢露面，在神女前失去光彩。这就有"并举人验"与"双比空辞"的不同了。所谓"事对"，是指把相反的两个事对举出来。从例句中看，楚人钟仪不幸被敌国囚禁起来了，于是他思念故国而弹楚乐；越人庄舄在楚国显达，做了高官，因怀念故乡仍吟越调。钟仪、庄舄幽显处境不同，但同怀故土，所以是"反对"。所谓"正对"，是指把相同的两个事对举出来。从例句中看，汉高祖与光武帝乃同为帝王，又同思想故里（汉高祖在故里丰邑枌榆乡祭祷，汉光武帝在南阳白水县起兵），故称"正对"。而这里所说的"言对"和"事对"是并列的；"反对"和"正对"是并列的，它们角度不同，所以刘勰最后又特别指明"言对、事对，各有反正"。（褚斌杰，1984：176—177）

五、拟人句

下面划线的句子是一个典型的拟人句：

（9）月牙泉边的柳树又发绿了，

泉里的七星草迎着我们把手来招。（李瑛《月牙泉》）

观察上面句子，我们可以发现拟人句包含如下几个特点：

（一）拟人句的某个语言成分A所指称的对象是物体（植物、动物或非生物），但能做人的动作，说人的话，有人的思想和情感。在例（9）中，泉里的七星草不是人，但它会“迎着我们把手来招”。

（二）说话人把A所指称的物体当作人来看待。在例（9）中，说话人把月牙泉里的七星草当作人来看待，从而它会做出人的动作——向人招手。（林文金1987：24）

现在我们把例（9）中的拟人句的生成方式分析如下：

相关语境	说话人把月牙泉里的七星草当作人来看待
常规具体句子	（9′）某人迎着我们把手来招。

↓（用“泉里的七星草”替换“某人”）

超常规具体句子	（9）泉里的七星草迎着我们把手来招。

又如：

（10）双鸳池沼水溶溶，南北小桡通。梯横画阁黄昏后，又还是斜月帘栊。沉恨细思：不如桃杏，犹解嫁东风。（张先《一丛花·伤高怀远几时穷》）

“沉恨细思：不如桃杏，犹解嫁东风”，这是拟人句。“嫁东风”原意是随东风飘去，即吹落；这里用其比喻义“嫁”。这里把“桃杏”和“东风”都看成了人。整个句子的意思是：一种无可开解的寂寞，使她诅咒那些让她变成“出家人”的恶棍：我真是连桃花和杏花都比不上，它们还能够嫁给东风，在春天的怀抱里结出果子来。自己呢，连起码的做人的幸福都给剥夺干净！唐代王建《宫词》有两句说：“自是桃花贪结子，错教人恨五更风。”李贺《南园》诗：“可怜日暮嫣香落，嫁与东风不用媒。”就是“桃花嫁东风”的出处。（刘逸生，2016：13）

六、仿词句

下面划线的句子是一个典型的仿词句：

(11) 倘若明儿宝姑娘来，甚么贝姑娘来，也得罪了，事情岂不大了？(《红楼梦》第二十八回)

观察上面句子，我们可以发现仿词句包含如下几个特点：

（一）仿词句中的某个词A跟上文中的一个句子中某个词B相对应，两个词形式上有相同部分有不同部分，作为不同部分的语素意义或者相近或者相反。在例（11）中，“贝姑娘”和“宝姑娘”相比，“姑娘”是它们的共同部分，“贝”和“宝”是它们各自不同的部分，两者意义相近。

（二）单独来看，B能成立，A不能成立，A只能在一定的语言环境中才能存在。在例（11）中，“宝姑娘”能成立，“贝姑娘”不能成立，“贝姑娘”只能在例（11）的语境中才能存在。（李嘉耀，1987）

（三）说话人造出A这个临时词，意在表明还有与B同类情况存在，或者说明还有与B相反的情况存在。在例（11）中，说话人意在表明跟“宝姑娘”同类的人很多，如果她们都来，可能得罪的人就会更多，也更严重。

现在我们把例（11）中的仿词句的生成方式分析如下：

相关语境	前文有交代：由于宝姑娘来了，得罪她了。因此说话人要表明跟“宝姑娘”同类的人很多，如果她们都来，可能得罪的人就会更多，也更严重
常规具体句子	（11′）宝姑娘来。

↓（用“贝”字替换“宝”字）

超常规具体句子	（11）贝姑娘来。

又如：

(12) 大道理而用清浅现成的说出来，叫做深入浅出。小道理而用晦涩难懂的话说出来，叫做浅入深出。没有道理而说些怪话，叫做不入不出，地道废话。(老舍《打倒洋八股》)

例(12)是一种成语创新的变异，从上文的“深入浅出”临时推演出“浅入深出”和“不入不出”，借以批评那些矫揉造作、废话连篇的文章。离开了“深入浅出”，

后两个临时的成语都没法存在。（参看姚殿芳、潘兆明，1984：496）

七、双关句

下面划线的句子是一个典型的双关句：

（13）郎做天平姐做针，
一头砝码一头银；
我也知道重和轻，
只要针心对针心。（安徽歌谣《只要针心对针心》）

观察上面例子，我们可以发现双关句包含如下几个特点：

（一）在特定的时间和地点，存在两个相关的情景，以这两种情景为背景，我们可以分别说出A、B两个句子。在例（13）中，作者从一个女子的口吻描述了男女之间的恋爱关系，据此我们有“只要真心对真心”这个句子。同时女方又把自己比作针，据此我们有“只要针心对针心”这个句子。

（二）说话人更在意的是听话人理解B句的意思，而不是A句的意思。但由于某种特殊的原因，说话人不愿意直接说出B句，于是选择说A句。在例（13）中，女子更希望心爱的人明白她的用意是向男方表明“只要真心对真心”。但“只要真心对真心”太显露，不含蓄，于是她选择说“只要针心对针心”。（参看林文金，1987：55—56）

（三）听话人可以通过一定的方式当他听到A句的时候，能联想到B句。在例（13）中，“针心”谐音“真心”，再加上上下文，说话人相信，当女方说“只要针心对针心”的时候，男方能够明白女方的真实意思其实是“只要真心对真心”。

现在我们把例（13）中的双关句的生成方式分析如下：

相关语境	（a）前文谈到了男女之间的恋爱关系，还谈到了女方把男方比作砝码，把自己比作针 （b）“针心”谐音“真心”
常规具体句子	（13′）只要针心对针心。/只要真心对真心。

↓（选择前一句而说出来，舍弃后一句而不说出来）

超常规具体句子	（13）只要针心对针心。

又如：

(14) 根土婶正在喂鸡，发现屋里气氛不对头，猜想余望苟又出了什么馊主意。她把鸡食盆一摔，借着骂鸡，嚷了起来："你这只瘟鸡，天都快黑了，不往自己窝里钻，还满地乱窜。叫黄鼠狼刁去才好呢！"（《烟壶》）

例（14）写根土婶生怕丈夫余望苟把客人留下来，增添家庭的费用，便有意地把鸡食盆一摔，以引起客人注意。她借着骂鸡下逐客令："你这只瘟鸡，天都快黑了，不往自己窝里钻……"，意思是提醒客人，天都黑了，应该回家去了。根土婶用指桑骂槐、一语双关的方法确实收到了预期的表达效果，客人知趣地马上离开了根土婶的家。（林文金，1987：56）

八、用典句

下面画线的句子是一个典型的用典句：

(15)（旦叹介）师父，少不得情栽了窍髓针难入，病躲在烟花你药怎知？（泣介）承尊觑，何时何日来看这女颜回？

注：女颜回——指优秀而短命的女学生。颜回是孔丘的最好的弟子，早死。（汤显祖《牡丹亭》第十八出，徐朔方、杨笑梅校注）

这是主人公杜丽娘病中对来看望并为她看病的老师陈最良说的一句话。观察上面句子，我们可以发现用典句包含如下几个特点：

（一）用典句中存在某个语言成分A，A不表示（或者不限于表示）本身的意义，而是表示另外一个语言成分B的意义。在例（15）中，"颜回"不表示（或者不限于表示）颜回的意思，而是表示"学生"的意思。"女颜回"指优秀而短命的女学生。

（二）说话人使用了某种相关的典故，并且听话人也了解这个典故，这使听话人不会把A理解为A本身的意义，而是理解为B的意义。所谓典故，《文心雕龙·事类》篇说："事类（按即用典）者，盖文章之外，据事以类义，援古以证今者也。”这就是说，用典的目的是在于援引古人、古事和古人的话来加强论据，证明自己的观点是古已有之，是正确的。一般来说，典故包括历史故事和前人诗文两种。在例（15）中，相关的典故是：颜回是孔丘的最好的弟子，早死。

现在我们把例（15）中的双关句的生成方式分析如下：

相关语境	相关典故：颜回是孔丘的最好的弟子，早死
常规具体句子	（15′）何时何日来看这女学生？

↓（用“颜回”替换“学生”）

超常规具体句子	（15）何时何日来看这女颜回？

又如：

（16）嗟乎！时运不齐，命途多舛。冯唐易老，李广难封。屈贾谊于长沙，非无圣主；窜梁鸿于海曲，岂乏明时？所赖君子见机，达人知命。老当益壮，宁移白首之心？穷且益坚，不坠青云之志。酌贪泉而觉爽，处涸辙以犹欢。北海虽赊，扶摇可接；东隅已逝，桑榆非晚。孟尝高洁，空余报国之情；阮籍猖狂，岂效穷途之哭！（王勃《滕王阁序》）

王勃的《滕王阁序》是作者饯别友人宇文（姓宇文，名不详）所写的一篇赠序文。宇文到边远的新州（今广东新兴县）赴任，远去做官，实为迁谪，故文中临别赠言，说了上述一些劝勉、安慰的话。在这段话中，作者用了许多历史故事和诗人文章里的话作为典故。（褚斌杰，1984：184—186）例如：

“冯唐易老”句——用的是西汉冯唐仕宦浮沉的故事。据《史记·冯唐传》记载，冯唐在汉文帝时曾为官，景帝立，被免职。待武帝立，冯唐再次被选拔时，他已年过九十岁，不能再做官了。

“李广难封”句——用的是汉代名将李广遭逢不遇的故事。《史记·李将军列传》载，李广智勇双全，在击匈奴时，屡建奇功，但终老不得封侯。

“屈贾谊”句——用的是西汉贾谊文帝时被重用，后因有人馋毁，被贬为长沙王太傅的故事。

“窜梁鸿”句——用的是东汉梁鸿作《五噫歌》讽刺时政，被汉章帝知道后，梁鸿惧罪，逃往吴地，隐姓埋名不敢露面的故事（见《后汉书·逸民传》）。

“孟尝高洁”句——用的是后汉孟尝任合浦太守时，曾革除官吏贪婪的污行，后调归隐居，竟不见用的故事（见《后汉书·循吏传》）。

“阮籍猖狂”句——用的是晋阮籍任性不羁，常常外出独行，遇到无路可走的地方，便恸哭而返的故事（见《晋书·阮籍传》）。

以上这些，都是引述历史人物、事迹作为典故。作者在文章中引用冯唐、李广、贾谊、梁鸿、孟尝、阮籍等这些历史人物的不幸遭际做典，主要用来说明仕途失意、怀才不遇者于历史上所在多有，以劝慰友人宇文氏对自己的远谪不必过于介意，同时表示一定的推崇、颂扬和同情。而在上述六个典故中，前五个都属于正用，而最后关于阮籍的典故，却属于反用。因阮籍遇穷途而恸哭的故事，本属忧愤悲伤太过，而作者却用以反劝友人万勿如此，对于自己眼下的遭遇不要失望悲观。

另外，在上述典故以外，在本节文章中作者还暗用了两个历史典故，即“酌贪泉而觉爽，处涸辙以犹欢”。前一句，暗用了晋代吴隐任广州刺史时，虽饮了贪泉（传说饮后即贪婪成性）之水而更为清廉的故事（见《晋书·良吏传》），意在劝告做人要有气节。下一句用的是庄子自比涸辙之鱼（见《庄子·外物篇》）和“相濡以沫”（见《庄子·天运篇》）的故事，用以说明患难之交是很可贵的。这两个典故都未直接说出历史人物的姓名，但都暗含着历史人物事迹在内，可称为暗用。

九、夸张句

下面划线的句子是一个典型的夸张句：

> （17）千里莺啼绿映红，水村山郭酒旗风。南朝四百八十寺，多少楼台烟雨中。（杜牧《江南春》）

对于画线的这句诗，杨慎《升庵诗话》说：“千里莺啼，谁人听得？千里绿映红，谁人见得？若作十里，则莺啼绿红之景，村郭、楼台、僧寺、酒旗，皆在其中矣。”在我们看来，这是任何有鉴赏力的读者都不会同意杨慎这段话。“千里”本是想象夸张之词，极言千里江南，到处是大好的春色。题目叫“江南春”，正是着眼于整个江南，若改为“十里莺啼绿映红”，既不切题意，也失去了诗意。当然，杨慎从写实的角度而不是从修辞的角度来评价杜牧的诗，这当然是不对的。但杨慎强调文学作品写实的一面，也有可取之处。（袁行霈，1987：130）

观察上面句子，我们可以发现夸张句包含如下几个特点：

（一）夸张句中存在某个语言成分A，在夸张句之外还有一个语言成分B，对特定事件主体来说，说话人使用B写实，使用A则是夸大或缩小事实。在例（17）中，不妨假设作者如果使用“十里莺啼”“十里绿映红”是写实，是作者所实际看到的景象，而说“千里莺啼”“千里绿映红”则是夸大了事实，这是作者所实际看不到的。

（二）说话人选择使用夸张句，而不选择使用写实句，是在特定的语境条件下为了表达一种极限感觉。在例（17）中，作者虽然实际看到的只是有限的范围，但他着眼的却是于整个江南，作者完全可以想象别的地方也像这十里范围的地方一样，也是同样美丽的景象。

上面说到夸张要建立在事实的基础上，鲁迅下面一段话已经表明了这一点：“燕山大雪大如席，是夸张，但燕山究竟有雪花，就含着一点诚实在里面，使我们立刻知道燕山原来这么冷。如果说广州大雪大如席，那就变成笑话了。”（鲁迅《漫谈“漫画”》，参看林文金，1987：45）

现在我们把例（17）中的夸张句的生成方式分析如下：

相关语境	作者虽然实际看到的十里范围的景象，但他着眼于整个江南，可以想象别的地方也像这十里范围的地方一样，也是同样美丽的景象
常规具体句子	（17′）十里莺啼绿映红。

↓（用“千里”替换“十里”）

超常规具体句子	（17）千里莺啼绿映红。

刘勰在《夸饰》篇讲夸张句，对《诗经》中的一些夸张的诗句作了很好的分析。（周振甫，1986：330）举例来说：

《诗·崧高》：“崧高维岳，骏极于天。”夸张地说明山的高。

《诗·河广》：“谁谓河广？曾不容舠。谁谓宋远？曾不崇朝。”宋襄公的母亲被送回娘家卫国，按照当时的礼节，被送回娘家的妇女，同夫家永远断绝关系，不能再回夫家去。可是这个母亲迫切地想念她的儿子宋襄公，却不能去看他。所以说，谁说黄河广阔呢？连只小船也放不下。谁说宋国远呢？不要一个早上就到了。这里的夸张极写母子相离极近，从而反映出不能一见的痛苦。

《诗·鲁颂·泮（pàn）水》：“翩彼飞鸮（猫头鹰），集（停）于泮林（学宫树上），食我桑葚，怀我好音。”要赞美教育的作用，夸张地说连停在学宫里的猫头鹰叫得也好听了。

《诗·大雅·绵》：“周原乎乎（肥美），堇（谨：乌头，有毒）荼（苦菜）如饴（麦芽糖）。”夸张周原的土地肥美，连苦菜生在那里也变甜了。

十、排比句

下面画线的句子是一个典型的排比句：

（18）周萍：（望着弟弟，转向蘩漪）你这是何苦！过去的事你何必说呢？叫弟弟一生不快活。

周蘩漪：（失了母性，喊着）<u>我没有孩子，我没有丈夫，我没有家</u>，我什么都没有，我只要你说：我——我是你的。（曹禺《雷雨》）

观察上面例子，我们可以发现排比句具有如下几个特点：

（一）排比句是个复句（或者是个多重复句），包含三个或三个以上分句（或简单复句），这三个分句总体结构相同，但每个句子的复杂程度可以不一样。在例（18）中，三句都是主谓宾结构，但前两句有五个字，宾语是双音节名词，第三句是四个字，宾语是单音节名词。

（二）三个分句中，相对应位置上的语言成分至少有一处不相同，同时不是全部相同。在例（18）中，主语、谓语位置上成分都相同，都分别是“我”“没有”，但三句的宾语各不相同，分别是“儿子”“丈夫”“家”。

（三）三个分句中，第一个句子是基础句，其余两个（或几个）是参照第一个句子造出来的。即说话人由第一个句子的某个事物联想到另外两个相关的事物，这三个事物都处在相同的遭遇之下。从而说话人用相关的语言成分去替换第一个句子的那个成分，从而得到另外两个句子。就例（18）来说，第一个句子“我没有孩子”是由下面情况引发的：

（19）（冲望蘩漪，又望四凤，自己低头。）

周蘩漪：冲儿，说呀！（半晌，急促）冲儿，你为什么不说话呀？你为什么不抓着四凤问，你为什么不抓着你哥哥说话呀，（又顿。众人俱看冲，冲不语）冲儿你说呀，你怎么，你你难道是个死人？哑巴？是个糊涂孩子？你难道见着自己心上喜欢的人叫人抢去，一点儿都不动气么？

周冲：（抬头，羔羊似地）不，不，妈！（又望四凤，低头）只要四凤愿意，我没有一句话可说。

周萍：（走到冲面前，拉着他的手）哦，我的好弟弟，我的明白弟弟！

周冲：（疑惑地，思考地）不，不，我忽然发现……我觉得……我好像我并不是真爱四凤；（渺渺茫茫地）以前——我，我，我——大概是胡闹！

周萍：（感激地）不过，弟弟——

周冲：（望着萍热烈的神色、退缩地）不，你把她带走吧，只要你好好地待她！

周蘩漪：（整个消灭，失望）哦，你呀！（忽然，气愤）你不是我的儿子；你不像我，你——你简直是条死猪！（曹禺《雷雨》）

周蘩漪由第一个句子“我没有孩子”联想到丈夫和家庭的问题：

（20）周萍：（眼色向冲）她病了。（向蘩漪）你跟我上楼去吧！你大概是该歇一歇。

周蘩漪：胡说！我没有病，我没有病，我神经上没有一点病。你们不要以为我说胡话。（揩眼泪，哀痛地）我忍了多少年了，我在这个死地方，监狱似的周公馆，陪着一个阎王十八年了，我的心并没有死；你的父亲只叫我生了冲儿，然而我的心，我这个人还是我的。（指萍）就只有他才要了我整个的人，可是他现在不要我，又不要我了。（曹禺《雷雨》）

现在我们把例（18）中的排比句的生成方式分析如下：

相关语境	周蘩漪由第一个句子“我没有孩子”，联想到丈夫和家庭的问题，也是同样的遭遇
常规具体句子	（18′）我没有孩子。

↓（分别用“丈夫”和“家”替换“孩子”，从而得到另外两个句子）

超常规具体句子	（18）我没有孩子，我没有丈夫，我没有家。

十一、反语句

下面划线的句子是一个典型的反语句：

（21）东京也无非是这样。上野的樱花烂熳的时节，望去确也像绯红的轻云，但花下也缺不了成群结队的“清国留学生”的速成班，头顶上盘着大辫子，顶得学生制帽的顶上高高耸起，形成一座富士山。也有解散辫子，盘得平的，除下帽来，油光可鉴，宛如小姑娘的发髻一般，还要将脖子扭几扭。<u>实在标致极了</u>。（鲁迅《藤野先生》）

观察上面例子，我们可以发现反语句具有如下几个特点：

（一）存在一个反语句 A，还有一个意思跟 A 完全相反的句子 B，两者是互为肯定或否定的关系。如果 A 是肯定句，B 就是相应的否定句，如果 A 是否定句，B 就是相应的肯定句。当事人持有 A 句的观点，说话人持有 B 句的观点。说话人认为当事人的观点是错误的，而认为自己的观点是正确的。在例（21）中，一些“清国留学生”认为自己的打扮（指他们解散辫子，盘得平的，除下帽来，油光可鉴）很标致，但作者认为这种打扮并不标致。

（二）说话人有意地说出 A，把当事人的错误观点展示出来，相信读者能正确地作出的自己判断。在例（21）中，“实在标致极了”就是作者替一些“清国留学生”说出他们的想法。

（三）说话人使用一定手段的暗示反语句不是真的，当事人观点是错误的。在例（21）中，作者在上文中说，他们的打扮“宛如小姑娘的发髻一般”，又说他们“还要将脖子扭几扭”，这其实是忸怩作态，根本谈不上美。

下面例子是曹禺《日出》中的第二幕，陈白露讽刺挖苦那个故作多情、俗不可耐的顾八奶奶：

（22）陈白露：（故意地）你现在真是一天比一天会说话。

（23）陈白露：（讽刺地）怪不得你这么聪明了。

剧作家有意地把说话人的神态提示出来，来告诉读者说话人所说的话不是真的。

现在我们把例（21）中的反语句的生成方式分析如下：

相关语境	（a）一些“清国留学生”认为自己的打扮（指他们解散辫子，盘得平的，除下帽来，油光可鉴）很标致，但作者认为这种打扮并不标致 （b）“实在标致极了”就是作者替一些“清国留学生”说出他们的想法。作者有意地说出这个意思，把当事人的错误观点展示出来，相信读者能正确地作出自己的判断
常规具体句子	（21′）（这样打扮）实在标致极了。/ 这样打扮并不标致。
↓（选择前一句说出来，舍弃后一句不说出来）	
超常规具体句子	（21）（这样打扮）实在标致极了。

十二、反复句

下面划线的句子是一个典型的反复句：

（24）<u>盼望着，盼望着</u>，东风来了，春天的脚步近了。（朱自清《春》）

观察上面例子，我们可以发现反复句具有如下几个特点：

（一）反复句是一种复句，与通常的复句不同的是，它的两个（或三个）分句是相同的。在例（24）中，两个分句都是“盼望着”。

（二）说话人使用反复句出于这样的心理：说话人认为某个句子所包含的信息很重要，但怕受到听话人的忽视，从而通过连续说两遍或三遍加以强调，以引起听话人的重视。在例（24）中，作者使用反复句以强调人们期盼春天来临的迫切心情。

现在我们把例（24）中的反复句的生成方式分析如下：

相关语境	说话人（作者）使用反复句以强调人们期盼春天来临的迫切心情
常规具体句子	（24′）盼望着。
	↓（对上面句子进行重复）
超常规具体句子	（24）盼望着，盼望着。

又如：

（25）“这是包好！这是与众不同的。你想，趁热的拿来，趁热的吃下。”横肉的人只是嚷。

“真的呢，要没有康大叔照顾，怎么会这样……”华大妈也很感激的谢他。

“包好，包好！这样的趁热吃下。这样的人血馒头，什么痨病都包好！”（鲁迅《药》）

在这里，康大叔认为自己为华家提供治痨病的药（人血馒头），他相信能够治好华小栓的病，这是为华家做了一件大好事。于是用反复句“包好，包好！”来强调这一点，实际上是向华家邀功。

再来分析一个相关的例子：

（26）（80年代公共汽车上售票员的独白）

售票员：前面是王府井车站。王府井到了，在王府井下车的同志请准备下车。没有票的同志请买票。下车的同志请打开票啦。

上面例子的画线部分是主要信息。如果能保证这个主要信息传递到需要这信息的乘客那里，那就是传达了最大信息量了。为排除干扰（噪声干扰以及其他干扰），这个信息可以重复一遍，例如：“前面是王府井车站，是王府井车站。”

而且划线的三个字（构成了几乎可以说100%的最大信息量）要增加时值——所谓增加时值就是念得慢一些（比念普通的字而言），念得重一些，念得响一些。慢、重、响是一种手段，目的是使主要信息准确地、有效地传递到接收者的感觉器官。（陈原，1983：78）

十三、飞白句

下面划线的句子是一个典型的飞白句：

（27）哥儿，有画儿的“三哼经”，我给你买来了。（鲁迅《阿长与三海经》）

观察上面例子，我们可以发现飞白句具有如下几个特点：

（一）飞白句中有某个语言成分本来应该读A音，但说话人说成了B音。在例（27）中，“山海经”被阿长（长妈妈）说成了“三哼经”。

（二）说话人说B，而不说A是有原因的。在例（27）中，相关语境条件是，阿长没有文化，不懂“三海经”，因此把“山海经”误听成了“三哼经”。

（三）单独来看，飞白句中的有关语言成分读为A音是规范的，读为B音是不规范的。作家按照错误的读音如实记录。这是为了表明作品的人物形象处于某种特殊的状况。就例（27）来说，单独来看，把“山海经”一词读为“山海经”是正确的，把“山海经”读为“三哼经”是错误的。作家如实描写是为了表明阿长是一个没有文化的农村妇女，不懂“三海经”。（李嘉耀，1987：46）

现在我们把例（27）中的飞白句的生成方式分析如下：

相关语境	阿长没有文化，不懂“三海经”，因此把“山海经”误听成“三哼经”。作家按照人物的实际读音来叙述以显示说话人的特定身份
常规具体句子	（27′）有画儿的“山海经”，我给你买来了。

↓（用“三哼经”替换“山海经”）

超常规具体句子	（27）有画儿的“三哼经”，我给你买来了。

又如：

(28)“他是文王（文盲）。”潘绍桃继续说。（邓洪《潘虎》）

(29) 我说：“你爸爸这样关心天气？他干啥工作？”

他骄傲地说：“开仙（山）工！”（杜鹏程《夜走灵官峡》）

例（28）是因为方言的缘故，把“文盲”读成“文王”。例（29）是因为小孩说话口齿不清，把“山”读成“仙”。（参看李嘉耀，1987：47）

十四、拈连句

下面画线的句子是一个典型的拈连句：

(30) 而今确实要登泰山了，偏偏天公不作美，下起雨来，淅淅沥沥，不象落在地上，倒象落在心里。（李健吾《雨中登泰山》）

观察上面例子，我们可以发现拈连句具有如下几个特点：

（一）存在一个拈连句A，在上文中又有一个相应的常规句B，A句中的动宾短语和B句中的动宾短语谓语动词相同，而宾语名词不同。A句是仿照B句而说出来的。在例（30）中，有“雨落在心里”这样的拈连句，前面又有“雨落在地上”这样的相应的常规句。

（二）单独来看，B句中的动宾短语其动词和宾语之间在语义上能够搭配，所表达的事件合乎情理，但A句中的动宾短语其动词和宾语之间在语义上不能搭配，所表达的事件不合情理。就例（30）来说，如果单独来看，雨“落在地上”是合乎逻辑的，雨“落在心里”是不合逻辑的。

（三）存在某个相关的语境条件使我们能够对飞白句A中的动宾短语作出合理的解释。在例（30）中，下雨使作者心里焦虑，听到雨落在地上的声音使作者心里不停地烦躁，因此在作者的感觉里，雨“落在地上”就等于雨“落在心里”。

现在我们把例（30）中的拈连句的生成方式分析如下：

相关语境	下雨使作者心里焦虑，听到雨落在地上的声音使作者心里不停地烦躁，因此在作者的感觉里，雨“落在地上”就等于雨“落在心里”
常规具体句子	（30′）雨落在地上。

↓（用“心里”替换“地上”再造一个句子）

超常规具体句子	（30）雨落在地上，……雨落在心里。

又如：

（31）风住尘香花已尽，日晚倦梳头。物是人非事事休，欲语泪先流。

闻说双溪春尚好，也拟泛轻舟。只恐双溪舴艋（zéměng）舟，载不动许多愁。（李清照《武陵春》）

例（31）说“愁”可“载”，是因为上文有“舴艋舟”（小船，两头尖如蚱蜢）。在通常情况下，船能载人载物，不能“载”“愁”。在例（31）中，船能“载”“愁”是因为“愁”为“我”（作者）所有，前文中说舴艋舟“载”作者去双溪（这个意思词中没有直接说出来），舴艋舟既然“载”了“我”，就同时“载”了“我的愁”。

《化学鉴原》之化学元素用字举隅

李　丽*

内容提要　汉字系统中，科学用字所占比例虽小但不可或缺，化学元素用字就是其中之一。《化学鉴原》保留了大量的早期化学元素用字，成为汉字发展应用及演变中的重要组成部分。《化学鉴原》中的化学元素用字既是近代化学发展和传播的体现，也是化学专业用字的重要开端，其重要贡献在于，结合我国传统文字学理论创制化学元素汉译用字原则，即沿用古代固有与旧译化学用字、借用古字、新造形声字，为学界研究化学元素字演变脉络提供了必要线索。

关键词　《化学鉴原》　化学元素用字

引　言

汉字自产生以来，便不断地自我发展和完善，科学技术的发展也使其得以进一步更新和丰富，从而形成大量的科技用字，化学元素用字便是其一。我国最早的一部介绍近代普通化学理论知识的汉译化学著作《化学鉴原》，在早期化学元素用字方面具有开创性的贡献，该书于 1871 年由上海江南制造局出版，通过英国传教士傅兰雅口译、中国化学家徐寿笔述而形成，译自 1858 年英国 David Ames Wells 所著 *Principles and Applications of Chemistry*。《化学鉴原》在我国化学发展史上影响颇大，徐维则在《东西学书录》（1899）中这样评价此书："中译化学之书，殆以此为善本。"孙维新在 1889 年的格致书院的考课所答"泰西格致之学与近刻翻译诸书详略得失何者为最要论"中指出，《化学鉴原》把六十四种元素分为金属和非金属，讨论其形性、取法、试法及各种变化，认为"《鉴原》为化学善本，条理分明，欲习化学应以此为起首工夫"。

*　李丽，内蒙古师范大学文学院、国学典籍与语言文字研究中心教授。

《化学鉴原》一书，共六卷，四百一十节。“鉴原”即鉴别原质[1]，主要内容为：卷一，通论化学基本原理及元素命名规则；卷二、卷三，介绍养气、轻气、淡气、碘、溴、硫、炭等非金属元素的性质、制取及功用；卷四、卷五、卷六，介绍钾、钠、锂、钡、铁、锰等金属元素之形性、取法及功用。《化学鉴原》首次提出化学元素用字汉译原则，为我国近代化学知识的传播与发展作出重大贡献，其在引进化学知识的同时创制了化学元素字并厘定重要化学术语，而这些化学用字与用词也促使汉字与汉语词汇系统得以更新和丰富。因而，《化学鉴原》虽是一部化学译著，但其对我国语言文字的发展和研究，尤其是近代汉字及汉语词汇的研究也具有重要意义。

《化学鉴原》指出：“西国质名，字多音繁，翻译华文，不能尽叶，今惟以一字为原质之名。……原质之名，中华古昔已有者，仍之，如金、银、铜、铁、铅、锡、汞、硫、燐、炭是也。……昔人所译，而合宜者亦仍之，如‘养气’‘淡气’‘轻气’是也。……此外尚有数十品，皆为从古所未知。或虽有其物，而名仍阙如，而西书赅备无遗。译其意义，殊难简括，全译其音，苦于繁冗。今取罗马文之首音，译一华字，首音不合，则用次音，并加偏旁，以别其类，而读仍本音。”[2]此外，傅兰雅又言：“以字典内不常用之字释以新义而为新名，如铂、钾、钴、锌等是也。”[3]综上，由于化学元素源语所含字母多，完全音译过于繁冗，因而制定切合中文的化学元素用字原则：一是中华古已有之的化学用字继续沿用，如“金”“银”“铜”“铁”“铅”等；前人翻译过且仍合时宜的译名沿用，如“养气”“淡气”“轻气”等。二是借用字典内不常用之字释以新义，如“铂”“钾”“钴”“锌”等。三是运用形声造字法，依据罗马文的首音或次音，加之义符偏旁别类，造新的化学元素用字。据此，将《化学鉴原》中化学元素用字原则分为沿用、借用、新造三类，加以探讨。

一、沿用

《化学鉴原》中的沿用，主要包括沿用古代固有化学用字与沿用旧译化学用

1　原质，即今所言“元素”。

2　［英］韦而司，［英］傅兰雅、徐寿：《化学鉴原》卷一，江南制造局，1871 年，第 20—21 页。

3　［英］傅兰雅：《江南制造总局翻译西书事略》，《格致汇编》1878 年第 6 期。

字。具体如下：

其一，沿用古代固有化学用字。中国是历史悠久的文明古国，拥有高度发达的经验化学，我国古代就有冶炼、陶瓷、染色、酿造、炼丹、火药等方面的化学工艺，因而，一些化学用字可谓源远流长，“在我国古代人们的生活和生产实践中就已发现的元素有：金、银、铜、铁、锡、铅、汞等”[1]，它们多以单质或游离状态存在于自然界里，是较早被人们发现和利用的化学元素。化学上把由同种元素组成的纯净物称作单质，而元素在单质中存在时称为元素的游离态。因此，我国古代固有的化学用字“金”“银”“铜”“铁”“铅”“锡”“汞”等，既可以指称相应的化学元素又可以指称由相应的化学元素构成的单质。汉译以上化学元素源语时，《化学鉴原》则沿用古代固有化学用字，以便世人理解。例如，化学元素 Aurum 沿用“金”，《化学鉴原》：“金为地产而无矿，常见独成之薄片，或颗粒，间有大块。……金色正黄，而面光质性最韧，纯者更软。”[2]金是一种黄色金属，古代通称“黄金”。早在《汉书·食货志》中就有记载：“黄金为上；白金为中；赤金为下。”化学元素 Argentum 沿用“银”，《化学鉴原》：“银有自然独成者。……银之色于金类中最白。”银常以纯银的单质形态存在于自然界里，银与黄金一样属于应用历史悠久的贵金属，《说文解字·金部》：“银，白金也。”《尔雅·释器》：“白金谓之银。”银是一种白色金属，故而称之为白银。在我国古代常用作贡品，早在《书·禹贡》中就有相关记载。与黄金同为贵金属的白银，古代也曾用作货币，《南史·徐陵传》：“府库空虚，赏赐悬乏，白银难得，黄札易营。”化学元素 Cuprum 沿用“铜”，《化学鉴原》：“铜，古名赤金，得用于世最早，未有铁之时，已先有之。……铜质坚致而韧。”《说文解字·金部》：“铜，赤金也。”铜因其色赤又名“赤铜”或“红铜”，《天工开物》记载：“凡铜供世用，出山与出炉，止有赤铜。以炉甘石或倭铅参和，转色为黄铜；以砒霜等药制炼为白铜；矾、硝等药制炼为青铜；广锡参和为响铜；倭铅和泻为铸铜。初质则一味红铜而已。”化学元素 Ferrum 沿用“铁”，《化学鉴原》：“铁之化成本末，不能详悉，盖自古已有之矣。为金类中最多而最有用之物。”《说文解字·金部》：“铁，黑金也。”关于它的记载较早，《书·禹贡》：“厥贡璆、铁、银、镂、砮、磬。”春秋后期和战国时代，由于冶金的发展，

1 王宝瑄：《元素名称考源》，《中国科技术语》2007 年第 4 期。

2 本文《化学鉴原》引文均出自——［英］韦而司，［英］傅兰雅、徐寿：《化学鉴原》，江南制造局，1871 年。

铁逐渐成为重要金属，如《左传·昭公二十九年》：“遂赋晋国一鼓铁，以铸刑鼎。”《史记·货殖列传》：“邯郸郭纵以冶铁成业。”化学元素Plumbum沿用“铅”，《化学鉴原》：“铅之独自生成者甚少，与别物化合而为矿者甚多，如铅硫矿。……铅为蓝灰色之金，可作薄片，可抽长丝。质甚软而结力甚小。”《说文解字·金部》：“铅，青金也。”《正字通·金部》：“鈆，俗铅字。”《汉书·地理志》载有：“岱畎丝、枲、鈆、松、怪石。”颜师古注曰：“鈆，青金也。”南唐谭峭的《化书·铅丹》中有关于以铅炼丹的记载：“术有火炼鈆丹以代谷食者，其必然也。”之后的《本草纲目》与《天工开物》均记载了炼制铅丹的原料，《本草纲目·金石》：“炒鈆丹法，用鈆一斤，土硫黄十两，消石一两。”《天工开物》：“凡炒铅丹用铅一斤，土硫黄十两，硝石一两。”铅又名“黑铅”，早在春秋范蠡的《范子计然》中就载有以铅制黄丹即一氧化铅的方法：“黑鈆之错化成黄丹，丹再化之成水粉。”化学元素Stannum沿用“锡”，《化学鉴原》：“锡性易镕，可打为箔，色白如银，而较软。”《说文解字·金部》：“锡，银铅之间。”早在《周礼·考工记》里，就载有世界最早关于青铜合金中铜与锡的六种配比情况：“金有六齐：六分其金而锡居一，谓之钟鼎之齐；五分其金而锡居一，谓之斧斤之齐；四分其金而锡居一，谓之戈戟之齐；叁分其金而锡居一，谓之大刃之齐；五分其金而锡居二，谓之削杀矢之齐；金锡半，谓之鉴燧之齐。”化学元素Hydrargyrum沿用“汞”，《化学鉴原》：“汞有自然独成者，为流质。……汞为亮白之金质，甚密。”我国制汞历史悠久，在汉代就已知利用丹砂制汞了。《淮南万毕术》中有“丹砂为澒”，此处“澒”同“汞”。《说文解字·水部》：“澒，丹沙所化为水银也。”《玉篇·水部》：“汞，水银滓。”《集韵·董韵》：“澒，水银也。或作汞。”《正字通·水部》：“汞，俗澒字，道家改作汞。旧注音训同澒。重出。”“汞”何以称为“水银”？《格物入门》解释为：“色则银也，而流动若水，故名。”[1]而早在明代李时珍的《本草纲目》中就有相关分析：“其状如水似银，故名水银；澒者，流动貌；方术家以水银和牛羊豕三脂，杵成膏，以通草为炷照于有金宝处，即知金、银、铜、铁、鈆、玉、龟、蛇、妖怪，故谓之灵液。颂曰：《广雅》水银谓之澒。丹灶家名汞，其字亦通用尔。”王筠《说文句读》指出：“俗作‘汞’者，盖省‘页’则同‘江’，因迻‘工’于‘水’上也。”由此推断，“水银”是“汞”的本名，因其“流动貌”所以又称为“澒”，而“汞”为炼丹家所造，“汞”与“澒”是异体关系，之后多用“汞”而罕用“澒”了。

1 ［英］丁韪良：《格物入门》卷六，京师同文馆，1868年，第57页。

《周易参同契》生动地描写了汞易挥发、易与硫黄化合的特性："河上姹女（汞），灵而最神，得火则飞，不见埃尘。……将欲制之，黄芽（硫黄）为根。"制汞过程解释得最早、最明确的是《抱朴子·金丹篇》："丹砂烧之成水银，水银积变又成丹砂。"南北朝，陶弘景将天然出产的汞称作"生汞"，人工制造的称作"熟汞"。化学元素 Sulphur 沿用"硫"，《化学鉴原》："万物皆含硫黄，而地质为最多。……西国所用之硫，俱须须里海岛所出。……硫为淡黄色之脆定质，或微热，或摩擦，则生臭气，不能消化于水。"在我国古代文献中，对"硫"有更为详细的说明，《正字通·石部》："硫，石硫黄，药类。《淮南子》夏至流黄泽。……本作流黄，《唐韵》作硫，因其似石，故从石。"《本草纲目》记载："硫黄秉纯阳火石之精气而结成，性质通流，色赋中黄，故名硫黄。"硫也是古代炼丹的常用药物，《玉篇·石部》："硫，硫黄，药名。"《神农本草经》记载："石硫黄能化金、银、铜、铁，奇物。"《抱朴子·金丹》："其次有《五灵丹经》一卷，有五妙法也。用丹砂、雄黄、雌黄、石硫黄、曾青、矾石、慈石、戎盐、太乙余粮，亦用六一泥，及神室祭醮合之。三十六日成。又用五帝符，以五色书之，亦令人不死，但不及太清及九鼎丹药耳。"化学元素 Phosphorus 沿用"燐"，《化学鉴原》："前二百一年，安北格邑，有炼丹术士，名步兰德考，考验人尿，欲使变金银，而偶得此物。……燐有二形，一寻常所见者，为半明软质，面光如蜡。……燐轻三为无色透明气质，其臭极猛，吸之有毒。……一遇空气，即能自焚，俗名鬼火是也，西国亦名迷火。"燐，《说文解字》本作"粦"，释为"兵死及牛马之血为粦。粦，鬼火也。"《集韵·稕韵》："粦，鬼火，或从火。"《淮南子·氾论训》："久血为燐。"《论衡·论死》："人之兵死也，世言其血为燐，血者生时之精气也。人夜行见燐，不象人形，混沌积聚，若火光之状。"实际上，据近代化学解释，古人所谓鬼火是燐质遇空气发光燃烧的现象。化学元素 Carbon 沿用"炭"，《化学鉴原》："最多而最要之原质，炭居其一焉。……其一质有三形，形性迥异，一金刚石，一笔铅，一煤与木炭烟炱。"《说文解字·火部》："烧木余也。"《礼记·月令》："草木黄落，乃伐薪为炭。"《正字通·火部》："炭，石炭。今西北所烧之煤，即石炭。"由古代植物久埋于地下逐渐变化而成者，称为石炭或煤炭。

以上为沿用古代固有化学用字，如《化学鉴原》所言："原质之名，中华古昔已有者，仍之。"[1]只是，这一类化学元素用字所占比例较小。

---

1 ［英］韦而司，［英］傅兰雅、徐寿：《化学鉴原》卷一，江南制造局，1871年，第20页。

其二，沿用旧译化学用字。《化学鉴原》之前的介绍西方化学知识的译著中，对某些化学元素已作对应翻译，《化学鉴原》则沿用旧译字，所谓“昔人所译，而合宜者亦仍之”[1]。例如，化学元素 Oxygen 旧译“养气”，首见于《博物新编》：“养气者，中有养物，人畜皆赖以活其命，无味无色，而性甚浓，火借之而光，血得之而赤，乃生气中之尤物。”《化学鉴原》沿袭旧译用字：“前九十六年，英国教士，名布里司德里，考得养气之质。其明年，瑞国习化学者，名西里，法国习化学者，名拉夫西爱，二人尚未知前人已知此气，乃各自考验，不谋而合。……养气为万物中最多之原质……最纯养气，与空气难别。因无色无味无臭，惟较空气稍重。”化学元素 Nitrogen 旧译“淡气”，首见于《博物新编》：“淡气者，淡然无用，所以调淡生气之浓者也，功不足以养生，力不足以烧火。”《化学鉴原》沿袭旧译用字：“淡气根源，前九十八年，英国人如脱福特，考得此气。其命名之意，译为硝母。万物中最多之气质有数种，而淡气亦与焉。空气之内，淡气居五分之四。……淡气乃无色、无味、无臭之气质。”化学元素 Hydrogen 旧译“轻气”，首见于《博物新编》：“轻气生于水中，色味俱无，不能生养人物，试之以火有热而无光，其质为最轻。”《化学鉴原》沿袭旧译用字：“英国习化学者，名贾分弟诗。于一百四年前，考得轻气实为原质。……轻气无色，稍能与水融合。……轻气为万物中最轻之物。”化学元素 Chlorine 旧译“绿气”，首见于《格物入门·化学入门》：“绿，即盐气也，以其色绿又名绿气。”《化学鉴原》沿袭旧译用字：“前九十六年，西里考得此气。当时习化学者，犹不以为原质。后此三十四年，兑飞始为考定，因其色黄绿，故名之为绿气。”化学元素 Fluorine 旧译“弗”，首见于《化学初阶》：“论弗，此质与别质牵合之力极大，分之甚难，而且酷毒。”《化学鉴原》沿袭旧译用字：“弗气与别种原质之爱力甚大，故独成一质者，世所希有。……为无色气质，其性与绿气与溴与碘大致相同也。”化学元素 Bromine 旧译“溴”，首见于《化学初阶》：“论溴，道光六年间于咸水中查得此质。……此物寻常天气压之，则为流质，色红极而近黑。……气味与绿气相仿而臭恶过之。”《化学鉴原》沿袭旧译用字：“若近时考得之原质，则命名之意，即表其性。……孛罗明即溴水，其意此物有臭气也。”

以上化学元素用字中，“气”标明元素常态为气体。“养气”得名于此元素养生，“绿气”得名于此元素色绿，“轻气”得名于此元素最轻，“淡气”得名于冲淡之义，“弗气”得名于破坏之义，“溴”得名于该液体的臭恶气味。《化

1 ［英］韦而司，［英］傅兰雅、徐寿：《化学鉴原》卷一，江南制造局，1871 年，第 21 页。

学鉴原》中的化学元素用字，除“养气”“淡气”“轻气”“绿气”“弗气”五元素由于沿用旧译而以双字表述，其他均为单字。

二、借用

《化学鉴原》借用古字记录化学元素，所借之字本有其义，借用后在兼有原义同时形成新的借用义，即化学元素义。这种化学元素用字可以理解为汉字发展演变过程中存在的字的“重新分析”[1]现象。汉字构形理据存在于形义统一关系中，由此，汉字形体与据以构形的词义之间的关系具有可解释性，这表明形义统一是在汉字原初构形阶段实现的，而汉字在完成构形后便进入其使用过程，那么，个体汉字的结构与功能往往会发生变化。因此，汉字的形义统一也是有发展的，在形变、义引、字用三者发生变化之后，汉字要在其发展过程中寻求形义关系在新的基础上的再度统一。[2]借用古字记录化学元素义，即对古字的形义关系进行重新分析的结果，如傅兰雅所言“以字典内不常用之字释以新义而为新名，如铂、钾、钴、锌等是也”[3]。所谓“字典内不常用之字”，是从字典中选取不常用的古字字形，此法不仅有助于防止古字的原有意义与新义之间产生混淆，而且有助于增强化学元素表意的明确性。所谓“释以新义”，是为古字赋予新的构形理据，即新的形义关系。“为新名”即通过为古字字形赋予新的理据用以记录新的化学元素义。傅兰雅所举的“铂”“钾”“钴”“锌”均为字典中收录的不常用的形声字，用以翻译化学元素源语时，被赋予了新的构形理据以记录新的化学元素义。例如，古字“铂”，本义为“金薄”，出自《集韵·铎韵》。《化学鉴原》：“铂之根源，即白金。铂为地产而甚少，常见独成小片粒，虽有大块，庶几一见，藏于石中。……铂色如银，而略带灰色。其坚在铜铁之间，铜铁之外，此为最固，金银之外，此为最韧。”《化学鉴原》借“铂”记录化学元素Platinum，重新分析其形义关系为:以义符“金”表示该元素类属为金属，以音符“白”提示铂元素Platinum之首音/p/。古字“钾”，本义为“铠属”，出自《广韵·狎韵》。《化学鉴原》：“钾，英国博物学家兑飞于前此六十三年，考知此金用大力五金电气，化分钾养、轻养而得。”《化学鉴原》借“钾”记录化学元素Kalium，重新分析其形义关系为:

1 徐通锵：《字的重新分析和汉语语义语法的研究》，《语文研究》2005年3期。

2 李国英：《小篆形声字研究》，北京师范大学出版社，1996年，第8页。

3 ［英］傅兰雅：《江南制造总局翻译西书事略》，《格致汇编》1878年第6期。

以义符“金”表示该元素类属为金属，以音符“甲”提示钾元素Kalium之首音/kei/。古字“钴”，本义为“钴𨭌”，出自《玉篇·金部》。《化学鉴原》：“钴为红灰色之金。地产无独成者，惟空中坠下之铁中有之。”《化学鉴原》借“钴”记录化学元素Cobalt，重新分析其形义关系为：以义符“金”表示该元素类属为金属，以音符“古”提示钴元素Cobalt之首音/kEu/。古字“锌”，本义为“金皃”，出自《玉篇·金部》。《化学鉴原》：“锌无自然独成者，与别质化合之矿，产出甚多。……锌为蓝白色之金，性稍坚。”《化学鉴原》借“锌”记录化学元素Zinc，重新分析其形义关系为：以义符“金”表示该元素类属为金属，以音符“辛”提示锌元素Zinc之首音/ziN/。古字“铝”，本义为“错”，出自《广雅·释器》。《化学鉴原》：“铝之根源，日耳曼国化学家名胡讹赖于四十三年前，考得此质。”《化学学鉴原》借“铝”记录化学元素Aluminum，重新分析其形义关系为：以义符“金”表示该元素类属为金属，以音符“吕”提示铝元素Aluminum之次音/lju:/。《化学鉴原》借用古字记录化学元素具体见下表。

表1 《化学鉴原》借用古字表

化学元素源语	重新分析形义关系		借用古字	本义	出处
	首音或次音	元素类属			
Platinum	/p/	金属	铂	金薄	《集韵·铎韵》
Bismuth	/bi/	金属	铋	矛柄	《玉篇·金部》
Kalium	/kei/	金属	钾	铠属	《广韵·狎韵》
Lithium	/li/	金属	锂	/[1]	《龙龛手鉴·金部》
Natrium	/nei/	金属	钠	打铁	《玉篇·金部》
Niobium	/nai/	金属	铌	古文檷	《玉篇·金部》
Zinc	/ziN/	金属	锌	金皃	《玉篇·金部》
Cobalt	/kEu/	金属	钴	钴𨭌	《玉篇·金部》
Chromium	/kr[u/	金属	铬	钩	《玉篇·金部》
Arsenic	/s[n/	金属	鉮	铠属	《改并四声篇海·金部》
Vanadium	/v[n/	金属	钒	器	《集韵·范韵》
Lanthanum	/lAn/	金属	镧	锁	《说文·金部》
Ruthenium	/ru:/	金属	钌	钌鈌，带头饰	《广韵·筱韵》

1 “/”表示该字在字典收录中义未详。下同。

续表

化学元素源语	重新分析形义关系		借用古字	本义	出处
	首音或次音	元素类属			
Rubidium	/ru:/	金属	铷	/	《龙龛手鉴・金部》
Uranium	/ju/	金属	铀	古文宙字	《字汇・金部》
Glucinium	/g/	金属	鋊	所以钩鼎耳及炉炭	《说文解字・金部》
Titanium	/tai/	金属	鐟	无盖钉	《龙龛手鉴・金部》
Thallium	/WA/	金属	鉈	耒端	《说文解字・木部》
Yttrium	/tri[/	金属	鈦	铁钳	《说文解字・金部》
Aluminum	/lju:/	金属	铝	错	《广雅・释器》
Dysprosium	/di/	金属	镝	矢鏠	《说文解字・金部》
Cadmium	/kA/	金属	镉	鼎属	《说文解字・金部》
Cerium	/si/	金属	错	金涂	《说文解字・金部》
Wolframium	/wJ/	金属	钨	锉鑢	《广雅・释器》
Barium	/bZ[/	金属	钡	铤	《广雅・释器》
Erbium	/[:/	金属	铒	钩	《玉篇・金部》
Antimony	/ti/	金属	锑	鎕锑，火齐	《说文解字・金部》
Palladium	/p[/	金属	钯	兵车，一曰铁	《说文解字・金部》

三、新造

《化学鉴原》中的新造，主要就形声字而言。此法正是运用我国传统文字学理论，即“六书理论”之“形声”造字法。所谓形声，《说文解字・叙》释为“以事为名，取譬相成”，就是用表示意义类属的义符与提示读音的音符进行组合造字的方法。形声造字主要有三种途径，即加注音符、加注义符、音义合成。而化学元素的形声造字，主要运用的是音义合成方式，依据所记录的化学元素意义类属，从已有字中选取义符；依据化学元素的语音特点，从已有字中选取音符，将义符与音符组合起来构成化学元素形声字，即所谓“取罗马文之首音，译一华字，首音不合，则用次音”即取用音符部分，“加偏旁，以别其类”[1]即取用义符部分。这一方式在化学元素用字中具有明显的优越性。《化学鉴原》中，在记录化学元素源语时，选用与化学元素源语首音或次音接近的汉字作为音符，同时选用能够

1 [英]韦而司，[英]傅兰雅、徐寿：《化学鉴原》卷一，江南制造局，1871年，第21页。

体现其所指化学元素类属的汉字作为义符——固体非金属元素以“石”为义符，金属元素以“金”为义符，音义合成“硅”“碘”“钙”“锰”“镁”“钼”等形声字，以强化化学元素用字的音义辨识功能。因此，运用形声造字记录化学元素，既注意到与化学元素源语语音的对应，又兼顾汉字的表意特点，不仅可以凸显形声字义符表义、音符示音的功能优势，而且符合人们的思维认知方式，为之后的化学元素用字开辟了一条新途径，也使得文字学与化学进行了一次充分的跨学科合作。《化学鉴原》运用新造形声字记录化学元素具体见下表：

表 2 《化学鉴原》新造形声字表

化学元素源语	首音或次音	元素类属	形声字
Iodine	/di:n/	固体非金属	碘
Tellurium	/te/	固体非金属	碲
Selenium	/si/	固体非金属	硒
Boron	/bC:/	固体非金属	硼
Silicon	/si/	固体非金属	矽
Calcium	/kA/	金属	钙
Nickel	/ni/	金属	镍
Molybdenum	/m[/	金属	钼
Zirconium	/k[u/	金属	锆
Indium	/in/	金属	铟
Caesium	/si:/	金属	鏭
Terbium	/t[:/	金属	铽
Osmium	/mi/	金属	鉩
Thorium	/WR:/	金属	钍
Ruthenium	/ru:/	金属	铑
Iridium	/i/	金属	铱
Manganese	/mAN/	金属	锰
Strontium	/s/	金属	鎴
Magnesium	/mA/	金属	镁
Tantalum	/tAn/	金属	钽

结 语

化学元素用字是记录化学元素的书写符号，也是汉字书写符号系统的成员之一，自然需要遵循汉字应用及发展规律——简易律、区别律。所谓简易律，即字的构形尽量简易以便书写和记忆；所谓区别律，即书写符号之间的区别性尽量明显以便准确辨识。这两条规律自从汉字产生以来就存在并贯穿汉字形体演变的全过程。《化学鉴原》中的化学元素用字大多符合这两条规律，因而得以沿袭。1933 年，国立编译馆出版《化学命名原则》，开篇明确："凡元素及化合物定名取字，应依一定系统，以便区别，而免混淆。"[1] 其目的是为了使所记录的化学元素命名得以规范。该《化学命名原则》沿用《化学鉴原》的化学元素用字 44 个：金、银、铜、铁、铅、锡、汞、铂、铋、钾、锂、钠、锌、钴、铬、钒、钌、铷、铀、铝、镝、镉、钨、钡、铒、锑、钯、钙、镍、钼、锆、铟、铽、钍、铱、锰、镁、钽、溴、碘、碲、硒、硫、矽，占《化学鉴原》化学元素用字的 68.75%。

《化学鉴原》中袭用至今的化学元素用字，经过历时汰选，呈现出形声化趋势，这也印证了汉字结构发展的重要规律——形声化是符合汉字发展趋势的。首先，化学元素字的形声化有其传统性，自古沿用的"金""银""铜""铁""汞""硫"等化学用字，为借用或新造形声字的义符及其"左形右声"结构方式提供了重要依据。其次，形声字能够更好地体现化学元素的系统性与区别性。化学元素有其自身系统性，按照元素常温下的状态类属分为气体、液体、固体三类，根据元素是否具有金属性又可分为金属与非金属两类。形声字使有限的义符达到了无限的运用，具有强大的归纳性——仅用"气""水""金""石"4 个义符，就可以将气体、液体、金属、固体非金属化学元素的系统性清晰地展现出来。虽说形声字的义符只能显示元素类属，而音符的示音功能则有助于具体元素的有效区分。利用义符和音符的相互配合，互为区别，互相限定，既体现了化学元素的系统性，又突出了化学元素的特征，这也使得形声字成为化学元素用字的最优方式。再次，制约和影响汉字发展的重要规律是——求简化、求区别、求表达，这些规律同样制约和影响着化学元素用字的发展演变，因此，能够体现汉字发展规律的化学元素字才是表达化学元素意义的最佳选择。形声造字的灵活性使其能够顺应汉字发

1 化学名词审查委员会：《化学命名原则》，国立编译馆，1933 年，第 1 页。

展规律的要求，通过义符与音符的自由组合实现化学元素用字的优化，义符表意简约明确，声符示音程度高，因此，在化学元素用字的优化过程中，形声造字起到了重要的促进作用。

综上，西学东渐背景下，近代西方化学知识传入中国，随之而来的便是化学领域元素名称的汉译用字问题，与此同时，我国的第一部普通化学译著——《化学鉴原》应运而生。《化学鉴原》中的化学元素用字既是近代化学发展和传播的体现，也是化学专业用字的重要开端。《化学鉴原》最重要的贡献在于，结合我国传统文字学理论，创制化学元素汉译用字原则，即沿用古代固有与旧译化学用字、借用古字、新造形声字，而这些早期化学元素用字，也为学界研究化学元素字的演变脉络提供了必要线索。